皋州纪事

赵维明　著

北京燕山出版社

图书在版编目（CIP）数据

皋州纪事 / 赵维明著 . — 北京：北京燕山出版社，
2023.6
ISBN 978-7-5402-6967-8

Ⅰ.①皋… Ⅱ.①赵… Ⅲ.①短篇小说—小说集—中
国—当代 Ⅳ.① I247.7

中国国家版本馆 CIP 数据核字（2023）第 111333 号

皋州纪事

GAOZHOU JISHI

著　　者：赵维明
责任编辑：杨春光
封面设计：邓小林
出版发行：北京燕山出版社有限公司
社　　址：北京市西城区琉璃厂西街 20 号
邮　　编：100052
电话传真：86-10-65240430（总编室）
印　　刷：三河市中晟雅豪印务有限公司
开　　本：710mm×1000mm　　1/16
字　　数：261 千字
印　　张：16.5
版　　次：2023 年 6 月第 1 版
印　　次：2023 年 6 月第 1 次印刷
ISBN 978-7-5402-6967-8
定　　价：88.00 元

为默默的写者喝彩

维明的第一部小说集《皋州纪事》即将付梓，前时打来电话，恳切托我为之序，我竟不假思索地一口答应下来。

非是我托大，认为自己的资格、名望很够为人作序，实在是因为，这部书及书作者都与我甚有渊源；还真是有些话不吐不快。

维明是我同乡，我们都是太行山顶皋落村的子民；我们都有无数次绕着白羊山爬完十八盘回到皋落村的相同经历，我们互相之间并不认识。一者，我们年龄差得多，不是一拨人；二者，我们都是少小离家，早早就走下了那高高的太行山。虽然混迹于同一座山城，却又都在条管单位任职，工作内容少有交集——如此看来，两个皋落人互不相识亦属正常。

缘起我县文联办的一本县域刊物《虎头山》。屈指算来，我做《虎头山》的执行主编已逾十年，看了这么多年稿，自谓对县内的文学资源是了然于胸的：写散文的有些谁们、写诗歌的有些谁们、谁们写到了什么程度、谁们有潜力更进一步……当然，随时渴盼新人加入的心情亦如久旱之望云霓。

忽一日，朋友荐来一个中篇小说《孪生兄弟》，一口气读完，不觉吃了一惊：故事精彩、逻辑缜密、笔法老到，是非常成熟的老手的感觉！可作者名字却是陌生的：赵维明？你确定作者是本县的？

嘿呀，不仅是本县的，还是你皋落的咧！

就这样，认识了维明。

慢慢熟悉了，才知我这皋落老乡实不简单。维明少年时代是个学霸，本来毕业于工科院校，谁知就业的时候误打误撞，竟一头扑到金融行业来了，一干十几年，且是如鱼得水。职业跨界也就算了，他的业余爱好既不喜应酬又不会麻将，居然是写小说。等我看到这篇《孪生兄弟》的时候，他已经不声不响地写了百万字了！

什么叫"大跌眼镜"？我想我当时的感觉就是。众所周知银行是世间三百六十行里最忙的行业之一，我竟想不出他是如何忙里偷闲，在中午的哈欠连天中，在子夜的万籁俱寂中，在奔赴会议摇摇晃晃的车上……构思，写作这一个又一个动辄几万字的小说。问他为什么不投稿，居然有些惶恐地说：只是自己爱好写一写，单位同事传看过了，有人说好，就拿到网上发了。有评论的，有点赞的，我也不在意那些。我只是爱写，写就是了。嘿嘿。

闻听世上有一种"只问耕耘、不问收成"的人，我此前一直在心里嗤之以鼻这种说法，认为是矫情。过去的农民"刨个坡坡"是为了"吃个窝窝"，吃不上，谁刨？现在写字的人多如过江之鲫，头悬梁锥刺股，三更灯火五更鸡，即或不为实利，也总得贪个虚名。世间士子万万千，曾见几人似颜回？不图名不图利，只为爱好自甘默默，这只能解释为"真爱"吧！

于是从去年起，我开始向维明约稿了。这一约，我又有发现：这维明敢情还是个快手。他有那么多现成的稿子，可是发到我邮箱里的都是新写的。更令我激赏的是：他选题贴近生活，直击社会热点，如手术刀般精准。经济高速发展的同时带来一些社会问题，比如被父老们反复吐槽的人际关系冷漠、道德滑坡、信仰缺失，他在《孪生兄弟》里塑造了两个颇具复杂性的人物，揭示了人性深处的秘密，发人深省；反腐进行得如火如荼，他又写出了《多梦的男人》《一声叹息》，揭示政商界一个个精英分子被欲望黑洞吞噬的过程；他也有《宝儿》这样的篇什，把颂歌献给朝夕相处的同事们……

在近年的阅读中笔者深感：当前小说界存在玩形式、通俗化、娱乐化的现象。有些作品避重就轻，不肯直面社会转型期波澜壮阔的社会现实，也远离现代文明精神的价值判断，因而变得轻如鸿毛，文学语言越来越精致，读完却觉摸不着头脑。古人云，小说"主在娱心而杂以惩劝"，现在高明的小说家们却似乎止步于前者而将后者弃如敝屣了。与此相对，一个默默无闻的民间写手却在以敏锐的眼光注视着时代，观察着变迁，记载着底层民众的悲欢……是让我深为感动的。终于在一次讨论改稿的时候，我郑重地向维明提议：出一本小说集吧！

我这个提议不仅仅是出于社会价值的考量。关于写作，我始终认为天赋是重要的，维明恰恰有着很高的小说天赋。《二掌柜》一篇妙趣横生，作者笔下的半弱智者完全没有人们对残疾人那种精神困苦和生计艰难的习惯性印象，而是充满了大写的诚实、善良和勇敢，并具有强大的自信。主人公不认为自己贫穷，坚决拒绝把自己划归贫困户；看到村里的一些阴暗现象敢于斗争，甚至公开举报。只为区区几个水费惨遭暴打仍然执着追索，终于制服地痞流氓；身为残疾人却从无自卑心理，勇于追求自己心仪的姑娘，并为其献出一切……他的性格里充满了闪光的东西，足以使"正常"的人们自惭形秽。做一个正直、大写的人很难吗？小说中给出了答案：不难！只看你愿不愿去做！

维明写小说选素材，有两大"根据地"：一曰皋落，一曰农信社。皋落是昔阳第一大村，也是个有深厚历史传统、文化底蕴的地方，古时候曾经作为州府，故小说里每每以"皋州"代称。皋州是生养他的家乡，精神的故乡；农信社则是他赖以成就事业从而证明自己的社会坐标。他的前半生，把自己的所有的爱和奋斗都给了这两个地方，他要表达的一切感动、喜悦、悲愤、痛惜，也无不来源于此。

关于写作，维明基本是传统的写法，以情节推动故事，皋州太古老，农信社很精彩，都够支撑他孜孜不倦地写作。小说里的每一个故事都是这里自然生发过的，所以你在阅读的时候感觉不到那种架构的吃力和对于时下阅读时尚的迎合。总之这就是一种不以发表或取悦别人为目的的原生态写作吧！在我看来这恰恰是一种难能可贵的写作状态。

维明写作已有八年时间。默默写作固然可贵，一直不为人知似乎也不大公平。幸而他采纳了我的建议，愿意结集成册，让这些蛰伏的作品面世。我觉得这是一件有意义的事情，并乐于为之推波助澜。这部书里呈现的，仅仅是维明小说作品的一小部分。每篇都有别致的主题，很具可读性，相信不会令开卷者失望。

孔瑞平

（孔瑞平，中国作家协会会员，昔阳县作家协会主席。）

目 录

孪生兄弟

一

　　杨玉文的大儿子杨森要报名参军了，这一消息迅速传遍了皋州村的每一个角落。大家都不敢相信：军队会要个二傻子？但这一消息确实像秋天的风一样在皋州村的巷道里乱窜，而且据说这一消息的发布者还是杨森本人。

　　杨森在皋州村可不是一般人物，在这个拥有几千人口的大村里，他的知名度不亚于皋州村的老支书。杨森在皋州村人的心目中虽说是个带点"二"的人物，甚至有人说他带傻，但他傻得实在，傻得真诚，傻得可爱。他爱帮人，爱管事，更爱传事说事。在皋州村不管什么样的秘密一旦到了杨森耳朵里就不能算是秘密了。他像新闻发布者一样每天在礼堂大门外发布着皋州村上一天发生的桩桩件件。他又像小报记者、狗仔队一样到处打听着皋州村家家户户的隐秘事，这仿佛成了他全部的爱好和事业，除了吃饭睡觉拉屎放屁，他把自己全部的精力投入其中，而且乐此不疲，永不言弃。就连他父母房间里晚上发出的呱唧呱唧的奇怪声响也一度让他绘声绘色地加以渲染，成为了皋州村民很长一段时间之内乐此不疲的谈资。

　　杨森报名参军的消息是杨森前几天发布的重要内容之一，那一帮村里人称之为"等死队"的忠实的听众，都是他的见证人，而且这一消息也是通过这群人迅速准确地传播到村里的角角落落的。

　　虽然这消息令人难以置信，但三人成虎，谬误传得人多了也就成了真理，人们在怀疑讨论了几天之后也就慢慢地信以为真了。你会问：杨森当兵有什么不对吗？这确实是有原因的，而且在皋州村这就像秃子头上的虱子明摆着的。杨森脑子不够用是在他三岁以前就证明了的，当与他同龄的孩子和他的双胞胎弟弟杨林早已学会了走路的时候，他连爬都不会。当人家都学会叫爹妈爷爷奶奶的时候，他却连妈妈都不认识。从那个时候起村里人就一致认为杨森的大脑出了问题。具体是在什么时候出的问题，大家也有准确的猜测。因为杨森和杨林是双胞胎，在临产时杨森在下，杨林在上，杨森是在出生的过程中被杨林临门一脚踢坏了脑子。所以，杨森、杨林虽是双胞胎，但杨森憨傻迟钝，杨林却聪明过人。兄弟俩如果站在一起，外表上很像，但一开口一动作，真假立现，杨森就是杨森，杨林就是杨林。

　　杨森一直以来最大的愿望就是当一名解放军，这是他一生的愿望，从未更改。他始终不理解村里人看他的目光，在他的内心世界里自己才是真实的，而其他人都像受到了不断恶化的环境的污染，说话和办事都让他感觉云里雾里的。他更不知道人们都在对他回避着什么，这些他认真观察研究过，但没得出任何结论，相反研究这些让他觉得头痛无趣，所以就干脆不去管了。他每天都生活在自己真实的生活中，想说什么就说，想做什么就做，不去考虑别人的感受，他认为这样才是生活。他也听到过别人说他傻，但他决不认同，他觉得自己好着呢。他的心里存不下痛苦，他同样不理解别人的痛苦。比如说邻居家死了人，死者的家人哭得死去活来，他就认为没必要。谁还能不死呢？死就死了，活着的人何必如此伤心。他知道父母迟早有一天会死，自己也会死，听说人死了会上天堂下地狱，上天堂自然是好事，下地狱也是没办法的事，因此他决定不管谁死了他都不哭，哪怕是与自己朝夕相处生他养他的父母。如此看来，杨森是自信的、坚强的、超凡的。

　　在杨森的眼睛里，世界永远充满了阳光，特别是皋州村，每一个旮旯角他都到过，每一种植物、每一种动物他都仔细地观察过，包括村头公厕里面到处蠕动的蛆虫他都研究过整整三天。他认为皋州村的天是快乐的，地是快乐的，小河是快乐的，树和小草是快乐的，小猫小狗是快乐的，公厕里的蛆虫也是快乐的，所以他和其他的人也应该是快乐的。他特别喜欢到村外的小河边驻足，他喜欢听小河水流淌的声音，哗啦！哗啦！他喜欢看河里像带着尾巴的黑豆一样的蝌蚪，有一次他还拿着家里的笊篱在河里捞了许多蝌蚪带回家里养，没过两天就死了一大片，他差点流了泪，匆忙地把剩下的家伙放了生。他还喜欢脱了鞋赤脚下到河里面感受河水的清凉，有很多次他都产生了冲进河里的欲望，但由于不会游泳还是放弃了。他清楚地记得，小的时候弟弟杨林最喜欢让他带着到小河边玩耍，杨林很顽皮，一会不见就会往河中央跑，每一次都是他及时地把弟弟拖了回来。因为妈妈嘱咐过他要看好弟弟，保护好弟弟，这是他作为哥哥责无旁贷的事。从小到大，弟弟都在他的保护范围之内，也只能在他的保护范围之内活动。

杨森记不清弟弟从什么时候开始突然不愿意跟着他了，也许是杨林上学后吧。杨森和杨林是双胞胎，所以是同时上的学，但一年后杨森就辍学回了家，他不明白为什么父母不让他上学而只让弟弟上学，为此他反思过。他想也许是他没有回答好老师提出的问题吧。一次老师提问他 1 大还是 2 大，他说 1 大。老师问他说为什么？他说我先生出来排第一，杨林后生出来排第二，我比弟弟大，所以 1 大。老师当时很不高兴，脸色很难看。还有一次老师让他写"木"字，他没写出来，老师教他说他的名字就是三个木，他反驳说不可能，他叫杨森，不叫三个木，老师当时摇着头叹了好长时间的气。不久后父母就不让他上学了，他为此追问过母亲好几回：为什么不让他上学了？母亲说他不适合读书，学不会书上的知识。杨森一想：不对呀！我已经学会了数数字，咋说我学不会呢？为了驳倒妈妈的论点，争取回读书的权利，杨森当即从 1 数到了 5，本来他是想数到 10 的，但他一时竟没想起来 5 后面是几。母亲微笑着说以后妈妈教你。

杨森最爱最依赖的人就是妈妈了，在他的记忆里，他从来没离开过妈妈。他在妈妈的面前永远只是个长不大的孩子，妈妈比老师有耐心，不厌其烦地教他从 1 数到 10，还教他爹、妈、弟弟还有他自己的名字，其实这些他早已熟记于心了，爹叫杨玉文，妈叫王英，弟弟叫杨林，自己叫杨森，跟弟弟杨林是双胞胎。

既然他是哥哥，他就得有当哥哥的样子。在弟弟面前他永远是老大。事实上他也做到了。

刚上学的时候，弟弟受了别人的气，不管对方有多么强大，他都会毫不犹豫地冲上去。一次比他大三岁的两个坏小子竟公然向弟弟索取削笔刀，杨林吓得直往杨森身后躲。杨森大吼一声就冲了上去，左拳右腿把两个大他三岁的学生打得手忙脚乱。但毕竟双手不敌四拳，很快就落了下风，最后他被打得头破血流。在医院包扎时，妈妈问他痛不痛，他挺直了身板，呵呵地笑笑说："我是哥哥，不痛！"

杨林的聪明也是作为哥哥的他引以自豪的，在他上学的那一年里，每次考试，弟弟都是全班第一，而他却每次都是倒数第一。

他为此问过妈妈，妈说，这都是命里注定的。

二

杨森的新闻播报是在他弃学后就开始的，那天他早上起来本打算去上学的，妈妈却拦住他说，从今天开始他不用再去上学了。他很诧异，但又觉得很好。老师可以不再天天重复地教自己从 1 数到 10 了，他也可以不再费劲地写那 1 到 10 了，从此他可以自由。他急切地想把这一消息发布出去，告诉村里的所有人，所以他来到了人群聚集的大礼堂门外，站在了最上面的台阶上，并对他的听众大声宣布："我，杨森从此不再上学了，我自由了！"

他记得那个时候所有的听众都仰望着他，就像是仰望着至高无上的神一样，那样虔诚那样崇拜。他当时异常兴奋，还即兴为他们演唱了一首他认为唱得最好的歌曲"一分钱"，不过他唱了第一句就唱不下去了，因为他不知道第二句该如何唱。他挥着手打着节拍，嘴里呜里哇啦唱着别人听不懂的歌词。当时他觉得自己成了明星，就像是刘德华或是成龙，这两个是他最最崇拜的明星，也是他唯一能叫出名字的明星。他认为那天的新闻发布很成功，这一点是他从听众的眼神里发现和确认的。就在那次在听众们的极力怂恿下，他兴致勃勃地向听众讲述了他父母晚上房间里传出的呱唧呱唧奇特的声音。村里的张大爷神神秘秘地对杨森说，那是他爹爹在他妈妈的肚皮上耕种呢。杨森就不以为然，他说："你别骗人了，妈妈的肚皮又不是地，咋能耕种？"张大爷说："不行你回去问你爹爹。"杨森还真回去问了，结果父亲气急败坏地打了他一巴掌，他从此也就不敢再问了。可他的播报就从这次首播开始一发而不可收拾。

没了弟弟的陪伴，他变成了独闯江湖的侠客，每天他都穿梭在皋州村的大街小巷。收集新闻是他唯一的目的和任务，赵家的老母鸡下了蛋，不知叫谁偷走了；李家的媳妇生了娃，邻居送的是红鸡蛋；王家的草驴被张家的小马驹强奸了，黄家的小子打了白家的妮子……，所有的这些都是他搜集的新闻素材，在晌后他会准时到他的新闻播报点将上午搜集到的新闻第一时间播报出去。他喜欢听那些老头老太太听众们发自内心的欢笑声，喜欢看他们沟沟坎坎的充满崇拜的脸。站在大礼堂的制高点，他是那样英姿挺拔、风姿卓越，他感觉自己瞬间成了众人仰慕的伟人、英雄。而且一站到那里，他就口若悬河、滔滔不绝，像飞驰的汽车想刹都刹不住。这里俨然变成了他施展抱负和才能的舞台，每天他都要粉墨登场，道尽天下不平事，说尽皋州悲喜剧，他的自尊心因此得到了极大的满足和膨胀。在搜集新闻的同时，他还会做一些助人为乐、路见不平的事，当然这些事只是捎办的，无伤大雅。

与此同时，弟弟杨林在书本里课堂上经历着别样的人生。

杨林天资聪慧，学习成绩一直是班上的第一，因此他始终生活在老师、父母和同学们的盛赞和羡慕中。鲜花和掌声让他渐渐地飘飘然起来，他变得越来越目中无人，越来越不可一世。他曾是那样依赖哥哥，如今戴上王冠的他不再需要别人的呵护。更让他不能接受的是，只要身边有哥哥，别人就会对他们指指点点，这令他非常不快。皋州村是乡政府所在地，是附近人口最多面积最大的村，即便如此，打小生活在这里的人，人与人之间都很熟悉。哥哥还曾读过一年的书，不仅班里，整个学校的老师和同学都知道杨森和杨林是双胞胎，而且一个是班里的第一名，一个是倒数第一名。正因为这样，杨林总觉得在同学面前抬不起头来，他一直为此苦恼不已。每天放学回家，大礼堂是必经之地，杨林总会看到哥哥杨森站在大礼堂台阶上激情洋溢的风采。这个时候同学们总会对哥哥和他发出嘲弄般的笑，还说一些不入耳的话，他因此对哥哥更加嗤之以鼻，甚至恨之入骨了。他越来越认识到哥哥是家庭的耻辱和累赘，他甚至盼望着这个傻哥哥尽快地在这个世界上消失。这一年暑假他跟以往一样与哥哥一同去河里洗澡，在这条曾带给他童年欢乐的小河里，一个可怕的想法在他的脑海里一闪而过。如果仅仅是一闪也就罢了，事实是这一想法随后像鬼魅一样占据了他的整个大脑，又像虫蚁一样啃噬着他的灵魂，令他痛苦不堪。他闭着眼睛享受着哥哥为他提供的搓澡服务，小河水拍打着他的身体，带走了夏的炎热，带来的是惬意与舒适。而他的思绪却天马行空，游弋在了广阔的天空。他正在做出一个可怖的不可思议的决定。

当这一决定在他的大脑里成形时，他的脸上露出了阴险的笑，这笑是如此恐怖，令人在这炎暑天看过都会不寒而栗。他的笑僵在脸上，慢慢地睁开眼睛，生冷而沉着地对杨森说："哥，我要去大坝边上洗。"杨森正搓得起劲，竟一时没反应过来，他停下了手中的活，想了好一会才说："不行！那边水深，爹妈都说过不能去的。"杨林猛地从水中站起身来不容置疑地说："你不去我去。"然后头也不回地上了河岸，踩着河岸上绿茸茸的草坪向水库大坝的方向走去。杨森看着弟弟的背影，努力揣测着弟弟的心思，却没有任何结果。"等等我！"杨森喊着迅速地爬上了岸，边追边试图说服弟弟："那边不能去，我们要听爹妈的话。"杨林停住脚，扭头鄙夷地看着杨森，阴冷地说："我们都十二岁了，只有像你这样的傻子才需要什么都听爹妈的。"说完扭转身走去了。

杨森紧紧地跟随着，心里着急，嘴上却似被噎住了，不知道咋劝。自从他退学以来，他与弟弟相处的时间就越来越少了。以前他的跟屁虫弟弟对他言听计从，但这几年情况却发生了根本性的转变。杨林不仅不听他的话，相反他不得不无条件地服从弟弟的命令。他知道此时弟弟是无论如何也劝不回头的，他只好无奈地在弟弟的身后跟着，像一个跟班，亦步亦趋。

兄弟俩一前一后来到了水库大坝边，这里是整个水库水最深的地方。这个水库是学大寨时为农田灌溉而建的，小河的水源源不断地流入水库，被水库大坝拦截在了方圆三四平方公里的沟壑里，形成了偌大的一片水域，浩浩荡荡的，竟也望不到头。

看着幽深发绿的水面，杨林拣了块石块扔了下去，石块陷没处发出了沉闷的响声，水波一圈圈慢慢散开，形成了无数漂亮的同心圆。杨林胸口激烈地起伏着，他闭上眼睛牙关紧咬，显然是在做着一项艰难的决定。他睁开眼，那一丝可怖的笑再一次爬到了他的脸上。他如释重负般地长长出了一口气，看看身边的杨森，用命令的语气说："你，从这里跳下去。"杨森呆呆地看着弟弟，他不知道弟弟到底在想什么，只是发现弟弟的脸色从未有过的阴沉和可怕。听到弟弟的命令后，他半张着嘴，惊愕得说不出话。他退了几步，摆着手说："我怕！"杨林上前拉住杨森，两眼圆瞪威逼着说："你跳不跳？"杨森想要逃跑但被弟弟拉着不能脱身。两个人就这样撕扯着，动作越来越激烈，谁也没注意到他们已扭打到了坝边，两人几乎是同时跌入了水中。由于两个人都不会游泳，所以弟兄两个像是缺氧的鱼儿在拼命地挣扎着。杨森首先抓住了岸边的芦苇拼力爬了上去，杨林却越扑腾离岸越远，头在水中像西瓜一样沉浮着。杨森好不容易上了岸，回头看见弟弟还在水中，他想都没想就又不顾一切地跳入了水中，四肢胡乱扑打着向弟弟游去。这种姿势，是一种人着了急以后无师自通的狗刨式。正处在绝望中的杨林像抓一棵救命的稻草一样猛地抓住了杨森。杨森如有神助般地气力大增，拼命往岸边游，他拖着杨林一寸一寸地向岸边靠近，每前进一寸，他都付出了艰辛的努力。杨森觉得自己仿佛是在跑马拉松，时间超乎一般的长，气力的消耗到了极限。终于，他把弟弟拖到了岸边，然后又用尽全力将弟弟托上了岸，之后他就感觉身体不再是自己的了，直往水下沉，沉啊沉啊，他就失去了知觉。

当杨森醒来时是躺在医院里，他迷惑地看着守在身边的父母和弟弟不知道发生了什么。妈妈见他睁开了眼睛，眼泪就像滚动的豆子一样直落而下，砸在了杨森盖着的被子上。看着身边的亲人，杨森重新拾回了记忆，想起了自己沉入水底前所发生的一切，他开始无名地紧张起来，他对妈妈说："是我带着杨林到那里的，别骂弟弟。"妈妈含着泪重重地点点头，然后又摇摇头说："我不骂，我都不骂，只要你们都好好的就好。"旁边的杨林内心受到了强烈的谴责，他将头埋在了胸前，不敢正视哥哥的目光。他又想到了哥哥以前对他的袒护，两眼发红，眼泪就止不住地往下流。他跑出了哥哥的病房，躲进了厕所歇斯底里地哭了起来。

三

杨森是被路过的村民救起的，村民们都说他命不该绝，大难不死必有后福。当然村里的人只知道他们两个落了水，但并不知道到底发生过什么。半个月的时间，杨森躺在病床上，他的每日播报就被迫停止了，那些听惯了杨森演讲的老头老太太们一时难以适应这种沉寂的生活，在他们的心里，杨森就是一个无欲无求的开心果，没有杨森的日子，他们只能静静地坐在大礼堂的台阶上发呆，不仅脸上的笑容没有了，心里更是没有了期待与希望，他们又恢复了"等死队"本来的面目。

在杨森出院重新登台的那天，老头老太太们异常惊喜，他们一下子把杨森围了个水泄不通，问长道短，倒是把杨森问得不知该先回答谁好。若不是忍无可忍的杨森喊破了喉咙叫停，这种局面恐怕一时半会还真控制不下来。接下来就是杨森发言时间，杨森将自己和弟弟遇险的事添油加醋地向"粉丝们"做了介绍，在讲述中他隐去了弟弟让他跳下去的环节，因为他到现在也没弄明白，弟弟为什么要让他跳下去，而且，他隐隐觉着这里面有什么不妥。如果讲出来，一定对杨林不利。

兄弟俩的生活重又回到了正常的轨道，杨森继续他的播报，杨林继续他的学业。经过这件事后，杨林开始重新认识这个傻哥哥，杨森是傻但他并不糊涂，杨林反倒觉得自己的心胸太小，小得连麻雀都不如。他开始不敢正视哥哥杨森，刻意回避着两人见面的尴尬。面对哥哥时，他感到一种无形的压力压得他喘不过气来。在学校里他仍然继续着他的第一，直到高中毕业考上大学。而对于杨森来说，事情过去就过去了不再去想，他依然欢乐地生活着。

杨玉文属于典型的中国农民，在他的身上有着中国农民所有的特质。他没有读过书，连自己的名字都不会写，他从八岁起就开始与土地打交道，对土地的感情是深厚的。他对下一代也没有奢望，只是希望他的双胞胎儿子都能知书达理，不要再重复自己睁眼瞎的命运。因此杨森与杨林一到上学的年龄他就把他们都送到了学校，他本来是甘愿受更多的罪吃更多的苦把两个孩子供出来的。不幸的是孩子们两三岁的时候他就已经确定，杨森天生缺着那么一窍，之所以要让杨森上学，他是将仅有的一点希望寄予了学校，没有文化的人更容易觉得教育万能。杨森仅仅是缺着一窍咋就不能上学了呢？能会点什么都好啊！可这只是他的一厢情愿，事实证明杨森真不是上学的料，一年时间居然连十个数字都没学会。杨玉文只好面对现实，放弃了让杨森成才的打算，只能走一步看一步了。

杨玉文虽然没文化，却时时不忘自己的家长身份，他要处处显示出一家之长的威严与不可侵犯，即使是对相濡以沫十多年的发妻他也会时不时发一发脾气以提醒和证明这一点。而对于王英来说，她继承了中国传统农村妇女的所有优点，忍辱负重，吃苦耐劳。对丈夫她小心侍候，对儿子她无私奉献。因为有了她，这个家才能成为丈夫的休息站，儿子的安乐窝，全家人幸福生活的源泉。

这年夏天，正是冬小麦收割的季节，村子上空处处飘着成熟的麦香。杨玉文一早就带上镰刀，拉着排车兴致勃勃地去收割自己那一亩冬小麦了。去年冬天雪下得应时，所以冬小麦长势喜人。近段时间，杨玉文天天都会到自家麦地里看看该不该收割了，直到他认定每一棵麦穗都已经灌浆冲刺完毕，他才下定了收获的决心。看着颗粒饱满的麦穗，杨玉文的心里乐开了花，他嘴里哼唱着听了无数遍却不知道唱词的晋剧，一镰一镰挥动自如。干一大会，他就坐下来拿起身后背着的大烟袋，认真地在荷包里掏满烟丝，然后用打火机点着了，在他的头顶就袅袅地飘起了一缕轻烟。他抽着烟眯着眼，嘴巴吧嗒吧嗒地响，像是品尝着人间美味一样的惬意。早上老伴王英本打算跟他一块来的，但他没答应，他说就这点活还不够他一个人干的，让王英在家里包饺子吃。今天是收获小麦的日子，他要美美地吃一顿白面饺子。

一上午杨玉文都在专心着收割，直到他饥肠辘辘，腿脚发软了才全部割完。他抬头看看头顶已经偏西的太阳长长地舒了一口气。他想到了白白胖胖的饺子，嘴里涎水直流。他赶紧地将麦子打了捆，又抱上车，用绳子刹紧了，然后用力地拉着车走上了回家的路。

他把小麦倒在了麦场里，兴冲冲地回到了家。他的胃馋得直打哆嗦，他本打算一进屋就可吃到香喷喷的饺子的，但在火上熬了一中午的锅此时却悄没声息。因为时间太长，火已经着败了。王英心疼自己的丈夫，急着撩火上炭。底火太虚，一点劲儿没有，杨玉文足足等了二十分钟还没吃上盼望已久的饺子，心中的火气直往上冲。他的男子汉气魄在此时得到了充分的体现，他冲到妻子面前狠狠地打了一巴掌，嘴里还骂着："饭都做不好，要你有什么用？"王英突然挨了丈夫的打骂，心中委屈但嘴里说不出，两眼的泪都出来了。她忍着气煮好了饺子送到丈夫手里，自己就一个人匆匆地向村外走去。她一路走一路想，越想越委屈，越想越是觉得活着没啥意思。丈夫的脾气她知道，打人的毛病也不是一天了。杨玉文没上过学，但旧社会的传统却学了不少，特别是在对待自己女人方面，他认为女人就是为侍候男人而生的，这是亘古不变的道理，不管是在旧社会还是新社会。新社会提倡妇女解放，但他却不以为然，依然我行我素，他想老婆是我自己的，我愿意咋打就咋打，别人是管不着的。正是这种思想作祟，他在对待老婆的态度上就显得十分蛮横，甚至到了蛮不讲理的程度。他们俩的结合是媒妁之言，结婚前只见过三次面，对于丈夫的脾气王英是婚后才了解，记得刚结婚不久，丈夫就因为一件小事对她动了手，她当时很是伤心，但她只能认命，所谓嫁鸡随鸡嫁狗随狗，作为一个女人，她又能做什么呢？有泪只能往肚子里咽。以后丈夫心情不好时就会拿她出气，一次次她都忍了，特别是两个儿子出生后，她把自己全部的爱都给了儿子，而对于自己婚姻的不幸她早已忘却了。虽然她仍要时不时地挨丈夫的打，但时间长了回数多了也就不当是什么事了，也许她已经习惯了这种生活。这次又挨了丈夫的打，她心里的灰暗慢慢扩大，忧伤笼罩了全身，丈夫不爱，儿子不疼的，她越想越觉得生活对于她来说没有了意义。一旦有了这样的念头，她就鬼使神差般地走向了村外的水库。看着绿茵茵的水面，她的大脑出现了少有的亢奋，她想到了死亡，死亡是令人恐惧的，但此时她的内心却如这平静的水面一样坦然而寂静，死亡对于她已经不再是恐惧，而是一种解脱。她感觉像是有人在推着自己，慢慢地走向镜子一样的水面，水面映出了她的脸，她发现自己的脸上竟然挂着笑容，她的大脑已经完全空白。

虽然已经抱定了死的决心，死亡毕竟仍然是一件痛苦的事情。王英肺里呛了水，两手在水中乱抓，但她什么也抓不住，相反她的身体却慢慢下沉，她扑腾着挣扎着，直到筋疲力尽。水面又恢复了刚才的平静，没有一丝涟漪，似乎什么都没有发生过，一个生命就这样不经意间消失了。

王英死了，经过水库的村民发现了王英漂浮在水面的尸体后报了警，派出所的民警很快赶到了出事地点，很多村民听到了这一消息也匆匆赶了过来。有人看罢了打捞尸体的过程，就急匆匆地跑回了村里，第一时间向亲朋好友发布了这一重大事件。

此时杨森刚刚午睡醒来，他拖着慵懒的身体，扭着发酸的脖子就上了街。杨森永远都是礼貌的喜人的，他见人就笑，有时是开心的笑，有时是僵硬的笑，有时笑得很傻，有时笑得很逗，有时笑得很窘。他见谁都会礼貌地打招呼，爷奶叔伯哥嫂叫得都很亲切。他看人是辣的，不管看谁都是两眼死盯着不放，令人发毛。母亲的死他还蒙在鼓里，他先是见到了邻居赵叔，他远远地就咧开嘴笑了，这次他笑得很窘，甚至笑红了脸，也许他意识到了自己刚睡醒的模样有点对不起观众。在离得不远不近的时候，他叫了一声赵叔。

赵叔刚从水库边回来，已经确定了王英的死讯，当他看到杨森的时候本想躲开的，他是不想由自己告知杨家人这一坏消息，毕竟王英的死不是寿终正寝，而是凶死。他看见杨森在冲他笑，他也就很不自然地笑笑，但这笑却令他别扭难受。杨森从赵叔的身边走了过去，赵叔停在那里，不知道怎样对杨森说，怔怔地发着呆，等他反应过来，杨森已经走出去老远了。他急忙冲杨森走去的方向喊："杨森！"杨森闻声就站住了，赵叔说："你快去水库边看看吧，出大事了！"杨森出来正想在村里转一圈搜集一下今天播报的内容，听赵叔说水库边上出了大事就来了兴致，他是一路小跑着来到水库边的。

这个时候王英的尸体已经被打捞了上来，正横躺在岸边。杨森远远只是看见围拢着好多人，这无疑增添了他的好奇与兴奋。他快速跑到近前，冲着人群哈哈笑着说："你们这是在玩什么呢？咋这多人？"众人正在三三两两议论着，并没注意到杨森的到来，倒是他这一发话把大家的注意力全部吸引了过来。众人都瞪着杨森一时不知该如何反应，杨森莫名其妙地扫了一遍众人又说："你们是在开会吗？"还是没有人回答他的问题，这让他倒局促不安起来。这时他才注意到不远处的民警，他想他们这到底是在做什么呢？当他的注意力转移到民警那里时，众人的眼神也跟着转移过来。他们心里都在想着同一件事，就是杨森对母亲的死会是如何反应？

杨森又向前走了几步，他看到了躺在地下的人，他想那是谁？咋会这样熟悉呢？她躺在这里干什么？一连串的疑问立刻令他头痛了起来。他摸摸自己的脑袋，是的，那是妈妈。他在众人的关注下慢慢地走过去俯下身去摸妈妈的脸，妈妈的脸白得吓人，他心里颤了一下，他叫了声："妈！"妈妈没有反应，他拉了一下妈妈的衣服，妈妈还是没有反应。他在妈妈的身边出神地注视了很长时间，抬起头疑惑地看着民警问："妈妈咋啦？她睡着了吗？"派出所的郭所长用手掩着嘴咳了两声回答说："你妈掉进水库了。"杨森大脑急速地转动着，看着妈妈苍白的脸，他想到了死，他想，妈妈难道死了吗？好好的咋会死呢？他不相信，他又仔细地端详了妈妈好长一段时间，但妈妈始终没有睁开眼，也没搭理自己。他就这样等着，等着妈妈的醒来。

妈妈没有醒，杨森很是失望，后来父亲急匆匆来了，杨林也来了，而且一见到妈妈就哭，还哭得很伤心。他们的哭把杨森吓到了，他想他们这到底是咋啦？妈妈真的是死了吗？只有死了人才会这样哭的，但他没哭，他只是好奇。

四

妈妈真的死了，当妈妈被人装进了棺材，杨森才确信无疑，但他还是没有哭，直到妈妈被埋在了地里面，杨森才哭着问父亲说："他们为什么要埋了妈妈？"父亲没理他，他就去问杨林，杨林正哭着伤心，有点恼怒地说："妈妈死了！死了！知道吗？傻瓜！"杨林的态度把杨森吓住了。接下来所有的过程杨森都是呆呆的，在离开墓地返回时，杨森不停地回头看着地上新起的土包，他心里在想："妈妈睡在那里了！"

妈妈死了，家里立刻冷清了起来，杨森回家也没有人招呼了。在以往，杨森一进家门，妈妈都会走上来，拍打着他衣服上的灰土说："去把手洗干净，要吃饭了。"杨森对时间的把握是很到位的，他的生活也很有规律，早上七点起床，上厕所、刷牙、洗脸、吃饭，然后出门，天天这个程序。白天他在家里待不住，整天在村里溜达，他不会看表，他是通过太阳的位置判定时间的。还有就是他的肚子，肚子一空就到了回家吃饭的时间，准确无误。晚上吃过晚饭，他喜欢看家里人看电视，电视他看不懂，但他看得懂家里人看电视时的喜怒哀乐。他知道这些都是那个叫电视的盒子惹的祸，这他懂。在电视前待的时间一长他就会打盹，妈妈就会催他去睡。小时候他们一家人都睡一个屋，爹爹揽一个，妈妈揽一个，不过他和杨林都喜欢让妈妈揽，所以晚上兄弟俩就会为此去争，妈妈就会让兄弟俩石头剪子布分胜负，但十有八九都是杨林赢，所以杨森基本上是在父亲的怀里长大的。但他还是喜欢妈妈，因为妈妈和蔼，从来不训人，更不骂人打人。父亲虽也从来没打过自己，但杨森不喜欢父亲那不苟言笑的严肃的面孔。现在妈妈变成了山上的土包，没有人给他拍身上的灰土，没有人催他睡觉了，他觉得生活空落落的，失去了生气。他想妈妈，实在想得不行的时候他就会到山上的土包旁陪着妈妈说话。他认为妈妈就在里面睡着，他的话妈妈是会听到的。

妈妈死后父亲一度很失落，但生活还要过，杨林继续上学，杨森在礼堂大门外的播报因妈妈的去世停了一段时间后，又重新开始了。生活仍在继续，父亲开始为杨森将来的生活担忧，他曾经以为他和妻子会照顾杨森一辈子，但这一辈子到底能有多长，他现在不敢想，也许是五十年后，也许是十年后，也许就在明天，生活充满着不确定性，他不得不为杨森考虑了。

杨林上初中了，上的是县城的初中。杨林是一家人的希望，学习成绩又好，所以杨玉文要破釜沉舟，即使家里再难也要让杨林读书，而且要上最好的中学。第一次送杨林到县城上学，也是杨玉文平生第一次进县城，县城与乡下的差距令他感叹不已。在杨林的学校门口他看到了两个修鞋的残疾人，人来人往的生意很是红火。他就想，杨森虽然有点傻，但还是能学点东西的，能不能让他学一学修鞋，也算一条活路，万一将来没有人照顾了，他也能自食其力。他这样想着就蹲在修鞋摊前看了起来，看的时间长了，修鞋的就纳闷了，问："你这是想做什么？没见过修鞋啊？"杨玉文不好意思地笑笑说："我想学一学。"修鞋的就不高兴了，说："你一个健全人，干什么都行，还想跟我们抢饭吃呀？"杨玉文就把自己儿子杨森的情况说了，他还请求修鞋的说："能不能让我儿子跟你当学徒，学会后他回皋州修鞋，决不抢你的生意。"修鞋的会心一笑说："没想到我还能当一回师傅，你把他领来吧，我管吃管住不收学费，只是我腿脚不方便，他得帮我收拾摊子。"杨玉文一听高兴得不得了，说了一大堆感谢的话，临走时他才想起来还没问人家叫什么，哪里住的，他就问了，修鞋的回答说："我姓鲁，叫鲁全贵，鲁班是我的祖先，不过他是木匠，我是修鞋匠，我家就在不远的南关街 58 号，下次来还到这里找我就是。"杨玉文千恩万谢后才离开。

　　回到家后他就跟杨森商量，杨森憨憨地说："我听爹爹的话。"第二天杨玉文就带着杨森进了城，杨森打小没离开过皋州村，第一次坐这么长时间的汽车，第一次进城感觉特新奇又新鲜。他坐在车上没一会安生，经过第一个村时，他发现村里面的人没一个认识的，他就问父亲："咋那么多不认识的人？"父亲说："到了城里不认识的人更多，你看都看不过来。"经过了很多村子后，杨森就想：爹爹真没骗我，果然有那么多不认识的人。车子走了好长时间还不到县城，杨森开始感到恶心想吐，他就问父亲："咋还不到？"父亲说："快了快了！"他说："我肚子难受想吐。"父亲说："你忍忍吧，很快就到了。"父亲刚说完，杨森就忍不住吐了出来，吐了父亲一身上，恶心难闻的气味立即弥漫了整个车厢。所有的乘客就埋怨开了，冲着杨森指指点点，人人脸上满是厌恶与鄙夷，甚至还有愤怒。杨玉文一边用擦汗的毛巾擦着污物一边向这个道歉向那个道歉。杨森吐后觉得好受了一点，他对父亲说："坐车难受，我以后不坐车了。"杨玉文忙对儿子解释说："你是坐车少，坐多了就不晕了。"杨森就窝在座位上昏昏欲睡了。

快进城时，车来了个急刹车，把杨森颠醒了。杨森就向窗外看，一座大楼映入了眼帘，很高很高，杨森都把脖子抬到天上了还没看到顶。他一扫刚才的难受与不快，拉着父亲问："那么高的房子人能上去吗？"父亲说："那是楼房，有楼梯还有电梯，上去很方便的。"杨森就不明其理地"哦"了一声。

下车的时候杨森还是无精打采的，经过这一路的晕车，杨森对坐车没有了好感，甚至对这座城市也失去了兴致。父亲领着他见到了鲁师傅，杨玉文还特地给鲁师傅买了一条烟，算是酬谢。鲁师傅见了杨森很高兴，他对杨玉文说："你放心回家，杨森我带着，一个月后你来领就是。"杨玉文又一次千恩万谢后才离开。

杨森这就正式当起了学徒，修鞋对于正常人来说并不难学，但对于杨森来说却是一门很深的学问。父亲临走时嘱咐他要听师傅的话，他就很乖地听师傅的话，师傅让干啥就干啥。鲁全贵小时候得了小儿麻痹，所以打小就成了残疾人，靠着修鞋挣口饭吃。他一直未婚，光棍一个，一个人吃饱了全家不饿。杨森来了以后，他就有了伴，也有了帮手。杨森虽有点傻，但很听话，这让他很高兴。这一老一少一傻一瘸患难兄弟一样日出而作日落而息，没几天就产生了感情。鲁全贵越来越喜欢杨森，他开始把杨森当自己的儿子一样看待，杨森喜欢吃肉，他就隔三岔五割肉给杨森吃，杨森想吃冰棍，他就买，想吃饼干他也买。他对杨森的要求到了有求必应的程度。杨森也给他带来了很多帮助，他腿脚不便，家里的一切力气活杨森全包了，以前出工下工鲁全贵要走很长时间，现在有了杨森，所有的工具物品杨森一肩就扛下了，有时遇到下雨，杨森不仅要背工具物品，还要背鲁全贵，一路小跑就回了家。自从杨森来了以后，鲁全贵再没有挨过雨。杨森刚来时叫鲁全贵师傅，一个礼拜后，鲁全贵就让杨森叫叔，半个月后，鲁全贵对杨森说："要不你认我个干爹吧？"鲁全贵对他好，杨森心里是知道的，所以对于鲁全贵的提议他是高兴的，他对鲁全贵说："只要爹爹答应，我叫你爷爷都行。"鲁全贵赶忙摆手说："不能叫爷爷，就叫干爹吧。"从此杨森就有了干爹，他在干爹那里学到了最好的修鞋手艺。

五

　　一个月后，杨玉文来接儿子，他看到儿子不仅没瘦而且还胖了许多，精神状态也特别好，心里高兴。杨森见了父亲就不停地给他讲这一个月来的奇闻逸事，当然还讲到了认干爹的过程，杨森问父亲同不同意他认干爹，杨玉文自然不反对，多个干爹多个人疼那是好事，而且他干爹还给他准备好了全套修鞋的装备。杨玉文是带着钱来的，本打算求鲁全贵帮着购置，没曾想根本不用自己操心。他要留钱，鲁全贵倒不高兴了，说："这是我送给干儿子的，咋能要钱？只要你以后让干儿子常来我这儿走走就好了。"杨玉文非常感激，满口答应以后让杨森一个月来看干爹一次，鲁全贵也就欢喜得合不拢嘴，不过看着杨森走时依依不舍的样子，鲁全贵还是落了泪。

　　杨森的修鞋摊就在皋州村开张了，没有披红挂彩，没有鞭炮齐鸣，没有锣鼓喧天，但却一样的热闹。这热闹全凭杨森平时播报时的忠实观众捧场，一色的老头老太太齐聚大礼堂门口，他们知道杨森要修鞋还特意从家里找了几双想扔还没来得及扔的破鞋拿来，算是支持杨森的工作，杨森的修鞋摊在一片喧嚣声中，红红火火地开张了。杨森修鞋实实在在，虽然速度慢，但修得仔细，村里的老头老太太们拿来的破鞋在杨森的巧手侍弄下都变得焕然一新结结实实，这令他们一万个满意。接下来这群老头老太太就成了杨森免费的宣传员，有时还添油加醋，把杨森的修鞋手艺说得天花乱坠，杨森修鞋的名声就在皋州村传开了。老头老太太还自愿帮杨森到处揽活，特别是对自己的晚辈，只要是修鞋就必须到杨森那里，别的地方不准去。有了他们的大力支持，杨森的修鞋摊生意每天人来人往，络绎不绝。

　　杨森现在有了正式的营生，自然就没时间打听村里的闲闻趣事，他只好边修鞋边听老头老太太们给他絮叨。什么东家嫁了女，西家娶了媳妇，南家死了爹，北家生了儿，他是坐镇修鞋摊，便知天下事。他自然不会只当听客，他对众人讲述了一个月来他和干爹的故事。他还向他们讲城里的楼有多高，广场有多大，人有多少，姑娘有多漂亮，只要他见过的听过的他都讲，他俨然成了走南闯北见多识广的人物，而那些从未出过远门一辈子蜗居山里的庄稼人全被他的故事所吸引。杨森讲得出神入化，他们听得津津有味，很多时候竟忘了吃饭。有了这群忠实的听众，杨森的心里得到了极大的满足，而这群老头老太太的生活也充满了乐趣。生活就这样在欢乐与不经意间匆匆地流过去了。

现在来说杨林。三年的初中生活很快就过去了，在自己的努力下，杨林顺利地考入县中学，开始了他的高中生涯。杨林来到城里上学后，面对这人才济济的县城，本是志得意满不可一世的他感到了危机和压力，特别是第一次考试结束后，全班六十个人他的成绩竟然排在了三十几名，这更让他无地自容，直想在地上找个缝钻进去。他终于认识到，自以为是的他，以前的辉煌只是偏安一隅的称王称霸，而真正到了逐鹿中原的时刻，自己的实力就蹩脚得不值一提。他知道了什么是天外有天人外有人，什么是强中更有强中手。在这样的环境下，他不得不偃旗息鼓，收起了自己的锋芒，重新认真地对待自己的学习。

杨林有自己的目标，他知道妈妈没了以后，家里的境况就更加苦了，他不能再火上浇油，他必须顺利地考上县中学，还必须在应届生就考上大学，如果要补学，光是补学费就交不起。至于哥哥挣的钱，父亲有他的打算，他要攒起来，将来给哥哥哪怕是买也得买个媳妇。而杨林上学的费用只能靠父亲来挣，父亲只种了不到十亩的地，每年除了开销也就剩余三两千块钱，要供他读书确实有困难。因此他必须要争气，能不能出人头地离开农村就要看他自己的啦。他一次次地下着决心，一次次地鼓舞着自己，鞭策着自己。

在高中，男生与女生关系就更加敏感了。杨林一表人才，所以应该是众多女同学心中的白马王子，但他并没有任何的优越感。因为家庭困难，他在穿着上就低人一等，在平常的同学交往中就显得更加小气。因此他在情窦初开的年纪，对待异性却能敬而远之。

与杨林一样，杨森也到了发育期，虽然智力上有欠缺，但对异性的渴望同样像奔腾的江水一样汹涌。他的修鞋生意长盛不衰，因为他已经有了自己固定的客户群，在他的客户群里除了老头老太太外，还有很多年轻的小姑娘小媳妇，其中他认为最漂亮的就是白洁。她人如其名，有一张白净脸，一双动人的眼睛，还有细细的腰身，在皋州的闺女们里面算很出色的了。杨森虽傻，但也是男人，特别是在男女方面并不傻。白洁来找他钉过鞋，业务很小，不过是要求给她的鞋跟打个钉。当时杨森只顾看她人，忘了听她说话了，她只好又说了一次，杨森才如梦方醒。杨森的手在抖，眼睛也不管用了，怎么也找不着放鞋钉的小盒子了，还是白洁一眼看见了，用那双纤纤小手捏起来递给他。杨森赶忙收摄心神，一点一滴做好自己的事情。这可是给女神钉鞋跟啊！一点疏忽都不能带的。鞋钉好了，杨森双手捧着给白洁递过去，趁机跟她对了一个眼神。白洁很坦然，杨森却明白了：自己喜欢上了白洁。

杨森从此天天盼着白洁来修鞋，白洁却如石沉大海一去不返，很久也未现身。白洁在村里的小学当老师，她的家离小学不远，去学校不经过大礼堂，所以就难得见一次。杨森很久不见白洁，心里痒得难受。为了见白洁一面，这天他就把他的修鞋摊摆在了学校门口，大礼堂门口那些老头老太太突然不见了杨森，以为出了什么事，一打听才知道他挪了地方，他的很多老客户也都扑了空。有人问他："咋改地方了？"他回答说："我要给学生修鞋。"那人就笑他："小学生修什么鞋？"这天他等了一天也没等到白洁，一问才知道白洁去县城考试了，他因此很是失望，悻悻地把摊位又移回了大礼堂门口。

第二次他不仅看到了白洁，令他欣喜的是白洁还跟他说话了。白洁问："你咋来这儿啦？"他还是说："我给学生修鞋。"白洁也笑他，还劝他说："这儿没人修鞋，你还是回原地方吧。"说完就进了学校，杨森出神地盯着白洁的背影一眼一眼地看，直到消失。那天杨森心情特好，整天笑个不停。从此杨森隔三岔五就会将他的摊位挪到学校门口，为的只是看白洁一眼。

杨森的色胆越长越大，已经大到了包天的程度。这天杨森又将摊位设在了学校门口，他看着白洁走了过来，就放下手中的活，拦在了路中间，还傻呵呵地笑。白洁看他憨憨的样子以为他有什么事，就问："你有事找我？"他突然就冒出了一句："我想跟你好？"白洁一听脸唰一下就红了，美丽的脸也变得狰狞可怖，她杏眼圆睁恶狠狠地对杨森说："你流氓！"然后就绕过杨森匆匆地走开了，把杨森晾在那里不知该如何是好，之后他只好灰溜溜地把摊位又挪回了礼堂门口。

自此白洁一看见杨森就会绕着走，像是躲避瘟疫一样。而杨森始终不甘心，有一次他又跑到白洁身边非常直白地说："我喜欢你！"白洁气得抬手打了杨森一巴掌。杨森因此一天没吃饭，他心里非常难受，但他不明白那就是失恋的感觉。

六

　　杨林高三了，高强度的学习生活和他心中的那份责任把他压得喘不过气来，他想到过放弃，像哥哥那样自食其力，但他知道父亲是不会同意的，所以他只能拼命。

　　杨森就是在此时对外宣布自己要报名参军的消息的，他下这一决定缘于他父亲杨玉文的一个发小的来访。杨玉文的这个发小叫张胜利，既然是发小，当然是从小一块光屁股长大的，而且是紧邻，到上学年龄时，张胜利上学了，杨玉文却由于家庭困难没能上学。张胜利上到高小毕业就参了军，在军队里又上了大学提了干，如今已是师级干部。他这一次回乡就是为了看看亲戚朋友，顺便再访一访儿时的好友。张胜利是穿着军装来到杨森家的，杨森从来没见过真正的军人，张胜利的出现让杨森眼前一亮。"太牛了！简直太牛了！"杨森对张胜利赞叹不已，他从来没想过当兵也能如此牛。以前在他的认识里，当官是最牛的，因为当官可以坐小车，吃大餐，而且上管天下管地中间管人，只要他愿意什么事都可以管。如今张胜利的一身戎装改变了他的看法，他从来没见过这样牛气的服装，自从那天开始他就下决心一定要穿在自己身上。为此他向胜利叔询问过，胜利叔说军装只有军人才能穿。他还问如何才能当兵，胜利叔说按程序每年在征兵时期在当地报名就行。因此杨森今年就特别留意征兵的消息，几乎每天他都要向他那些忠实的听众打听是否开始征兵了。

　　前几天他确认了征兵开始的消息后，就只身一人去了乡政府。皋州村是乡政府所在地，而杨森又是皋州村的名人，乡政府的人也认识他，有个工作人员就问他来乡政府要做什么？他就说想报名参军。那个工作人员惊奇地看着杨森，像是看着一个外星人一样。杨森就纳闷了，问："有什么不对吗？"那个人吞吞吐吐半天没说出个道道来，只是说："你回去等吧。"

　　杨森从乡政府出来就觉得自己成了解放军，走路的姿势也不同以往了，他将腰板挺得直直的，两肩平齐，目视前方，由于过分用心，手和脚就不知该如何动作了，竟然出成了一顺子。他以这个姿势雄赳赳气昂昂地走在皋州村的大街上，惹得大街上的人都朝他看。大家心里都在打鼓，弄不明白杨森为什么如此走路。杨森就这样招摇过市地完成了他的"军演"。他走向大礼堂门口，站在了那个他长期以来占据的演讲台，情绪激昂地宣布了他报名参军的消息。

他的听众之一王爷爷问他："你鞋修得好好的，当兵干啥？再说人家军队要你吗？"杨森信心十足地说："肯定要，胜利叔说过军队什么人都需要。"李奶奶就插嘴说："参军要体检的，身体不好是参不了军的。"杨森自信地说："我身体棒棒的，没问题。"人群里的赵爷爷自言自语说："兵那么好当啊？你要能当兵就都能当了。"声音虽小，但杨森听得仔细，他说："乡政府的人都让我回家来等着了，还能有错吗？我一定要当兵，当最牛的兵，穿最牛的军装。"这样杨森要当兵的消息就通过这些"等死队"成员迅速地传遍了皋州南北。

地里的活刚刚结束，昨天就下了入冬以来的第一场雪，白雪把大地封了个严严实实。人们似乎还不太适应冬天的寒冷，都躲在了家里不愿出门。这样的天气杨森也就给自己放了假，不再出摊。但家里他是坐不住的，即使是下刀子也管不住他的两只脚。他一早就出了门，踏着皑皑白雪来到了大礼堂门口，路上一个人都没有，大礼堂门口也没有人，只有几条狗不知冷暖地在雪地里到处溜达，东嗅嗅西刨刨，像是在寻找食物。没了听众，杨森的心情越显烦躁。等了两三个月了当兵的事情还没有结果。他曾去乡政府问过，却没人搭理他。上次那个工作人员不仅不理他，还一脸严肃地把他赶了出来。他就想不通了，当兵比当官还难吗？前几天听说新兵已经穿上军装披红挂彩坐车走了，当中却没有他。他就再次去乡政府问，在乡政府门口截住了一个当官的就问为什么没有他？把那个当官的问得丈二和尚摸不着头脑，竟然怯怯地问："你是说低保没你吗？"杨森就更加来气了，愤愤地说："我是说当兵为啥没有我？"那个当官的一听也来气了，说："你起什么哄？你个二傻子能当兵吗？快滚出去！"杨森一看人家发了脾气，就灰溜溜地出了乡政府，但心里却憋着一股子气："为啥没有俺？"

为当兵没有自己的事杨森一度很是失落，出摊修鞋也只是修鞋，嘴上的话几乎没有了。他的忠实听众一时难以适应，纷纷打听出了什么事。很多人就直接问他，他才懒得解释，就应付说："我只是嘴困不想说。"李奶奶嘴快抢着说："不对，你那张嘴能困得不想说？我看一定是有事。"杨森还是不理，人们也就不再问了。

没有不透风的墙，杨森当兵没当成的消息还是一阵风一样，不知从哪里传了出来，杨森就感觉很没面子。赵爷爷开口说："我说军队不可能要你吧，你还不信，这下让我说准了吧？"杨森不服气地说："今年不行还有明年，你等着瞧。"王爷爷就劝他说："你还是安安分分修你的鞋吧，当什么兵啊！"说完还不停地叹气。杨森居高临下扫视了一遍这些老气横秋的听众，像是发誓一样说："爹爹说我还年轻有的是时间，一年不行两年，两年不行三年，我就不信我当不了兵。"那些听众个个摇着头叹着气，对杨森的话不置可否。

就要过年了，父亲给杨森杨林兄弟买了新衣服，准备了对联鞭炮，还称了肉，煮了麻花油条蒸了糕，做好了豆腐，就等着大年到了。自从妈妈去世以来，杨林要上学，杨森有他自己的事，这些就成了父亲一个人的营生。杨玉文做这些时，一直叹着气，他想到了妻子王英对自己的好，如今却孑然一身，他后悔啊！后悔自己对妻子的粗暴，后悔没有珍惜曾经的好日子。

过年是最让杨森高兴的节日，每年三十晚上他都要通宵熬夜，俗称熬年，这是他小时候以来形成的习惯，年年如此。他熬年与别人不同，别人熬年要凑在一起看电视、打扑克、打麻将，这些他不懂也不会，他认为自己才真真算作熬年。每年三十晚上，他都坐在凳子上，眼睛盯着墙上的钟表，耳朵听着钟表咔嗒咔嗒的声音，像是坐禅一样，一直坐到天亮。小的时候妈妈曾试图阻止他这种行为，但他始终没有妥协，虽然有几次半夜睡着了，可第二年他还是要坚持。

今年的三十杨森还要熬年，吃过年夜饭看完春节联欢晚会后，屋里屋外渐渐静了下来，大部分家庭都熄灯睡了，父亲和弟弟也躺在炕上起了鼾声。杨森一个人静静地坐在凳子上，一眼盯着墙上的钟表在发呆。时间一分一秒地过去了，时间已到午夜两点，这时父亲杨玉文起身下炕像是要小解，刚走两步却突然重重地摔在了地上，把正在发呆的杨森吓了一大跳。杨森一激灵走到父亲身旁，将父亲扶了起来，但却是不省人事。杨森就大声地喊弟弟，弟弟睡得正酣，被哥哥吵醒了正要发作，一看父亲在地上躺着，也忙下炕跟杨森一起把父亲抬到了炕上。

杨林就吩咐杨森赶紧去叫医生，在皋州村没有杨森不熟悉的人，这一点他比杨林要强很多，杨森就一个人冲进了墨一样的夜里。

杨玉文得的是脑出血，还亏得发现和救治及时才保住了一条命，但却造成了下身瘫痪。

七

大年三十发生如此变故，杨林感觉天塌下来一样，他已对将来彻底绝望了。自从父亲病倒以来，他每天茶饭不思，他一直在考虑这个家和自己的将来。而杨森乐天派的天性并没有随灾难的降临而改变，他照样能吃能喝能说，好像什么事也没发生一样。唯一使他感到不快的是，他必须花费大量的时间来照顾病中的父亲，他的自由受到了一定程度的限制，但为父亲付出，他是乐意的。

对于杨林来说这个年过得太糟糕，不仅没增加任何乐趣，反倒添了太多的不快。马上要上学了他该怎么办？他问自己。父亲病倒了，意味着他的学费再无着落，在开学前他一直在想这个问题，直到开学的前一天他还是没能想出办法。父亲下身瘫痪了，但脑子不糊涂，他看到了也想到了杨林所处的尴尬境遇，在开学的前一天，他把杨森杨林弟兄俩叫到了炕前。他对杨林说："再有半年你就高中毕业了，不管发生什么你一定要坚持，决不能放弃，你是我们全家的希望，你哥这些年修鞋攒了点钱，我原本不打算动，你哥挣的将来还用在你哥身上，但现在看来不动是不行了，我们家先得过了这个坎，只能过一时说一时了。"他又看看杨森说："你是大哥，我现在不能动了，你就是这个家的顶梁柱，拿你挣的钱给你弟弟交学费你同意不？"杨森呵呵一笑说："我听爹爹的。"杨玉文又看看杨林："你不要忘了今天，不要忘了你哥，将来你挣了钱要照顾你哥，知道吗？"杨林泪眼汪汪地说："爹，我知道。"

第二天，杨林照常上学，照顾父亲的重任就落在了杨森的身上。每天早上除了收拾他自己外，还得照顾父亲上厕所吃饭洗脸。做完这些后，他才能背着他的工具出摊。到了大礼堂门口，时间和空间才属于他自己，只有这个时候，他才能敞开心扉毫无顾忌地说，他才能放下所有尘世间的烦杂，干他想干的事。在暗恋白洁的日子里，他想做的事似乎有很多，在报名参军的那段时间里，他想干的事也挺多，这些都结束以后，他觉得自己什么都不想干了，他想干的事只有修鞋，认真地修鞋，修出第一，修出水平，修得村里的人都夸好，这就是他的目标。

除了父亲，他心里的妈妈还没有死，他认为妈妈就睡在那个土包下面，所以他时常在下午活不多的时候跑到妈妈的坟头，坐在地上陪妈妈说话。他不介意妈妈是否回应，反正他有的是要说的话，他会将皋州村所有发生的事都讲给妈妈听，第一天讲了，第二天还讲，第三天还讲，他讲着，妈妈睡在里面听着，直到自己讲累了，想起该回家照顾父亲了他才打住，然后匆匆与妈妈道别，再匆匆赶回家里。

杨林不负父亲的重望考上了大学，凭他的天赋以及勤奋考大学他不愁，愁的还是那高昂的学费。父亲对杨森说："还得用你挣的钱给弟弟交学费？"杨森依然傻呵呵地笑着说："我听爹的。"实际上杨森对钱是没有概念的，钱的多少他更不知道。在他的意识中，有吃有穿，饿不着冻不着，要钱做啥？他也不知道辛苦是什么，他认为他做的都是他应该做的，他生活在无知中，快乐在无知中。杨林再次拿着杨森修鞋赚来的钱走进了大学的校园。

为了减轻哥哥的负担，杨林在大学里边上学边打工，大学四年间，他没有看过电影，没有进过商场，除了学习外，他将额外的时间全部用在了打工挣钱上，他当过小贩，做过服务生，发过传单，捡过垃圾，所有能挣钱的事他都干过。为了省钱，四年来他没回过一次家，过年那几天，他也不肯放过，那可是挣钱的大好机会啊！他就这样一路打拼着走了过来。而对于杨森来说这四年也不怎么好过，他与父亲相依为命，在四年里，他学会了做饭、洗衣服，针线活他都能拿得起来。除此之外他还能依靠谁呢？但他没感觉到苦，生活对他来说就像蜂蜜一样永远是甜的。

在这几年里，杨森的当兵情结并没有放弃，每年一到征兵的时间，他都会第一个去报名。每次报名他都会遭受别人的冷眼，特别是乡政府那个工作人员，令他特别反感。他专门打听过，这个人姓田，不是皋州本地人。今年秋天他又去报名了，一进门又正好碰上了那个人，姓田的丧着脸，像是死了父母一样，他冲杨森吼道："你咋又来了？不是告诉你了吗？就是中国没人了，军队也不会要你的。"杨森本来是高高兴兴来的，进门撞上了丧门星，心情一落千丈。他对姓田的说："谁规定不允许我报名的？我当不当兵关你什么事？"姓田的没想到杨森会说出如此的话，他一时噎在那里不知如何反驳。他胸中的气急剧膨胀，都快要爆开了。他两手叉着腰瞪着眼声音提高了八度，恶狠狠地说："我就不让你报名，你个二傻子还想当兵，除非都瞎了眼。"所谓骂人不揭短，杨森一听姓田的说他是二傻子就更加来气了。他冲过去就重重地给了姓田的脸上一拳，姓田的没防备杨森还会打人，猝不及防挨了打，脸立马就肿胀起来，嘴角还流出了血。姓田的气急败坏："你他妈敢打老子？"就和杨森扭打在了一起。来来往往几个回合下来，杨森占了上风，他将姓田的压在身下，像武松打虎一样挥拳猛砸，姓田的已无还手之力，两手护着头，嘴里啊啊呦呦声不断。杨森打了一会觉得够了才放了开来，他冲着地上的姓田的说："我要报名！"姓田的哆哆嗦嗦站了起来，用手擦着脸上的血，喏喏地说："好！好！"

杨森兴高采烈地走出了乡政府，刚才他打赢了一场非常重要的战役，这让他信心倍增。他潇洒地走在皋州村的大街上，嘴里还哼着自己都不知道词的小曲，今天的高兴不同以往，这是一种胜利的高兴，他从来没体会过的高兴。虽然他的参军梦还是没能实现，似乎也永远实现不了，但他的精神还在，他还要继续他的寻梦之旅。

生活依旧是那么艰苦，只是杨森没觉得，他依然高高兴兴地出摊，快快乐乐地收摊。他每天都沉浸在与老头老太太们的嬉笑中，他年龄虽小，但早已成为了他们中的一员。当然那些"等死队"成员也不是一成不变的，他们随着人的自然规律在新旧更替，有的出了队伍，要么是病倒起不来了，要么是终于等到了死亡的那一天，有的补充了进来，因为他们到了这个年龄，就想来这里寻找家庭所没有的慰藉。王爷爷就去了，去得很突然，下午还在一起说得昏天黑地，晚上就化作一缕轻烟登了天堂。新入队的陈叔是个笑话篓子，特逗人，他对众人说："这叫旧的不去新的不来。"他还逗杨森说："行行出状元，你在皋州村修鞋这一行里算是状元了，但鞋破了好修，人成了破鞋可就不好修了。"杨森悟了半天没弄明白陈叔在说啥，他就问李奶奶："人咋能成了破鞋呢？"搞得李奶奶十分不自在，她想向杨森解释又觉得不知咋解释，憋了半天才说："你听他瞎胡呲呢。"把一群人笑得前仰后合的。

八

杨林大学毕业了，却没赶上国家分配，工作还需自己找，对于像杨林这样没钱没关系的毕业生来说，这无疑是不小的压力。拿着本科毕业证，杨林刚开始还是信心十足，但碰了几次壁以后，他就像霜打了的茄子一样蔫了。他一个人混迹在省城里，无依无靠，上学时还有地方住，现在却连落脚的地方都没有了。他想到过回家，但家里一个是瘫痪在床的父亲，一个是智力低下的哥哥，能给予他什么呢？他感到了从未有过的迷茫。一天的奔波结束后，他才发现自己身上连在最差的小旅馆住一晚上的钱也没有了。他在大街上踯躅前行，不知道该到哪里去。偏偏这时又下起了小雨，天气已开始转凉，雨下在身上凉丝丝的，令人战栗。肚子也不争气地咕咕叫个不停，街上的霓虹灯已经开始闪烁，发出刺眼的光芒。一个巨大的白底红字招牌在他的眼前炫耀着，那里面有他最爱吃的拉面，大橱窗玻璃映出里面攒动的人群，他咽着口水快速地走了过去。

这时的杨森刚刚收摊回到家里，他侍候父亲上了厕所，然后就开始准备晚饭。农村的晚饭简单而实在，山西人面是必不可少的，中午吃膮子面，晚上大多会吃拌汤或和子面。和子面要稠，抗饥。杨森经过父亲的指导和这几年的锻炼，日常的饭食已不成问题。半个小时后，一锅香喷喷的和子饭就做好了。杨森先给父亲盛了一碗，端到炕边，扶父亲靠着棉被坐了起来，再拿个小板凳放在父亲的旁边，把饭放到小板凳上，父亲就开始吃饭了。杨森自己也端了面坐到炕沿上吃，他边吃饭边给父亲讲今天村里发生的事。自从得病以来，杨玉文就很少出门了，隔段时间憋闷得不行，才叫杨森背着他到门口透透气。他成天唉声叹气的，心里说不出的苦，只有杨森在家里时，听着杨森不停地讲这讲那，他心情才会好受点。他吃着饭猛然就想起了杨林，他像是问杨森又似乎是自言自语地说："杨林该毕业了，不知道参加工作没有，这孩子也不来个信。"杨森说："弟弟几年没回来，是不是找不到家啦？"杨玉文笑笑说："哪能找不到家，不会是有什么事吧？"杨玉文停下了筷子，脸上立刻浮上了一层愁云。

杨林在大街上走着，远远的一对情侣打着伞相拥着走近了，与他擦身而过，他的心里掠过了一丝嫉妒。现在最使他发愁的是今晚该在什么地方过夜，他想了很多地方，最后他选择在公园的凉亭里，那里虽然不能遮风但能避雨。在省城生活了四年，公园在什么地方他还是知道的，所以他就加快了脚步向着公园的方向去了。

这几年省城的公园都改成了开放式，这里成了附近居民休闲的场所，天气好的时候，晚上这里人很多。但今天是雨天，所以人就很少，只是偶尔会遇到人，也是匆匆而过，显然那也是赶路的过客。杨森一路小跑进了公园，还是一路小跑进了一个凉亭。进了凉厅以后他才发现凉亭的条椅上躺着一个人，借着路灯的微弱光线，杨森见那人衣衫褴褛，俨然是一个乞丐或是拾荒者。他心想也许这是人家的领地，那下一个会不会也有了主人呢？他仰头看看这鬼天气，决定今晚就在这里过夜。凉亭里四周都是条椅，所以虽然已经有了一个人，但睡觉的地方还是很宽裕的。他把背着的大包放在条椅上，然后枕着躺下了。那个乞丐或是拾荒者翻了个身，似乎已经发现了他的闯入，但并没有搭理他，仍然睡他的觉，他就躺着想自己的心事。明天一定要找一份工作，他已经没有选择的余地了，不然的话，明天晚上他还得来这里过夜。他想到了那个遥远的家，家里瘫痪的父亲和弱智的哥哥，他们也许现在已经躺在了温暖的被窝里进入梦乡了，他想：有家真好啊！以前他并没有感觉到家的重要，但现在却真实地体会到了。想家的感觉冲击着他的大脑，令他不能自已地流出了两行热泪，他就这样迷迷糊糊地睡着了。

梦里他回到了久别的家乡，回到了那个魂牵梦绕的家。父亲和哥哥迎出门口，两个人都笑开了花。父亲还冲着屋里喊："王英，杨林回来了。"然后妈妈就出现了，妈妈慈爱地看着他，抚摸着他，爱意绵绵。哥哥走过来拉着他的手，呵呵地笑着，他也就跟着笑，那是发自内心的笑，是幸福的笑。突然间，妈妈不见了，父亲摔倒在了地上，哥哥慌张得不知所措，一切美好瞬间消失，天也变得奇冷无比，那种刺骨的冷。他惊慌地喊着：妈妈！妈妈！

他睁开眼，一双陌生的眼睛正在盯着他看，把他吓得一哆嗦。他猛地坐起身，那双眼睛就迅速地躲开了。他揉揉眼睛，观察了一下周围的环境，确认那双眼睛是属于那个乞丐或是拾荒者的。那个乞丐或是拾荒者仍在看着他，张开嘴呵呵地笑出了声。杨林好奇地问："你笑什么？"那个乞丐或是拾荒者止住笑，回答说："你说梦话了。"然后再呵呵地笑，那笑声充满了真诚，让他感到十分熟悉。他莞尔一笑，想：那不是哥哥的笑吗？于是他就对那个人产生了莫名的好感，好像哥哥一下子来到了他的身边，更像是又回到了童年，他的脸上出现了难得的开心的笑容，这一天他就从这开心的笑容开始了。

杨森一早起来，就被父亲催着去邮电所看看有没有弟弟杨林的来信，虽是这样，杨森还是按部就班地上厕所洗脸刷牙做饭吃饭洗碗，哪一件也没有少，事实上也不能少。洗过碗后，杨森就背着自己修鞋的行头出了门，他按照父亲的吩咐先到了邮电所，此时邮电所还没开门，杨森就在门前等。等了有一刻钟的时间，就有邮电所的工作人员来开门了。杨森是紧贴着工作人员的身子进到邮电所的，那个工作人员怪怪地转身看看他，就径直坐进了办公椅里，然后翘起了二郎腿，脚一颠一颠的，又顺便抓起一张报纸看开了。杨森见那人不理他还看起了报纸，心里就有点不高兴。他走过去把那人的报纸拽了过来，也不说话，就靠在桌边欣赏起来。那人瞪着杨森看了好一会，起先是愤怒，然后是迷惑，最后自己竟然笑了。他指指杨森拿着的报纸说："你在看啥呢？"杨森得意地说："我在看报啊。"他看着杨森又开始笑，而且越笑越来劲，笑得前仰后合，笑得气喘吁吁，他上气不接下气地说："你笑死我了。"杨森被他笑得很不自在，就问："你到底笑啥呢？"那人停住笑，然后指着杨森手上的报纸说："你是倒着看报纸呀？"这时杨森才注意到，自己手中报纸上图片里的人确实是头朝下，倒着的。杨森不屑地看着那人说："有什么好笑的？"那人就又笑开了，而且一笑就停不下来。咯咯咯，哈哈哈，嘿嘿嘿，笑声震得整个房子都颤抖了起来。杨森一开始还有点耐心，时间一长就没好气了。他指着那人大声喊："停……"他的"停"字拖得很长，直到那个人停止了笑，他的"停"字才住了音。那人就问："你这么早来干什么？"杨森说："我来取我弟弟的信。"那人说："我认识你，你弟弟叫杨林，这几天没他的信。"杨森就很是失望，他想父亲一定也会很失望，就悻悻地出了邮电所，去摆他的修鞋摊了。中午时他告诉父亲没有弟弟的信，下午收摊前，他又去了一次邮电所，还是没有弟弟的信，他就失望地背着行头回家了。

九

天无绝人之路，杨林第二天还真找到了工作，这也不是他运气好，关键问题是他降低了自己选择单位的门槛。刚毕业时他选择单位的标准是国营企业，月工资在 2000 元以上，职位还要是中层管理人员。通过这段时间的应聘，他才明白现在不是人才的市场而是用人单位的市场，用人单位才是爷，自己连孙子都不是。明白了这一点后，他把自己选单位的标准一降再降，他最后选择的这家企业虽说也算国企，但它是计划经济的产物，随着市场经济制度改革的逐步深化，它的市场已逐步萎缩，业已到了苟延残喘的地步。但单位的领导不甘心，还想最后一搏，所以才准备招几个大学生，增加点新鲜血液，用大学生的新理念和新的管理方法来挽救企业，希望能起到起死回生的效果。这样的企业工资待遇自然不会高，而且要从小职员干起，更加不堪的是随时要面临倒闭的风险。杨林是抱着走一时说一时的思想应聘的，只要今天有工作，他不再管明天会怎么样，明天的事明天再说吧。

这是一家物资贸易企业，工作一经谈妥，当天他就被领进了办公室，还给他安排了住处，很长时间以来一直悬着的心才算落了下来。这天晚上他在单位食堂饱饱地吃了一顿，单位食堂实行的是记账制，不收现钱，一个月结束后在工资里扣。吃完后他就回了宿舍早早地睡下了，他要把这段时间以来欠的觉全补回来。

第二天起来杨林感觉神清气爽的，一旦包袱卸下了，睡觉也就踏实了，昨天晚上他睡了很久以来第一个好觉。工作就在今天开始了，在这样不死不活的单位，工作自然不会紧张，更加谈不上累人了。他被分在了财务科，整整一天只干了一件事，就是整理今年以来所有的会计凭证，并装订成册。在整理过程中，他发现单位的财务很乱，乱得他都不忍心看。会计本是一门严谨的学科，但从单位的账务管理上看不到一丁点严谨，他都开始为此苦笑了。这一天他的工作没一点技术含量，纯粹就是体力活，体力活虽费力但不费脑，所以一天下来虽觉得身体有点困，但大脑还是清醒的。晚上他就给家里写了一封信，次日就邮了出去。

杨森收到杨林的信是在三日后，这三天来杨森早一趟晚一趟地往邮电所跑，把那个邮电所的工作人员烦得要死，他一见杨森又来了就劝："你别跑了，我们邮局是负责把信送到家里的，用不着你跑来跑去的。"杨森就说："我爹爹等我弟弟的信，都等了好几天了，你不着急我着急，不用你送，我来取就是了。"所以在第三天收摊前杨森就拿到了弟弟的来信，高高兴兴地举着信回了家。

杨玉文见到儿子杨林的信也是异常高兴和激动，拿着信的手竟然有些抖。他抖抖索索地很久才打开了信，凑到眼前才想起来自己不识字，无奈地看看杨森，长长地叹了口气说："去把你赵叔叫来，就说请他给念封信。"杨森答应着出去了。不一会儿，赵叔就紧随着杨森进了家门。杨玉文抬手招呼着赵耀祖坐在了炕沿上，然后把手里的信递了过去。赵耀祖接了信，看看杨玉文，再看看杨森，说："我念了？"杨玉文点点头，杨森也跟着点点头，赵耀祖就一本正经地开始念。

信的内容主要是告诉父亲和哥哥他找到了工作，让他们不必为他担心，还说他最近不打算回家，等自己挣了钱再回家。信很简短，但杨玉文却很满意，因为他想知道的都在信里了。

杨林找到工作的事，杨森在第二天就宣传了出去，他对消息的传播依然充满着热情，他对生活的热情如同他的修鞋生意一样依然旺盛不衰。但这几天他却心里有些堵，原因是白洁要结婚了。自己心爱的女人要嫁别人，这对谁来说都不是件高兴的事，杨森自然也不例外。白洁要嫁人的消息是在皋州村的新闻传播中心，即大礼堂门外的那些老头老太太们嚼舌根传出的，杨森听到后的第一反应是心痛，他甚至用手捂着胸口很长时间才缓过劲来。白洁可是他的初恋，也是他第一次失恋，起码他认为是这样的，而实际上从头至尾他完全就是单相思。得到消息的那天晚上，他翻来覆去地睡不着，这是他从来没有过的事情，即使是当年妈妈死了他也不曾有过。到鸡叫的时候他才叫着白洁的名字沉沉地睡去，第二天他醒得很迟，不仅错过了父亲吃饭的时间，还错过了他的出摊时间。杨玉文对于儿子杨森的反常举动也拿不准，这是病了还是咋的？杨玉文早醒了，但他没叫杨森，这可是杨森多年以来第一次睡懒觉，杨玉文想就让他睡个够。

杨森睁开眼以为自己是在午休呢，他拼命地想了又想，才记起昨天发生的事，以及现在的时间。他看看身边的父亲，父亲也正看着他，杨玉文问杨森："你是不是感觉不舒服？"杨森摸摸自己的头，摇了摇脑袋。"现在快中午了，不想起就再睡会。"杨玉文关心地对杨森说，杨森看看父亲，似乎若有所思，他问父亲："你饿了吧？"杨玉文微笑着说："不饿，我们早饭和中午一块吃就行了。"杨森一改往日的急性子，慢慢地穿衣下地，这让杨玉文很是不解。

杨森对自己的改变是清楚的，他认为经过了恋爱和失恋后，就如同经过了结婚后再离婚，这个过程让他变得成熟了起来，他从此不再是原来那个懵懂的小男人了。他办完了自己的事，又侍候完父亲，时间已经是中午了，所以他们就早饭和午饭吃到了一起。饭后他精神了许多，就背上出摊的行头出了大街。

　　路上他碰到的第一个人是赵叔，看样子赵叔也是刚吃过饭，也在往街上走。杨森就问："赵叔你这是去哪儿呀？"赵叔说："明天白洁结婚，我要去帮忙，你不去吗？"在这个山村里，村里只要有人办事，各家各户都是要去帮忙的，这早已成了不成文的规矩。杨森呵呵一笑说："这我倒忘了，我也去。"赵叔看看杨森背着的行头说："既然是去帮忙，你背着你的修鞋行头做啥？"杨森想了想："对呀！我背着这个做啥？""你先把这放回去吧，我等你。"杨森点点头就折了回来。杨玉文见杨森刚出去又回来了，就问："咋回来了？"杨森说："我要去白洁家帮忙，明天她出嫁。"说完就又出了家门。

　　杨森是和赵叔是一块进的白洁家，白洁父母都是老师，她也是老师，一家全吃公家饭，这让村里的人好生羡慕。白洁是家里的独生子女，所以被父母视为掌上明珠，明天要出嫁，自然排场要摆足了。一折进她家的巷子，就满眼的喜庆，彩纸、红灯笼铺天盖地地挂满了巷道，巷道口还吹起了红色的拱门，拱门张着大口，吐纳着来来往往的人群。欢快的歌声在巷道上空飘荡着，把人的心情也带上了云端。杨森听着这音乐，已完全忘了是谁要结婚，竟有些飘飘然起来，脚也跟着一踮一踮的。赵叔笑着对杨森说："人家嫁人看把你高兴的。"杨森呵呵地笑着说："结婚就该高兴，大家都高兴我为什么不能高兴呢？"杨森追求白洁的事皋州村是尽人皆知的，赵叔就想逗一逗杨森，他说："是该高兴，什么时候吃你的喜糖啊？"这一问使杨森不知道如何作答，他怔了怔说："白洁嫁了别人，我就没有喜欢的女人了。"赵叔嘿地笑了一声说："敢情你只看上白洁一个女人？白洁明天就是人家的媳妇了，你别再惦记着了，想想皋州村还有喜欢的姑娘不？"杨森想了半天摇摇头。又想到白洁明天真要结婚了，竟然鼻子发酸，两眼湿润，眼泪都快掉下来了。赵叔看着杨森表情的变化，知道他心里难受，也就不想再伤这个可怜人。赵叔劝慰杨森说："皋州村的姑娘这么多，你再喜欢一个不就行了。"杨森挤挤眼，就真落了几滴泪。

　　杨森一进新房就看见了自己喜欢的女人，白洁见赵叔进来，忙起身招呼，对于杨森她却视而不见，好像杨森根本就不存在，杨森本想说点什么的，但终于还是没说出口。杨森见没人理自己，就出了院，正撞见了白洁的父亲，杨森就问："我来打帮的。"白洁的父亲正在找人挑水，就说："正好你去帮挑水吧。"杨森不再说什么就担了桶去挑水了。

晚上杨森情绪很低落，父亲问他咋啦？他也不答，独自一个人恼着，直到困了睡着了。

第二天，杨森又去白洁家帮忙，还是让他挑水。他挑一次水就向新房内看一眼，他心里还是放不下白洁。白洁出门的时候，杨森正好去井台挑水，等他担着水往回走的时候，远远地就看见系着红花的小车慢慢地向村外驶去，他心里一急，放下水桶再去追，嘴里还喊着："白洁，等等，等等。"他喊得很是大声，道上的人都一齐向他看过来。车越走越远，渐渐隐在了路的尽头，杨森无奈地停在路上，眼泪又一次无声地滴落，他的心四分五裂地碎了，他的爱情也死了。

十

杨林参加工作半年后回过一次家，他将自己省吃俭用攒下的钱全部交给了父亲，杨玉文拿着儿子的钱老泪纵横，他是高兴地哭了，为儿子的前途和事业而高兴，为他一家的付出有了回报而高兴。

杨森依然每天快乐地从事着自己修鞋的事业，在别人看来也许很不屑的修鞋匠，在杨森的生活里却是伟大而崇高的事业，正是有了这份事业，杨森不仅做到了自食其力，还担当起养家的重任，甚至于负担了弟弟上学期间几乎全部的学费和生活费用。他为能劳作而高兴，为能奉献而高兴，修鞋就像传播皋州的新闻逸事一样已经成了他生活的一部分。

这天，杨玉文高烧不退，一天后又昏迷不醒，着实把杨森吓坏了。他半夜里顶着寒风背着父亲跑到了皋州乡卫生院，他的孝心挽救和延续了父亲的生命，父亲转危为安。在父亲住院期间，杨森一直陪伴身边，白天喂饭喂水喂药侍候如厕，晚上就趴在父亲的病床边睡觉，三天下来杨森就瘦了一圈。杨玉文虽不能动，但脑袋是清醒的，为了不至于把杨森累倒，杨玉文就让杨森给杨林打电话，看他能不能请几天假回来替一替杨森。电话是在赵叔的帮助下拨通的，杨森拿着电话先是呵呵地笑，他竟忘记了该说的话，杨林催着问有啥事，杨森半天也没说到点子上，旁边的赵叔急了才抢过电话向杨林说了他父亲现在的情况，并说了他父亲的意思。杨林在公司工作一年，由于自己的勤快得到了公司周总的赏识，所以已经被提拔当了财务科科长，公司财务科现在就他忙，所以他还真走不开。杨林吞吞吐吐了半天，才终于说明白了他回不去的理由。赵叔一听就来气了，他责备杨林说："你父亲的病重要还是你的工作重要，不就扣几个工资吗？不能为了钱忘了祖宗忘了本。"杨林在电话那边脸红脖子粗的不知说什么好，一直到电话结束他也再没说上一句话。他放下电话，脑子像是进了糨糊一样一片混乱，父亲的病他也急但真是走不开，只能让哥哥一个人挺一挺了。

杨林没有回家，父亲仍然在卫生院的病床上躺着，几天后杨森更加疲惫不堪。父亲就请求赵叔带着杨森到省城去找杨林，自己先让护士将就着照顾两天，赵叔也是想打抱不平，爽快地就答应了。他带着杨森按照杨林留下的地址，坐了很长时间的车，又走了很多路，打听了许多人才找到杨林上班的地方。赵叔见了杨林就没给好脸色，恼得有点怒，嘴上也就不留情面，说了杨林一通。倒是杨森还是呵呵地笑，杨森第一次到大城市，看着啥也稀罕，在路上走的时候就到处指指点点的，到了杨林的单位仍然沉浸在新鲜与好奇中。他就想到了一句话："父亲想你了，让你回去。"这是父亲教他说的。然后的话就与回家扯不上关系了，他不只向杨林问这问那，还同杨林一个办公室的同事聊开了天。杨森的表现让杨林的同事很快识得了他的弱智，所以只是应付性地回几句，而杨森完全没有理会，还把家里的情况也不管该不该说能不能说，一股脑地全抛了出来。杨林越听越气，越听越恼，也不管赵叔是否在意，推着杨森就出了办公室，还责备杨森尽瞎说，并让他快回去，别在这里丢人现眼。赵叔听了这话，愤愤地拉上杨森就走，杨森还莫名其妙。

赵叔和杨森最终还是无功而返，杨林没叫回来，杨玉文很是气恼，但又没有其他的办法，只能累杨森一个人。他对杨森感叹说："杨林翅膀硬了，咱靠不上啊！想不到我能依靠的只有你。"杨玉文说着眼圈就红了。

杨林所在的公司不死不活维持了两年就愈加江河日下岌岌可危行将就木了。这个时候国营公司私有化的进程快速推进，物资贸易公司的私有化改革也开始启动，杨林作为公司的财务科长全程参与了公司私有化改制。清产核资，评估作价，杨林忙得不可开交，其他科室的人也是人心惶惶。只有真正面临下岗的时候，人才会真实地体会到生存的危机。正在员工们为生计发愁的当下，为了能以最低的价格将公司转到自己名下，公司经理周总在财务科亲自坐镇指挥，大刀阔斧地进行财务清算、财产清理、资产评估，在这些工作开始之前，周总专门找杨林谈了话，授意杨林把资产和利润做小，并承诺事后给杨林一笔可观的奖励。在贫困中成长在温饱中挣扎的杨林是经受不住这样的诱惑的。为了迎合领导的意思，他充分发挥了自己的聪明才智，将公司上千万的净资产做成了负值。领导对杨林的工作十分满意，并兑现了自己承诺。杨林拿着他可能一辈子都赚不到的沉甸甸的钱，激动高兴之余有着一丝丝的担忧，但这一丝的担忧也被这天上掉下来的馅饼打跑了。

杨林被辞退了，这也是他与周总协议的一部分，他没有任何留恋，打起行囊就回家了。这次回家不同以往的是：他有钱了，也算是衣锦还乡了。他想象着父亲和哥哥知道他有如此多的钱会是怎样的惊喜，他还计划好了这些钱的用途，给父亲和哥哥一些生活费，自己也留点潇洒一番，其余的全存在银行，每年只存款利息也够自己消费。他想着想着就笑出了声，惹得全客车的人都向他看。

杨林回到皋州时已是杨森下午收工时间，他与杨森在自家的巷子口不期而遇。他看见了杨森，杨森也看见了他，杨森疑惑地看着眼前的弟弟，他是有点不相信，在他的印象中弟弟好久都没回过家了，上次父亲病他跟赵叔去请都没请回来，如今咋说回来就回来了？他问："弟！你回来了？"杨林平淡地说："回来了。"杨林回家杨森是开心的，他呵呵地笑着说："我知道你会来的。"杨森高兴地拉着弟弟的手，向家里走去。

杨林的归来，令杨玉文感到有些突然，他虽然心里高兴，但嘴上却说了一句："你还知道回家？"杨林明白父亲在生他的气，他也知道父亲不会真生他的气。他兴奋地笑着说："爹，我有钱了，很多钱。"杨玉文静静地看着杨林说："回来就好。"杨林的热情像被泼了一瓢冷水，瞬间就熄灭了。他收敛了笑容一本正经地说："我说的是真的，我真的有钱了。"杨玉文又冷冷地说："有钱你攒着娶媳妇就是。"

杨林的兴奋被彻底浇灭了，但他不甘心，在接下来的日子里，杨林几乎每天请客，朋友、同学、老师他是轮番地请，他只想让他们知道，他杨林终于出人头地，再不是一贫如洗了。对于那些被请的人来说，有人出钱请客自然高兴，不吃白不吃。他们心里清楚，杨林是在炫富，吃了人家的，自然要说些让他暖心的话。老师说我们早就看出来了，你一定是班里最出息的。同学叫着杨总，说这是青年有为，前途不可限量。朋友说没想到你小子发展这么快，以后得帮衬点。对于这些贴心的话，杨林表面上说不敢当，但心里却是美滋滋的。在众人的吹捧下，杨林更加飘飘然起来。这段时间虽然在家里，但他一次都没帮杨森做过家务，更没侍候过父亲，每天他都喝得酩酊大醉，回家后倒头便睡。杨玉文看在眼里急在心里。一次杨林刚进家门杨玉文就用训斥的口气说："你刚有几个钱就这样张狂，小心栽跟头。"杨林轻轻地"哼"了一声，不屑一顾地倒在炕上睡着了。

十一

正在杨林处在人生的高峰，洋洋自得的时候，公司的周总却出了事。周总被人告发：侵吞国有资产。周总被警察带走，很快就招认了他与公司财务科长杨林通过做假账，做低资产净值，侵吞巨额国有资产的事实。省城警察来皋州抓捕杨林时，杨林正在酒桌上炫耀着自己的成功。当警察拿出逮捕证时，杨林一下子瘫在了桌上。

杨林被抓走的消息像野草一样在皋州村迅速蔓延，各种风言风语也到处传播，杨玉文一家被包围在了舆论的波涛中，随波荡漾。即使在这样的情况下，杨森仍然心无旁骛地继续着他的事业。在这个世界上除了白洁可以影响他的生活外，其他什么事情好像都与他无关。杨林有钱的时候他不管，杨林没钱的时候他也不在乎，但白洁他却时时在关注着。最近听说白洁与丈夫闹起了离婚，似乎是由于白洁的丈夫外面又有了人。杨森一听到白洁两个字就倍加关注，听到白洁的不幸心里就愤愤的，他决定要找白洁的丈夫理论一番。他想的就一定会去做，从没犹豫过。他将自己的鞋摊挪到了去白洁家必经的胡同口，他像电影里那种地下交通员一样一边修鞋一边观察着来来往往的人。白洁的丈夫他见过，长得高高帅帅的，他当时就对白洁死了心，因为他认为白洁跟她的丈夫是牛郎配织女，太般配了。他喜欢白洁，所以只要白洁过得幸福他就幸福，白洁高兴他就高兴。现在杨森在这个世界上最恨的就是白洁的丈夫了，因为这家伙竟然让白洁痛苦，还要跟白洁离婚，他的气就不打一处来。他就等着那个陈世美的出现，他要像晋剧中黑脸包公一样用狗头铡刀把他铡了，以泄他心头之恨。

几天后那个陈世美还真出现了，杨森扔下手中的活就冲到了那个人的面前。他大吼一声："你个陈世美往哪里走？"白洁的丈夫有了外遇被白洁发现，白洁就跟他闹起了离婚，他是吃着碗里的看着锅里的，老婆情人都想要。他给白洁打了无数次电话，白洁的态度很坚决，就是要离婚，他今天来就是要听白洁最后的决定。老婆要跟自己离婚，他心情自然不会好，他正在想着如何面对白洁低头走着的时候，却突然有人挡在了自己的面前，吼了这么一嗓子，把自己吓了一大跳。他莫名其妙地看着像拦路抢劫一般的杨森，先是发愣，再就是发怒了。他怒道："你他妈想干啥？"杨森说："我要用狗头铡铡了你这个陈世美。"白洁的丈夫一听倒乐了，他笑着问杨森："你以为你是谁呀？"杨森说："你别管我是谁，反正你是坏人，包公决不饶你。""你能把我咋了？""我现在就铡了你。"杨森手掌做刀样向白洁的丈夫砍去。白洁的丈夫侧身闪过，用脚去绊杨森，杨森用力过猛，收不住身，脚受到阻力后，上身就往前扑，活生生地就栽了下去。这一跤把杨森摔得不轻，鼻子都碰出了血，一时滴滴答答流个不止。杨森疼得就哭出了声，他站起来后像一头发疯的狮子般又一次扑向了白洁的丈夫。两个人就扭打在了一起，一时难分胜负。不一会杨森鼻子流出的血就把白洁丈夫的衣服蹭得到处都是，血淋淋的场面把跑来看热闹的吓得不敢近前，更没人敢劝。两人就这样扭打着，在地上不停地翻滚着，杨森一会儿在上，一会儿又到了下面。这样的持久战，杨森就占了上风，白洁的丈夫被杨森骑在了身上，杨森就又像武松打虎一样一拳一拳地打在了白洁丈夫的头上和身上。白洁的丈夫已无还手之力，任由杨森骑着打。闻风跑来看热闹的越聚越多，白洁也从家里出来了，一开始还没认出来杨森身下的人，看了一大会才觉得像是自己的丈夫。她拨开围着的人群，向杨森喊："快停手，你这是做啥呢？"杨森见是自己喜欢的白洁，手就生生地停在了半空。杨森满脸是血，灰头土脸的，看起来很滑稽，白洁看着止不住就笑了出来。真是回头一笑百媚生，杨森从没见白洁对自己这样笑过，他立刻就沦陷在白洁的笑容里。他呆呆地看着白洁，竟忘了身下还有个人。白洁的丈夫终于有了机会，用力就把杨森推了下去。杨森被推得坐在了地上，但两眼还一直盯着白洁看。白洁又问："你们这是做啥？"杨森呵呵笑着指着白洁的丈夫回答："我帮你铡了这个陈世美。"白洁脸上一红，看看丈夫，对杨森嗔怒道："这关你什么事？"就过去拉起了丈夫，转身说了声："活该！"

就匆匆地离去了。杨森怒铡陈世美的事件就这样收场了，这一事件在皋州作为笑话盛传了很长时间。杨森对自己的壮举十分满意，也很是得意了一段时间。

暂不说白洁离婚与否，再说杨林被抓，杨玉文深悔自己教子无方，成天以泪洗面，杨森看不下去，就劝说别哭了，再哭弟弟也回不来。杨玉文想想也是，就不哭了，改为叹气，一声一声长长地叹气。叹得杨森听得难受，就又劝："别叹了，听着难受？"杨玉文只好背着杨森叹气。几个月后，杨林被判刑三年，杨玉文心就更加沉了，他就让杨森带着自己去监狱里探视。

杨森背着父亲坐车走路，一路打听才来到了杨林所在的监狱。父子兄弟见面都非常激动，杨玉文老泪纵横，杨林悔恨交加，只有杨森还是呵呵地笑。探视结束后，杨森又背着父亲走路坐车回到了皋州村。

回到皋州村的第二天，杨森就听说白洁真的离婚了，杨森就很想去看一看白洁，最起码应该表示一下自己的安慰。杨森真去了，还是在胡同口他等了三个小时，才见白洁下班回家匆匆地走过来。他就笑呵呵地迎着白洁。白洁离婚不久走路低着头，她是不想碰到人，碰到人也不知道说什么好，而且走路也很快，所以差点与杨森碰个满怀，还是杨森用手止住了白洁。杨森问："白洁，你下班了？"白洁一看是杨森，心里就讨厌，绕开了就想走。杨森挪了两步又把白洁堵住了。又问："你离婚了？"白洁就又向另一边躲，又被杨森堵住了，杨森再问："那小子欺负你，我再去揍他？"这一句把白洁说得愣住了，她想：原来上次杨森打丈夫是替自己出气，怪不得叫丈夫是陈世美。她就收了自己愤恨厌恶的眼光，轻轻一笑说："我跟他已经离婚了，你也用不着再揍他了，现在我想回家，你还是让开吧？"杨森傻呵呵地盯着白洁又问："你不伤心吗？"白洁说："以前伤心，现在不伤心了。"杨森似懂非懂地点了点头，就闪到了一边。白洁在杨森的身边走了过去，然后又回过头，向杨森笑笑说："谢谢你！但你以后别来找我，你这样让我害怕。"杨森又似懂非懂地点了点头，一眼盯着白洁消失在了自己的视线外。

杨森咀嚼着白洁刚才说的话，他不明白白洁为什么那么讨厌自己，而在自己的心里就只有白洁一个女人，他感到伤心了，伤心到想哭。他鼻子发酸，两眼就挤出泪来，他不明白自己为何如此。他用手擦了脸上和眼眶里的泪，感到心里一阵释然，他就又开始高兴了。他想：白洁真好看！想着想着，脸上就露出了笑。

刺骨的寒风开始吹起来了，街上的柳树落完了叶子，光秃秃地站在那里瑟瑟发抖。即使在这样的天气，杨森的鞋摊还是会准时出现在大礼堂门口。杨森的修鞋生意是受天气影响的，这样的天气大家都待在家里，谁会出来修鞋啊？即使是那些老头老太太们在这样的天气也龟缩在了家里不再出来。杨森站在自己摊位前，两手插在袖筒里，两脚不停地在地上跺着，还不时地向远处望望，看有没有人过来。在他的心里盼的不是生意，而是跟人的交流。他就这样翘首盼望着，盼望着哪怕只一个人。

杨森看着远处，远处的一团移动的物体引起了他的注意，他脸上的焦虑也慢慢凝固了。那一团缓缓地向他靠近，他终于看清了那是一个人，一个佝偻着身体衣衫褴褛的人。再近一些他又看清了那是一个女人，一个在寒风中像大街两旁的柳树一样瑟瑟发抖的女人。她的头发乱蓬蓬的像野草根根直立，她的脸蜡黄憔悴，她两颊深陷，两眼发出绝望孤独无助的光。杨森完全被这个女人吸引住了，他忘记了寒冷，忘记了生意，呆呆地盯着那个女人，探寻着她的心理还有去向。那个女人也发现了他，立刻露出了一丝惊喜。她小跑着迫不及待地来到了杨森的身边，颤颤巍巍赔着笑问："你这儿有吃的吗？"杨森还在愣怔着，他真没想到这个人会来向他要吃的，他想：噢！原来是个要饭的。他慌张地就去掏身上的钱，但他身上是不装钱的，头天挣的钱在晚上就全部交到父亲的手里了。他尴尬地歉意地笑笑说："我身上没钱，要不你跟我回家，我给你做好吃的？"那个女人明显很失望，嘴里磨叨着让人听不清的话，转身就要离开。杨森紧走几步拉住了她，说："走，跟我去吃饭。"那个女人立刻变得非常顺从的样子，杨森就收拾了自己的摊子，引着女人往家走去。

杨玉文没想到杨森这时回来，更没想到还带着个女人回来。他看到女人全身脏兮兮的，就让杨森打热水让她洗，她倒很顺从，不仅洗了脸，还把蓬乱的头发洗了。杨森忙着给她做饭，做好了饭就给她端了过来，在女人接碗的时候，杨森看到了女人白净的脸，心就咯噔跳了一下，他差点把她认成了白洁，但她确实不是白洁，却也有一张漂亮的脸，是打动他的脸。他的脸竟有些发烧，心也加速了跳动，他就不敢再盯着女人看了。女人端着热腾腾的面条，嘿嘿地笑了笑，就埋头狼吞虎咽起来。不一会儿碗就见了底，杨森就又盛了一碗，不一会又见了底。杨森摊开手向女人表示饭没了，问如果没饱还有馒头？女人摸摸肚子表示已经吃饱了，杨森就拿上碗去洗。杨玉文坐在炕上，指指旁边杨森的被子对女人说："你上来暖和一会吧？"那女人也不客气，脱了她那双破胶鞋就上了炕。杨玉文问："你叫什么名字？是哪里人？"女人嘿嘿地笑，也不回答。杨玉文明白了，她跟杨森一样，也是一个可怜人。杨玉文又问："我们咋称呼你呀？"女人嘿嘿一笑说："他们都叫我小穗。""嗯！"杨玉文说："很好听的名字。""你家在哪里？我让杨森送你回去。"杨玉文问。小穗重重地摇着头，并不回答。"那你要去哪里？"小穗还是摇头。杨玉文就不再问了，他想这送也不知往哪里送，家里平白无故多个女人可咋办？杨森洗了碗，见小穗上了炕，盖上了自己的被子，呵呵笑着问："你个女人，咋盖俺的被？"小穗也不答，只是嘿嘿地笑。杨玉文也会心一笑，心想这倒是天生的一对。

看看天就要黑了，杨玉文就发愁了，自从妻子过世后，家里就没来过女人，如今突然来了个女人，这咋睡呀？他想破了脑袋才想出了一个办法，他让杨森和小穗把两块被单从房顶上吊了下来，把炕隔成了两个空间，小穗那边的炕头又吊了一块被单，形成了一个完全封闭的空间，就成了小穗的房间。晚上小穗就睡在了自己的房间里，炕烧得热，睡在炕上暖暖和和的，小穗高兴得嘿嘿笑着就睡着了。从此家里就多了小穗。

十二

小穗也不是全傻，是那种好一阵傻一阵的，好的时候她就跟杨玉文讲她的经历。以前她不傻，还找了个丈夫，丈夫对她一点都不好，天天打她骂她。一次她丈夫拽着她的头往墙上撞，就把她撞出了病。前些时她丈夫又打她，她就跑了出来。她每次跑都跑不远，晚上就又回去了，这一次她是决心再不回去了。她走了整整两天两夜，她也不知道这是走到哪里了。她还说杨森对她好，她要嫁给杨森做老婆。杨玉文就苦苦地笑，他说："你跑出来，家里一定很着急，你还是回去吧？"小穗恐惧地说："我找不到家，我也不敢回去，回去了他还打我。这里好，我就住这里。"杨玉文叹口气说："这咋行啊！你毕竟是有家的人。"

杨森家里多了个年轻女人，还和杨森一样是个傻子，这在皋州村就又成了特大新闻到处传播。杨森还像以前一样出摊收摊，但心里却多了份牵挂。自从有了小穗，杨森就把白洁像垃圾一样从记忆里扔掉了，小穗代替了白洁成了他的最爱。杨森近来就盼着太阳快快落山，落山后他就可以收摊，就可以回家看小穗。在他的心里，小穗是个乖乖女，虽然不能帮他干活，却可以跟他聊天，而且聊开就收不住嘴。他发现父亲也喜欢小穗，以前父亲一个人待在家里闷着，没病也闷出了病，现在有了小穗，父亲的精神也明显好了起来，脸上也有了笑容。他感激小穗，因为小穗给他家里带来了欢乐，他也喜欢上了小穗，或者说是爱上了小穗，在他的心里，小穗比白洁要好得多，可爱得多。他曾偷偷问过小穗愿不愿意给他当老婆，小穗很爽快地就答应了，但父亲却不同意，父亲说小穗有家，将来还要回家。杨森就拉着小穗依依不舍的样子，好像小穗马上就要离开似的。

杨玉文托了很多人打听小穗的家，但一直没有消息，他还让赵叔去派出所报了案，报案都快一年了，还是没有消息。杨玉文也就死了心，不再那么上心地去打听了。

又一年过去了，杨森和小穗幸福地生活在一个家里，他们彼此都把对方当作了依靠。在杨森的再三要求下，杨玉文真动了心思，他要成全这一对苦人儿。杨玉文就让赵叔领着两人去领结婚证，结果民政部门说小穗身份不能确定，所以不能领证。杨玉文就又迷茫了，他不知道该咋做才对。赵叔出主意说："小穗都来两年了，她的家人要找早找来了，一定是她家里就是想甩掉她这个包袱，我看证也不用领了，就让他们两人结婚吧？"杨玉文一听还真有道理，再说两个孩子都愿意，这也算是成全了他们。

接下来杨玉文就为两个孩子的婚事张罗开了，对于这场特殊的婚礼，村里的人是当作笑话去议论的。但杨森不管这些，他觉得与小穗结婚自己就成了最幸福的人。小穗也高兴得雀跃，因为他认为杨森是这个世界上对她最好的人，她决定要跟他过一辈子。小穗的病似乎也因为结婚变得好起来，为了结婚小穗甚至开始学着做饭洗衣服了，她要为自己的丈夫分担，共同撑起这个家。

两个人的婚礼就选在十月初八。为了使婚礼有模有样，杨玉文特意请工匠把老屋收拾一新，屋顶重新扎过，糊上了报纸，墙重新抹过，白得刺眼，地也重新铺过，平平整整，再挂上红灯笼，拉上彩带，窗上贴上了大红喜字，满屋生辉，处处充满着喜气。

结婚这天，天天与杨森泡在一起高谈阔论的老头老太太都到场祝贺，还毫不吝啬地在礼金簿上记上了一笔笔贺礼。杨森激动得手舞足蹈，小穗跟没病的人一样招呼着来去的客人，杨玉文坐在炕上更是激动得眼含着泪，他是没想到杨森这个儿子还会有这一天，小穗也令他十分满意，他是高兴啊！每一个来的客人都会给炕上的杨玉文说上几句祝贺的话，他也不厌其烦地说着谢谢。整个上午都是这样，中午时分，红烧肉拉面就端了上来，先在杨森母亲的牌位前供了一大碗，第二碗给杨玉文吃，剩余的人都抢到大锅边，拿着空碗伸着胳膊翘首等待着挑面的往自己的碗里倒。已挑到面的就到旁边的盆里去浇臊子，有喜欢的还上了生葱芫荽辣椒，一个个吃得哧溜哧溜的，那个香甜真是说不出。

大家正吃着面，聊着喜事，两个五大三粗的壮汉就进了院子，直接冲进了新房。这时小穗正穿着红红的婚服，坐在炕沿想着心事，从她的脸部表情就可以看出她已完全沉浸在幸福中。两个壮汉进了屋就去拉小穗，小穗被这突如其来的状况吓傻了，她本能地抗拒着来人的拉扯，其中一个壮汉冲着小穗就是两巴掌，把小穗打得晕头转向，分不清了东南西北。杨玉文看到此情形，扯开嗓子就喊："快来人啊！你们这是咋啦？"那个打小穗的壮汉对杨玉文说："她是我老婆，你们这是结的什么婚。想犯重婚罪吗？"一转眼的工夫，院子里的人已全部挤在了门口，后面的人还踮着脚尖抻着脖子向门里望，想知道到底发生了什么。前面进来的人听了壮汉的话已经大概明白了两个壮汉来这里的目的。赵叔也在这些人当中，他往前挤了挤问："你凭什么说她是你老婆，即使真是你老婆，小穗来这里都两年了，两年里杨家到处托人找，还报了案，一直都杳无音讯，你们哪去了？"那个打人的壮汉说："小穗是疯了才跑出去来的，这么长时间我们都以为她死了，所以没再找。前几天我们才从一个过路的嘴里听说她来了皋州，我们这就赶来了，没想到正好碰上她结婚，真是荒唐！"赵叔严肃地说："即便你真是小穗的丈夫，也不能见人就动手，况且你又怎么证明你跟小穗的关系？"那人说："我们去派出所，让警察来证明，这样总可以吧？"赵叔说："那你先放开小穗，只要证明了你的身份，我们会劝小穗跟你走，你若再敢动手，我们这些街坊邻居就先把你揍了，不信你可以试试。"两个壮汉被赵叔的气势吓住了，只得放开了小穗，然后就跟着赵叔去了派出所，参加婚礼的人也跟着来看热闹。

先不说派出所的事，我们再说小穗，本来满心欢喜的小穗突遭如此变故，吓得浑身哆嗦不止。她看着人群出了院子走远了，才醒过神来，也顾不上跟任何人打招呼就冲出了院子，不顾一切地向着村外疯跑。杨森看着小穗跑远了，也不顾一切地追去。两人一前一后，一个跑一个追，杨森边追边喊小穗，想要小穗停下来，但小穗好像完全听不见，还加快了脚步，杨森只得加劲地追。

派出所内，两个壮汉向民警说明了身份，民警就把电话打到了壮汉报出的乡派出所，查询壮汉身份的真实性。那边很快就返回了信息，壮汉说的情况真实无误，小穗也确实是壮汉两年前失踪的老婆。壮汉得了理，气焰就又嚣张了起来。拉着赵叔就返回了杨森家，进了院子就到处找，找了一气没找到，就问炕上坐着的杨玉文，杨玉文照实说小穗跑出去了，两个壮汉就也跑了出来，跑到巷口不知道到往哪边追，见人就问小穗冲哪边跑了。村里还真有人见了，但不想告诉这两个不招人待见的家伙，其中一个就向相反的方向指了指说冲那边跑了，两个壮汉就向着那人指的方向去追了。

十三

小穗不管不顾地跑着，像是逃命，跑得鞋掉了仍赤着脚跑，杨森在后面捡起了小穗的鞋再接着追，杨森想着小穗这是咋啦？是不是不想跟我结婚了？不想结你说呀，我又不会逼你，干吗要跑呢？心里想着脚下却不停，小穗往山上跑，他就往山上追，往河里跑，他就往河里追，总之他一定要追，永不放弃，不管她到哪里。杨森想她一个人跑出去是过不了生活的，她需要一个家。杨森追着追着竟哭开了，他哭着喊："小穗！你去哪儿，我们一块去呀，你别一个人啊？"小穗还是不回答，还是拼了命地跑。在下山的一个弯道，小穗一个前扑摔了个马趴，这一跤摔得不轻，小穗半天没爬起来，杨森就赶了上来，坐在地上拉住了小穗。小穗也坐了起来，两个人不停地喘着气，谁也顾不上说话。喘了半天，气才渐渐顺了，杨森站了起来，想拉起小穗，小穗发了疯一样挥舞着双手，嘴里不停地嚷着："别打我，我不回去，我不回去……"杨森就又哭开了："你不回去我咋办？"小穗似乎一下子明白了过来，她怔怔地看了杨森好一会，说："就是他打我，天天打我，我不回去。"杨森也似乎明白了，他一把将小穗抱在怀里，用手抚摸着小穗的头安慰说："有我哪，我保护你，不让他打你。"小穗在杨森的怀里慢慢地平静了下来，她推开杨森嘿嘿地笑着说："我要嫁给你，我要做你的老婆。"杨森狠命地点了点头。

在完全平静下来后，小穗担心地问杨森："那个人一定还在家里等着我，我们咋办？"杨森想了很长时间说："我们去找我干爹吧？"小穗开心地笑着点了点头。

皋州到县城的路坐车也要一个多小时，步行就不清楚要走多长时间了。两个人拉着手，真像一对情侣，有说有笑地向县城的方向走着，两个人结伴也不觉得累，走着走着天就黑了下来，寒风刮得越来越起劲了，小穗害怕地问杨森："咋还不到？我害怕。"杨森说："别怕，有我呢。"两个人就又走，在黑暗中又走了很长时间，小穗说："杨森，我冷。"隔了一会又说："我饿了。"杨森摸摸自己的口袋说："我们没钱。"小穗说："我口袋里装着红包。"杨森说："快拿出来看看。"他们就借着月光掏出了红包，里面有五块钱，杨森就呵呵地笑起来，说："我们去吃面。"他们向远远的有灯光的地方走去。

他们进了一个院子，小穗害怕地躲在了杨森的身后，杨森安慰说："别怕！有我呢。"他们进了一间亮着灯的屋子，屋子里两个人正在吃饭，杨森两人的突然闯入把他们吓了一跳，屋里的男人放下碗站起来问："你们要做什么？"杨森说："我们饿了，想吃面，我们有钱。"他就把钱递了过去。那个男人看看杨森呆呆傻傻的样子，又看看杨森身后胆小的小穗，他已经确认这两个人非正常人。他把杨森拿钱的手推了回去说："这又不是饭店，你们去找饭店吧。"杨森用恳求的眼光看着男人说："我们不知道饭店在哪。"这时屋里女人已经吃完了碗里的饭，站起了身说："这黑天黑地的，你让他们去哪找饭店，看着怪可怜的两个人，我给他们做就是了。"男人听了女人的话也不再说什么，女人就把杨森两个人让进了屋，让他们坐在了炕沿上，她就到厨房给他们做饭了。

小穗还是紧挨着杨森，怕怕的样子，杨森一直在小声安慰着小穗。男人看着这两个不速之客的囧样，忍不住笑了。他问："你们这是要去哪儿啊？"

杨森说："我们要去县城找我干爹。"男人一听就愣了，问："你们要走着去？"杨森说："是，我们已经走了半天了。"男人就说："像你们这样走，恐怕还得走半天，晚上你们打算睡在哪儿？"杨森这时才想到这个问题，他考虑了半天也没想出睡哪里，于是他就看小穗，小穗还是怯怯地挨着他，在小穗那里他是找不到答案的。他就又看那男人说："你能给我们找个睡觉的地方吗？"那男人苦笑一声说："你们吃了饭就别走了，住我家里吧？"杨森立刻就高兴了起来，他呵呵地笑着说："好啊！好啊！"他就又看小穗，想要征求小穗的意见，小穗呆呆地看着他，他明白小穗会听他的安排的。

这样他们吃过饭，女主人了解了他们是两口子，就把他们安排在了偏屋，还在偏屋的炕灶里烧了一把柴火。虽然不怎么暖和，但已不再是冰凉的。杨森和小穗就和衣钻进了一个被窝里，互相搂抱着进入了梦乡，他们的新婚之夜就这样度过了。

这一夜杨森和小穗都睡得很香，一方面是因为他们都太累了，另一方面他们是第一次相拥而睡，他们感到了从未有过的幸福。当第二天早上杨森睁开眼时，小穗还在梦乡里发出了甜甜的笑，杨森看着小穗美丽的面庞，竟看得出了神。他想要去吻小穗，但又不知道小穗会不会答应，他考虑了很长时间，下了无数次决心，才试探着把自己的嘴贴在了小穗的嘴上，小穗居然没有拒绝。顿时，一股暖流涌遍了全身，杨森像是飘在了空中一样，他闭着眼感受着爱的滋味，久久不愿拿开。

在杨森的亲吻下，小穗也睁开了双眼，映入她眼睑的是杨森那张诚实的脸，她的脸立刻像火烧一样的烫，她也是第一次感受到了爱的滋味，他们就这样共同享受着，在不知是谁家的这么一个地方完成了人生最重要的仪式。

吃过早饭后，他们就又踏上了去往县城的路。

天还是那么冷，但有彼此的存在，他们已经不觉得了。

中午时分，他们终于走到了县城，并顺利地找到了干爹鲁全贵。鲁全贵几年不见杨森，这猛一见竟激动得流了泪。他见干儿子还带着对象，更是高兴得不得了，就带着杨森和小穗进了饭店，他是想要好好地招待一下久别重逢的干儿子和首次见面的儿媳。

鲁全贵是在吃饭的时候了解了干儿子几天来发生的事的，他立刻想到了要通知一下杨玉文，好让他放心。下午鲁全贵没出工，他把杨森和小穗安顿好后，就出去给杨玉文打了电话，当然接电话的不是杨玉文，而是赵叔，是赵叔把杨森的消息转告了杨玉文。杨玉文知道杨森和小穗去了鲁全贵那里，心里一直压着的石头就落了地。他对赵叔说："小穗的丈夫又来找了几次了，就让他们在县城住一阵吧。"

杨森和小穗就在县城过上了夫唱妇随的幸福生活，白天杨森跟着干爹出工修鞋，小穗在家里做饭洗衣服，晚上，杨森和小穗睡一个屋，鲁全贵睡一个屋。鲁全贵看着两个人恩恩爱爱的样子，心里别提多高兴了。在晚上睡不着的时候，他也会叹气："唉！可惜两人都有点傻，不然的话是多好的一对啊！"

杨森和小穗怕回皋州，在尝到了男欢女爱后，他们更是乐不思蜀。从未享受过天伦之乐的鲁全贵也不愿让他们离开自己，这样他们就在县城住了下来，这一住就是半年。在这半年里，杨森害怕小穗原来的丈夫找上门，所以就不让小穗回皋州，自己隔一段时间就跑回去看看父亲，并带些钱回去。他把父亲托靠给邻居赵耀祖，并按月给付一定的报酬。

十四

杨林在监狱里度日如年，熬了两年多终于熬出了头，三年的刑期除去减刑，杨林就到了出狱的时间。出狱那天，他没告诉任何人，包括父亲。出狱后也没回家，他觉得回皋州实在无颜面对那么多的亲朋好友，他决定自己闯一闯，等闯出些眉目再回去。

他在省城开始到处找工作，参加各种招聘会，但在当时的就业形势下，再加上自己又是住过监狱的，找一份好工作比登天都难。为了生活，他就在工地当起了小工，工资不高也很辛苦，但毕竟可以自食其力。

生活只要忙着，时间就过得快，不知不觉半年过去了，杨林有了小小的积蓄，他想该是回家看看的时候了。

再说掉进了幸福窝里的杨森。半年了，杨森认为小穗丈夫这个隐患基本不存在了，所以他就准备着带着小穗回皋州，毕竟那里才是自己的家。再就是小穗近来吃啥都恶心，杨森带着她去医院看过，说是怀了孕。杨森听医生说小穗有了孩子，开心得不得了，整天都笑呵呵的。他急切地想把这一好消息告诉父亲，他就把他想回皋州的想法和小穗怀孕的消息一并告诉了干爹，鲁全贵喜忧参半，一方面为小两口有了孩子而高兴，另一方面又舍不得他们走，但他也觉得杨森出来住得久了，杨玉文还要人照顾，该让他们回去了。

　　鲁全贵把杨森和小穗送上了公交车，看着车走得没了影，才怅然若失地返回了住处。

　　在杨森离开皋州的这些日子，皋州村似乎失去了活力。没有杨森的大礼堂门口，没有了欢声笑语，每天都死气沉沉的。那些老头老太太们像是失去了主心骨，每天都空空落落的。杨森回村本不是大事，但在这些老头老太太们心中却比什么事都大，当杨森和小穗大包小包出现在了皋州大街上时，这些老头老太太像是见到了久别的亲人，哗啦一下围了上去，七嘴八舌问长问短，杨森一张嘴根本回答不过来，他干脆就不回答，只是看着身边的小穗呵呵地笑。那是开心的笑，幸福的笑。

　　杨森又恢复了自己在皋州村的修鞋生意，大礼堂门口又传出了滔滔不绝的议论声和呵呵的笑声。这声音响彻了皋州村的半条街，皋州村又恢复了往日的喧嚣。

　　杨玉文得知小穗怀了孕，竟高兴得流了泪。他期盼着孩子的出生，憧憬着美好的未来。杨林正是在这个时候回到皋州村的，在太阳落山后他悄悄地踏进了家门。这个时候，杨森已收工回家，小穗已经做好了饭，一家人其乐融融地吃着饭，杨森还兴致勃勃地讲述着一天的见闻。杨林推门而入，像有人给一家人使了定身法，杨玉文、杨森和小穗停止了动作，住了嘴，都齐齐地看着杨林，杨林叫了一声爹才打破了这种局面。杨森的回家和小穗的怀孕着实让杨玉文高兴了一阵子，如今杨林又回来了，杨玉文激动得竟忘记了自己的病，两手托着就往起站，由于用力过猛，把腰差点闪了。

　　一家人终于再一次团聚了，这次团聚不同以往的是增加了小穗还有小穗肚子里的孩子。杨林没想到离家三年，家里竟添了个嫂子，想想自己的前程，杨林就觉得无地自容，他叹息：难道我还不如一个傻杨森？以前的轻狂让他蒙羞，如今他成熟了，男子汉大丈夫，哪里跌倒就在哪里爬起来，他要向皋州村人证明自己的能力，于是他就又用心地琢磨起自己的生财成功之道了。

　　杨林的一个早他半年出狱的狱友听说他出来了，就登门来探望。在监狱服刑时，他们俩就成了患难朋友，他们曾发誓苟富贵勿相忘。他的这个朋友叫张杰，因抢劫入的狱，当年他在县城里已是锋芒初露。出狱后，他组织当年追随他的小弟，在县城里形成了一股不小的势力。他还用收保护费、敲诈勒索、开赌场、贩毒等手段很快聚集了大量钱财。一年的时间，他已经成为了县城里有相当实力的黑社会老大之一，这次他来找杨林就是想把杨林拉到自己的组织里为他所用。而对杨林来说，值此走麦城之时，正需要人帮一把，所以他也就病急乱投医，根本没有考虑就爽快地答应了。

在张杰的组织里，像杨林这样上过大学的是绝无仅有的，况且杨林又与张杰是患难之交，因此张杰就特别地看重杨林，刚进组织就让杨林当了自己的军师，作为他的智囊跟随他左右。杨林在组织里很快就又找到了自信，他张扬的个性再次暴露无遗。

杨林利用他的聪明才智没用多长时间就在组织中混得游刃有余，他也得到了张杰的倍加器重，俨然成为了组织里一人之下万人之上的人物。随着在组织里地位的稳固，他的野心急剧地膨胀，已经不能满足于这一人之下万人之上了，在他的心里开始筹划一个天大的阴谋——取张杰而代之。

为了实现这一目标，他开始有目的有选择地笼络人心。张杰的残暴凶狠在黑道界臭名远扬，组织里人人见了他无不胆战心惊。一次组织里的一个小弟由于害怕这打打杀杀的生活产生了退出组织的想法，并请求张杰放他一马。张杰就通知组织内所有成员开会，当着全体成员的面，张杰宣布同意这个小弟脱离组织，但条件是必须留下一只手。那个小弟顿时吓得面无人色，不停地磕头求饶，并发誓永远不离开组织。组织内的一些人也为小弟求情，张杰却不为所动，狠狠地说："我这里是你想走就走想留就留的吗？"并向手下下了行刑的命令，当着众人的面，小弟的一只手被硬生生地剁了下来，从此组织内再没人敢有退出组织的想法。这还不够，他还带领手下将那个小弟的家打砸得面目全非，还强迫其父母在碎玻璃上跪行，吓得小弟一家举家外逃，再没敢回来。张杰就是利用这一件事在组织内树立起了自己绝对的权威，从此他在组织内说一不二，再没人敢提出相反的意见。

绝对的服从只是出于对张杰的惧怕，杨林看到了这一点，也利用了这一点。他利用自己的特殊地位，在利益分配中照顾组织中的重要成员，他还经常与这些人交心，了解他们的困难与需求，并想方设法帮他们解决。他还暗中与县里其他黑社会组织建立了联系，时间一长，他的仗义不仅在组织内而且在圈子里都有口皆碑。人心向背决定成败，他欣喜地看到他所希望的局面已经形成，他的阴谋也就被他从后台推到了前台开始实施了。

在一次非常机密的毒品交易中，杨林与他的亲信先借故离开，然后向公安局匿名报案，张杰被抓个正着，由于这次毒品交易量巨大，张杰进去了就再没有出来的机会。在短短两年的时间里，杨林就轻而易举地取而代之成了组织内的老大。

坐上老大的交椅后，杨林就不可一世起来。他在皋州选了个地盘盖了一栋小洋楼，想让父亲及杨森一家搬进去住，却被父亲拒绝了，因为杨玉文认为他的钱来得不明不白。有了钱和地位，杨林的生活变得奢侈淫逸起来，他先是娶了一个官二代为妻，靠着老丈人进一步提升了自己的社会地位。他还经常出入一些高档娱乐场所，身边的女人像走马灯一样，他被这花天酒地的生活彻底淹没了。为了在皋州村炫耀，开始的时候，他经常开着高档小车回皋州，还与离过婚的白洁搞起了不正当的男女关系，杨玉文看不惯他的做派，见一次给他泼一次冷水，劝他不要太过张扬。说得回数多了，杨林就嫌父亲烦，回家的次数也就少了。

在杨林处心积虑成为老大的过程中，杨森和小穗的儿子在一家人的呵护下慢慢地成长。在杨林成为老大以后，关系着脸面的问题，他就不能容忍杨森从事修鞋的行业了，几经劝说无果后，他就派人砸了杨森的摊子，之后给了杨森一大笔钱算是补偿，但条件是以后不能再到大街上修鞋。杨森被剥夺了修鞋的权力，精神一下子没了着落。虽然衣食无忧了，但他不知道天天该干什么，想修鞋又怕杨林不高兴，亏得有了儿子才填补了他内心的空虚。虽然不修鞋了，但他还是舍不下大礼堂门口那群老头老太太们。每天他都会带着儿子到那里与他们海阔天空地聊，也只有在他们中间，他说话的欲望才会被点燃。

有了儿子，小穗的疯病就再没犯过。在幸福的包围下，她的善良与勤快更加充分地展示了出来，每天她除了做饭、洗衣、收拾屋子外，公公杨玉文的一切也都由她接手，儿子天天与杨森形影不离，倒是省了她一份心。

十五

杨林的事业如日中天，在他获取大量财富的过程中也得罪了太多的人，特别是道内的同行，一股暗流在缓缓地涌动，即将将他淹没。

　　杨森的儿子杨乐六岁了，上了皋州村的幼儿园，由杨森每天准时接送。这天下午，杨森在去接儿子的路上碰到了一个自称是杨林朋友的人，这个人与他谈了一些杨林的事情，因此耽误了接儿子的时间，等他到达幼儿园时，幼儿园已经人去楼空，没了人影。杨森傻呵呵地认为，儿子会像往常一样非常乖地走到自己的身边，然后由他领着回家。他在幼儿园门口一直等到了天上挂起了月亮，大而圆的月亮吸引了他的目光，他呆呆地看着像灯笼一样的月亮，却忘记了接儿子回家的事。小穗早已做好了晚饭等着父子俩回家吃饭，但却久等不归，小穗就出来找，她以为父子俩一定是在路上玩得忘了时间。她一直找到了幼儿园门口才见到了独自一个人的杨森，她问还在抬头看月的杨森："乐乐呢？"杨森被小穗惊了一跳，才想起还没见到儿子，他呵呵地笑着说："乐乐还没出来呢。"小穗看看紧闭大门的幼儿园心中就不安起来，她问："幼儿园已经没人了，你还等什么？"杨森说："我等乐乐啊。"小穗问："你没看见乐乐吗？""没看见。"杨森很干脆地回答。一阵不祥的感觉让小穗差点晕倒，她带着哭腔问："乐乐去哪啦？"杨森说："不知道呀。"小穗已经抑制不住大声地哭了出来，她张皇失措地问着杨森："乐乐呢？乐乐呢？"杨森傻愣着不知道发生了什么。

　　乐乐的去向杨林第一个得到了信息，晚上10点，他接到了一个神秘的电话，给他打电话的人告诉他，乐乐在他们手上，要他准备好一百万元来赎人。给他打电话的人没有给他任何说话的机会就挂断了电话。他看了看来电显示认定是公用电话，一时间他考虑了很多，乐乐被绑架了，父亲和哥哥嫂子一定很着急，他要不要将此消息告诉他们？他想，有胆量绑架乐乐的人一定是嫉妒他的同行，他必须尽快确定绑架乐乐的黑手。他们如果仅仅是为了钱还好说，但如果不是，乐乐就很危险。他想到这里不禁出了一身冷汗。他想了很久，分析了县里每一个帮派的可能性，却没有得出确切的结果。正在他仍苦思冥想时，他又一次接到了那个神秘人的电话，他怒不可遏地责问对方："你他妈竟敢在太岁头上动土，是不是活腻歪了，如果要我逮着我就活剥了你。"对方哈哈地笑了一通后说："你还是先考虑你小侄子的命吧？若不按我说的去做，你就等着为你侄子收尸吧。"杨林问："你想要我咋做？"对方说："你先准备好现金，明天这个时候我再通知你下一步该干啥。"杨林还想问什么，对方已挂了电话，杨林气愤地把手机狠狠地摔在了地上。

　　杨林考虑再三，还是给父亲打了电话，父亲、杨森和小穗正急得像热锅上的蚂蚁，他把乐乐被人绑架的消息如实地告诉了父亲，还安慰父亲不要着急，他一定会想办法解决此事。杨玉文接了杨林的电话后，像傻了一样。小穗也一反平时正常的状态，傻傻地一个劲地叫着乐乐的名字。杨森还是不知道发生了什么，呆呆地看着父亲和妻子问："乐乐咋啦？乐乐咋啦？"他还不懂绑架的意思。

　　为了侄子乐乐的安全，杨林不敢怠慢，立刻通知他的手下准备现金。杨玉文提心吊胆地过了一夜，第二天一早就让杨森带着他坐车到县城找到了杨林，逼着杨林赶快救乐乐。杨林安抚父亲住下，晚上他按照对方的要求亲自提着钱到了约定的地点，地点在郊外公园的山后，这里老以前曾是附近村里的公墓，阴森可怖，隐约可见有一座座坟头，杨林不免心惊肉跳起来。这时他又接到了电话，电话里让他把钱放在坟头，他问："我侄子呢？"电话里说："明天早上八点你还来这里领你侄子。"他坚决地说："不行，我要一手交钱一手交人。"对方说："你可以不按我的话做，但后果你要考虑清楚。"电话随即响起了忙音。杨林气愤地骂了一句，扔下了手中的钱箱就离开了，这天晚上杨林陪着父亲度过了一个不眠夜。第二天早上七点多他就心急火燎地赶到了交换的地点，但他见到的却是侄子的尸体。

　　乐乐死了，杨玉文一激动，血压就噌地往上冒，他脑袋一阵眩晕就什么也不知道了。

　　杨玉文旧病复发，因脑血管破裂不治身亡。

　　杨林被这接踵而至的灾难压得喘不过气来，他气愤至极，但不知道向哪里发泄。他命令手下必须查出这次绑架的幕后黑手，但一直毫无结果。

　　小穗看到儿子乐乐的尸体后精神彻底崩溃，她唱着跳着回到了皋州村又走出了皋州村，从此不知去向。

　　杨森终于明白儿子死了，但他没有哭，只是呆呆地不说一句话，从此也就很少说话，皋州村大礼堂门口也就多了沉默，少了热闹。

　　一年后，杨林不仅被同行追杀，还被网上通缉，他偷偷地回到了皋州，躲藏在老屋后的地窖里。杨森又回到了原点，开始了自己的修鞋生活。他白天修鞋，晚上悄悄地为弟弟杨林送饭。没有了妻子儿子，杨林现在是他唯一的亲人了，他虽弱智却明白，杨林需要他的保护，就像小的时候一样。他见了杨林还是呵呵地笑，像是从小时候到现在什么也没发生过一样。

纸包不住火，杨林的行踪还是让追杀他的同行发现了，那是一个月亮高挂清风习习的夜晚，杨森给杨林送饭的时候，两个蒙面人拿着刀尾随杨森冲进了地窖，在杨林面临危险的时刻，杨森没有任何犹豫，就像小的时候保护弟弟一样挺身而出，与两个拿刀的人进行了殊死搏斗，最终倒在了血泊中，倒在了弟弟杨林的身旁。两个人一看出了人命，赶紧一溜烟跑了。只留下杨林抱着身负重伤的哥哥痛不欲生，"哥！哥！"一声声凄厉的叫声惊醒了整个黑夜，左邻右舍围了过来，惊愕地看着这血淋淋的场面不知所措。杨森身中十几刀，衣裤全部被血浸透了。但他浑然不觉，仍然在看着弟弟呵呵地笑。杨林哭着喊："你咋这么傻啊？"杨森笑着说："我是你哥！"说完就闭上了双眼，永远地睡着了，在他的脸上仍留着笑容。

二掌柜

一

皋州村有个大名鼎鼎的"二掌柜"——杨二。

杨二原是有个哥哥的，不用猜也知道，准是叫杨一！事实上也真是叫杨一，据说这杨一甚是聪明伶俐。可惜的是，12岁时候就淹死在皋州南河的老虎滩里了。

早年间皋州南河水势浩大，一到雨季就黄沫浊流，让人看着眼晕，老虎滩无疑是整个河段最凶险的去处，几乎每年夏天都有人死在这里。人说水淹死的都是会水的，民间这句俏皮话原也没错，死于非命的人以村里的青壮年居多，当然也有想不开事的成年人来这里自寻短见的。皋州人的说法是：栽了河啦！一个"栽"字，仿佛让人看到了跳河人的姿势：闭了眼头朝下往滩里一扎！呀呀，想想也瘆得慌。

老虎滩的水有多深？便是全皋州村水性最好的老羊倌崔大海都没摸到过它的底。深且不说，水底下还有随生随灭的暗旋儿，一个冷不防就像有黑手拽住了你的脚腕子，转着圈往水底下拉！淹死的人，得有一两天才能漂起来了。天爷！那情形有多可怕，世上之人恐怕只有崔大海知道。因为老崔是遇到了暗旋却还能死里逃生的唯一一个人，可这老崔放羊久惯了，天天在山上吃风喝雪相伴不会说话的羊，语言功能已然严重退化，形容如此复杂的物事便有些相形见绌起来，到底也不能满足皋州人民强烈的好奇心。

话又说回来，这老虎滩四周风景倒是蛮好，两岸滩涂有密匝匝的芦苇隔断人类眼目，随着季节移步换形，春夏碧绿秋冬金黄，芦苇后面的河坡有如绒毯，耍完水，四仰八叉往上面一躺，别提多美气了！尽管偶有淹死耍水人的事情发生，村里的青皮后生们毕竟舍不得这个又美又飒的去处，死上一个人，河边不过沉寂一些时日，等人们聊说得没劲了，耍水的人们就又来了。人这玩意，大概正如皋州村谚说老鼠："拿起爪爪想起来了，放下爪爪就忘完了！"

　　事情出了，杨一的父亲杨崇小一家也无奈，哭了一场只能把杨一草草埋葬了事。

　　杨崇小不是皋州的坐地户，是早些年从山东逃荒逃到皋州的。这杨崇小身材高大，浓眉阔脸，有着非常强烈的山东大汉特征，看其人物好像甚有英气，谁知性格却是"面"得一塌糊涂，拿他来解释"人不可貌相"这个词再合适不过了。那个年头嘛，不以相貌论英雄，皋州人尤其有那么一种"排外"的传统，断不会因为杨崇小长得英武就另眼相看。加之这家"山东侉子"（此处暗表：本地人语气中，"侉"字是贬义的，大概就包含野蛮、不讲卫生、不讲信用等意思在内）口音不同、生活习惯不同也罢了，男女又都是扎起嘴的葫芦般，不与人多言，内心越觉其异类，愿与他家来往的村民很少；所以，那个高大的背影经常是孤寂的，还好他有一妻一子，到底还是个圆团团的家户，人们来往路过他家，偶尔也能听得到笑声。

　　杨一的事情一出，杨崇小的脊背明显地驼下去了一些。孩子没了，光剩下两个大人形影相对，怎么可能有心情笑出声来？村民们嗟叹一阵，过不了几日也就没有人再提起了。

　　幸好，杨崇小的老婆很快又怀孕了。这次，她又给杨崇小生了一个儿子，而更大的灾祸也接踵而至：因为难产，那可怜的女人突发大出血，在乡医院殁了！

　　杨崇小的背又弯下去一截，仿佛一棵树连遭了两次雷击。村人的议论，这就纷起了。有说他命不好，妨家人的，有说他前半辈子肯定作了孽才受到现世报的。大家都认为这家子晦气，躲远点比较妥当。杨崇小跟刚来到人间的杨二，真是成了皋州村的异类。

　　皋州村的人们各忙自己的农务，没有注意到杨二是怎样一天天长大的，而那杨崈小独自一人抚养杨二，又是如何度过的两年时光。当杨二已经可以蹒跚行走了，细心的人们发现：两岁多的杨二还不会说话。不会说话也算了，男孩子语迟就算正常；可这杨二走路也怪异：一只左脚竟然是往里翻的，所以动不动跌跤。

村里的赤脚医生看了，就来劝说：老杨，要不带孩子找个大医院看看吧！我看这阵势不好，弄不好是脑瘫！

杨崈小吃惊地看着赤脚医生，用皋州人听起来怪异的山东话重复着"脑瘫"这个词，眼神空洞，如醉了一般。没过几天，就不见影了。邻居看见杨二哇哇大哭着从那小泥屋里爬将出来，却不见杨崈小如影随形地赶来搀扶拍哄，感觉大事不好，赶紧去报告了村支书高义堂。派出人马四下去搜，却是应了那句戏词：四下无有！有村民就开骂了，真个"骆驼不是牲口，侉不是人"，这分明是扛不起灾难，扔下孩子自个走了！什么东西呢！是啊，附和的村民不少：这么小孩子，又没有三亲四故，离了人活不了，倒是谁管起来好！还是个残疾……

又有人觉得杨崈小失踪的原因源于想不开，那么会不会是寻了死？人们不约而同地想到：栽了河啦？村支书高义堂感觉不管本地外地人，总是自己村的村民，一声不响地失踪了，作为村级政府，总得做点什么。为此，他从集体账上拿了二百块钱，雇上崔大海在老虎滩潜水寻找，皋州很多人目睹了水下摸排的过程，结果，崔大海每回浮上来换气都失望地看着高义堂摇摇头。摇的回数多了，村里人都喊开了：算了哇！快上来哇！这挨刀的老侉，准保是扔下孩一个人出走了！

杨二在河边望着滔滔洪水仍然是不住嘴地号啕。高义堂牵起杨二的小手平静地说：我先管起来吧！谁要抢，谁就到我家来。

肯定没人抢，高义堂就做了杨二的义父。

高义堂是村支书，家里断不了人来往，皋州村人见证了杨二的成长：因为脑瘫，杨二的相貌没有能继承自己的父母。扁脸，眉眼间距宽，额头窄，显出点憨相来。渐渐会说话了，却是发音吐字不大灵便，再往后也能走路了，左脚内翻，就显得一瘸一拐了。总之是个可怜孩子。高义堂两口子不嫌，视同己出，抱进抱出，比带自己孩子还精心，一疙瘩工夫，到底把这孩子养育成人。

到了该上学的时候，杨二被送到学校里去过。杨二一瘸一拐的身影免不了让孩子们嫌弃，谁也不愿与他耍；接着又发现：大概是因为脑瘫的原因，杨二的手也不好使。杨二写的字，大的大小的小歪歪斜斜难以成行，就如纸面上游来一群蝌蚪，除了他自己谁也认不得。班上有这么一个学生，老师们嫌拉分，同学们嫌碍眼。挤对来挤对去，杨二也就没法念了。念了几年书识下一些字，不当睁眼瞎罢了。

　　杨二长到十六岁，高义堂突发心脏病去世。高义堂的老伴儿本就病病歪歪，丧事办完，就被闺女接走了。这下，杨二又成了孤儿。十六岁，说大不大，说小不小的，且有智障残疾，怎样活下去？村里倒是还有公田，可杨二这个样子，就算分给他几亩地，他也种不了呀！村委会为此开了两次会议，吵闹的最后结果是，十六岁的杨二担任了村里的管水员。

　　那一年皋州村刚刚开始在村里的大街小巷铺设自来水管道，实施家家通水工程。就好比在城里需要有自来水公司来专门管理一样，各村都有一个管水员。这是个美差。营生清闲，捎带就干了，又有些工资可拿。这个位置先后有几个人干过，都在短时间内被村民们吵下去了。人这东西，手里哪怕有丁点小权，也难免损公肥私，仨薄俩厚地偏向亲戚朋友，村里有张、赵两大姓，各自虎视眈眈，看着一点不平就要吵闹，弄得谁也干不成，此时让杨二来顶这个缺，一是杨二外姓户，与张、赵均无瓜葛，二是杨二人憨并不傻，为人不藏私，不耍奸，也许就能摆得正这个天平！三来，多少也看着刚刚故去的老支书高义堂的面子。所以村委会这个决定一公布，皋州的人们惊讶议论之余，竟也就给了认可。

　　皋州村有点当年赵树理笔下"三里湾"的味道，村里有点特点的村民差不多都有大家送的一个绰号。杨二这一走马上任管水员，俏皮的小青年们马上给杨二起下一个绰号"二掌柜"。这个号起得好：一来，杨二的本名就是"二"，二来，杨二脑筋简单，不懂人情世故，本来就带"二"；三来，这管水员应付村里千家万户，虽然有点权，却万不能超了现任村支书张贵昌，叫个"二掌柜"正合适……绰号嘛，总得带点调侃才有意思。起到点上了，确实有利于传播，皋州村的人再见了杨二，一概称起了"二掌柜"。杨二不知道"掌柜"何意，听见有个"二"字，很喜欢地就答应了，逗得人们哈哈大笑。

　　至于那神秘失踪的杨崇小，后来的日子里居然被村民在五台山遇到了，只是已经变作了光头长袍的一个僧人。村民想与言说杨二的现状，那人却一边摇手一边忙不迭地躲往禅堂深处去了，看来确实跳出三界外不在五行中了。村民回来跟大家一学说，大家嗟叹一回，从此在村人的记忆和议论中彻底删去了这人，再也不提。至于现在的杨二，浑没有觉得"杨崇小"这个名字与自己有任何关系，听了两耳朵就笑嘻嘻地走开了。

　　大掌柜张贵昌是皋州村公认的能人，此人虽生在农村，却有着与一般农民不一样的经济头脑。联产承包的时候，处理村集体的固定资产，粉坊、油坊、电磨坊……人们都抢着包，唯独两件铁家伙——拖拉机和推土机无人问津，无奈，只好一路降价，张贵昌一看火候到了，不顾家里人反对，就在农信社贷款把这两件铁家伙买了下来，合计才1000块钱，跟买废铁也差不多。那年头百废待兴，到处有工程，张贵昌雇上原先的推土机驾驶员，马不停蹄去揽生意。张贵昌会做人，一桩生意完成了，还不忘给当事领导抽点回扣，好家伙，简直是人生开挂，没弄了两年，就鸟枪换炮，买了一辆崭新的东风卡车跑起了煤炭运输，嘎嘎响的票子流水般进了兜，毫无疑问，张贵昌成为了皋州村第一个万元户和全县第一批农民致富的带头人，并受到了县政府的表彰和奖励。张贵昌家的客厅也挂上了他胸戴大红花与县领导的合影。高义堂老书记一去世，张贵昌就开始执掌皋州村的书记大印。事已至此，连赵姓的村民们也不敢说什么。谁叫人家是"能人"来！

二

　　杨二上任伊始，干脆就住进了库房。村库房很大，早先村集体很有些家当，所有固定资产附属的零部件都在这里堆放，现时那些东西都没有了，取而代之的是自来水管道上用的各种配件。有些东西村民家里也能用得着，比如水龙头、阀门、无缝钢管……杨二住在这里，一是自己有了住处，二是晚上可以值班。杨二认死理，自从到任，别说那些跃跃欲试的小偷们没了机会，连那些自以为高人一等的村委干部们也休想染指。其间，村会计家里水龙头坏了，想拿一个，杨二坚决不让。李会计恼羞成怒说，哎你这个没良心的拐拐！你当这个管水员凭甚哩？还不是我给你举拳头来？你不给我水龙头，我就不给你发工资！杨二脖子一梗说，没有张书记的批条，谁也别想拿东西走。

不发你就不发，反正我有饭吃，饿不死。

杨二那几年小学没有白念，学下的码码此时都派上了用场。库房里有一桌一椅，杨二有空就趴在桌上认真地写算。哪个水表管哪几户人，哪几户又是多少口，水表走了多少吨，一人应收多少钱，白纸黑字写得清楚明白。这就等于建立了一个水费基本账户。杨二写得虽然慢，一个数都不会错的。皋州村大了，闺女常年带着孩子在这里住家的也不少。以前的管水员觉得本乡本土的，抬头不见低头见，都不好意思较真，所以这些常住的外村人口是从来不统计在内的。到了杨二手，就没有不好意思这一说。杨二没事了可村转悠，谁家几口人，常住什么外姓人，心里有本扎实的账——你虽然户口不在本村，但是你常年住这，你得吃水了是不是？缴吧您哪！钱虽然不多，体现一个公平！村民们就激动了：这管水员可选对了啊！人们嘴里不好意思说，心里却老是不痛快的这些小事情，杨二给三下五除二解决了！人们喊"二掌柜"这个声口，以前多是调侃，搞笑，现在喊起来。那就带了感情喽！

村里靠打架斗殴出名的混混小霸王赵大鹏，是个滚刀肉式的烂人，以前从来不缴水费，谁也不敢把他怎么了，杨二却不理这一套，见了他家的大门照进。赵大鹏哪能看得上杨二。他眯缝着眼轻蔑地对杨二说，什么狗屁二掌柜，我他妈的只叫你二傻子！你是哪阵风刮来个野种！还敢收我水费！打断你腿信不信？给我滚！

杨二见他不给，也不多说，就走了。然而不到第二天小霸王住的那一片就停了水，一停就是半个月！村民来找二掌柜，没用！你这片有一户没缴水费！这影响的不是赵大鹏一家，是好几户十大几个人啊！半个月里小霸王赵大鹏把杨二揍了好几回，头一回打得鼻子流血，第二回差点打断他的病腿，最后一回，杨二被打得捂着头蹲在地上不敢起来，赵大鹏兀自打沙袋似的，对着杨二小小的身体拳打脚踢，不依不饶，终于触犯了皋州村的众怒。有人暗地打电话，把派出所的人叫来了。一看杨二，面目浮肿浑身瘀青，打得着实不轻。派出所因此把小霸王带走拘留了好几天，他家人一边托人活动一边给杨二结清了拖欠的所有水费，好不容易才把小霸王赵大鹏保出来，此后一见杨二上门，小霸王他妈就忙不迭地把钱款及时奉上。小霸王则是翻翻白眼，悻悻地躲着走了。哈哈，没想到在皋州村里惯于作威作福的小霸王，一回就被个小小的杨二扳倒了！

有人逗杨二说，幸好没有妮子愿意跟你。照你这个作派，怕是丈母娘也别想讨你一分钱水费的便宜！杨二不傻，脖子一梗笑嘻嘻地说，那不怕！谁要把闺女给了我，水费我包一辈子！嘿！瞧把他能得！

月月水费收齐了，杨二再把自己这份添上，造个整整齐齐的花名表，一个子儿不少交了李会计。张贵昌书记曾对他说，你就一个人，为村里办事，算公家人，你的水费算了交哇，没有人计较！杨二一听不高兴了，梗着脖子，呼哧带喘说，那可不行！不收自己的，我不成了贪官了？违法的事我可不干！

张贵昌无可奈何地摇摇头，叹口气，背起双手离开了。

杨二在这皋州村本无根系，就像是被一阵大风从山东刮到这的，何况一家嫡系死的死了，走的走了，剩他孤零零一个人。但是他的脾气性格跟他老子不同，是个能落地生根的主，舌头不利索偏爱说话，脚有残疾偏爱走，村里面的大事小情他都要过问，而且要问出长短，断出是非。赵家两口子打架，他要去说和；李家死了头牛，他要去安慰；张家老人病了，他要去探视；王家的儿子考上了大学，他要去祝贺……村里只要有人家办红白事情，杨二逢场必到，跑腿买办打杂排板凳，能干啥就干个啥，就算是个三岁孩子指派他，他也欣然从命。看着乡亲们随礼，他也跟着随。人们劝他：二掌柜，你打帮就行了，不用随礼。你不是本地户，再说你才有几个钱！杨二脖子一梗说：我生在这儿的，咋不是本地户！我一月挣100块钱哩！皋州村大，一年到头不是喜乐就是哀乐时不时奏响，杨二这几个工资差不多就都随了礼。总之，皋州村没有杨二不该管的事，真不愧"二掌柜"这个绰号。

杨二是个乐天派，从来没有烦心事。挨了小霸王打那回，他一边抱头一边求说，你打就打，别打断了俺的腿，俺还要收水费咧！这个话虽然后来也在村里传为笑谈，可毕竟笑里带着辛酸，人们笑着笑着就笑不出来了。后来谁家做点好吃的，就断不了叫杨二来家吃。杨二生来就是吃百家饭的。

杨二因为脑瘫的毛病，脑袋大个子低，看着有点大头小尾的感觉，加之腿上落了残疾，走起来一颠一颠的，有几分滑稽，皋州村的女子自是看不上他，好在这杨二年龄老大了还是一派天真，并不晓得男女之事，一直混到25岁，才终于有了"少年维特之烦恼"。

这一烦恼不得了，杨二开始开动天眼，扫描皋州村里的女娃了。

其时村里待嫁的女娃有七八个，最好看的是陈有才的闺女陈牡丹。陈牡丹人如其名，确实称得上艳压群芳。这女娃眉目清秀身材高挑不说，还学城里人留了一头瀑布般的长发，撩拨得一村的小伙子们眼红心热，不少后生都对她有心思。杨二这方面的审美观倒是跟大家的眼光相同，看中的也是她。

皋州人含蓄，都怕被顶了脸没面子，敢公然表白的不多，大多是打打擦边球试试有没有戏。比如打听到人家的生日就去送个小礼物啦，看着人家去地里间玉米苗也赶紧拿个小锄去帮工啦，还有给陈有才孝敬纸烟的。杨二是个直脑筋，哪会这些弯弯绕，他一时心血来潮，在大街上当着一群人就对牡丹说，牡丹，我喜欢你！你做我的老婆吧？

陈牡丹就像被人打了一闷棍，惊疑地看着杨二，好大一阵子才反应过来。她好笑地说，二掌柜，你今晚回了库房，最好是撒泡尿照照自己，看自己是不是能娶老婆的模样！

一群人哄堂大笑。杨二倒不以为这是耍笑的话，连连说：好的好的！等我今天晚上照了，明天告诉你啊！

别以为这是幽默！咱们的杨二是个蛮诚实的人，说了的事情，不打折扣总要完成。他想，牡丹说得没错。自己想照，库房里没有镜子，咋照呢，撒一泡尿照，这是不错的办法。

库房很大，在哪里尿呢？杨二转了一圈看看，哦！灯下最明，就在这里照吧！杨二真的就在灯下撒了一泡尿。还好这库房是水泥打过的地面，尿液马上渗不了，还真是能照出一个模糊的影子。

杨二对着这个散发着尿骚味儿的影子研究了半天，眉眼是看不清的，大致是个身体的轮廓。这咋了？不错呀！两个胳膊两条腿，一个脑袋像球体，就是让村里最帅的小伙子李贵来照，差不多也是这效果。杨二对自己甚是满意。

农闲时节，村里闲人多，第二天，还没等杨二去找牡丹汇报，几个坏小子已经兴冲冲地跑来了。人们劈头就问尿了没有，照了没有，杨二马上把尿的那个圈圈指给众人看。大家简直笑倒了，就这样簇拥了杨二浩浩荡荡往陈有才家来。

牡丹早已把昨天随口说过的话忘记了，打扮得袅袅婷婷刚要出门，迎头遇见这群人，好生纳闷，说你们这是要干吗。

杨二兴高采烈地上前一步：牡丹，你昨天让我撒泡尿自己照照，是不是个娶老婆的模样，我昨天晚上已经照过了！

照得怎样？

哎，还不错！跟李贵差不多！娶老婆一点问题没有！

众人都笑倒了，捧着肚子喊哎哟，牡丹也被逗笑了，但是旋即又有些恼怒。她用着薄嗔浅怒的可爱样子，跺着小脚骂这些青皮后生们：我说，他是个二傻子，你们也有毛病不成？你们好意思的拿个傻子瞎起哄？

杨二一听不干了，赶紧大喊：牡丹，我是二掌柜，不是二傻子！

滚！有多远给我滚多远！以后再敢跟我说这些不三不四的，小心我叫人揍你！

什么叫个不三不四？又为什么要揍我？牡丹，你又不是小霸王！

牡丹不理，气咻咻地走了，人们跟杨二比说了半天，杨二终于明白过来：敢情，这是牡丹不乐意嫁给自己的意思！

头回求亲就撞墙，一度使杨二万念俱灰，觉得生活完全失去了意义。以前，太阳还没露脸杨二就起床，早起的第一件事就是到皋州的大街小巷遛一圈，仿佛权倾一方的大领导巡视自己的领地一样，具有很强的仪式感。又仿佛是向所有的皋州人宣示存在感一样，反正每天都有那个必不可少的过程。杨二失恋后，他内心的江山就崩坍了，巡视活动很长时间之内中止了。他萎靡不振，消极颓废，胡子拉碴。日上三竿才起；除了勉强去收个水费，其他的什么也不干了。

杨二一旦缺席了皋州村的社会生活，皋州人还真是觉得不习惯，仿佛炒菜没放盐、日子淡不几几地没了滋味。张贵昌碰见了问，病了？杨二答没有。那你这是咋啦？丢了魂似的，好几天不上街了！张贵昌又问。杨二也不再像以前那样有问必答，低头走了。

杨二在很多事情上反应迟钝，唯独对于这次失恋，痛苦的程度不亚于世上的任何年轻人。乐天的杨二居然钻到被窝里痛哭了一场。牡丹不同意嫁给自己，不是这个不让那个不让，是人家自己就不愿意，这有什么办法。可是……这么多女娃，杨二却只爱牡丹一个呀。

三

陈牡丹很快出嫁了。一朵开好的花，采摘得正当其时。男方是皋州村李会计的独生子李贵。李大会计大名李会明，在皋州村算得上数一数二的人物。此人脑袋瓜灵活，不仅账算得清楚，人情世故这本账更是翻得烂熟。李会明在皋州干会计几十年，侍候过三任书记，每任书记对他都非常倚重，这就很能说明问题了。这么些年里李会计到底有没有干过龌龊事，除了他自己没有人知道。但人们从他逐渐膨胀的所作所为中也早有猜测。特别是近几年李会明批了一块地盖起了小洋楼，一家伙就震慑了少见多怪的皋州人。这还不算，李会明还将高中毕业的儿子托关系安排进交警队当了协警。为儿子跑家方便，还为儿子买了小轿车，据说光车就花了小二十万元。锃亮的小轿车在皋州村的大街上开过，往那个淡黄色马赛克贴出来的二层小洋楼前一停，车门一开，下来身穿名牌、欢眉大眼、电影明星似的小伙子李贵，嘿，别说皋州村、方圆几村，就是城里的大老板，还能咋哩！追陈牡丹的人那么多都没个结果，李大会计出马一提亲，陈有才就忙不迭地满口应允了。才子佳人，天作之合，这座鹤立鸡群的淡黄色小楼，也只有穿连衣裙、留瀑布头的大美女陈牡丹配做它的女主人。谁不服气你来试试？

尽管杨二一反常态，既没去婚礼现场帮忙，也没有随礼，陈牡丹还是嫁给了李贵。两个年轻人男潇洒女漂亮，如胶似漆出双入对，一时间成了皋州街头一景。但皋州村有些人并不看好这桩婚事。因为李会明这人口蜜腹剑为人不实惠，而李贵就是个驴粪蛋面面光，看上去长得没毛病，暗地里也随他老子一肚子坏水，生活作风尤其糟糕，婚前就坏了不知多少好人家女儿，都是仨瓜俩枣赔几个破钱了事。牡丹进了李家，真是羊入虎口。又有人议论说陈有才父女也是活该，因为他们看中的不是李贵，而是李家的钱财——他陈有才，也算皋州村里一个精把人，能不知道李家父子是什么货？

人们等着看的结果，没过多久就出来了。那座小楼里开始传出激烈的吵骂声、摔东西的声音，有时人们也看到了陈牡丹脸上、胳膊上的黑青。开始的时候，这些传言被陈牡丹本人否认了。为了证实自己所言非虚，牡丹还时不时地戴出李贵为她买的白金项链、大钻戒，还有据说是十分昂贵的世界名牌包包，都是皋州村人没见过的东西；好看衣服更是无其数，让村里的大姑娘小媳妇们看直了眼睛。可雪地里埋不住死孩子，日子是实打实过的，总有掩饰不过去那一天。终于出现了令人惊骇的一幕——小二楼的落地玻璃在某一天突然碎作一阵冰雨，唰啦啦地向地面上洒落下来。妈也，天幸楼下没人，要不非被扎成刺猬不可！

陈牡丹回了娘家，但是又能怎样呢？隔不了几天，李贵提上几盒点心假惺惺地去陈有才家走上一趟，牡丹又乖乖地跟在人家身后回了小二楼，接着是继续的争吵、家暴。陈有才晃着花白的脑袋也只有叹气的份了。

从杨二这方面来说，陈牡丹跟李贵的婚礼举行完后，杨二也就对男女情爱彻底死了心。但陈牡丹依然是他心中的女神——只能用来仰慕和供奉的女神。杨二只要路过李家的小楼，就会放慢脚步仰头观望。杨二一点都不羡慕这高大上的宅子，心里挂念的是关在这宅子里的牡丹。杨二第一次远远瞅见陈牡丹脸上有伤痕，就心疼得不得了，赶紧一拐一拐颠过去关心地问，你的脸怎么了，疼不疼？那语气、姿态和表情完全就像父母关心幼小的孩子一样。

谁想牡丹一看是杨二，气就不打一处来。你给我滚远点，天下人死绝了，要你来狗拿耗子多管闲事！你算个什么东西！陈牡丹借题发挥，小嘴叭叭叭地骂了一大通，也不知这话是说给谁听。杨二被训了个狗血淋头。看热闹的人们却听明白了，就讪讪地散去，大家在心里面冷笑：落架的凤凰不如鸡，这时候除了杨二，谁还真的关心你。谁会眼气戴着钻戒挨耳光的日子，大家不过是没事干看热闹而已，二掌柜呀二掌柜，你毕竟脑子不够用啊，热脸贴了冷屁股，是真憨！

不管别人如何哂笑，在对待陈牡丹被家暴的事情上，杨二确实是上了心。他从此经常在李家附近逗留，窥伺牡丹的出入，观察牡丹脸上有没有异样。村里人都拿杨二对牡丹过分的关心当笑话看。直到有一天，牡丹再也忍受不下去了。

啪！一个响亮的耳光打在杨二的脸上，声音清脆。

二傻子，你要再敢纠缠我，我叫李贵打断你的腿！陈牡丹俏脸如铁，一对丹凤眼放射着寒光居高临下逼视着杨二，恶狠狠地说。

杨二被打蒙了，愣怔了好一阵子才点点头转身离开。他有点伤心，为陈牡丹的无情，更为自己感情的付出却得不到任何回报而懊丧，但杨二就是杨二，绝非皋州村其他男人可比，一支牡丹既然在他心里盛开了，那就永远不会凋谢。为了维护这支唯一的花，刀山火海他都敢闯！一个耳光又算得了什么。

当杨二又一次试图接近陈牡丹时，李贵真的出现了，而且对他大打出手。对此，村人们是无能为力的。这李贵是协警，在村人看来跟真正的警察并没有两样，他经常跟皋州派出所的几个人一起喝酒，那么报派出所也是没用的。只能大家看热闹吧！身材高大的李贵对于抱头蹲地毫无反抗能力的杨二拳打脚踢毫不留情，直到打累了才指着杨二喝道：妈的，你这个脑瘫残废，要是再敢来骚扰我家，让我逮住你一回打一回，直到打死为止！听明白了没有？

杨二鼻子嘴角都是血，头皮也给打得掉了一大块。凝了若干圆圆的血珠子，看了就觉得疼得不得了，偏这杨二还不消停，听了李贵的喝骂，幽幽的从手指缝里又漏出一句话：你要不打她，我就再不来了。

众人哗然，赞其执念又叹其可怜。李贵也给他弄得无可奈何，不怒反笑说：你们看看这个二傻子，真他妈的让人不服不行！世界上傻子多了，没见过这种的！简直一个二花！李贵说完，就欲回家了，有小后生高声问一句怎么叫个二花呢？李贵嘿嘿一笑说：二是二傻，花是花痴啊！

杨二在库房里躺了两天养伤。待又走出来，皋州街上就有人开始喊他二花了。杨二听着这个新名字里有个"二"，认定还是自己的名字，就笑呵呵地应着了。谁知这个名字没有传开来，过不两天就没人叫了。因为那几个恶作剧的小青年回了家都被大人教训了：可不敢那样喊人家二掌柜啊！罪过罪过，那是李贵给起的号，污蔑人的，你们怎么是人不跟，见鬼就跟？

杨二并不以挨打为辱。李贵打他是因为他要保护牡丹，自己的伤是为她而负。他像欣赏一座奖杯一样欣赏自己脸上的伤痕。

四

当了三十年村会计的李会明有着更大更长远的目标，让李贵进交警队不过是权宜之计而不是长远之计。一个协警，进不了编，就没有上升空间，不够安身立命的，眼看村级换届选举在即，他又动了心思。自己年已老迈，在这村会计的位子上坐不了几年了。那么培养儿子当个主任，岂不比在交警队当协警好上百倍？为此李会明先是为儿子争取了一个党员名额，后组织了一个地下班子，在主任选举中为李贵不惜血本地拉选票。皋州村大了，想当主任的人颇有几个，可谁也没有李会计财力雄厚。别人承诺一袋面，他就敢送两袋，别人承诺一桶油，他就敢送两桶，别人都是口头承诺，他是打发人直接送到家。皋州村民乐得坐山观虎斗，坐收渔翁之利。不过，李家花钱多是一方面，李会明占着会计的位置，几十年下来，跟村里每个村民都要打交道，人们也不愿意得罪他。权衡下来，大多数人还是把票投给了李贵。最后，李贵竟然堂而皇之地走马上任，成为了皋州村的新一任村主任。

李会明十分满意自己的操纵，同时也懂得凡此类事情，几家欢乐几家愁，不满意的肯定大有人在，所以选举一结束，李会计就以自己老婆过生日的名义，大摆宴席，邀请乡党们来吃吃喝喝，街上的流水席来者不拒，全村人谁都可以来吃。家里摆的是上席，除了乡领导外，他派几个得力干将带着大红包把这次落选的几个候选人全都请来了，是赔罪也是拉拢。席面上水陆杂陈山珍海味，很多高档食材居然是李贵专门开车去阳泉置办的。如此一操作，皋州全村几乎是一网打尽了。小二楼前人声鼎沸熙来攘往人头攒动。其排场超过了村里任何一家娶媳妇的场面。皋州村人自然也明白：这是打着过生日的旗号，庆祝李贵就任村主任，不吃白不吃。

大掌柜张贵昌并不是不知道李会明的操纵，只是并未放在心上。他早就看破了李会计的一疙瘩利心，不过李平时把张贵昌打点得很熨帖，大小便宜没有落下过张书记。所以张贵昌虽然心知肚明，却也不欲多管什么。他有自己的生意，横竖是不指望村里这亩地打粮食。自己也有一把年纪了，何苦为了公家事情得罪乡党。但是他也很警觉，李会计这个庆功宴他无论如何不去参加，李见请不动他，就亲自上门送来个红包，张贵昌等他走了打开一看，不多不少一万块！张书记哈哈一笑，收到柜子里了。

大掌柜张贵昌放任不管，村里人都收了李会计的米面粮油，眼看那几个反对派也成了李家的座上宾，老百姓们还能说些什么。李会计这次是算无遗策，感觉事情办得八面光，心放回肚里了，谁知这厢却惹恼了一个人——二掌柜看不下去了。人们在小二楼前喝酒热闹、划拳行令，杨二却站在村礼堂的台阶上面，面对一群吃饱喝足了踱到这里的人们发表了一个公开演讲。杨二煞有介事地宣布：我要告李会明，去天安门告，对着全北京人宣布他的罪状，一定要把他告倒！

皋州村的人们大惊失色。有人问你这是真的还是说着耍的？杨二一笑说，谁跟他耍哩。我打问打问北京是咋走哩，就准备去呀。

　　不用说当天就有人把话传给了李家。李贵虽然不以为然，老奸巨猾的李会计却着实警惕起来了。当了一辈子村干部，李会计该是耳闻目睹过多少阴沟里翻船的事情？这次贿选，本来就涉及犯罪。但是不这样搞又不行。之所以选举一结束就大张旗鼓地请全村人吃喝这一回，不是为了张扬，恰恰是为了买哄村里人，消化一些潜在的矛盾，尽量避免一些意外事件的发生。李会计一厢喝酒一厢寻思，待夜晚人们散了，才对儿子李贵耳提面命：你明天如何如何，把那个傻小子搞住，不能让他出去到处宣扬。

　　李贵觉得父亲的担忧不无道理，第二天就带了几盒礼品，来了杨二住的库房。

　　杨二是个光棍，又有残疾，哪有心情收拾住处，库房被他住成了狗窝且不说，气味也实在难闻。李贵走到门口，愣是让屋内的气味给扑了出来。他就站在门口喊开了：杨二，杨二，在不在？出来一下。

　　时间是在早上，杨二还在被窝里眯瞪。听到有人喊自己，以为村里又出了什么事了。急急忙忙穿上衣服开了门。一看是李贵，心中便老大不快说，这么早，你来我家做嘛？

　　杨二，打你是我不对，我来给你赔礼来了。其实那个事情以后哇，俺爹把我好一顿骂。我想了想，老人家说得对。你关心我们家牡丹没错，我不该打你，把你打伤了，我不仅要道歉，还要赔钱。这些礼品你收着，赔多少钱，你说个数，我马上给，希望你别记仇。

　　杨二疑惑地看看李贵，一会就笑了说，不用不用，这点伤算什么，早好了，我不记仇，你放心好了。东西我不要，钱我更不能要，你快拿回去吧！

　　这哪能行，我爹说了，东西你一定要收下，钱也一定要赔，这代表我李家的诚意。事情办不好，我爹会跟我算账，我现在好歹也是个主任，你就算帮我一个忙好吧。

　　话说张手不打送礼的人，杨二有点犹豫了。后来又一想，这李家父子在村里头办的那些事太不地道，又家暴牡丹，不能就这么算了。咱告他是光明磊落的事情，还是先让他知道了为好。

　　杨二就说，你不要给我送东西。我准备去告你呀，弄不好你还得打我。

我等着了，不怕你打。你走你走，不送！

李贵本来就不愿意来这一趟，结果让这个二傻子拒绝了不说，还当面锣对面鼓说是要告。火星噌噌地直往头顶上冒，他怒不可遏地说，你敢出这个村子，瞧我打断你的腿不，说话算话！

打断我腿？爬着也要去告你。你厉害你杀了我，死了我就不告了。

杨二并不拿李家父子的威胁当回事。他在村里见了人就说准备告李家，然后说李贵要打断他的腿。他说，你们记着我这话，我要是死了，就是他李贵打死的。话又传回李家，叫李家父子哭笑不得。想不到傻人心机还蛮多，居然提前散出谣言布局哩。现在形势微妙，这傻二还真是不能轻易动他，且静观其变，看他是怎么个告法，要到哪里去告。

杨二把大话吹出去了，接下来的行动，可就没谱了。去北京？那是一句大话。杨二活到这么大，还没有去过县城，最远去过一回乡里。对，一层一层告哇，先去乡政府。

进了乡政府，有人指点他找到了分管纪检的王书记。王书记很严肃地听完杨二的三言两语后说，你举报的这些事情有证据吗？

证据？村里人都知道，还要什么证据。

王书记郑重地说，我们要的是实打实的证据，能证明你举报事实的人证物证，有了证据，我们才好上手查，你这没任何证据，我们怎么查？万一冤枉了人家，对方反咬一口，到时候我们工作会很被动，所以我希望你还是慎重，掌握了实质的证据再来。

从乡政府出来，杨二有些灰心，更有些不服气。他想，我只管举报，证据应该是你们找呀？你们挣的不就是这份工资吗？本来他们送的米面粮油也有杨二一份，可惜他当时横竖不收，还打鸣叫响说，投票的时候他不会投给李贵，那样，人家就又把那一份东西拿走了。嗨！只怪自己傻，那就是证据，如今村的人都吃了人家东西投了人家票，谁来给咱做这个证呢？

他心里憋闷，摇着头叹着气上了大路，皋州村离乡政府不远，步行半小时就到了。不过杨二这个腿脚，就不知道要走到几时了。大路上空无一车一人，杨二走得汗流浃背。遥遥听得身后有汽车开过来的声音，杨二下意识地往路旁让了让。为了保险起见，他甚至让到马路最边了，再往下就是深崖。谁知身后这大货车发疯似的窜上来，擦着他的左半身就过去了。杨二倒在路边，剧痛让他直接昏迷，人事不醒。

五

当杨二醒来时，已经躺在了乡卫生院的病床上。医生告诉他，你的左腿粉碎性骨折，已经截肢了，否则性命不保。

杨二大惊，伸下手去一摸，果然大腿往下空荡荡的，不由撕心裂肺地号哭起来。哭了一阵，顾得上说话了，他就抽抽搭搭地问医生：腿断了，你该给我接上呀？怎么说截就截了，问也没问我？

医生说，就凭咱这里的技术，接是接不上的，往大地方转哇，又费时间又费盘缠。这钱谁出？你昏迷着，听说你家没人，这手术是你们村张书记签字同意的，先说好啊，没我们医院的责任。

杨二沉默了。他想张书记一定是为自己好，看来这条腿真是留不住了。他又想，多亏还有右腿，否则我连站也站不起来了。他这样子一想，心里就又高兴了，脸上也阴转晴。

他说，没事，我就是问问，没说你们医院有责任。

医生看着杨二哭笑变换得如此快，心里纳闷，这个人精神不太正常！

杨二住院，行动不能自理，张贵昌书记就打发了村里的一个老寡妇，叫春花的来侍候杨二。说是老寡妇，其实年龄才刚四十出头，只是年轻时候就死了男人，到现在，守寡也有十几年了。村里人传言这女人跟张贵昌书记有一腿。有这等轻省又能赚几个小钱的事情，张书记总是打发她来。

春花给杨二的感觉就是会体贴人，像母亲一样。刚截肢，绝对卧床，屎尿都送不了，春花一点不嫌弃，不管杨二接受不接受，她都快手快脚地伺候他接了。春花还打水来帮他擦身子，把杨二侍候得舒舒贴贴的。几天过去，他们就有了交流。杨二问春花，村里人都说你跟张书记有一腿，是真的吗？

春花脸上不红不白也不恼。她说，都是村里人见张书记照顾我，对我好，就编派上了。其实张书记是好人，村子里的穷人他哪个不帮，只因我是寡妇，寡妇门前是非多，也难怪村里人编派。

那你为什么后来不再找一个？杨二问。

早先我是不想给我女儿找个后爹，如今女儿出嫁了，我也老了，更不想了。

杨二盯着春花已经布满细细皱纹的脸，好像看到了她所经历的苦难与沧桑。眼前这个女人是那么亲切，就像他无数次想象中的母亲。他看着春花咧嘴笑了，他说，你现在侍候我，将来我照顾你。

终于回到皋州。杨二恨不得跟他见到的每一个人打招呼。村里人发现：现在杨二不仅脑瘫，还成了独腿，心想这个人磨难怎么这么多。更惊奇再什么样的磨难也打不倒杨二的精神意志。人们都替他难过，他却还是一脸笑。这笑不是装的，是发自内心的。少了一条腿，早上对皋州的巡视变得更艰难了，但他仍然没终止，皋州的大街上一大早就响起了二掌柜木拐触地的声音：笃，笃，笃。

杨二之前说过如果他死了就是李家害的，这次见他少了一条腿回来，难保人们不往那上面猜。有的人就试探：你这腿咋回事？

李会明、李贵害的。

那你咋不去告了？

嗨，可别想告状的事了。太难！你一告，人家就让自己拿证据。可，咱到哪去找证据？快算了吧。

告李会明没有结果，杨二不甘心，他想上县里告，市里告，甚至到北京告御状。他幻想高一级的地方可能就不用告状的人自己拿证据。他想：总有说理的地方！可现在腿还没有完全好了，只能暂时消停一阵子。

李贵很少回村来，而他似乎是每回回来都要敲打陈牡丹。陈牡丹经常鼻青脸肿地出进，也不再避讳村里人的眼光了。皋州村里有人悄悄说，李贵在县城有了相好，有人亲自看到他们一起从宾馆里出来，好像是个南方侉子。那侉女人哪有牡丹美，充其量是一朵野菊花，真不知道李贵咋想的，大概这就是所谓的"家花没有野花香"吧！陈牡丹真是有苦难言，跟他离吧，肚子里有了他的孩子，自己父母坚决反对离婚，让自己继续忍耐，先把孩子生下来再说；不离吧，李贵现在家也不回，成天开着车拉着那女的在县城鬼逛，弄不好还要在县城给那女的买房。又不能问，一问他就打。这空荡荡的别墅里就自己跟公公婆婆，活寡守到何时是个了结？正在犹豫之间，公公李会明竟然趁婆婆回娘家的机会，溜进房来强暴了她。牡丹羞耻得喊不得打不得，简直像掉进了活地狱。事毕，李会明威胁陈牡丹说，这个家你看清楚了，李贵就那么个性格，以后也好不到哪去，反正肥水不流外人田，凡事有我，只要把你婆婆瞒好就行了，我不会让你独守空房的。你要是说出去，你可就活不起了，以后你只管把我们爷俩侍候好，保管你好吃好穿一辈子。

陈牡丹果然不敢声张，只能打掉牙往肚里咽，渐渐变得抑郁起来。话也懒得说，门也不出了，只有肚子，不以她意志为转移，一天天大起来。

杨二虽然少了一条腿，但他并不悲观，他的生活没有受到根本性的影响，他原先就是个拐子，现在仍然是个拐子，而且还多了一条轻便的不锈钢腿，一旦习惯了，行走速度不亚以前。除了担心牡丹挨打外，他还是一贯性的很开心，很自豪。所以，当村支部会决定为杨二争取个贫困户指标时，遭到了杨二的断然拒绝。杨二激动地说，虽然我少了一条腿，但我是有工作的人。我干水管员，一个月已经涨到300块，一年下来就是3600块，已经超过贫困户的认定标准了，也完全够养活我自己，这个指标我可不能要，要了就是欺骗国家！

张贵昌指着杨二的脑袋说，一根筋！

杨二不懂张书记说的一根筋在哪，但他觉得这是做人的原则，他必须坚持。

杨二好久没看到陈牡丹了，心里空落落的。这天晚上，早已夜深人静了，杨二躺在床上翻来翻去睡不着，他干脆出了门，拄着拐杖一步一步挪上了大街，又一步一步挪到了李会明的小洋楼下。今天是农历初五，加上天上有云，天黑得像被灌了浓墨。他在小洋楼对面的一块石头上坐下来，静静地注视着对面黑黢黢的大山一样的建筑，感觉到了压抑。仿佛泰山压顶的感觉，让人极不舒服。

杨二正叹着气，对面一楼东南角上的房间突然亮了灯，一道光束闪电一样照进了杨二的眼里，竟然吓了他一跳。然后是噼里啪啦的一阵乱响，紧接着又听到一个女人的惨叫。杨二听得出那是陈牡丹的声音，他一激灵站起身，拄着拐杖慢慢靠近开灯的窗户。窗帘从里面拉上了，但还留下了一条极小的缝隙。透过缝隙，杨二看到陈牡丹坐在一把椅子上，挺着大肚子，一把长发却被揪在一只男人的手里，致使她的脑袋只能向后仰。而男人的另一只手在使劲地扯牡丹的衣服，陈牡丹十个细长的手指使劲地抠着男人的手，想把它扳下来，却完全无能为力，疼痛使她只能发出一声声低沉的悲鸣。看到这样的场面，杨二内心瞬间爆炸了，他用手拍打着窗户，声嘶力竭地喊着：畜生，放开牡丹！畜生，放开牡丹！

显然屋内的人完全没有想到，此时会有不速之客光临，一下惊得手足无措。男人慌乱中放开陈牡丹，就去按门口的电灯按钮。这一移动，让杨二看到了一张猥琐的老脸：天哪！杨二一直以为这个男人是李贵，现在才看清，是李贵的爹，李会明！杨二觉得如同遭了五雷轰顶，自己的脑袋不会想事了，腿也不会迈步了，杨二傻僵在那里不动了！

李会明把灯熄灭了，才压低嗓子冲着窗外喊，谁呀？半夜三更装神弄鬼的。

杨二继续拍打着窗户喊，我，杨二，李会明你个畜生，对牡丹做什么了？

一听是杨二，李会明倒镇静了很多。心想，你个该死的傻子，又来坏我的好事！嘴上却说，没做什么，我在为牡丹治病呢！

治病？杨二又蒙了，什么病要这么治？他问，牡丹得了什么病？

邪病，刚才我在给她驱鬼呢！李会明有些自鸣得意，显然他非常满意自己的应变能力。

刚刚还义愤填膺的杨二顿时像泄了气的皮球一样，疲软而无力。

你刚才把邪魔惊了，现在牡丹已经走火入魔了，你再敢喊叫，她可就没命了，看我不找你算账、抵命！李会明不怀好意的声音一字一句从窗里传来，把杨二吓了个灵魂出窍！杨二扭头就往回跑，不知摔了几跤才跑回库房。

再次钻进被窝，从窗缝里看到的那一幕在杨二的眼前一遍遍重放着，这是他第一次看到女人的身体。牡丹白花花的身子和高挺的大肚子都让他害怕。他想，他想不到一直爱慕的牡丹竟是这个样子的。为何就跟平时看到的一点不同呢？问题是，他这样反复想的结果，自己的身体也出现了不好的反应。他苦恼不安，以致难以入眠。为了解释这些疑团，第二天他就架着拐咯噔咯噔找老寡妇春花去了。

春花正在家里蒸馒头。此时她一揭笼屉的盖子，白雾升起来就把她淹没了。见是杨二来，她热情地招呼说，二掌柜，赶得好不如赶得巧，赶紧来吃个馒头！一气馒头两气糕，刚出锅的馒头，最美了！

自从春花在医院里伺候了杨二那一段时间，杨二处内心是把春花当母亲待了。时不时地买吃的给春花送到家里。此刻他一边接了一个馒头在手里吃着，一边神神秘秘地问春花：你知道什么是邪病不知道？

啥？邪病？那是以前的迷信。请不起太医才那样子装神弄鬼。现在有了医院，谁有了病不去医院看，还哪有什么邪病？

可是……我见牡丹得了邪病，她在家治的。

春花大吃一惊：什么？牡丹得了邪病？谁给她治，怎么个治法？

哎，看不懂……她公公李会明给她治的，那个那个……杨二也觉得有点难以启齿了。把她衣服脱光，然后，揪住头发，捏……捏……捏……杨二结巴起来了。

悄悄！春花一下蹦起来，去捂杨二的嘴。你这个二傻子，这可不能说啊！给谁也不能说，听见没有？

啊呀，憋死我了……你放开我嘛，我不说了。馒头还在嘴里，杨二被春花这么一捂，差点背了气去。他定定神，一打量春花，只见她黑了脸，没有了一点笑模样。良久，一声长叹！

杨二不得要领，不敢继续说了，想了想又问：这么治病，牡丹会不会死？我只想问这一件事。

春花点头叹道：咋不是？再这样，总要出人命的。

那就是牡丹要死？杨二又慌张起来。

二掌柜，你管你不死就算了，不要管别人谁死谁不死！

杨二心急慌忙地架着单拐从春花家出来了，春花又追出来嘱咐了一回：千万记着啊！不敢给任何人说这事！

六

李贵在县城租房养了一个二十岁的小姐。小姐姓杨，南方人，长得黑干黑干的，姿色不怎样，就是一口软糯的南方普通话好听。她原来有理发手艺，在县城开了一间美发店，年底一算账：整整辛苦了 365 天，刨了房租水电税费，属实没挣下几个钱。实在无奈，就挂羊头卖狗肉，搞起了色情服务。李贵是慕名而至，来了几次后，竟然喜欢上了杨小姐，这女子性格温婉，聪明伶俐，善于察言观色投其所好，把个李贵哄得东南西北都找不着了。所谓的男女情爱总是排他的，李贵把这杨小姐爱得不行，干脆金屋藏娇，将杨小姐包了下来。这女子年龄不大，阅人却不少，放出好手段，在这美男子身上尽情套钱。李贵那几个工资简直不够喝汤的，他只好另找财路。一是想尽办法向父亲要钱。一是利用警察服装半夜出去查黑车，逮住一个大车司机，好歹也敲他好几百。一开始李会明颇为不满，对儿子的行为进行过管制，李贵嫌他麻烦，后来竟是轻易不回家了，他也就生出了邪心：儿子不跟心，胡作非为，这如花似玉的媳妇闪在家里，闲着也是闲着。那臭小子既然看不上，倒不如我自己占了。于是他瞅着老婆回娘家走亲戚的机会就向牡丹伸出了黑手。

牡丹嫁给李贵，本来就是冲着李家有钱，有别墅，李贵的人样子又长得好。谁知一桩之前看着千好万好的婚姻，真相如此不堪。先是婚后没多久李贵就家暴。这她认了。谁知李贵竟在外养小姐，她气得不得了，曾经跑回娘家决心离婚，谁知这时候发现肚子里怀了孩子。自己的爹娘光看着钱亲，主张她坚持到把孩子生下来再说。李家就这一个儿子，万贯家财万不能便宜了别人。所以她又忍气吞声跟着李贵回来了。直到公公李会明凶相毕露，对她施暴时，她才真正意识到李家父子根本没把自己当人看。她拼命反抗，但面对一个强壮的男人，又要护着肚子里的孩子，弱女子的反抗是单薄而无力的。她一次次反抗，却一次次被糟蹋。精神被反复摧残后，牡丹开始变得郁郁寡欢。直到有一天，李会明又来糟蹋她，她在屈辱的抗争中忽然感觉脑子里一阵混浊，有一个地方在连续不断地发生爆炸，直到把灵魂炸出了脑壳，没有了灵魂的牡丹突然间获得了巨人般力量。她一下就把李会明掀翻，然后挺着大肚子一丝不挂地跑上了皋州的大街。

牡丹疯了！村民们都跑出来看热闹，却没有人上前。

精神分裂了！医生摇头叹气。

陈有才好不容易把牡丹圈回家中，见她还是要跑，且力气奇大，实在没办法，只好用一根拴狗的铁链子把女儿拴在炕沿上，然后跟李家商量后续治疗。谁知李家爷俩如此寡情，除了送过来几个钱，再没去过陈家。李贵立马就想到跟陈牡丹离婚，结果一打问，说夫妻任意一方有精神疾病的不允许离婚，这条路走不通，只好先这么拖着。没过了多久，牡丹临产了。可怜得在医院里直着脖子喊了一天一夜才把孩子生出来。谁知孩子先天不足，又不及时产检，早就胎死腹中，可惜是个周眉正眼的男胎。

牡丹的疯病没有好。她不愿意穿任何衣服，而且一有机会就往大街上跑。

如今的她，一头长发被母亲剪成了坑坑洼洼的寸头，皮肤粗糙眼神凌乱，脸颊瘦成两个深坑，完全没有了往日的风采。猛一看还以为是个中年男人。

李家毁灭了牡丹，陈有才咽不下这口气，不得已出手了。陈有才算皋州村里另一种能人，心计颇多，外号"诸葛"。他去县城住了多日，摸清了李贵的住处和出没规律，然后实名举报了李贵，罪名是：贿选、重婚、吸毒、家暴。李贵很快就被控制了。然后，不知哪来的那么多大车司机见李贵坏了事，纷纷出面提供李贵利用职务之便索贿受贿的事实，又是哪来那么多债主纷纷上门，手持李贵亲笔签名的借条来索债。为了安置这些人，李会明把李贵的小车卖了，家里的存款也大半折抵了。正是：人也没了，车也没了，钱也没了。

一个平静的下午，李会明终于走进了陈有才家。李会明还是穿得挺体面，然而仔细观察一下他空洞的眼神就可以看出他的精神垮了，一个讲究了一辈子的人，眼角有眼屎居然还不自知。李会明进了陈家又喊亲家又递烟，那种目中无人不可一世的气焰全没有了。他是来求陈有才去撤诉的。自己的儿子再不好，他也不忍心让他吃牢饭。他装着一种可怜相说，他妈这些天不吃不喝，已经倒下起不来了。咱还是亲家哩不是？李贵再不好，也是你女婿哩是不是？牡丹那个病，你们也别着急。我豁着卖了这个楼，去最好的大医院，也得给她看好哩！

李会明卖惨的这个当儿，陈有才胸中的怒气有如被气管不停地打着，眼看要爆了。他两眼冒火地逼视着李会明，咬牙切齿地说：女婿？亲家？你们一家人不过就是白披了一张人皮的畜生！我好好的一个闺女进了你家门，一家人欺负，如今成了这人不人鬼不鬼的样子，连个孩也没有落下，你们谁问过自己的良心？我呸！撤诉？你做梦吧！你盖上十床大被梦一万年！陈有才痛快淋漓地发泄了一通，又压低声音告诉萎靡不振的李会明：我是明人不做暗事。李贵现在进去了，我又在搜集证据，准备告你哩！我这剩下的日子，不想再做其他事了，就是一直告，不亲眼看着你们爷俩都进了监狱不算完！

李会明失魂落魄地从陈有才家出来，耳边仍然回荡着亲家那有如天雷滚滚的怒吼。街上有些闲人正在议论什么，聊得正起劲，一见他来了，就全体停止了，然后集体用毛骨悚然的眼光来看他，看得他起了一身鸡皮疙瘩。谁说人的眼光不能杀人呢？挣扎着走回自己家，在推开那扇欧式雕花铁艺门的那一刻，心里分明有个声音告诉他：这座小楼也将很快不属于他了。

七

牡丹的病没见什么恢复。杨二现在跑去陈家看牡丹，也没有任何人阻止了。先前牡丹被父母用绳子拴在炕沿上，为防有人偷窥，窗户也都用木条钉住了，屋里黑洞洞的。当杨二看到昔日高傲得像一只孔雀的牡丹如今却像一条狗一样被拴在积满尘土的小黑屋里时，心简直要碎了。有多少回他一直瞪着眼睛等天明，又有多少回梦中醒来他的泪水哭湿了半个枕头。他恨自己没钱又是个行动不方便的残疾人，要不他发誓会带着牡丹走遍天下，治好她的疯病！至于是不是能够娶上她，他现在已经完全不计较了。他现在很冲动的愿望就是为牡丹做点什么。在他那个大而空洞的破仓库里转了两圈后，他又不得不确信：自己什么也为她做不了。

近来陈有才托人淘换到一种药，来自土方，说是对于牡丹这个病很有效。吃了一段时间，牡丹果然慢慢地安静下来了。她不再那么折腾，看人的眼睛里，也有了些表情。

杨二央告陈有才两口子把牡丹解开，开始的时候老俩口不同意：可不能！得这个病的人力气可大了，一个不小心拽不住她，跑到街上咋办？

杨二信誓旦旦：不是说所有时间都解开她，我在这里守着的时候就给她解开，让她松散松散。我走了，再锁上。

那好吧，确实陈有才两口子也看出来了，牡丹这些日子有好转。她有点呆，但是确实不狂躁了。

杨二近来精神焕发，因为他可以守着牡丹了。这在以前是不可想象的。他为自己这种心态觉得惭愧，觉着不应该，因为毕竟她成了这样自己才能接近她。但这种心态又是真实的，他简直无法掩饰。现在只要他一来，陈有才就把牡丹的绳子解开，让她自己活动一下。她上茅房的时候杨二就守在外面。杨二以前三天两头想不起来洗脸，现在则每天都认真地洗了脸才去陈家。每次牡丹吃饭之前，他总要打来水服侍牡丹洗手。洗了手才能吃饭，这让他觉得了生活的仪式感、方向感，也大大提升了自己的价值感。杨二的世界，正在一步步向好。

给牡丹煎中药也不难，这个事情杨二包下来了。每天两次煎好了药，他都双手捧着放在牡丹跟前，看着她喝下去。有时她不顺心不肯喝，他还得哄，给牡丹讲故事，做鬼脸，牡丹似懂非懂地听着他带点含糊的唠叨，目光渐渐柔和下来。终于有一天她疑惑地从唇间吐出几个字：二，二，二掌柜？

这下轮到杨二发狂了。他把碗一扔，急急忙忙颠到正房去，报告陈有才两口子：牡丹说话了！她认出我来了！一家人围在牡丹跟前，都哭了。陈有才老婆说，二掌柜你今天中午别走了，就在俺家吃饭哇！这些日子调养牡丹，可都是你的功劳啊！不是你，也没有她的今天！

杨二搬一条小板凳守在牡丹脚下，目不转睛地看着心爱的牡丹。在他眼里，牡丹仍然跟未婚时一样美。虽然那披肩的长发没有了，那瞬息万变的可爱表情没有了，可形容她仍然只能用一个字：美。

秋雨唰唰唰地下了一天一夜了。这难免让农人们心焦：正是收获季节，雨一直下，地里湿滑难进，成熟的庄稼收不回来，有些还可能倒伏、泡水，造成减产。辛苦一年，到头遇到这情况，除了放羊汉崔大海没有地，就没有人不闹心的了。好不容易等到雨停了，皋州村的人们都下地去忙活了，只有带着雨湿气味的秋风在街巷里闲逛。

陈有才两口子也下地了。皋州村是块福地，旱涝保收，今年的秋又很厚，但是下了这场雨，无疑收获的事情比较麻烦了。牡丹近日大好了，脑子不再混乱，也知道开口叫爹叫娘。家里有杨二照拂，老两口放心得很。

一切正常。杨二服侍牡丹喝了药、剪了手指甲，牡丹开口了：二掌柜，上街……

牡丹，刚下过雨，外面到处都很湿哩，咱能上哪去呢？

上……牡丹现在说话还是有很多词儿想不起来。可是她仍然固执地说，上街。

杨二到底还是看不懂牡丹眼睛里的语言。他只是感觉到了来自牡丹的一种巨大的期待，真的！他想，牡丹已经太久没有出过门了。现在她想上街，那就上街呗！

陈有才两口子从地里回来已经近中午了。那间小黑屋里，牡丹不见了，杨二也不见了！

惊动了一村人出来找。有人说，往南河方向去了！

南河经了一场秋雨，正是黄涛滚滚的危险时节。特别是老虎滩，无数水旋转成了一个个随生随灭的白圈子，旋转着向下，水声如雷。这哪是一只老虎，这是一群老虎在奔腾咆哮啊！人们简直不敢直视，一看就眼晕。人们就散开来在河边寻找，力图发现些蛛丝马迹。

在这！有人忽然喊了起来。

滩边的芦苇丛中，端端地摆着牡丹穿过的高跟鞋。这双高跟鞋是牡丹做姑娘时候穿过的，珠光的淡红色，当年在皋州村里还引起过一场轰动，很多村里人，特别是年轻女人们印象很深。此刻它端端地摆在一片污泥和芦苇乱七八糟的落叶中，特别醒目又有几分诡异，就像在这荒野贫寒之处突然盛放出的两朵牡丹。牡丹妈妈一看就晕过去了。人群顿时又是一阵忙乱。

崔大海也气喘吁吁地跑来了。他鹰隼样的目光在河面上盘旋了很久，也没有发现一点目标。这次，任凭陈有才如何求、逼、骂，崔大海却死活不敢下水。他说，这水势太大了！我就是下去也停不住，也只能随波逐流，一下漂到崔家庄，那我就回了老家啦！其实他心里的话是：要是真的这俩人栽了河，人给拍在水底，一百个也死完了。就是神仙下去也白搭，不值得冒险了！

一天，两天，三天……人们坚持在河边搜寻了好几天，搜寻范围甚至远及下游三四十里的地方，仍然没有一点发现。这南河属于乐县的母亲河——松溪河支流，而松溪河，是海河水系，海河在天津大沽口注入渤海湾。皋州村民的想象，只能到达松溪河，至于天津，大沽口，渤海湾，这都是听村里小学生说的。就算他们栽了河淹死了，难道能顺水漂到大海里去吗？不可想象呀！

然而，日子一天天过去，陈牡丹和杨二再次出现的希望终究是渺茫了，陈有才好像把这事情也淡化处理，不再提了。活不见人，自然是报了派出所，死不见尸，终究不能等同于真正确定的死亡。就像岁月，总给人们留着一道希望的缝隙，让人们继续现在的生活。

冬天来了。皋州被一场又一场大雪覆盖，三五聚集闲谝猫冬的人们忽然听到了刺耳的警笛声。跑出家门一看，李会明的小二楼跟前停着一辆白色的警车，李会明被从雕花铁门里押出来了。此前李会明老婆已经故去，李会明是这座二层小楼的最后一个主人了。

哎！望着警车急速行去扬起的雪尘，一位戏迷摇头晃脑地吟道：眼见他起高楼，眼见他楼塌了……

　　唉！春花撩起衣襟擦着泪点点：谁也不可怜，就是可怜二掌柜，现时不知道是在哪呢？

　　在场所有人的心都不好受起来：是啊，二掌柜，你到底是在哪呢？

一声叹息

一

张县长被免职的消息像西伯利亚的寒流一样一夜之间吹遍了全县的大街小巷角角落落。

早上天还没亮，各个小区的楼房或平房星星点点亮起了灯，照亮了这黎明前的黑暗。接着是哈欠声、咳嗽声、吐痰声、小便声、放屁声、刷牙声，加上锅碗瓢盆的碰撞声，一下子将沉寂了一夜的空气搅了个天翻地覆。

伴随着闹钟铃声，宋秀莲一骨碌翻了个身，睁开了惺忪的睡眼，无奈地长长地叹了口气。然后穿衣下床叠被子，一系列动作利利索索，像受过长期训练的军人一样。自从婆婆查出癌症以来，原本就艰难的生活更加艰难了，以至于她经常不自觉地发出一声声叹息。

大前年丈夫王小宝开车跑运输出了车祸，车报废了，人虽没死下半辈子却只能在轮椅上度过了。本来红红火火的光景经此一劫就跳崖式下滑，变得拮据起来。好在宋秀莲在乡下当小学老师，有一份稳定的工作和收入，生活还算过得去。宋秀莲一直在乡下工作，照顾不上家，家里全靠六十多岁的婆婆。特别是女儿从出生到幼儿园，再从幼儿园到初中都是婆婆的功劳。宋秀莲对工作一丝不苟，白天上课晚上批改作业写教案，几乎每天都要到晚上十二点。教了十五年的书，自己亲手写的教案厚厚的近百本。这些教案她一本也舍不得扔，都码放在办公室的一个铁皮柜里。因为每一本教案都倾注着她满腔的热情和心血，就像作家之于手稿，她对它们是有深厚感情的。她自忖字写得不怎样，但每一个字她都一笔一画工工整整。很多人看了都惊呼，这要费多少功夫！

宋秀莲每年都是优秀工作者，她的荣誉证书也同她的教案一起被她珍藏在那个铁皮柜里。除此之外，那个铁皮柜里还存放着八张毕业照，那是她带过的八个小学毕业班。与每一张照片对应的，还有她为每个学生写的评语。

如：刘梅，女，二〇〇八年六年级一班的班长。她父母都在皋州务农，家庭条件不好，但勤学上进，学习成绩优异，又有一定的组织能力，是一个优秀的班干部。

张建斌，男，二〇一一年六年级二班劳动委员。他父亲做生意，家庭条件中上，可能是父母管教不严，虽头脑灵活，但学习不用功，成绩差。他自立能力和交际能力强，讲卫生爱运动爱劳动，体育成绩好。

…… ……

这样的评语与照片中的学生一一对应，即使是十年过后，每一个学生依然鲜活地存在于她的脑海中。

对她来说，那个铁皮柜就是她的全部。

她爱皋州，虽然这里离县城远，八十里的路程公交车要开一个小时，但这是她的第二故乡。师范学院一毕业她就来到了这里，一干就是十五年。她对这里太熟悉了，张家长李家短，每一家的情况她都了如指掌。她对这里已经有了感情，如果条件允许她会在这里干一辈子，无怨无悔！可造化弄人命运无常，屋漏偏逢连阴雨，丈夫成了残疾，婆婆又查出了癌症，一家人瞬间跌进了冰窖，宋秀莲感到了彻骨的寒冷和无助的绝望。她热爱自己的工作，但现实要求她必须承担起家庭的重担。她想，她必须想办法调回县城，那样她才能工作和家庭兼顾。可只会教书的她去找谁帮这个忙呢？

宋秀莲的校长去年才调任，且小她近十岁。她跟校长倾诉了自己的困难，并表明了自己的想法。郝校长很同情她的遭遇，却又表示无能为力。因为教师从农村调入县城连教育局局长说了都不算，必须经分管县长签字同意才行。一个普通的农村教师与县长的距离有多远，宋秀莲没有想过，更不敢去想，但现实要求她必须去想。

县政府办公大楼高大而巍峨，像一个巨人笔直威严地站立在县城腹地。

宋秀莲远远眺望过无数次，但却从来没有走近过。对她来说，那是一个神圣的殿堂。当她第一次近距离地仰望它时，感觉到的是无形的巨大的压力。政府办公楼的入口像一张大口吞吐着匆匆出入的人流，宋秀莲怀着忐忑不安的心情走了进去。也许是她的拘谨引起了门口保安的注意，保安问，你找谁？

她答，我找张县长。

什么事？有预约吗？

她说，没有，我想向县长反映一下自己的情况。

保安笑笑说，县长正在开会，有什么事，你可以向基层领导反映，再由基层领导向上逐级反映，都像你这样直接找县长，全县二十多万人呢！县长怎么应付？

可我的事基层领导办不了，只有县长能办。宋秀莲着急地说，语气里透出央求。

不行，你不能进，回去按程序办。保安不容置疑地严厉地说。

不到一米六的宋秀莲站在一米九的保安面前显得渺小而无力。她仰视着铁塔一样的保安，眼中的泪水翻滚而下。她继续央求说，你放我进去吧！我就见县长几分钟，不会耽误县长办公的。

两个人正僵持着，两个领导模样的人匆匆走向门口。保安扫了一眼，立刻立正敬礼，张县长好！

正处在无助无奈的宋秀莲一听到"张县长"三个字，立即两眼放光，仿佛饿极了的流浪狗看到了吃的一样。意识告诉她，眼前的人就是她要找的人。她迅速移动身体挡在了张县长的面前，双腿一软就跪了下去。

事发突然，张县长愣了半天才反应过来。

你这是干吗？有事说事。张县长边说边扶，同时扭头对身后的人说，让办公室的人下来接待一下。然后又对宋秀莲说，我现在马上要去市里开会，你的事先给办公室的同志说一下，我后天回来了解情况后一定解决，好吗？

张县长脸上带着微笑，亲切地看着她，这让宋秀莲有些受宠若惊的感觉，同时也为自己的莽撞感到羞愧。她连连鞠躬说，对不起！对不起！我实在是没办法。

张县长点点头说理解，有困难找领导，一定没错。可语气里却带着点自我调侃和无奈。

张县长对刚跑过来的工作人员说，详细了解一下这个女同志的困难，能帮助解决的马上解决，不能解决的改天向我汇报，我们要想办法解决。

那个工作人员喘着粗气说，一定按张县长的指示办。

张县长又冲宋秀莲笑了笑，转身快步走出了县政府办公大楼。

宋秀莲向县政府办公室的工作人员反映了自己的困难，说的期间不免又流了很多泪。那个工作人员可能是这种场景见多了，面上平平，绝无表情纹。他做了详细的记录后说，你的事我们需要向张县长汇报，你回去等消息，我们会及时通知你。

当宋秀莲走出县政府办公大楼，回身再次仰望它时，办公大楼上高高悬挂的国徽像一轮太阳照耀着她，给她以温暖。她笑了笑，顿时感觉一身轻松，像刚刚从身上卸去了千斤的重担。

宋秀莲等不到调动。出车祸后，丈夫坐上了轮椅，永远站不起来了。三年了丈夫和女儿都靠婆婆照顾，婆婆查出乳腺癌后，家里全乱了套。宋秀莲只得先请了半个月的长假。她先给女儿在学校办了寄宿，让女儿安心学习这是最好的办法。她又教会了丈夫做饭，虽然没了双腿，但还有手啊！虽然以前从没做过饭，但现在必须要学会自立，有手就不会挨饿。这些做完之后，她就带着婆婆去了北京，她要去首都的大医院为婆婆做手术。她想钱没了可以再挣，但人没了就全没了。虽然她已经做好了最坏的打算，但她必须做最大的努力。她对抹眼泪的婆婆说，妈，最好的医生都在北京，您一定要有信心！

在北京的十天是宋秀莲最难熬的十天。为了尽快为婆婆动手术，她放下了半辈子坚守的清高，向一切有可能帮上忙的同学朋友求助，哪怕是二十年没见过面的故旧，都被她翻了出来。相较于婆婆的命，自己的尊严又算得了什么？然而打倒她的不只是求人，还有金钱。一分钱难倒英雄汉，她只是一个女人，一个普通得不能再普通的女人。去北京时她带上了她们家全部的积蓄，她想穷家富路，况且这次是去看病，谁知道会花多少钱？还是富余点，花不了再带回来嘛！所以一开始她没有为钱发愁，但五天以后她就发现，钱包瘪下去的速度太快了！北京有好医生不假，可消费也是来自山区县城的宋秀莲不能想象的！为了省钱，她每顿饭只吃一个馒头，最多再就半包咸菜。住就更不讲究了，只要能躺下的地方就可以当床，医院过道的条椅、院子里的石凳甚至草坪都留下过她的体温。宋秀莲生长在农村，什么苦日子没有过过呢？她始终记得父母曾经说过的一句话：人只有享不了的福，没有吃不了的苦。从小到大她几乎没吃过药，别说住院打吊瓶了。她身体棒棒的，虽然年近四十，精力不输年轻人。人说身体就是本钱，她庆幸自己本钱很厚，怎么花都花不完。

据主刀医生说，婆婆的手术很成功，但也不能太乐观，因为癌细胞是很容易转移的，所以必须坚持化疗。医生还说，化疗没必要跑北京，就近的地市级医院就可以，一可以免除劳顿之苦，二也省费用。

从北京回来，宋秀莲一合计，家里剩的钱只够婆婆半年的化疗费了。她必须上班，以挣取婆婆将来的化疗费，还有女儿和全家人的生活费。

去北京前她找了张县长，可半个多月过去了仍没有任何结果。丈夫王小宝坐在轮椅上苦笑着说，你别净想好事了，现在办事不送礼肯定不行。

宋秀莲心里盘算了一晚上，第二天一早她就联系了在农商银行上班的高中同学秦明月，说她急需五万块钱，方便就借她，不方便就帮她贷款。

秦明月与宋秀莲可不是一般的同学关系，高中时他们俩处过对象，是秦明月追的宋秀莲。秦明月家在县城，家庭条件较宋秀莲好很多，小伙也长得帅，一米八三的个头，而宋秀莲不到一米六，两个人走在一起，个头上就不般配。虽然当时他们俩男情女愿，但要谈婚论嫁就显得门不当户不对了。因此对他们的爱情，秦明月父母极力反对。按说要是两个人像梁祝一样铁了心在一起的话，父母反对也是枉然。可命运捉弄人，考大学时他们男的到了东北，女的到了湖南，天南地北，四年里只能鸿雁传书。在大学里秦明月的帅气吸引了众多女同学的目光，远水不解近渴，秦明月难耐寂寞，就与大学同学谈起了恋爱，他与宋秀莲的恋情也就逐渐淡化，最后分道扬镳了。

也许是与秦明月的恋爱受了刺激，宋秀莲大学毕业去小学任教不久就经人介绍认识了王小宝，而且认识不到三个月就匆匆举行了婚礼，从而将自己的一生交给了丈夫王小宝。

秦明月回县城工作后，曾多次邀宋秀莲吃饭，但均被宋秀莲以各种理由推辞，秦明月也就渐渐死了心。这次宋秀莲主动跟他联系，他感觉很突然。当她提出向他借钱时，他的眼角湿了。她是他的初恋，当初的海誓山盟似乎仍在耳边萦绕。他记得他对她说过，他要爱她一辈子，他要把他所有的一切都交给她。但后来他却违背誓言又去爱了别人，现实是他什么也没有给她，相反却伤害了她。他想到过弥补，但她却没有给他机会。这次她一定是遇到了过不去的坎了，他一定要帮她，别说五万元，就是十万二十万元，他都会毫不犹豫地拿给她。

秦明月与宋秀莲的见面选择在了一家叫忆江南的小饭店，两人坐定后，你看看我，我看看你，竟然都不自觉地流下了眼泪。秦明月感慨地说，十五年了，我一直想给你说声对不起，但一直没机会。对不起！秀莲，如果有来生，我一定不会再错过。宋秀莲勉强笑了笑说，我们都老了，你也有了白发，过去的事情就让它过去吧！接着宋秀莲简单地向秦明月讲述了自己目前的状况，她说，调不回县城，我就无法工作，这礼我要送，但我手里的钱还得给婆婆看病，所以只有你能帮我了。

秦明月默默地掏出了一张卡放在了宋秀莲的面前说，里面有十万元，你看着用就是，密码是你的生日。

二

宋秀莲第二次到县政府办公大楼，她想这次我一定大大方方的，以免再次被保安拦住。她整理了一下自己的头发和衣服，抬起了头，挺直了腰杆，目视前方走了进去。她眼睛瞟了一眼门口站着的保安，还是那天的那一个，高高大大的，铁塔一样。就在她走过保安身旁，暗暗窃喜保安没有注意到她时，却听到了一声，同志，等一下。她下意识地转向保安，保安正微笑着盯着她看。她心里叫苦不迭，脸上不自然地笑了一下，用手指指自己，意思是问，你在叫我吗？保安向前几步来到宋秀莲旁边说，我认识你，你又要找张县长吗？张县长上次批评我了，说我对待群众态度应该再好一点。

宋秀莲没想到保安竟然认出了自己。她尴尬地看着保安，哭不是笑不是的。她央求说，你还是让我上去吧？保安说，你等会儿，我给杨秘书打个电话，让他领你上去。

不一会儿，杨秘书就下来了，并客客气气地把宋秀莲领到了六楼。杨秘书边倒水边说，你的事张县长非常重视，特意嘱咐我去一趟你家里，实地了解一下。前几天我去时，你去北京给婆婆看病了。从你家回来后我向张县长做了汇报，这两天我估计你也回来了，正打算再去一趟，这不，你先找上门了。

听了杨秘书的话，宋秀莲感觉心里暖暖的。她将紧紧揣在手中的袋子放在沙发上说，既然是这样，那我就不见张县长了，你对他说，我们全家谢谢他了！说完起身就走。

杨秘书手上端着水杯追出门喊，宋大姐，你这是忙啥呢？他看了眼放在沙发上的袋子又喊，你的袋子忘拿了。

已经走到楼梯口的宋秀莲说，那是给张县长的。

从县政府办公大楼出来，宋秀莲用手按了按自己的胸口，如释重负地长长出了一口气。

等待是一种煎熬，几天来宋秀莲一直守在家里等着杨秘书，但几天都没等到。她开始坐卧不安，心里设定了各种假设和猜测。也许领导忙没空，也许领导又出差了……

她又开始想那五万块钱，领导见了不知道是啥反应？也许人家根本看不上眼，也许悄悄收起来了，成了领导银行存款很小的一部分。

当他几乎要绝望的时候，杨秘书终于登门了。他对宋秀莲说，实在对不起！这几天太忙了。他对躺在床上的宋秀莲的婆婆说，大娘，好好养病，张县长要我代他向您老人家问好。他又与王小宝聊了一会儿，无非是问些他们家里的情况。也就待了十来分钟，杨秘书就起身要走。宋秀莲提起杨秘书放在地上的牛奶，将杨秘书送到了门口。在门口宋秀莲问，我调动的事情好不好办？杨秘书说，应该没问题，你等消息吧。这牛奶是张县长送大娘的，你留下，里面还有一封慰问信，我走以后你再看。

看着杨秘书远去的身影，宋秀莲又泪眼婆娑，嘴角却带着笑意。

牛奶袋子里确实有信，除此之外还有宋秀莲送去的五万块钱，原封未动。信尾的签名就一个"张"字，信中说：我了解过了，你是一个优秀的小学教师，而且一直在最偏远的乡下工作。作为分管教育的副县长，我为自己没能及时了解你的困难并加以解决感到惭愧。这钱是你的辛苦钱，当下也是你们家最需要钱的时候，所以请你收好了。现在的社会确实存在一些不良现象，但请你相信我们的社会公平正义仍然是主流。让我们共同努力，为国家的繁荣富强，为社会的公平正义做出自己的一份贡献。

这封信，宋秀莲看了不下十遍，每句话都让她感动，每句话都给予她生活的勇气和信心。

宋秀莲调到县实验小学近一个月了，虽然生活依然很艰辛，但工作和家庭都能顾全，这让她非常高兴。手术后，特别是经过几个阶段的化疗，婆婆消瘦了很多，身体单薄得令人怜惜，仿佛一片树叶，一阵风都能吹走似的。每当她想到婆婆的时间已经不多了的时候，她就会叹气，有时候还会落泪。人活着健康和平安是最重要的，可她们家丈夫出了事，婆婆又得了癌，都是人生的大不幸，她想老天真是不公啊！为什么这些事情都出在自己家呢？

早上起床，宋秀莲习惯一边准备早餐，一边在手机上浏览新闻。今日头条：丰源煤矿昨天上午发生瓦斯爆炸，五人死亡，十一人失踪。紧接着又一条：分管安全的副县长张国强被停职。

宋秀莲不敢相信自己的眼睛，愣了好一会儿。张县长被停职了！她自言自语。

自己调回实验小学后，她想着再去见一次张县长，毕竟人家给自己解决了困难，自己理当知恩图报，当面感谢人家。可她又没勇气去，怎么感谢人家呢？给人家钱人家又不要，就冠冕堂皇说些感激的话吗？再说那些漂亮的话，自己又说不出口，她想了又想左右为难。

张县长被停职了！她又自言自语了一句。

张县长是好人啊！怎么会摊上这样的事情？

宋秀莲呆呆地站着，完全忘记了自己在做什么。

现在的社会确实存在一些不良现象，但请你相信我们的社会公平正义仍然是主流。让我们共同努力，为国家的繁荣富强，为社会的公平正义做出自己的一份贡献。这是张县长在信上对她说的话，她一直记着。并且她也坚信，有张县长这样的好官清官，这个社会一定会越来越好。可这是怎么了，仅仅过了一个月，张县长就被免职了。刹那间，张县长为她描绘的公平正义的美好社会仿佛一下子崩塌了。宋秀莲想，现在也许是张县长最难最无助的时候，可自己能为他做些什么呢？她想了很久，直到锅里的小米粥溢了一灶台，把气火浇灭了，她才回过神来。她边收拾溢出来的米粥，边下了决心：她要去见张县长，哪怕只是说些安慰的话。

宋秀莲第三次走进了县政府办公大楼，这次她径直走向那个保安问，张县长在不在？

保安不自然地笑了笑说，你还不知道吗？张县长已经被停职了。宋秀莲平静地说，我知道，我不是来找他办事的，我只想见见他。保安嗫嚅了半天说，现在见恐怕不合适吧？再说还不知道张县长愿不愿见你呢？

求你了！你让我上去就行。宋秀莲可怜巴巴地看着保安。

那你上去吧，张县长是个好领导，更是个好人！

听了保安的话，宋秀莲鼻子一酸，差点掉下泪来。是啊，张县长是好人，但好人怎么就没有好报呢？她想。

宋秀莲还是没见到张县长，杨秘书告诉她，张县长正在接受市纪委调查，现在任何人见不到。宋秀莲怯怯地问，张县长会有事吗？杨秘书说，有没有事，得看调查结果。

宋秀莲走出县政府办公大楼时，保安拦住她问，张县长没事吧？她说，现在还说不上来。保安说，但愿没事！

自从宋秀莲向秦明月借钱还钱后，秦明月与宋秀莲联系就多了起来。他对宋秀莲说，有什么力气活，你交给我办，有什么难事，你说给我听，我会尽最大努力帮你的。宋秀莲看着秦明月真诚的眼睛，只是点了点头。她现在的生活已经是一团糟，她真不想再节外生枝。虽然当年她赌气与秦明月断了关系，并迅速结了婚，但事实上她对秦明月还是有感情的。所以她怕见秦明月，与秦明月接触多了，她的心里就乱。

一天深夜，宋秀莲的婆婆突然感觉不好，胸闷喘不上气，脸憋得铁青，吓得宋秀莲六神无主，不知道该怎么办才好。宋秀莲就想到了秦明月，她给他打电话，看他能不能开车把她婆婆送到医院，秦明月二话没说就答应了。

在婆婆住院的几天里，秦明月几乎天天都去帮忙，跑上跑下的，让宋秀莲十分感动。然而王小宝就不一样了。他出了事，不仅失去了双腿，还失去了性功能。最初的治疗阶段一过，他就想过这个问题了。四十岁正是一个女人如狼似虎的年龄，完全失去了性生活，宋秀莲肯定也痛苦吧。只是，这个事情想不出别的办法来解决，他就强制自己不想了。秦明月的出现让他心生警惕。他知道，在学校的时候双方就有点意思，然而结婚多少年来铁定是没有来往的，自己也从没有计较过，但是现在呢？秦对这个家庭的关心明显超过了老同学之间的正常关系。宋秀莲的态度也很积极，差一点要当这个姓秦的是这家的男主人了。她心里还有我吗？他们，又会如何发展？

但是他把嘴抿得紧紧的，什么也没有说。一来没有证据，经不起人家一驳，二来，确实秦也是在帮这个家。他决定再观察观察。

婆婆出院后，秦明月再次邀请宋秀莲出去吃饭，这次宋秀莲没有任何犹豫就答应了。

就两个人坐在一个六座的包房里，宋秀莲长期积压的心情一下子打开了。她向秦明月详细讲述了当年他们分手以来的点点滴滴，以及目前糟透了的状况。她甚至告诉了他，她的丈夫失去性功能的隐秘。事后回想起来，她都不敢相信，她那天为什么会对他说那么多话。但她后来想通了，自己那天完全是在发泄。发泄完以后，她的心情就开朗了。就像一个长期被关押的犯人，一朝获释后一样的心情。

后来，宋秀莲还无数次回想过那天秦明月看她的眼神。不是怜悯，也不是嘲讽，跟当年他们热恋时，他看她的眼神一模一样。那是爱！是的，是爱！想到这些，她内心是战栗的。她害怕，害怕他会对她说些什么或者做些什么。因为她已经不是当年的她，他也不是当年的他了。他们都有家庭，有孩子。他们都需要为现在的家担当和付出，那是一份责任，一份无法回避的责任。

三

当宋秀莲获知张县长被正式移送司法机关后，惊愕地张大了嘴，半天没出声。她很纳闷，怎么会呢？张县长真的犯法了吗？宋秀莲本来渐渐阳光的心情，又被这一消息搞得阴霾密布。心情不好，脸色自然就差。丈夫王小宝却以为宋秀莲这是在给他脸色看，想到自己成了废人，母亲又得了绝症，宋秀莲是全家唯一的支撑和希望。如今这唯一的希望也要离自己而去，他就心如死灰，彻底失去了生活的信心和勇气。

王小宝不再压抑自己了。他开始发泄不满，发泄绝望。他把心里黑暗的东西全都往妻子身上倾倒。一开始是小骂，看她不还嘴，王小宝就坐实了她心里有愧，肯定背着家人办了什么恶心的事情，于是他开始大骂，越骂越难听。什么荡妇、妓女、母狗……，他能想到的恶言秽语都用上了仍不解气。后来就动上了手，别看他下半身不行，上半身却有的是力气。打老婆时吃奶的劲都用上了，就像面对着不共戴天的杀父仇人。

婆婆这时已行将就木，形容枯槁，虽然心里觉得儿媳妇冤枉，但也实在没有力气去管他们的事了。

对于丈夫变本加厉的侮辱和虐待，宋秀莲只能有苦往自己肚子里咽，几度接近崩溃的边缘时，她就偷偷大哭一场。哭成了她的常态，因为只有哭才能释放内心的抑郁。她真想找个人说说心里话，哪怕只是一个听众。她需要安慰和体贴，但谁能给她呢？

宋秀莲委婉地提示过秦明月，让他不要再管自己，免得惹一身骚。但秦明月像是听不懂似的，依然一如往常。而宋秀莲呢，管得了自己的嘴，却管不了自己的心。她像一个溺水的人，只能把秦明月这根唯一的稻草越抓越紧。

这天秋高气爽，秦明月又邀宋秀莲一起吃饭，宋秀莲回说她得晚点到。因为她得先把家里两个病人都安排吃过，自己也假装吃点儿，才能抽身出来。秦明月说没事，几点都行，一直等你。经过近一段时间交往，两人之间已经形成了高度的默契。

地点仍在忆江南，还是那张桌。宋秀莲竟然主动提出要喝酒，秦明月说那就喝点红酒？宋秀莲说还是喝白酒。白酒上桌，宋秀莲说一人半瓶。秦明月惊讶地看着宋秀莲，你能喝得了吗？宋秀莲默默地拿分酒器倒了一满杯，咕咚咕咚一口气喝了下去。然后用挑战的眼光看着秦明月说，到你了。秦明月拿上酒瓶，慢慢地将酒杯倒满了，举起杯与宋秀莲手中的杯碰了一下，然后一仰脖子，全都倒进了嘴里。

这一杯酒下去，宋秀莲已经是脸色绯红，看人的眼光也带了醉意。秦明月虽颇有些酒量，但喝这么猛还是第一次，因此也是头昏脑涨。宋秀莲紧接着要喝第二杯，让秦明月拦住了。他说我们是来拼酒还是来吃饭的？一口菜没吃人就醉了。宋秀莲说我今天就想喝酒。说完竟然就流下了泪。秦明月看着自己心爱的人梨花带雨的样子，心里就隐隐地痛。他一把将她拉进自己的怀里，紧紧地抱着她说，心里委屈就大声哭出来。宋秀莲推开秦明月，抓起酒杯又一饮而尽。秦明月再次紧紧抱住宋秀莲，宋秀莲仰头看着他，开心地笑着说，你要了我好吗？说完就瘫在了秦明月的怀里。

当宋秀莲迷迷糊糊醒来时，她发现自己依然在秦明月的怀里。宋秀莲脸上顿时飞上两朵红晕，她将脸贴在秦明月的胸上，感受着他的体温，倾听着他的心跳，她再一次醉了。她想，时间就这样静止了多好！

婆婆又住院了，样子好似就剩下一口气。王小宝也越来越变态，他只要一看到宋秀莲的身影就开始亢奋，污言秽语越说越溜了。宋秀莲整天24小时待在医院里不回去，手机上叫个外卖送去给王小宝吃。一来婆婆已经离不了人，二来不回去也少受那个变态的折磨。婆婆枯干的手摸着宋秀莲的脸辛酸地说，我可把俺孩儿拖苦了！小宝那是心里苦，没地方出气他就欺负你，看妈这张老脸，不要跟他计较……宋秀莲流着泪说，妈，您一定坚持住啊！俺还想多伺候您几年哩！咱做娘们，还没做够啊！两个人的泪水流在一起，听得旁边病床的病人也伤感起来。

婆婆暂时入睡了。只有在梦中，她才能稍摆脱一会病痛的折磨。宋秀莲轻手轻脚地从病房里退出来，来到住院部门口的草坪上，她也是只有在此时才能得到一会休息，稍微放飞一下自己的思维。自从得知张县长被移送司法机关后，宋秀莲就多了一块心病。她跟张县长接触不多，但是完全能感受到他内心的正直和善良。对于基层老百姓，他是那样的和气，关注，这不是有官场习气的人或者一个贪官能办到的。他怎么会犯法呢？她曾经向秦明月提出想去看看张县长。秦明月断然说，判刑以前是不能探望的。不管是谁，都只能依法来，还是别给自己、也给别人惹麻烦了。宋秀莲出神地想着，突然电话响了，她一看，是主管医生的电话，马上跳起来跑到医生办公室。

主治医生明确告诉宋秀莲，治疗已经没有什么意义了，病人所剩的日子已经不多，你们不如带点镇痛的药品回家去吧！

宋秀莲早已做好了心理准备，但当她听到这些话时，还是像一个囚犯被宣判了死刑一样，心突然沉了下去。

婆婆一生很不容易，四十岁上死了丈夫，儿子王小宝的成家立业都是婆婆一手操办的。王小宝不是一个省心的儿子，上学时不好好读书，上班后又几度跳槽，在哪都干不长。他们结婚后，家里的事情仍然全靠婆婆打理。她对婆婆又尊敬又感激，婆婆说什么她从没反驳过。婆媳俩处得如母女。所以不管王小宝怎么骂宋秀莲，婆婆还是坚信，宋秀莲是个好儿媳。此时一听医生这样交代，泪水就像断线的珠子从宋秀莲眼里滚落下来。她从医生那里出来，又在走廊里站了好久，平复了心情，才强颜欢笑地走进了病房。

宋秀莲按想好的话跟婆婆说：医生说这个病的治疗是分疗程的，咱现在一个疗程完了，医生让先回家养着，过段时间再来。

婆婆也很配合说，咱按医生安排的吧。哪也不如自己家好，咱回家。

在回家的路上，婆婆对宋秀莲说，小宝脾气不好，如今又成了个废人，你就多担待点。不为别的，就为孩子有个完整的家。宋秀莲听着，婆婆像是在交代后事一样，让她心里痛痛的。她忍住哭，强装出笑来说，妈，我们是一家人，说什么担待不担待的。小宝心里不痛快，让他发泄发泄，我都没记在心里。婆婆抹了两眼泪说，这样就好，这样我就放心了！

宋秀莲婆婆死得很突然，从婆婆查出病后，她每天晚上都陪婆婆睡。那天深夜，婆婆在睡梦中突然坐了起来，对惊慌失措的宋秀莲说，孩子，我刚才看见你爸了，他是专门回来接我的，快给我穿寿衣吧。半夜里听见这样的话，难免让人头根发炸。宋秀莲哆哆嗦嗦跳下地，按婆婆的指点，从衣柜下面拿出那个早已准备好的红布包袱，打开，里面的绸缎寿衣光华灿烂。这当儿，王小宝也摇着轮椅进来了，一看寿衣气就不打一处来，他说，怎么着，我妈话还说得叽叽的，你就要给我妈穿寿衣啊？你这个不要脸的娘们，妨主货！给我滚一边去！

但是就这一会工夫，婆婆就说不了话了。她气急地指着王小宝，脸色一时比一时灰败。宋秀莲不再理会王小宝，跳上炕去一层一层地给婆婆穿寿衣。等穿妥当了，婆婆拉着宋秀莲的手，脸上泛出一个平和的笑容，就闭了眼。

婆婆下葬不久，就传说张县长被判了七年，宋秀莲还记着秦明月说过的话，判下来就有可能让看，忙给秦明月发信息。秦明月回复说，能……是能，真有必要吗，宋秀莲说，你说这什么意思？秦明月踌躇了半天说，你们就一面之缘，虽然他帮你办过事，可人家还不知记不记得了。要我说，你就别去了，去了，人家也难堪。

宋秀莲不快地说，受人滴水之恩，当以涌泉相报，可我别说报答，连个谢谢也没有当面给人家说上。另外，我就觉得心里闷得不行。就凭那么个人，到底犯了什么法，判了那么多年？我要搞不明白，我能气出病来！

秦明月无语，还是第一次领教她的执拗。他无奈地说，那好吧！明天我陪你去。

探望室的空间本来就小，中间又隔了两道玻璃墙，显得更加逼仄，身处其中，令人憋闷。

对张县长说些什么话，宋秀莲想了一个晚上。然而一拿起通话器，宋秀莲想好的话像一窝受惊的鸟一样一哄而去，她大脑一片空白，张口结舌，一个字都说不出来。

谢谢你来看我！还是张县长先开了口。

张县长……应该是我谢谢你……早就想当面跟您说谢谢这俩字，谁知是在这里……宋秀莲感觉喉咙被一只无形的手掐住了，哽咽着。

唉，人啊，在这世上，各有各的难。能帮过一个人，总比什么都不做的好。何况，那也只是举手之劳。

煤矿出事难道真的与你有关系吗？可我相信你是个好人，我觉得你是被冤枉的。

不，我不冤，我自己做的事情必须自己承担！

你做了什么？为什么要做犯法的事呢？

我女儿得了白血病，我向煤矿老板要了一百万元，一失足成千古恨啊！张县长突然声泪俱下：我成了这样，如果能救下孩子也就算了！可是，女儿还是走了……

张县长的失态刺痛了宋秀莲的神经，她曾一度自责过：如果有钱，婆婆不会那么快死。是自己无能，救不了婆婆。可真正面对死神时，再多的金钱又有什么用呢？张县长有钱，可他的女儿不一样救不活吗？他不仅救不了女儿，自己也成了罪人。

当宋秀莲走出看守所，已经是华灯初上。原来在她心目中那么高大的张县长仿佛褪去了神性的光环，让宋秀莲慢慢平静下来。看着来去匆匆的路人，她在一声叹息后顿悟：是的，他不冤，那些在煤矿事故中死去的，才是真正的冤魂！

变　迁

一

　　我的家乡依山傍水，山是大山，水是小河，所有的民居全部依山而建，上层房子的院子就是下层房子的屋顶，一层层叠加而上直至山顶，远眺像一座摩天大厦直插云霄，非常有气派！早上有雾时，云蒸霞蔚身在其中，疑是身在天庭，令人浮想联翩。家乡自古就有"东岭高，高过天"的说法。对面是西岭，略低于东岭，东西岭像一对孪生兄弟一样同生在天地间，历经亿万年屹立不倒。东西岭之间是广阔的平川，有村民赖以生存的耕地。川底的沟地如同锦绣，宽阔平坦，是收成最好的地块。川中央一条小河缓缓流过，流经数千年经久不息。绕坡而上的梯田则是在 20 世纪 70 年代修起来的，一层层一圈圈像极了巨大的天梯。虽然这些坡地怕旱，不及沟地那么丰饶，却填补了耕地的不足。东西岭和小河共同见证了家乡数千年的变迁。下了东岭，在村口处有一座古老的石桥，穿过石桥，石马寺依西岭而建，站在石桥仰望，石马寺像两匹骏马相对而立，低首窃语。又像一对恋人，相拥而坐，互诉衷肠。这是一个美丽的山村，这里更有美丽的故事和传说。

　　石马寺有着悠久的历史，它是一座石刻造像与寺庙建筑相结合的佛教寺院。根据寺内石刻题记和碑文记载，北魏永熙三年（534 年）始凿佛像于一大孤石上，取名石佛寺。隋唐时继续镌造，相传在唐朝刚建立时，突厥怂恿刘武周统兵南下，占领了山西大部分地区，李世民率部亲征，在乐平境内与刘武周大战，因地势不利，李世民大败而逃，刘部紧追不放，企图活捉李世民。当追至石马寺附近的山谷中时，李世民坐骑被冷箭所伤，滚鞍落马。在这千钧一发之际，只见从寺院的山门里飞出一匹十分剽悍的枣红色骏马，直奔李世民而来，李急于逃命，飞身一跃，跨上马背。烈马一声长啸，腾空而起，在烈马长啸过后，追赶的骑兵纷纷落马。李世民乘烈马安全脱险，遇到救兵后烈马却瞬间消失，这时李世民才猛然意识到是被寺内神马所救。为谢神马救驾之功，他收复太原登上皇位之后，特赐山寺石马一对，并赐名该寺"石马寺"。

关于这对石马还有一个传说，相传这对石马每逢天气变化，阴雨降临之前，马口便会喷云吐雾，将寺庙笼罩在一片烟霞雾霭之中。我们当地人称之为"石马含云"。其实它是因特殊的地理位置所造成的一种特殊的自然现象。即当天气变化，山上便会出现腾腾雾气，将寺庙罩于雾气之中，远远望去，便会隐幻出一种天上宫阙的朦胧感觉。

石马寺一度香火鼎盛，寺内僧侣最多时达100多人，寺院方圆十余里山上山下地庙皆属本寺，无俗家地宅，经营田地达千亩。

东岭还有许多传说，不再赘述，东岭自然环境优美，一山一水，一石一木皆可入画，所以曾有很长一段时间，每天都有摄影和画画的艺术家带着长枪短炮驻扎在这里，仰望东西岭的巍峨，穿行于松涛与古寺之间，流连忘返。美中不足的是东岭村独特的地势造就了村民吃水困难这样的先天不足，村民吃水均取自东西岭天然的分界线——分岭河。分岭河属于杨赵河一系，自古水源充沛。由于其水质清纯甘冽，近年来村里还建起了纯净水厂，一度远销河北、河南，广受欢迎。村里没有自来水，吃水要到分岭河挑，所以越是地势高的人家挑水就越是困难。站在东岭最高处的院落里，俯瞰东岭河及石马寺，胸中就会升腾起一种君临天下笑傲江湖的英雄气概。

农村建筑非常讲究"风水"，东岭的最高处也是村里最好的地段，所以能将房子建在这里的绝对不是普通的人家。这里的房屋青砖碧瓦，飞檐挑梁，具有典型的明清建筑风格，这也是我县保留最完整，规模最宏大的明清建筑群，从这些建筑的规模与地理位置就可以看出，这里曾是显赫人家的府邸。

东岭村由张王李赵四大家族构成，传说张家是汉初三杰张良的后代，王家是新王朝的建立者王莽的后代，李家是李世民的后代，赵家是赵匡胤的后代，不管是真实的历史还是牵强附会，将自己与历史名人牵扯在一起，绝对会给本家族赢得光彩。四大家族在此繁衍生息，兴衰更替，为东岭村的人文历史增添了些许厚重的色彩。

近年来乐平兴起撰写村志热潮，东岭村作为历史文化名村，在现任县政协副主席赵世昌的倡导下，组织成立了村志编委会，专事东岭村村志编写工作。我作为东岭村的"村官"也被吸纳为村志编委会成员。

这天世昌叔回到村里，召集编委会成员开会商量村志编撰事宜。在村委会办公室，除世昌叔外，县志办副主任王志明、村支部书记王会元、主任张德顺、村会计赵三宝、李家长叔李志仁，还有我都到齐了。世昌叔首先发言说："我们东岭村志编委会就算正式成立了，今天主要是碰一碰头，商量一下分工问题和下一步的工作，我跟志明先初步商量了个方案，提出来供大家讨论，先由志明给大家说一说方案的具体内容吧。"志明拿出了几份稿件，开始介绍分工方案，他说："世昌叔作为总牵头人担任我们编委会主任，主要负责编撰工作的整体协调和资金筹措；我在县志办参与过一些乡村志的编撰工作，对编撰工作程序比较了解，所以由我担任我们村志编撰工作的总指挥，主要负责编撰工程计划制定与任务分配，还负责从县档案馆和县志办搜集我们村的历史资料；王书记、张主任和李叔负责对村里各家各户的情况调查，还要负责对各家各户一些有价值的历史文物和有纪念意义的物品进行搜集整理；小李发表过文章，有文字功底，就负责整理和编辑文字材料；赵会计负责收集实物，并协助各方面的工作。村里搜集的物品资料统一交到我这里，由我出村志初稿，然后再交给大家讨论，再修改，再讨论，再修改，直到大家都满意为止，最后定稿印刷。总之村志编撰是一项耗时耗力的工程，这可是我们这一代人留给子孙的一笔财富，希望大家各负其责，尽心尽力办好。我就说这些，大家有什么意见建议尽管提。"世昌叔接过话茬说："刚才志明把任务分配了，大家讨论一下，看有什么遗漏的。"王书记停止了吸烟，放下了手中的旱烟袋说："志明是眉毛和胡子都照顾到了，考虑得很周全，我没什么意见了！"张主任说："我也没意见！"我和赵会计互相看看异口同声说："没意见！"分工就算是通过了。大家又坐着唠了很多，快到中午的时候，王书记说："世昌哥难得回一趟家，中午就在我们东岭饭店吃一顿吧？虽然是小饭店，但家乡饭合哥的胃口，花不了多少钱，村里出就行。"赵世昌说："这你就客气了，在家乡吃饭是肯定的，但我们不去饭店，就去你家里，很久没吃石条面了，让弟媳惠兰给咱做一顿？"王书记笑笑说："世昌哥既然这样说，那中午在座的都到我家里吃石条面，一个也不准走。"赵会计提醒说："王书记忘了，今天变电站的人还修着变压器，中午村里得管饭。"赵世昌说："变电站谁呀？我认识吗？"赵会计说："就志义叔家的二小，人家是电管站的，我们村的电都他管。"赵世昌对李志仁说："是你侄儿吧？干脆叫过来和我们一块去会元家吃？"李志仁赶紧冲我说："你和三宝去把他叫过来，就说是我叫他哩。"我站起身说："行！"就和赵会计相跟着出了村委会办公室，刚走没几步，王书记掀起门帘喊："你俩叫上二小直接去家里，我们先过去了。"我转身答应了一声，和赵会计沿小道下了一道坡，穿过一小巷，远远看见二小还在变压器上工作，我们走到变压器架下，赵会计向上面喊："二小，先下来去吃饭。"二小向下看看说："几分钟的事了，等会吧。"于是我和赵会计就在下面等，赵会计拿出了半盒纸烟，递过来一根，我说我不会，他就自个点着了抽起来。我说："我一直在外读书，村里的事知道得少，还请你多指点。"他说："你文化程度高，什么都是一学就会，村里没多少事，有事会叫你，就是编村志的事比较麻烦，要多靠你。"我说："有事尽管说。"这时二小已下了杆，走到了我俩旁边，二小问赵会计："中午在哪吃饭？"赵会计说："你大伯在书记家吃饭，让叫你一块去。"二小说："我大伯凶得很，他在我不自在，你去告他我今天有事不去了，我回家吃就行啦。"赵会计说："去书记家肯定管酒喝，你不去就喝不上啦。"二小说："有大伯在我宁愿不去，我怕他训哩。"二小看看我说："你是继先吧？听说你当了我们村的'村官'。"我赶紧站起来说："是我，二小哥。"他说："在村里工作别太文了，老百姓看不惯，有时间去电管站坐坐。"我说："行，我一定去。"

二小回家吃饭了，我和赵会计到了书记家。书记家是一个大院子，紧挨着王家祠堂。进了大院，四面都是房子，东屋人声嘈杂，我们就进去了。一进门摆着一张旧八仙桌，桌上摆上了几盘子凉菜，有凉拌酸菜、油炸花生豆、腌黄瓜，还有一小碟咸菜，先来的都已入了席，酒已倒上，正等着我们。赵会计进门就汇报说："二小家里有事回去了，不来吃饭。"李志仁说："是听说我在吧？我知道他不待见我，见一回让我训一回，由他吧。"书记说："干了半天活，吃顿饭是应该的，三宝下午送盒烟过去，村里不能亏了人家。"

赵会计答应着和我一起坐在了紧靠门的座位上。

　　按照家乡的习惯，大家先共同干了三杯酒，坐在上首的赵世昌打了一圈酒。王书记和王志明主任互让着，都要让对方先打圈，赵世昌解围说："你们俩一个顺时针打圈，一个逆时针打圈，反正都要喝到。"两人也就不推让了，开始转圈喝酒。酒过三巡，大家话就多了。赵主席对我说："你就先去访一访我们村张王李赵家上了年纪的那几个，八九十岁的人村里的事知道得多，你一定会有所收获的。"我说："行，我明天就去。"赵主席又问张主任说："明天不是张二狗家小子办喜事吗？你是当叔还是当爷的？"张主任说："按辈分二狗家小子该叫我爷，不过二狗一直叫我哥的，辈分早搞混了，叫成啥算啥。"赵主席说："明天我还有个会，礼钱待会我给你，下午走前我去看一下，明天我就不到场了，你帮在二狗面前解释一下。"张主任说："你现在是县领导，工作忙，村里的事不可能场场到，这大家都理解。"赵主席说："理解归理解，我的心意必须到，我们赵家的事也要靠大家帮忙，将来我老了，也要回村，只要有空，村里的事我是一定要参加的。"王书记端起酒杯说："来，我提议大家共同敬赵主席一杯，感谢他对我们村的关心。"说着都端着杯站了起来。赵主席也忙站起身说："大家这样就见外了，我们办的都是一码子事，何谈谢不谢的。我们就喝一杯团圆酒，喝完后大家吃石条面？"王书记说："既然赵主席说了这话，那我们就共同干吧？"大家将酒杯重重地碰在了一起。

　　吃过饭，赵世昌就在王书记家里眯了一觉，然后跟王书记一道来到了二狗家。二狗家住的相对较低，就在东岭的山根。明天是正日子，二狗家已在巷子口搭起了拱门。巷子口到二狗家一路还挂起了彩纸，上面写着吉利喜庆的话。二狗家门口挂了两个大红灯笼，大门上还贴了对联，上联是：好鸟双栖时时好，下联是：红花并蒂日日红，横批是：吉庆新婚。赵主席和王书记到了二狗家门口，二狗早得了信候在那里。见两位远远走来就伸出双手迎了上去，嘴上说着："我们平民百姓办事，咋劳主席的大驾，你这一来呀，照得我们家所有墙都发光。"赵主席握着二狗的手说："娶媳妇这样大事我咋能不来啊！只是明天实在来不了，只能今天过来看看，你还要多包涵。"二狗说："你老只要露个面，就是给了我二狗天大的面子。"接着冲王书记笑笑，算是打招呼，并做出了请的手势，把赵主席和王书记让了进去。

在二狗家赵主席问了一些明天婚事的准备情况，嘱咐王书记对百姓的事要上心，有困难的尽力帮扶，然后就起身告辞，二狗将二人送到了巷口，看着两人走远了才折回来。

二

农村办婚事一个是套套多，一个是时间长。头一天开始摆开阵势，第二天晚上才算结束，如果再加上看家、定亲、议事等事项，饭局就要摆五六顿。

第二天二狗家的婚事办得热热闹闹的，村里每一家都来人帮忙，这是村里的传统，有事大家帮，书记和主任的名字在红榜上排在最前面，职务是总管。办事这天，一切事宜都要依靠总管帮主家管理，事情能否办好全看总管，总管还要必须清楚婚丧事的所有程序和细节，这样才能指挥别人，所以总管的角色是非常重要的。早上吃的是菜汤、枣糕和油条，中午坐席，主食为山西拉面，喝好酒吃过饭后一般客人都散了，晚上只请总管和主要的帮事人员喝酒，往往都要喝得酩酊大醉方休。

我是"村官"，所以得到二狗的特别邀请。这天我早早就来到了二狗家，红榜上给我安排的差事是理事，说理事实际是无事可理，就是帮着招呼一下客人什么的。我家在村里辈分较低，所以见了比我年龄大的基本上都得称呼爷爷奶奶叔伯婶姨。因此在吃过早饭后，我就站在门口帮主人迎接来客，直到中午宴席开始后才结束。持续的点头、打招呼、微笑使我的脸和腰都有点僵硬，所以匆匆吃过午宴后，我就溜回家睡了一觉。由于感觉很累，又喝了点酒，这一觉睡得很踏实，一下就睡到了下午六点多，直到二狗家派人来叫我去吃晚宴我才起了床。

晚上在二狗家，书记、主任、赵会计，还有村里的很多长者都在，特别使我印象深刻的是张家的老人，也就是二狗已经88岁的爷爷，能在有生之年看着重孙子成家，老人家非常高兴。令我惊喜的是老人家头脑还十分清醒，在酒桌上还讲起了他结婚时的囧事。由于昨天刚领了编撰村志的任务，所以我对老人讲的事特别在意，在我的心里立刻产生了一个想法，就是一定要让老人家给我讲一讲村里过去发生的事。于是我就跟老人约定好：在他感觉好的时候接受我的专访，专门给我讲一讲村里过去的事。

婚后三天，二狗家的儿媳要回门，男女双方的亲戚还要坐在一起吃一顿，认认亲家，叙叙家事。所以在这几天我没有打扰张家老人。五天后，我就再也坐不住了，为了使这次专访成功，我提前跟二狗打了招呼，约在第二天正式进行我的专访。二狗一听是为了写村志，也非常支持，头天就早早安排老人睡下，养精蓄锐。第二天老人起床吃过饭后放弃了到街上晒太阳唠嗑的时间，就待在屋内，专门等我上门。为了这次专访我也做了充分的准备，头天晚上我还加班列了个访问提纲，将我想要知道的事全部列在了里面。第二天没等妈妈叫，我就起了床，漱洗完毕，就拿了笔和本子，向正在做早餐的妈妈说了声："妈！我有事出去，不吃饭了。"不等妈妈出厨房，我就已出了院门，将拐弯的时候，妈妈才追出了院门，挥着手向我喊："继先，饭做好了，吃了再去？"我头也不回回了声："你们吃吧！"就拐了过去。

　　农村的早上空气格外清新，远望西岭，郁郁葱葱，一片青翠，我一路走来，经过了活动广场，每一个健身器材上都有人在健身，而且都是些上了年纪的人。单杠上没人，我就走过去一跃上了单杠，做了几个引体向上，做到第七个时费了九牛二虎之力也没能上去，不得已跳了下来，边走心里边想着：自己的体力现在怎么如此糟糕？半路上我碰到了一个本家的爷爷，也七十多岁了，不过精神还矍铄，红光满面的。我问："爷出来锻炼啊？"他说："出来走走！"我继续往前走，又遇到了张家的一个叔叔，提个包行色匆匆的。我打招呼说："叔！你这是去哪呀？"他脚步不停地说："赶车去县城办事。"没几分钟我就来到了二狗家门口，看大门还没开，我又不好意思去敲门，所以就又多走了一段，依在护墙上向下俯视，分岭河清晰可见，石马寺掩映在薄雾中，给人一种神圣静谧的感觉。我想这个时候该是不戒和尚诵早经的时候吧？这几年我一直在外上学，虽说每次回村都要路过石马寺，但此时想来确实有两年没进过石马寺了。不知道寺里有没有变化？不戒和尚有没有收新徒？我正想着，听见咣啷一声，二狗家的大门开了。英莲嫂子见我进了院子，出了厨房问："吃饭了吗？"我说："吃过了！"我之所以撒谎是怕英莲嫂子让饭，如果说没吃，英莲嫂子一定会盛上满满一碗稠粥端到我面前，如果不吃那就是对主人的不敬，所以我撒了谎，反正我也不觉得饿。英莲嫂子说："老爷子早起床等着你呢！快去吧。"我说："谢嫂子！"她说："谢啥，老爷子高兴着呢！"我就进了北屋，老爷子果然在炕沿上坐着，手里抱着近一米长的旱烟袋在吞云吐雾。在我小的时候村里有很多这样的旱烟袋，但随着纸烟的盛行，旱烟袋已逐步淡出人们视野，现在只有七八十岁以上的老者才会有。老爷子见我进来，忙找寻地上的布鞋穿，我过去靠着他坐下，说："爷！别下地了，我们就坐着聊？"他笑眯眯地看着我，一脸慈祥。他将烟袋里的烟灰磕在了一个敞口的易拉罐里，把烟袋放在了窗台上，说："我老了，你们年轻人都不乐意听我唠叨，难得有像你这样想听过去事的年轻人，想知道什么你就问。"我说："爷您身体好吧？耳朵还这样好使。"他说："也就耳朵好，眼还可以，腿脚却不灵便了，不能不服老啊！"我说："您是我们村里年纪最长的人了，是我们村的活历史，您老就给我讲一讲解放前村里发生的事吧。"他说："解放前啊？"我说："对！"他就慢慢地说开了。

老爷子说："在我刚记事的时候，村里的地基本上都归石马寺里所有，那时寺里的和尚真多，就因为穷人家的孩子吃不饱，所以就送进了寺院。当时的规模好像有一百多人吧？不过人家地也多，和尚又不种地，全租给了村里穷人。种了人家的地，每年就得向人家交租粮，我们家就靠租寺院的地过活。地租高啊，我家当时种了寺院十几亩地，一年到头，除了交地租，家里剩的粮食也就够一家人紧紧巴巴地吃一年。这还是好年景，遇到灾年就不行了。那一年乐平大旱，很多圪梁地颗粒无收，我们家种的几乎都是这种地，所以连自己吃的粮也没打下，别说交租粮了。但寺院一百多号和尚也要吃饭，所以和尚就到家家户户催租粮，把人往死里逼，很多家庭交不上租粮就撂下家到外地逃荒，命运很是凄惨。我们家姐弟七个，我是老五，我上面有一个哥，三个姐，我下面还有一个妹，一个弟。我们家的情况更加不堪，那时我四岁，我妹三岁，我弟还不到一岁，我父母把能吃的都给我们吃了，他们自个却饿得不成人形，我妈更是瘦骨嶙峋，站都站不稳。寺里的和尚很凶，到家里又打又骂的，只逼着交租，不管人死活。为了活命，我父母把我那三个姐全都嫁到了河北。说是嫁倒不如说是卖，那边趁火打劫，一麻袋玉米换一个媳妇，当时我三姐才七岁就当了人家的童养媳。我大哥十五岁已经作为家里的主要劳动力在地里干了三年的农活。你看看现在的年轻人，别说十二岁，就是二十二岁，在地里干活的有几个？"

老爷子说了这一通，停下来去拿水杯，我赶紧提过暖瓶倒上了水。老爷子喝了两口又放下了，他的思绪已完全回到了过去那段不堪回首的岁月，我清楚地看到他的眼里蓄着泪水，他是在为家庭遭遇的不幸而伤感。他清清嗓子，又开始了叙述。他说："由于我和弟弟、妹妹年龄太小，所以我们家没有出去逃荒，硬是靠我姐换来的那点玉米和树皮草根活了下来。第二年早春下了场透雨，才解了旱，大旱过后年景又好了，逃荒的村民又都陆陆续续回到了家乡。村民们对于大旱期间和尚的作为很是仇恨，所以就有村民挑头跟寺院闹事。我大哥就是其中的一个，他们组织起来到寺里跟方丈谈判减租的事，方丈不同意，说是要养活一百多号僧人，不能减租，还组织了棍棒队应对。那天我大哥组织了三十多人去寺里找方丈，在谈判过程中言语不合，就发生了冲突。那次冲突是村民跟和尚之间发生的最大的冲突，寺里的棍棒队都拿着棍棒，开始时一边倒的村民吃亏，都被打得头破血流。后来村里其他人得到了信息就赶到了寺里，一下子又冲进去了一百多人，手里拿着铁锹、锄头、钢钎，两百多人的混战开始了。那时的村民真不怕死，见了和尚就劈，所以局面开始扭转，村民占了上风。这场混战持续了近一个小时，直到乡里的治安队来了才住手。在这场混战中，和尚和村民都有死伤，和尚死了五个，村民也死了四个，伤的人数也差不多，可以说是不相上下，我大哥也负了伤，还造成了左手残疾。为了缓和与村民的矛盾，寺里的方丈最后作出了让步，拿出了一部分土地分给了村民，一家也就一亩地。对于村民来说，虽然付出了血的代价，但结果是让人欢喜的，从此家家有了保命田。"老爷子顿了顿说："这可是一次伟大的胜利！"

"我的大哥成了残疾，不知道什么时候，他参加了共产党，偷偷地在村里搞地下工作。当时我已经八岁，穷人的孩子早当家，我已经懵懂地知道一些大人的事，也开始参加地里的劳动。我的三个姐姐一走四五年，与家里没有任何联系。这一年的一个风雪交加的晚上，我大姐突然回了家，还带回了一个男人，说是我姐夫。从此我姐、我姐夫与我大哥每天神神秘秘的，不知道干些啥。一年后的一个下午，我们村突然被国民党部队给包围了，说是要抓共党分子。在国民党兵快要搜到我家时，我姐、我姐夫和我大哥拿着不知从哪里得来的枪就往外冲，乒乒乓乓一阵枪响后，我大哥逃走了，我姐和我姐夫被国民党兵给抓住了。过了三天，国民党兵在我们村的旧戏台开了公审大会，宣判我姐和我姐夫死刑。理由是我姐和我姐夫是共产党，是反政府分子。后来，把他们押到分岭河边枪决了。解放后，政府还给我们家发了一个

'烈士家属'的匾额。我哥跑了，我家却遭了殃，时不时就会有国民党的兵到我家搜查，但我哥是一去不返，直到解放后才回家。"

老爷子呷了口水，拿起烟袋，从荷包里拿出烟丝装上，我在床上找到了打火机，帮老爷子把烟点了，一缕缕青烟在老爷子的面前飘散开来。老爷子幽幽地说："解放前，我们村的张王李赵四大家都发生过事，但我只记得自家的事，其他家能记起来的不多了。人家王家可以说是名门，在大清宣统时期还出过两个举人，我们村现在的举人宅就是王家的，我们村还因此被外人称作举人村。王家是出过一个国民党的团长，解放时跑到了台湾。你有时间去访访他们，一定会有所收获的。"我说："是，我一定去！"

老爷子说了这许多，我的手也写得酸酸的，我掏出手机看了看时间，已经接近中午了，我就说："老爷子，我们上午就说到这儿吧？下午我就不打搅了，你好好休息休息，明天我再来？"老爷子很开心地说："我好久没说过这许多话了，说出来心里畅快，饭也能多吃点，明天我等你？"我说："我一定来！"于是我走出了北屋，正好碰上刚从地里回来的二狗。二狗问："兄弟跟老爷子谈完了？"我说："没，早着呢！我们才起了个头。"他说："没谈完咋就走呀？"我说："我们以后再谈，我一定常来，我跟老爷子很谈得来。"我问："咋不见你儿子儿媳啊？"他说："他们都回太原上班了，比不得我们庄稼人自由。"

三

下午我将上午老爷子所说的整理了一下，都记在了日记本上。本想第二天继续去跟老爷子聊的，但傍晚的时候接到了村委会通知，说是乡里安排要给农民发放良种补贴，明天所有村官到乡政府开会。吃过晚饭，我向妈妈说我要出去一下，就一个人出来了。

夏天农村的晚上褪去了白天的燥热，还徐徐地吹着一股凉风，舒坦得很。西岭像一个巨人黑魆魆地兀立在那儿，令人敬畏。拐出大街，隔一大段就有一个路灯，照亮了整个街道。路灯是太阳能的，白天吸足了太阳光，晚上瓦亮瓦亮的，白得刺眼。这是去年才安上的，还是王家的美籍华侨出的钱。去年同时完工的还有村里的小学校，我上小学时的平房全部拆除了，在原址上盖起了两层的教学楼。这几年虽然不少村民翻盖了庭院，但新的两层楼还是村里的第一栋，在去年国庆节小学教学楼落成的时候，村里来了很多大人物，我没亲见，但我听说连晋中市的市长都来了。还有王家的美国华侨，他们解放后再没回过家，几个老人都八十多岁了，村里与他们同辈的本家差不多都过世了。那天他们看着村里的孩子们，老泪纵横，哽咽着说不出话。那是他们对家乡的无限依恋，那种当初背井离乡的痛是多少钱也弥补不回来的。我想着：要是能对这几个华侨专访一下是很有意义的一件事，不过这样的机会不太可能有了。

不知不觉间到了二狗家门口，办喜事的红灯笼仍亮着，照得院门通红通红的。门虚掩着，我就推门进到院子里。院子里没人，只有北屋亮着灯，我就冲着北屋喊："二狗哥！"二狗答应着出来了，他见是我，就把我往屋里让，我问："老爷子睡了没？"他说："没呢！"我就进了屋。

老爷子正依着炕上的小方桌吃饭，碗里盛的是西红柿荷包蛋撅疙瘩，外乡人叫揪片，红黄白相互映衬着，满屋香味。老爷子见我进来，停下了手中的筷子。我忙说："老爷子，您吃着，我来是要告诉您老一声，明天乡里开会可能来不了，明天就别等我了，我什么时候来会提前告诉您的。"老爷子本来喜气的脸微微地阴了一下，我想他是乐意向我倾诉的，没想到明天不能了，所以心里有些不快。我紧接着说："你老讲的对我很有帮助，我一有空就会来的。"老爷子张了张嘴没说什么，我就又说："爷，你吃着，我回去了。"老爷子点点头，继续吃他的饭。我向二狗和英莲嫂子告了别就回家，早早睡了。

天蒙蒙亮的时候，我就醒了。看看时间才五点多，我就赖在床上不想起，但又睡不着，所以乱想开了。先是想村里的变化：在我上高中前，石马寺还是一片残垣断壁，乱草丛生，说是寺院不如说是乱石岗。中间一块巨石耸立，巨石的四周雕刻着一个个的小佛，正对桥的地方塑着一尊大佛，高有丈许，非常威严。令人惊奇的是巨石里内部的秘密，在巨石的右侧掏了个大洞，有两米多高，人进去感觉像是进了一座石宫殿，十分宽敞。一路向左转着弯拾级而上，越上越高，上到最高处看到一扇门，推门而出，就到了巨石背靠着的后山。如果将这块巨石剖开，你就会发现，巨石内部与蜗牛壳内部结构相似，令你不得不惊叹大自然造物主的神奇。后山上同样处处有巨石，很多巨石上被历代文人墨客留下了墨宝。雄浑苍健，大气磅礴，处处显示出这里的历史悠久。我想这里一定也发生过可泣可叹的故事吧？

从我记事以来石马寺只有一个和尚，住在巨石旁边的石窟里。村里人迷信，传说寺里晚上经常闹鬼，所以没人敢晚上去。石马寺的重建是在我刚上大学时。据说县里一个煤老板赚了好多钱，但得了一种怪病，久治不愈。他听说石马寺的菩萨很灵验，所以专程来石马寺进香许愿：说是如果能让他身体恢复健康，他就捐资重修石马寺，为菩萨塑金身。不知是不是石马寺的菩萨真的灵验，这个老板身体竟然奇迹般康复。为了还愿，这个煤老板就出资重修了石马寺，还在石桥前面筑坝建了个小型水库，成了可以乘舟戏水的游乐园。老板还在石马寺对着的山脚建起了饭店，在寺门口设立了售票处，真正成了一个集旅游、娱乐、休闲、餐饮等功能为一体的好去处。从建成至今游客如织，特别是春暖花开到秋高气爽这一段时间，每天游客不断，成了乐平主要的旅游资源。

我高中时，村里新房子还不是很多，到处破破烂烂的，这几年发展很快，村里的老房子几乎都变成了红砖碧瓦的新房子。举人故居保存得很好，如今举人故居与石马寺一起成了省文物保护单位。

再是想自己的命运：我的父母都是地道的农民，从小家庭条件不好，姐弟五个又相继读大学。为了供我们读书，父亲到处贷款，早已成了乡信用社的常客。我家里虽穷，但我的父母骨子里却有韧性，打定主意非要让我们五姊妹都上大学不可。上天不负有心人，到我上大学后，我的父母终于实现了他们的梦想——"五子登科"，这在我们这个小山村可是百年未遇的稀罕事，所以人人羡慕。虽然为供我们读书，父母背了很多债务，但他们打心眼里高兴。我从小爱写作，所以在大学时期我就开始在杂志报纸上发表文章，这一点也成了这个小山村村民茶余饭后谈论的话题。我毕业后就报考了村官，一是为能回家乡工作，二是向公务员迈近了一步。在高中时有一个崇拜我的女生，至今我们还联系着。我们俩的距离始终是不远不近，实际上我们彼此是有好感的，也许我们都很古板，都不愿意首先捅破隔在我们之间的那层窗纸。我知道这是我的责任，但我在事业未见起色前真不想谈婚论嫁，所以先就这样搁着，等我认为时机成熟时再说。她也已经毕业在乡里当了教师，我们一个月能见两次面。

最后还是想到了村志的编写：所谓不干不知道，一干吓一跳，接手了才知道村志编写相当困难，它是一项浩大的工程。我列了一张自己需要专访的人员名单，除张老爷子外，还有我爷爷，自家人可以放在最后，还有王举人的后人、赵世昌赵主席我也计划专访一次，还有就是石马寺的不戒和尚，他对石马寺的历史是有研究的，一定要访，其他人以后根据需要而定。

我正想着，我妈开始在院子里喊我了："继先，该起了，不是要到乡里开会吗？"我答应一声："知道了！"就匆匆穿衣洗漱，吃完早餐后骑了摩托就往乡里赶。

今天参加会议的人很多，乡里的主要领导都到了，各村的主任和其他村干部也都到了。会议的内容主要是安排各村对各家各户所种的土地的地亩数进行统计确认，为下一步国家对农民发放各种补贴做准备。去年国家免除了农民的各种税费和三提五统，农民们欢呼雀跃，拍手叫好，如今又要对农民进行补贴，国家对三农的政府扶持真是越来越大了，我作为农民的儿子和一个农村工作者自然非常高兴。会后大家还针对统计方法进行了讨论。散会后已近中午，乡政府食堂安排了便饭，但我没吃，有这样的机会，我自然会顺便去看一看女朋友。

我的女朋友叫刘琴，家就在乡里。我出了乡政府，轻车熟路就到了乡小学。乡小学还没放学，我知道刘琴一定还在学校，就找到了她的办公室，问了在办公室里备课的老师，说她正在上课，我就在办公室里等，还有一搭没一搭地与她的同事聊天。她的同事很健谈，向我介绍了他们学校的情况，还不失时机地向我大夸了一番我的女朋友。我说："我们是高中同学，我很了解她。"她就不吭声了。十分钟后，刘琴下课回到了办公室，她说："你怎么这时候来了？"我说："我在乡政府开会来着，刚开完。"她说："还没吃饭吧？到我家吃吧？"我说："那不太好吧？还是我请你在乡里的小饭店吃吧？"她说："来了我这儿要请也是我请。"我狡诈地一笑说："那敢情好！"

刘琴临走时对她同事说："晓婷，跟我们一块吃饭去吧？"晓婷说："你们吃饭让我当电灯泡啊？我不干。"刘琴一笑，跟我相跟着出了校门。学校对门就有一家小饭店，我每次来都在这里吃饭，我们点了两个菜，我说："我们喝点啤酒吧？"刘琴说："你还骑摩托，喝什么酒！"我说："那听你的。"

我们边吃边谈，谈了很多，工作方面的、生活方面的、同学方面的，还是没谈我们俩的事。临别的时候，她猛然说了句："不管你怎么想，我等你！"

我愣在那儿脸红脖子粗不知道怎么应答。

晚霞烧红天际的时候我回到了东岭。西岭山顶被红红的晚霞覆盖着，像是给西岭戴了一顶红色的皇冠，太阳害羞似的躲在了西岭后，一天的云霞灿烂。我的家乡，真是太美了。

四

这次地亩统计核实工作时间紧任务重，所以我暂时没有时间再做我的专访了。这段时间我天天在村里跑，东家出来西家进去，一天下来也只能核对二三十家。就在我忙着地亩核实的时候，村里发生了一件大事。

事情发生得太过突然，所以让村里的人一时难以接受和理解。事情是这样的：那天，乡里举办一年一度的市场交流大会，在乡下也叫庙会，还请了晋剧戏班子助兴。乡里一时人山人海，有趁此机会走亲戚的，有趁便宜给家人买衣服的，有专程来看戏的，各色人等齐聚这里，使这里成了人的海洋。各地的商户也趁此机会对库里积压的商品进行大甩卖，东西确实便宜，所以引来了大量的顾客。乡里的一条主街两边摆满了商品，中间是如潮的人流，车是过不去的，就是人想迅速通过也很困难。到处是叫卖声和讨价还价声，此起彼伏，不绝于耳。

这天，东岭村赵家的媳妇王丽娟与二妮、三丫等一帮邻居相约到乡里赶庙会，一群人边走边向两边的货摊上瞅，寻找着自己中意的商品。丽娟给二妮、三丫买了雪糕，一路说说笑笑，很是开心。突然一个人就冲到了丽娟的身边，手里拿着尖刀，向丽娟前胸就捅，没等众人反应过来，丽娟已经躺在了血泊中。一群人被眼前的情景吓傻了，卖东西的和买东西的丢下手上的东西就围拢了过来，都想弄明白到底发生了什么事。拿刀捅丽娟的那个中年男人蹲在那儿用手探了探丽娟的鼻息，确认丽娟已经没有呼吸后才站起身，对着众人说："我是报复杀人，与大家没关系，你们报警吧，我在这儿等着。"说完又蹲在了地上，守着丽娟的尸体，等待着警方的到来。旁边围观的有好几个人都拿出了手机报警，跟丽娟一同来的妇女认出了杀人的是本村的赵秀武。本来很熟识的，但看到赵秀武手上带血的刀，她们都躲得远远地看着他。

丽娟死了，赵秀武被捕了，消息很快传回了东岭村。光天化日之下杀人，这在整个皋州乡甚至整个乐平县都引起了不小的轰动。赵秀武和王丽娟两家都陷入了悲痛中，而东岭村的村民都在猜测着赵秀武杀人的动机。

消息传回村里时，我正在赵秀武的邻居张德全家核实地亩，张德全的老婆跑进来向我们通报了赵秀武杀人的事，张德全叹息着说："唉！好好的两家人就这么毁了！"我好奇地问："他们两家有什么过节吗？"张德全说："能有什么过节，就只为了男女方面的事，我前段时间还劝过秀武，叫他不要再跟丽娟好了，人家都是有家有口的人了，他就是不听啊！非要在一棵树上吊死。"我问："他跟丽娟好上了，丽娟丈夫不知道吗？"他说："村里人都知道，就她丈夫不知道，她丈夫在外打工几年了。丽娟也是的，既然不打算跟人家好了，就不要挑逗人家，这可是自作孽啊！现在的年轻人真是理解不了。"我问："他们既然好上了，秀武怎么会杀她呢？"他说："丈夫常年不在家，丽娟一个小媳妇怎能耐得了寂寞，一来二去就好上了，他们也是两情相悦。两人好上后，秀武把在外打工挣的钱都给了丽娟，还逼着丽娟离婚，再跟他结婚，可丽娟孩子都有了，也舍不了现在的光景，一直不答应秀武，秀武就急了，看来秀武这次真是恼羞成怒，才下了杀手，你们年轻人到底咋想的？怎么就不为父母想一想，他父母咋受得了！"听到这，我总算明白了，家乡的面貌在变化的同时，人们的思想也在变。在男女方面村里的人也变得开放了，特别是对于这些留守妇女，年纪轻轻的，丈夫又不在身边，一旦遇到中意的人，出轨的几率就相当大，但这样极端的事情还是少。听到这个消息后，我心里着实不是滋味，在原地站了好久，也不知道自己是在为谁难过。

核实到二狗家时，我又顺便与老爷子坐了一会。老爷子还问我秀武和丽娟事情的细节，我都一一做了回答。老爷子对此很是感慨，他说："我们那时候是绝对不会发生这样的事情的，这是啥事呀？！你们年轻人的思想真的变了。"我说："一代人有一代人的道德标准，不过这样的事情确实太过分了。"他说："还有二狗的小子非要逼着他爹在太原买房，太原的房贵呀！听他说要五十多万，那哪是要房，简直就是要命啊！他老子加上他老子的老子种一辈子地能挣多少？为什么非要在那里买房，家里的房子不是很好吗？他这是不想叶落归根啊？！"我就劝他说："老爷子，你们那会是啥时代，现在不同了，不仅在太原，就是县城里的年轻人，一结婚就得买楼房。要攒钱买房，恐怕一辈子实现不了，但是贷款就不一样了。过不了几年，五十万就能还清。你往前看十年，那时候村里没一户能拿得出五万，如今五万算啥？在县城里也就是一年的工资，在我们村里一年收入三四万的也不在少数了。"他点点头说："道理也说得通，我不管了，那就让他买吧！"我说："你老是明白人！"他说："老了，不中用了！"我说："今天没时间多聊，改天我再来。"他说："好！好！"

地亩核实工作结束了，在上报数据的过程中我接触到了乡信用社的会计，他给我提供了省联社统一招人的信息。这个信息一开始并没有引起我太大注意，但在随后的了解中，我对信用社产生了向往。一是体面的工作环境，每一次到信用社办事，我都被那整洁的环境所吸引；二是广泛的社会接触面，信用社接触的人可谓是五花八门，这对我的写作绝对有好处；三是最实际的，就是不菲的工资报酬。基于以上这几点，每次接触信用社的人都让我感觉很羡慕，为了考信用社，我专门跑到县城新华书店买了一大堆复习资料，我的生活似乎愈加忙碌了。

这天我又开始了对张老爷子的专访。张老爷子还是不紧不慢娓娓道来，他说："日本人来了后，寺里的和尚一哄而散，都跑了，土生土长在东岭的人没处跑。日本人把寺里的地都分到了各家各户，秋收后向日本人交租。在日本人侵略的几年里，为了活着，我们东岭人不得不屈从淫威。有几个有文化的还当上了日本人的文职官，这几个人在日本人那里都得了好处，家里分得的土地比一般人家的又多又好，而且缴日本人的租还比一般人家的少，所以这几家就发达了。举人王家成了县里有名的汉奸。王家的当家人王一凯早先到日本留学，说得一嘴流利的日本话。日本人一来，他就成了日本人的座上宾，据说他和省日本宪兵大队的大队长是同窗好友，经常出入于日本人活动的大小场合，不知内情的，还以为他就是地道的日本人。为了彰显东岭王家当时的显赫身份，王一凯制作了一个小木牌子，钉在了举人宅的大门上。驻扎在县里的日本宪兵和伪军没有人不知道东岭王家的，即使是县日本宪兵队的队长到了王家门前，也得乖乖下马，见了王家人更需恭敬有加。王家人长住在县城，一般情况下也不回村里住，只雇着几个看门的住在举人宅。有一次日本宪兵队带着伪军对东岭一线进行大扫荡。在扫荡过程中实施了三光政策，日本宪兵队长忘了王家就在东岭，在撤离东岭前下达了烧光的命令，于是大火冲天，狼烟滚滚，弥漫了整个东岭村，宪兵队长在撤离前巡视时才发现王家门前挂着的牌子，吓出了一身冷汗，立即命令将火扑灭，然后灰溜溜地离开了东岭。东岭村很多房屋被焚毁，王家举人宅也受损严重。王一凯听说东岭村被日本宪兵队焚烧，勃然大怒，就直接去省里找到自己的日本同窗告状，省宪兵队就下达了追究责任人的命令。宪兵队队长没法向上面交代，最后不得不枪毙了一个小队长向王家谢罪，从此县日本宪兵队再没敢到过东岭。

日本失败后，国民党也没追究这些汉奸，相反他们都成了村里的大地主。村里也有不怕死的，比如我大哥，还有赵世昌他爹，因为我姐和我姐夫的死，村里人都知道了我大哥是共产党，日本人一来，国民党的部队就撤走了，我大哥却返回了东岭。他一回村就向村民宣传抗日救国，那时候村里人都不大懂，只有少数几个跟着我大哥干。有一次他们组织周围几个村的共产党员袭击了东岭村日本人在石马寺的据点，石马寺日本人据点人数不多，也就三十几个，我大哥也带了三十几个人。他们趁着夜色悄悄摸进了石马寺，由于长时间平安无事，日本人都麻痹了。又因为是冬天，寺外设的岗哨嫌冷都跑回屋里暖和了，所以我大哥很顺利地靠近了巨石后日本兵住的平房。当他们冲进屋子后，日本兵都还在睡梦中，他们毫不手软地将那三十几个日本兵全收拾了，自己无一伤亡，这也是我们东岭村历史上值得大书特书的一次大胜利。"

老爷子眉眼间流露出骄傲的神情，他呷了口水继续说："收拾了日本人后，村里人都很高兴，不过这种高兴是极其短暂的。没几天，县里的日本大队就组织了三十多个鬼子和七十多个伪军对我们东岭村进行了大反扑。为了保卫乡亲们，我大哥将从日本人手里缴获的枪支发给了村里的年轻人，并在村口东西岭两边设下埋伏，等日本人进入埋伏圈后，激烈的战斗打响了。当时我还小没有参加战斗，由于怕日本人报复杀人，我是跟着父母和村民在战斗打响前半小时进行转移的。大家都往东岭的后山跑，要知道那是逃命啊！但由于老的小的都有，所以转移行进的速度并不快。我父亲和母亲轮流抱着我的弟弟跑，我和妹妹紧跟在后面，跑一段累得不行了，也不敢坐，就站那儿稍稍歇一会。在我们后面还有一长串人，净是老人，都走不动了，很多还得要年轻人背着，所以行动更慢。多亏了大哥他们与日本人打得时间久，不然的话，我们都得完蛋。那次战斗一共打了三个多小时，从下午四点一直打到晚上七点，最后大哥的人马打得就剩下了十几个，子弹也打光了，日本兵和伪军也死伤惨重，大哥就命令撤退。那天天空特别黑，几乎是伸手不见五指，大哥他们就是凭借夜色和熟悉的地形成功撤退的。日本兵进村后，发现村里面空无一人，十分恼怒，不仅将各家的粮食洗劫一空，还把村里的鸡、狗、骡马驴牛都赶走了，一个不剩，临走时还点着了石马寺。等乡亲们回到村里，石马寺就只留下了残垣断壁，刻着菩萨的巨石像被剥去了遮护，完全暴露在了天空下。那次战斗，村里参加战斗的年轻人牺牲了四十多人，是一次十分壮烈的战斗，解放后这次战斗被写进了县史县志，所有的牺牲人员都被授予了烈士称号。"

老爷子似乎已经完全回到了过去，逃生的记忆对他来说是刻骨铭心的，他装上烟丝点着烟，深深地吸了一口。我看得出来他的内心是痛苦的，他接着说："后来日本人再没敢在我们东岭设立据点，为了减少伤亡避其锋芒，我大哥就每天派人在东西岭山头去观察敌情，还派人在离村口四五里路的另一座山顶值勤，一旦发现情况就通知乡亲们撤离。但百密一疏，在那年大年初五时，日本人冒着大雪在傍晚时分偷偷地进了村。我大哥他们由于执行其他任务躲过一劫，但乡亲们就惨了。日本人把乡亲们都赶到了石马寺巨石前，还把村里所有的青壮年都绑了起来，让他们指认村里的抗日骨干。实际上当时村里的抗日骨干都被大哥带走了，日本人就将所有的积怨都发泄在了老百姓身上。留在村里的青壮年因此全部遭了殃，他们被日本鬼子用机枪扫射，全部倒在了血泊中。他们的鲜血染红了地上的白雪，我当时就在现场，我们一家紧紧地抱在一起。日本鬼子，真是太残忍了！"老人布满皱纹的脸扭曲着，我可以清楚地看到老人的双眼蓄满了浑浊的泪水。他叹口气说："解放后我还常常梦到那天的情景，那么多人就那样死了！"

我真的不忍心让老人的内心再经历如此痛苦的回忆，我对老爷子说："过去的都过去了，你现在是儿孙满堂，村里人都羡慕你呢！"他不自然地一笑说："这些事，谁愿意老记着呢？可这就像用刀刻到心里去了一样，时间再长也磨灭不了啊！"

受老爷子的影响，我的情绪也跌入了谷底。我默默地从二狗家出来，思绪仍停留在那生与死、轰轰烈烈的战争场面中。我坐在路边的青石护墙上，向石马寺的方向望去，清静幽雅、古色古香的石马寺啊，我怎么也想不到在那里曾经发生过如此惊天动地的故事，清净佛门圣地居然被侵略者玷污。这件大事，一定得用最浓的墨写在村志上。列宁那句话怎么说来？对，是"忘记了历史就意味着背叛。"

五

一夜醒来，我走在家乡的小路上，看着对面西岭梯田里黄一块、红一块、绿一块的秋色，像一面面旗帜在风中飘扬，我猛然感到自己是多么幸福，突然起了一种想到石马寺看看的冲动。于是我沿着通向村口的路走向了石马寺。我站在石马寺前面的石桥上，仰望石马寺高高耸立的大殿，思绪再一次飘回了那个年代，我分明看到了一张张烈士的脸在大殿顶上冲我嘻嘻地笑，我心中一颤，想：他们在笑什么呢？是笑我的浅薄？是笑我的幼稚？还是笑我的不知足呢？接着我仿佛看到石马寺大殿屋顶上流下了红色的血，沿着瓦垄往下直淌。我疑惑：是天在流泪吗？当我感觉到全身湿湿的时候，才意识到真的是天在流泪了。

这场雨下了整整一天，没有雷声，没有闪电，只有雨打地面的声音，而且是那样温柔，令人愉悦。这是一场及时雨，庄稼在经受了一个月的太阳暴晒后，喝到了甘甜的雨水，都欢呼雀跃地向上窜。那是秋收前的最后一次冲刺，喝饱了雨水的庄稼向人们奉献出了它饱满的果实。

我慌不择路直接冲进了大殿，不戒和尚正在大殿上早香，面对我这不速之客，不戒和尚宽容地接纳了我。在东岭没有人不认识不戒和尚，因为他是在石马寺待得时间最长的和尚。据村里喜欢打探消息的人讲，不戒和尚是有来历的。有人说不戒和尚遁入空门前是混社会的，在一次械斗中失手杀了人才跑到乐平，过了一段四处躲藏、居无定所的生活后，发现了石马寺，所以才剃度出家，当起了和尚，而且一当就是十几年。在村民的眼里，不戒是一个慈眉善目，脸上经常带着笑的笑和尚。在石马寺待久了，村民都把他当成了东岭村的一分子。不戒也自认为是这样，当和尚以来，他严格按照佛教的要求坐禅念佛，一年三百六十五天从不间断。他广结善缘，经常帮助村里那些困难户，不仅出钱，还经常为他们出力。比如给孤寡老人挑水、送面什么的，他都干，而且一直坚持不懈，所以在村里人看来，不戒就是活着的菩萨。有人猜测，不戒和尚是为了赎罪，是为了死后不下地狱。

不戒和尚把我带到了他的寝室，就是巨石旁边的那间石窟，我们促膝而谈，不戒向我谈起了石马寺的几次变迁。他说："石马寺被日本人焚毁后，从此无人管理，菩萨也饱受风吹日晒的洗礼，更别说香火了。在那个战乱年代，能保住性命是村民唯一的希望，菩萨在人们心中的位置也逐渐淡化了。抗日战争胜利后，当时的王大地主为了求得家业永盛不衰，出资重建了石马寺，恢复庙宇、僧房六十余间，为菩萨重塑金身，还邀请了五台山的得道高僧为菩萨开了光。改革开放后，文物古迹受到了国家的重视，石马寺被定为省级文物保护单位，但因为资金不到位，一直以来只是挂了个牌子，并没有切实可行的保护措施。九十年代中期，古董市场活跃，不法分子就将魔爪伸向了石马寺。在一个风雨交加的夜晚，三个壮汉闯进了这个石窟，将我师父绑结实，用毛巾塞上嘴，然后将巨石内外浮雕石佛的脑袋用錾子凿下来带走。那次共毁坏石佛六十多个。那可都是精品啊！幸运的是那些石佛头像后来在犯罪分子准备偷渡香港将其带出国境时被查获，因此才能重返家乡，被乐平文物部门保管。在二十一世纪初再次重修石马寺时，这些佛首才又与它们的身体团圆，可惜我师傅已经圆寂，永远看不到了。这次重修工程大，我已经在这里待了四五年时间。我必须见证这次重修的整个过程。我师父走后，石马寺只剩我一个僧人了。我拼尽全力也要干好这个事情，让我师傅含笑九泉。"不戒说完，像是积郁的情感终于找到了释放的机遇和对象一样长长地出了一口气。我也像是终于明白了一件很想知道却又始终无法知道的秘密一样，心里一阵释然。

　　我看着不戒和尚布满沧桑的脸，忽然想到了村里关于他的传闻，想要彻底探个究竟，所以我对他说："村里关于你身世的传闻你听到过吗？"他笑笑说："听说过，不过权当故事听罢了。"我问："如果可以，你能否告诉我真实的情况吗？"他说："你既然想知道，我内心坦荡，也没什么需要隐瞒的。我的身世其实很简单，就是一个普普通通的太原人，我曾经有一个十分温馨的家庭，有稳定的工作，有爱我的妻子，有可爱的女儿，还有慈爱的父母。我一度坚信，我会就这样幸福地生活下去，但在暴利的诱惑下，我鬼使神差地开始与人合伙贩卖炸药，我明知那是犯法的，也明知存在着很大的风险，但我还是做了。一开始生意做得红红火火，巨额的利润使我整天沉浸在对金钱的追求中，乐此不疲。是金钱使我完全迷失了方向，是金钱把我带入了万劫不复的地狱之门。我的家在市郊，而且住的是老院子，我常常将不能及时出手的炸药带回家里。我以为只要小心谨慎，就不可能出事，但我错了，确确实实地错了。那天晚上，我将半吨炸药放在了院子里，用苫布盖好，准备第二天再出手，放好后我就出去到饭店吃饭了。就在我吃饭的时候，不知是哪里放烟火，不偏不倚就落到了我家堆放的炸药上。半吨炸药爆炸的威力是巨大的，我家被瞬间夷为平地，我的一家人也都被炸飞，无一幸免。还多亏我家周围住户不多，仅有一个废弃的工厂，才没有造成更大的伤害。震耳欲聋的爆炸声使整个村庄都在颤抖，等我回到家，家已经不复存在，一个幸福的家庭就这样彻底毁了。我后来还被判了刑，在服刑期满后，我心如死灰，我当时的选择要么死，要么出家。我与师父注定有缘，我们不期而遇，然后就被师父带到了这里，出家为僧。我要用我的一生去忏悔，去求得心灵的安慰。"

听完不戒的叙说，我本已沉重的心更加沉重，我看到由于痛苦的回忆，不戒面部开始抽搐，眼泪像豆子一样往下掉，并很快连成了串。外面的雨仍在下着，我的心也开始流泪，谁能理解这孤寂的僧人的心，人同样要承受苦难，正如这千年古寺一样。

我没再问什么，也没说什么，我们就这样默默地对坐着，等待着雨的停止。面对命运，人很多时候都是无能为力的。等雨停时，已是华灯初上，我匆匆告别了不戒，踏着雨后乡间潮湿的小路，听着雨后庄稼欢快的歌唱，闻着雨后清新的空气，迈着并不轻快的步伐回到了家。我拿出本子，正想把不戒和尚的话记下来，不想却突然停电了，我只好睡下了，这又是一个不眠之夜！

六

不戒和尚的话在耳边萦绕了一夜，到公鸡快打鸣时才悠悠地睡去，母亲催促起床的声音我都以为是在梦里，直到日上三竿时才迷迷糊糊地醒过来。我起了床，到了父母屋里才知道爷爷来了。爷爷身材瘦小，却精神矍铄，七十多岁的他轮流在我父亲四个弟兄家生活，他这是刚刚从县城二叔家回来，二叔曾是县里拖拉机厂的工人。国营拖拉机厂在八十年代中期以前是香饽饽，但后来就渐渐地越来越差，二叔最终成了下岗职工。当时二叔还年轻，总不能坐吃山空，他就租了个门面干起了小买卖。这几年二叔的买卖干得挺红火，每月的收入是在厂时候的几倍。运输业兴旺后，二叔又利用自己的特长干起了汽车维修，很快实现了从小康到富裕的过渡。如今二叔已成为乐平第一批富裕起来的个体户，拥有了百万资产。二叔经常对别人说，福兮祸所倚。要不是下岗，我这辈子就永远是一个工人，不可能有今天的富裕日子。

爷爷在解放前给地主扛过长工，受了一辈子苦，种了一辈子的地，到老了才享受到儿孙满堂的幸福。这一次来得正好，我正想要了解一下爷爷的经历。我高兴地坐到爷爷的身边，带着撒娇的口气说："爷爷怎么才来，都想死我了！"爷爷笑眯眯地说："想我？嘿，别打马虎眼。我问你，对象搞得怎样了，我还要看孙媳妇呢？"我说："不忙，还怕我找不到对象？"爷爷说："反正要抓紧，不能再拖了。"我说："行，你就别催了，一见面就催。"爷爷说："好，我不催，工作怎样？"我说："我最近很忙，一是我要准备参加信用社招工考试，二是我还参加了我们东岭村志的编写工作，要跑着采写各种材料。"爷爷说："年轻人，忙点好啊！"我说："村志编写，我还要采访您哩！"爷爷满脸不解地问："我有啥采访的？"我说："我就是想知道爷爷在解放前后的经历。"爷爷说："需要知道什么，那你就问嘛！我配合你的工作就是。"正在这个时候，我父亲进来了，他板着脸对我说："去去去，你爷爷刚回来就缠着问这问那，倒是让你爷爷休息休息。"我爷爷忙说："我不累，不碍事的。"我怕父亲再骂我，就对爷爷说："爷爷，您先休息，采访的事改天再说。"我看了看父亲，就退了出来。我想反正爷爷要住半年，有的是时间。

在村委会门口，我遇到了王书记，没等我打招呼，王书记就问我："村志编写工作进展得怎样？"我忙汇报说："我已经采访过张老爷子和不戒和尚，了解到了村里解放前后的很多事，我正在整理，整理出东西后，我再拿给你看。"王书记说："还要加快进度，尽量提前完成。"我说："我会尽力，争取提前完成任务。"他点点头就带着我进了村委会办公室。

在村委会办公室，张主任和六个人正在说事，我和王书记进门后，张主任就停了下来，并把王书记拉到了那几个人的面前，对他们说："书记来了，你们给书记说吧。"我仔细地看了看这几个人，有熟识的，还有不大熟识的，张王李赵家的都有，全是村里的人。一个姓王的（我想我应该叫王哥的）先开口，说："叔！我们上了李庆富的当了。"王书记扫视了一下几个人后说："有什么事，坐下慢慢说。"坐的凳子不够，我就赶紧去旁边的屋拿了几条凳子，让所有的人都坐下。坐定后，王书记说："说吧，我听着。"王哥说："前段时间，李庆富回到村里，向村里人宣传说，他在山东那边做生意，那里有一个奶牛场，奶牛产奶量很高，他回来就想跟村里人牵牵线，把奶牛引进来，帮助村民致富。他到处贴小广告，把养奶牛说得天花乱坠，什么一年还本，两年致富，所以村里好多人都跃跃欲试。他还说可以帮助村民去山东统一购买，购买量大了，就能优惠。我们都信了他，为了凑买奶牛的钱，我们几个用信用社给发的信用证贷了款。钱凑够后，我们就跟着李庆富到了山东，找到了奶牛场。那个奶牛场规模很大，当地的人还教会了我们怎么挤奶，所以我们也就更加相信了。我们六个共买了二十四头小奶牛，每个人都花了六七万。买好后，我们高高兴兴地就把奶牛拉回来了。李庆富说是还要出去打工就走了，一个月后，我们才发现买回来的奶牛变了颜色，由原来的黑白相间，变成了纯黄色，我们才觉得不对劲，赶紧请了乡里兽医站的兽医来看。兽医看过后告诉我们，这些牛都是肉牛，不是奶牛，我们就傻眼了，我们联系李庆富，一直联系不上。我们没有办法，只好来村委会看看怎么处理。"王书记听完后，眉头就挽起了疙瘩。他说："你们怎么能相信李庆富，他在我们村可是出了名的骗子，就是这几年在外面混，也是凭招摇撞骗。照他的德性，他能混出什么名堂？村里一千多人，偏偏你们几个相信，如今受了骗想到村委会啦？你们说说村委会咋给你们解决？要我说报案就得了。"王哥说："他人跑了，报案有啥用？我们的损失怎么挽回？"王书记说："不报案村里能给你们解决？你们是自作自受！"王哥说："我们有一半的钱都是在信用社贷的，现在受了骗，贷款就还不了啦！"王书记愤愤地说："我们村好不容易在去年争取到信用村的牌子，要是砸在你们几个手里，看我怎么收拾你们？"王哥委屈地说："我们也不想啊？但我们没钱咋还？"王书记说："我不管你们咋还，但必须还。"受了王书记的一顿训斥后，六个人灰溜溜地离开了村委会办公室。等他们离开后，王书记对主任说："这几个倒霉蛋也真是冤，你去趟乡派出所，把他们的情况说一下，看能不能通过派出所把李庆富找回来，如果实在找不回来，你咨询一下能不能通过法律手段把李庆富家那几间破屋处理掉，挽回他们几个的损失是关键。"主任说："行，我这就去。"主任又看看我说："继先，你针对这件事写个通告，贴在村务公示栏里，提醒一下村民不要再上这样的当。"我说："我这就写。"书记交代完就和主任一块出去了，临走前主任告我把门锁好了，我就在办公室找了张大纸写了个通告，出来的时候用纸盛了点浆糊，把门锁了，把通告贴在了村委会大门外的村务公示栏上就回了家。

下午的时候我把和不戒和尚的谈话做了整理，一天就又结束了。

七

这几天村里没事，我就拿出信用社的复习资料看了起来，我喜欢看书，但家里书不多，有的也是我上大学时买的，我对书的专注是一贯的，而且书看进去后所有的事情都可以不管不顾。连采访爷爷的事也想不起来了。足不出户在家里看了几天书后，我又想出去溜达溜达，呼吸一下新鲜的空气了。刚吃过早饭，我就往外走，父亲看见我要出门，问了句："你不看书了，这是去哪呀？"我说："天天看书闷得慌，我要出去走走。"父亲说："别太迟了，让你妈等你。"我说："是。"就走出了大门。

我向西岭张望，西岭像一个老人静静地矗立在那里，一直与东岭为伴，秋风把山上的绿叶全部吹红了，红得似火，山脚下的梯田也全变成了金黄色，离收获已经不远了。

我漫步在乡间的小路上，家乡的一切是那么熟悉，二十多年的农村生活使我对这里产生了无法割舍的情感，在我的眼里这里似乎没有变，还是那么质朴与温馨。与城市比较，这里虽然缺少城市的繁华，却也没有城市的喧嚣，这里是生养人的地方，更是净化心灵的所在，我庆幸生于斯长于此。

我不知不觉就走到了二狗家的巷子，远远看见二狗家的门楼，我就想起了老爷子，好久没跟老爷子聊了，老爷子还想着我吗？我于是加快了脚步向着二狗家走去。

我一进二狗家的大门，就听到了东屋传出的英莲嫂子的哭声，我心想这是怎么了？就进到了东屋，英莲嫂子正伏在炕上哭，冷不丁面前站了个人，把她吓了一跳。她忙止住哭，用手擦了擦眼泪，看清了是我，就说："你来了？"我说："我来了，你这是怎么了？"她哽咽着说："你二狗哥出事了。"我一惊说："出啥事了？"她说："我也不瞒你，他跑了。"我问："跑哪啦？"她说："他犯了事，公安要抓他，他就跑了。""他出啥事啦？"她说："他是鬼迷心窍啊！不知在哪里搞了些假币，买羊时就用假币给人家付款，上万块钱啊！结果被人家告啦。"我说："他怎么这样啊？不知道那是犯法吗？"她说："他能不知道，他是给儿子拿不出钱买房子着急，所以就办了这糊涂事。"我站在那儿走也不是留也不是，我就问："那老爷子知道没有？"她说："怎么会不知道？老爷子一听说就气病了，已经被二狗他兄弟几个送到了乡医院。"我安慰她说："嫂子，你也别哭了，事已出了，着急有什么用，还是快找到二狗哥，把人家的钱还了，争取宽大处理。"她说："他走的时候谁也没告，要不是人家公安找到家里，我们都还不知道，我怎么找他啊？"我说："老爷子病了，我要去看看老爷子，我先走了，你也别太伤心了。"她说："你去吧，我哭哭好受。"

　　我从二狗家出来，心里沉沉的，都是钱惹的祸啊！二狗哥曾经是我们村的能人，他是村里私人买手扶拖拉机跑运输的第一人，他的胆量和眼光是超前的，他还贩过粮，贩过菜，贩过水果，反正什么挣钱他就干什么，在乡亲眼里他不是个安分守己过日子的人，太能折腾了。但折腾了大半辈子却没有攒下几个钱，也许是他根本没有那财运。他养汽车的时候曾经出过一件大事，撞了人家一个骑自行车的姑娘，抢救了三天也没抢救过来，还是死了，他因此出了不少医药费，还赔了姑娘家五万块钱。那一次他就把多年的积蓄一下子花了个干净。接下来说贩粮，那年玉米价高，而且还不停地涨价，他看到了商机，就在信用社贷了款，在村里收购玉米，还租了个粮库存了起来，只等着价格涨上去的时候再卖，结果收粮时段一过，玉米价就大跌，一天一个价，他又舍不得卖，就一直撑着，撑到夏天价格还没涨，库里放的玉米开始生虫子，老鼠也横行，糟蹋得一塌糊涂。实在没办法了，二狗才将玉米贱卖，卖玉米的钱除了付粮库租金和还信用社贷款利息就所剩无几了，二狗因此就背上了巨额债务，再没有翻身的机会。前几年开始老老实实种地，但种地所得只能维持生活和还信用社的利息。所以表面上看，二狗家生活还可以，但事实上却是债务缠身。这次儿子在太原买房，他确实是拿不出钱来。但他想难为自己也不能难为孩子，所以就铤而走险，做起了违法的事。这次他是赔了夫人又折兵，人跑了，但能跑到哪里啊？迟早不还得回来？

我只顾想二狗的事，不想却碰到了一个人身上，还把我吓了一跳，我抬头一看不是别人，是王书记。王书记冲我笑笑说："想啥哩？这么入迷。"我就把二狗家发生的事说了，书记说："我们村这是咋啦？按倒葫芦瓢起来，不是东家出事就是西家出事。"我问："你这是去哪？"他说："正好给你说一声，省里来了勘探队，正在西岭探矿，中午吃饭你也过来陪一陪。"我说："我又不会喝酒，我就别去了吧。"他说："不是让你去喝酒，省里来的都是知识分子，我和主任都是大老粗，你跟他们有话说。"我说："那好吧，中午前我过去就是。"说完，他就匆匆忙忙地走了。

我看了看时间，还不到十点，回家又觉得无事可做，所以就在路上磨蹭着，走到活动广场后，我就玩起了健身器材。健身器材是近两年才有的，我小的时候，家里穷买不起玩具，我爱做小制作，所以我的玩具都是我自己制作完成的，刀枪剑戟什么都有，都是我用木头做成的，直到现在我母亲还当宝贝一样给我保存着我当年的一些小制作。我问母亲："你留着这些干啥呀？"她说："你小时候心灵手巧的，做的这些东西别人家的孩子都做不了，别人家大人和孩子都羡慕你，都夸你呢！我要保存着，给我的孙子玩。"我说："现在商店里的玩具花样太多了，什么好玩具没有，你孙子能看上这些？"她说："商店里的玩具咋能比你亲手做的好，即使孙子不玩，我也要留着，看见它们我就看到了你小时候。"我从母亲的话中一下子感受到了深深的母爱，母亲对儿子的爱永远是无私的。

我正在玩着双杠，与刘琴同在乡小学当老师的赵晓红在路边远远地喊我，我应了一声，跳下双杠，走近了她。她说："刘琴让我给你捎个话，要你最近去找她，说是有事要跟你说。"我说："谢谢你啊！你没上班吗？"她说："我请了假。"我说："我有空就去。"她说："那我回去了。"我们就告了别，她回她的家，我回我的家，回家后，我把中午要陪客吃饭的事向母亲说了，母亲嘱咐我千万少喝酒，我说："你就放心吧！"说完我就又出了门，向着村委会的方向走。

走到村委会大门口就听到里面很多人在说话，王书记不知对什么人说："我们以前真是抱着金碗吃着糠，太感谢你们了！"对方说："我们也是根据省里的要求进行勘探的，没什么谢的，西岭的煤储量虽不大但浮山很薄，非常适宜进行露天开采。还有就是根据我们的判断，东岭下面也应该有煤。"王书记说："我们这里的村民祖祖辈辈就只会种地，没敢想一直睡在宝贝上。"对方说："煤是有，但要开采，投资很大，村里恐怕没这个实力。"他们说这话的时候，我已经站在了办公室的门口，书记见我进来，就把我拉到一个中年男子的面前说："我给你介绍一下，这是我们的'村官'，是大学生，小李。"又反过来向我介绍说："这是省地质勘探队的刘队长。"我忙伸出手，说："大老远来我们这里，辛苦了！"刘队长站起身说："辛苦啥，这是我们的工作。"我问："勘探工作结束了吗？"他说："已经基本确定了，西岭下面确实有煤。"我高兴地说："这可是我们村多少年来没有的喜事，真是谢谢你们了！"他说："有是有，但要变成钱可不容易。"我说："只要有就有办法。"他问："书记都没办法，你有？"我说："我们可以借鸡下蛋呀！与有钱人合作开发不就行了。"他欣赏地看着我说："年轻人就是有思想，不简单！"我说："我能想到的，大家也都能想到，问题总归要解决的嘛。"他把目光移向书记说："你们村可是藏龙卧虎，不可小觑呀！"书记说："在大城市读过书就是不一样，时间不早了，我们吃饭去吧？"刘队长说："吃个便饭就行了，要不我们去你家里吃吧？"书记说："那怎么行？你们是贵客，一定要到村里最好的饭店。"我心里一乐，因为我们村就一个饭店，让书记说得信誓旦旦的，好像档次有多高似的。

我们一行七人就边走边聊，向石马寺对面的饭店走，刘队长指着远处的石马寺说："这个寺院是座古寺吧？"书记答应着说："对对，这可是上千年的古寺了。"书记扭头向我招手说："继先你过来给刘队长当一回导游，介绍一下我们的石马寺。"我就紧跑几步跟到了刘队长身边，我介绍说："石马寺石窟开凿于北魏永熙三年，距今已有1400多年的历史了，寺内共有石窟3个，佛龛178个，造像1500多尊，最大的造像5米，最小的仅有5厘米，虽然它规模不大，但其文化之厚重，雕琢之精美，与同一时代的大同云冈、洛阳龙门石窟相比有异曲同工之妙，被石窟专家称为'我国石窟艺术的小家碧玉'。"刘队长兴致盎然地说："想不到这山沟里还有如此所在！"我说："我们吃饭的地方就在寺院对面，吃过饭后我带你进去好好转转？"他说："一定！"他向他的两个年轻同事点点头说："我们这次可不枉来一趟！"他的两个同事也肯定地说："是啊是啊。"

八

吃饭时书记、主任和会计轮番敬酒，以表诚意。我不善饮酒，但这种场面又不能不喝，只好拿小盅一个客人敬了一杯，就这也是晕晕忽忽的。吃完饭后，所有的人都带了几分醉意，我们又带着客人进了石马寺，不戒和尚热情接待了我们，还跟客人讲了很多石马寺的历史。刘队长盛赞石马寺是山西古寺院的一块瑰宝，其他溢美之词由于酒精的作用全都忘记了。游后，刘队长他们坐上自己的专车离开了，我们也各自回家。

第二天，我想起了刘琴要我去看她的事，想着可以顺便到医院探望一下张老爷子，所以就骑了个自行车往乡里来。到了学校见到了刘琴，刘琴说她父母亲想见我一面，我说："我现在正准备考信用社，等考完有了结果见比较合适。"她就恼了，说："你怎么老是对我不冷不热的？我们俩的事你到底怎么想的？"我说："我现在还一无所有，这边三年后任期就结束了，我还得再就业，我必须在这三年内取得一个稳定的工作，稳定的工作是爱情和婚姻的基础，一旦成了家，就不会有现在这么多的精力去学习，所以我必须先立业后成家。"她说："你对待爱情太理智了，理智得让我琢磨不透，今天我必须要你一个答复，要么去我家见我父母，要么我们就正式分手，你看着办吧！"我想不到刘琴会说出这样的话，这是对我明显的不信任和不理解，我来之前高兴的心情被她噎得一落千丈，我说："刘琴，我虽然没对你正式表白过，但一直以来我从没放弃对你的感情，我对你的感情是真挚的，我希望我们能彼此尊重对方的理想。"她没好气地说："我妈一直催我找男朋友结婚，说我再不结婚就成了剩女，嫁不出去了，我始终顶着压力在等你，但你的态度令我很失望，我再也不能容忍了。"我说："要我今天去见你的父母，我真办不到。"她说："那我们就分手吧！"我惊愕地张大了嘴，一句话也说不出来，一种失恋的感觉裹袭了全身，接下来刘琴说的话我一句也没听进去，最后我被刘琴从她的办公室里赶了出来。我推着自行车，双腿沉重，目光呆滞，一种被抛弃的感觉涌上心头，我问自己：我失恋了吗？

我在离学校不远处站了很久，我与刘琴一次次会面的情景在我的眼前飘动，我努力寻找着自己的错，我有自己的追求不对吗？我有理想不对吗？我尊重爱情不对吗？我没有答案。

我想到了自己此次来的另一项任务，我就按捺住自己的不悦与悲伤，在小卖铺买了一些礼品，去了乡医院。在医院里，我找到了张老爷子的病房。

　　张老爷子的病主要是因为二狗的出逃急出来的，二狗是他最喜欢的孙子，从小就很乖巧，从不惹他生气，所以在几个儿子相继过世后，他一直跟着二狗过，二狗的出逃对他的打击是巨大的，年岁已高的他急火攻心就生了病，但精神头还有。正在输液的他见我进来，就想起身，他用左手努力地支撑身体，但几次都没成功，我赶紧阻止了他，我说："你躺着，我陪你说会话。"他勉强地笑笑说："我老了！真是老了！"我说："我早就想去家里跟你聊天，但这段时间一直有事过不去，想不到发生了这样的事情。"他说："二狗不争气啊！他孩子都成家了，你说他干那违法的事做啥？"我说："儿大不由娘，有些事你管不了的，长辈健康是晚辈的福，你好好养病才是。"他说："道理我知道，但我是恨铁不成钢，二狗倒腾了一辈子也没发了财，他儿子倒是考上了大学，还在太原工作，一结婚就逼着他老子给他买房，你说那钱能从天上掉下来，一个农民照现在的收入一年两三万不少了，但他儿子买房一下子就要五十万，这不是要二狗的命吗？二狗也是着急，就做了违法的事，弄得现在无法挽回。"老爷子说到激动处，捶胸顿足，声泪俱下，我忙劝老爷子说："事情已经出了，着急也没用，你就别老想着这事了。"他说："我也不想想，但就是控制不住去想。"我忽然有了主意，我说："老爷子，如果你有精神就再跟我讲一讲村里过去的事吧？我想听。"听我这样说，老爷子眼睛里就有了光彩，他说："只要你爱听，我就爱讲。"我说："我爱听得很！"侍候他的孙女在旁边也说："我爷爷就爱别人听他讲过去的事。"老爷子清清嗓子就讲开了。

　　他说："抗日战争胜利后，国民党军队窃取共产党游击队的胜利成果，进驻东岭。不仅没有惩处汉奸，还重用汉奸，村民生活一下退回到了日本人侵略时期。王家王树德由于一直跟着日本人干所以发了财，全村的土地，他一家就占到了五成，他的家产即使在乐平县也是数一数二的。王树德有钱也就罢了，最可恨的是他还欺男霸女，无恶不作。国民党来了以后，他就当了保长，村里没有土地的为了生计只能给他家扛长工打短工，你爷爷当时就是给王家扛长工的。"我说："这我听爷爷说过。"

　　他继续说："当时村里几乎一多半家庭都租用他的地，每年收租一两都不能少，不仅如此，他还有一个暗里的规定，就是村里不管哪家结婚，第一夜必须请他到家里过夜，他看不上的新娘就算了，只要他看上的就逃不出他的魔掌。那一年张怀瑞家娶媳妇，没有请人家，第二天王树德就把租给张怀瑞一家的地全部收了回去，还放出狠话说要把张怀瑞一家全饿死，张怀瑞家的儿子不服气，冲到王树德家闹事，让王树德家的家奴打了个半死，扔到了村口。张怀瑞去县里告了一年的状也没结果，还活活把他母亲饿死在了家里。后来没办法，就带着儿子、媳妇到王树德家里求情，王树德让他们三个跪了两天，还把他的媳妇糟蹋了才算了事，从那以后村里再没人敢反抗。以上这些还不算，他还有更遭人忌恨的。为了发泄他的淫欲，他还让村里所有他看上眼的小媳妇、大婆姨轮流陪他睡觉，今天想让哪个陪，他就让人用大喇叭通知说：某某某晚上到他家里说事，一去就是一个晚上，有时还有几天的，他玩够了才让回家。村里人都知道怎么回事，但都怕，都不敢反抗。"老爷子说到这儿，咬牙切齿地恨，他停了很长时间，才舒缓了心情，接着说："王大地主好色是出了名的，他家里娶了七房太太，但还不满足，见了漂亮的女人就像狼见了肉一样，村里的姑娘他看上了就逃不掉。他有个堂侄女，长得有几分姿色，他就动了歪念，派人跟他堂哥说要娶侄女做姨太太，他堂哥自然不同意，当下翻脸。王大地主不死心，变着法整治他堂哥，最后干脆让人指认他堂哥偷了人家的东西，把他堂哥判了刑，蹲了大狱。他侄女开始也不同意，但经不住他威吓，说不答应就杀了她，他侄女是知道王大地主的手段的，所以只好认了，作了他堂叔的第八房姨太太，还给他堂叔生了个儿子。你说这跟畜生有什么区别？"我看着输液瓶里的液体快完了，忙示意他不要再往下说了，他的孙女就跑出去叫护士，护士又给老爷子换上了一瓶，我说："老爷子，如果你累了，就歇会？"他说："我不累，我还没说完呢！"我就又竖起耳朵认真地听起来。

老爷子说："王大地主还有个特点就是吝啬，他家里太太孩子一大帮，还有老妈子、长工，加起来不下三十口，平时给家里人吃的主要东西就是玉米面、土豆，一年四季都是如此。给老妈子和长工吃的就更不好了，全是生了虫、发了霉的粮食，放到现在都是喂猪的东西。我家里有自己的地，不算多，但还够吃，有很多次我经过财主家门口，就看见你爷爷他们在吃饭，米粥上漂的都是米虫，让人看了就恶心，但你爷爷他们吃得还很香，我也知道不吃就得挨饿。老妈子和长工还经常遭财主打骂，你爷爷当时年纪不大，有一次给财主家担水，绊了一跤，不仅洒了水，摔坏了水桶，你爷爷还磕破了腿。就为这，财主拿着鞭子就抽，把你爷爷打得遍体鳞伤，第二天还得继续干活。王树德作的孽太多了，有个成语不是叫罄竹难书吗？他造的孽就是罄竹难书，村里的人都恨得他牙根发痒。解放后，他的末日就到了。"

九

老爷子的故事让我暂且忘却了失恋的痛苦，老爷子的话我一直在回味，在那个特殊的年代，竟然发生了那么多特殊的事情，要不是亲耳听老爷子讲，我是绝对不会相信的。

快到信用社招工考试的时间了，我就把自己关在家里复习。学习确实是一件艰苦的事，这段时间我就像是生活在了笼子里，吃、喝、学习、睡觉就没离开过这个笼子。终于熬到了考试时间，我是到市里考的试，考试很严格，考完后我的心里七上八下的，一点把握都没有。

我回了村后，听到了一个让我吃惊的消息：张老爷子昨天去世了。我的心里咯噔一下，凉意迅速传遍全身，热泪上涌，就流了出来。爷爷看见我流泪了就问："继先这是咋啦？怎么流泪了？"我伤心地说："张老爷子给我讲了很多过去的事，他是一个很慈善，很爱讲故事的老人，他突然死了，我就感觉很伤心。"爷爷说："都九十的人了，去就去了，在过去这是喜丧，是不哭的。"我说："亲人死了咋能不哭啊？"他说："生老病死是自然规律，谁不死啊？"我逗他说："如果你死了我不哭，你不怪我呀？"他说："怪啥哩？不哭就好！"我说："明天老爷子就出殡了，我过去看看。"爷爷说："过去看看就看看吧，别再哭了。"我答应着就出了门。

我一路走一路流泪，进了二狗家大门，见村里好多人在帮忙，张主任也在，我跟张主任打了个招呼就进了灵堂。老爷子已经入殓，躺在了棺材里，穿着新呢子大衣，脸上盖着红布，静静地躺着。我的眼泪又止不住地往下流，我在供桌上取了三根香，用烛台上的蜡烛点燃了，手拿香向老爷子鞠了三个躬，把香插在了香炉里，磕了头后，才退出来。

出来后正好碰着英莲嫂子，我就问："老爷子咋说不行就不行了？"嫂子说:"老爷子是突发心梗,没抢救过来。"我又问:"我二狗哥回来了没?"她说:"回来啥,他跑哪了都不知道。"我再问:"小峰两口子回来啦?"小峰是二狗的儿子,她说:"正往回赶,还在路上。"我说:"那就好!"英莲嫂子就去忙她的啦。

我在院子里待了很长时间,想帮忙又插不上手,我就又返回了家,到自己屋子写下了近日来的采访内容和心理感觉。第二天是老爷子出殡的日子,我一早起来就去了二狗家,帮忙招呼客人,无非就是倒倒水什么的,到上午十点多,赵世昌赵主席回来了,英莲嫂子和二狗家的兄弟姐妹一起把赵主席迎了进来,我赶紧也迎出屋,赵主席跟我握了手就进灵堂上香了,一群人就在灵堂外等着,赵主席上完香出来,大家把他让到了待客的东屋,坐定后,赵主席问了英莲嫂子一些关于老爷子生病以及去世前后的事,还问了二狗的事,英莲嫂子都一一做了回答。问了这些后,他就冲我问:"继先,编写村志的工作进展咋样啦?"我就将我的几次采访向他做了汇报,他听后对我的工作做了肯定,还强调说:"要将这些故事中的人的简历搞清楚,这些都是比较珍贵的历史资料,志明主任那里也整理了一些我们村的资料,你们有时间可以交流一下。"我说:"行!有时间我专门去一趟县城找找志明叔。"他说:"还要抓紧,村志编写工作不要拖得时间太久。"我说:"我一定尽快推进。"我突然想到了什么,就大胆地问:"赵主席,我们村解放后的一些事我还不清楚,本来我是打算采访张老爷子的,不想张老爷子就这么去了,你能不能给我讲一讲?"他说:"解放前后的事你爷爷最清楚,还是让他讲吧!下午等老爷子出殡后,我去看你爷爷,你爷爷身体还好吧?"我说:"很好!可精神了,那我下午就在家里等你?"他说:"行!"就站起来说:"我很久没回村了,我还想到村里随便转转看看,一会我再回来。"英莲嫂子说:"中午一定要回来吃拉面?"赵主席说:"好啊!家乡的拉面我最喜欢吃了。"说完就走了出去,大家也都站起来,要送赵主席,赵主席忙阻止说:"我只是出去走走,一会就回来了,你们这迎来送去的不嫌麻烦呀?大家都坐下,谁送我跟谁急。"赵主席都这样说了,大家又都坐了,赵主席就一个人出去了,我们大家都各忙各的事。

中午到吃饭时赵主席真的回来了,张老爷子的晚辈们都忙着上祭饭、迎祭礼,我就忙着给赵主席端饭,赵主席爱吃粗条拉面,我就特意嘱咐下拉面的下了两碗粗的就端到了赵主席的面前，赵主席很随意地拨着拉面吃，他看我没吃，就问："你不也吃吗？等啥呢？"我说："你先吃，我不忙。"他说："你看这，你就吃嘛？你这样守着我倒不自在。"我说："那行，我去另端一碗吃。"我就又去端了两碗，就坐在赵主席的旁边吃了。赵主席边吃还边有一搭没一搭地问了一些我家里的事，还问到了我交女朋友的事，我就说："以前交过一个分手了，现在还没有。"他说："你有二十六七了吧？该交女朋友了，像你这么大，我已有孩子了。"我说："不急，前几天我考了信用社，还没结果，等工作稳定了再说。"他说："工作可以慢慢来，结婚可是大事，错过了合适的年龄就不好再找了。"我说："那我抓紧点。"他说："我也给你留意着，有合适的我给你介绍。"我说："这事就不用麻烦赵主席了。"他说："我这是回了家，别老是赵主席赵主席的，叫我叔。"我不好意思地说："我叫顺了，一时还不好改口，那我就叫叔啦？叔！"他说："这就对啦！老爷子出殡后，我要回去休息一会，习惯了，中午不休息不行，三点钟我去你家。"我说："行！我一定等着。"

张老爷子的出殡仪式开始了，钉好了棺材，起棺放炮，八个年轻人就把老爷子的棺材从灵堂抬了出来，孝子们在棺材后跟着，走到大街上，抬材的把棺材放进了棺罩，就停在那儿，孝子们又开始路祭、送生，王八（就是乐手）们拿出了自己的绝活，使劲地表现，那个吹唢呐最绝，吹得一会像狂风呼啸，一会又像雷鸣闪电，一会像万马齐喑，一会又像千军万马，惹得看热闹的村民齐声叫好。还有专业哭灵的，这可是一个新兴职业，只见他边唱边哭，词可是现编的，哭也是真哭，声泪俱下，感动得在场的所有人都流了泪，这营生可不是一般人能做的，不仅要求有现场编词的能耐，还得是一个好演员，所以在我们村就只一个，这就成了村里的一宝，每逢谁家办丧事，他是必到，哭灵的工资按场次计算，哭得好了，主人还要打赏，所以哭灵人收入颇丰，令村民羡慕不已。

一切程序举行完后，放炮仗的在最前面放炮，王八们跟着炮走，亲朋好友举着花圈，孝子们挂着孝棒紧跟其后，抬棺人用抬棍抬着棺材走在最后，一路队伍浩浩荡荡就出发了。直到走出村口，才停止了放炮，然后抬棺的加快脚步噌噌地向前蹿，孝子们就被甩在了后面，到了坟场，土工（负责打墓的）将棺材送入墓道，然后封口填埋，一个人就这样结束了他在这个世界上的一切程序，盖棺定论。

在送葬的队伍里，我是举花圈的，我也一路把张老爷子送到了墓地，送进了他永远安息的地方。

十

从墓地返回家已是下午两点了，我就在家里一边继续整理我的采访记录，一边等世昌叔的到来。还差十分钟到三点的时候，世昌叔进了我家的院子，手里还提着水果，我急忙迎出去，并喊父母亲出来，我回来时已将世昌叔要来的消息告诉了爷爷和父母亲，所以他们也都等着。父母和我把世昌叔直接领进了我爷爷的屋里，爷爷听见有人来了，就知道是世昌叔，他也站起身迎到了门口。世昌叔看见爷爷就说："叔啊！我们可是好久不见了。"爷爷说："不是啥！你是县里的大官，工作忙，再说我又不是常年在村里住。"世昌叔说："看起来你老身体很好啊？"爷爷说："好！咋能不好啊！现在不比以前了，吃得好，穿得好，身体能不好吗？可就是什么也不能做了！"世昌叔说："你都八十的人了，还要做什么？让晚辈做就得了，你就享你的清福就行了。"爷爷说："我也就享了，现在我是什么也不管，只管吃好，睡好。"世昌叔说："这就对啦！"世昌叔和我爷爷聊着，我不好插话，母亲给世昌叔倒了茶水过来，父亲递上了纸烟，世昌叔一看说："哟！还是红塔山啊！不过我想吸一吸我叔的旱烟袋？"爷爷忙把他的烟袋递给了世昌叔，世昌叔熟练地装上烟丝点燃了，就吧嗒吧嗒地吃开了。爷爷说："你都当大官了，还好这一手？"世昌叔说："纸烟抽着没劲，还是这过瘾。"接下来他们谈了很多，我由于惦记着自己的事，所以他们的谈话一句也没听进去。他们谈了很长时间，看着就要五点了，我就对爷爷说："爷爷，世昌叔还要回县城。"爷爷说："我很久没见你世昌叔了，说开就收不住，世昌啊！我们有的是机会聊，你去忙你的吧。"世昌叔对爷爷说："继先这段时间在为编写村志的事忙，他想了解一些村里解放前后的事，有时间你给他讲讲吧？"爷爷说："好啊！待会我就给他讲。"世昌叔站起身说："那我先走了，以后回来我再来看你？"爷爷说："你路上慢点，我腿疼就不送了。"

世昌叔出了屋，我和父母送到了大门口，世昌叔对我说："别送了，快回去采访你爷爷吧！"我说："不忙！"他又对我父母说："继先爱学习，又上进，比我们都强。"我父亲忙说："比我肯定强，比你就差远了，还得靠你指点。"世昌叔说："不能这么说，青出于蓝胜于蓝，继先一定有前途。我走了，你们都回去吧，我得空再来看老叔。"说完大步地走了。

我返回爷爷屋里，爷爷说："继先啊！解放前后的事你要不要听？"我说："要啊！那你你给我讲讲吧？"爷爷低着头，陷入了沉思，我知道他在追忆那段也许是不堪回首的岁月。他缓缓抬起头，眼里闪着光，慢慢地说："抗日战争胜利后，东岭村人仍然遭受着地主阶级的严酷剥削，特别是王大地主借着国民党的势力在村里无恶不作，那个时候我就在王家扛长工，他对待我们这些下人还不如他家里的畜牲，想骂就骂，想打就打，一年三百六十五天一天都不让闲着，下人如果病了不能干活，这一天就不让吃饭。每天我们上地回来，还要去砍柴，晚上还得摸黑担水，从分岭河担水到举人宅，一般的人都受不了，有一个五十多岁的长工就是因为担水滚到山下摔死的。他还欺男霸女，村民们势单力薄，都不敢反抗，但心里能不恨吗？王大地主鬼得很，在国民党向台湾撤退时，就将几个子女全送到了台湾。终于在那年冬天，有一天，张老爷子他大哥即张振邦带着一个排的部队向村里进发，他们是来解放东岭村。王大地主预先得到了消息，派人到县里搬救兵，但当时县里已经被解放军包围，已是自顾不暇了。为了保住自家的生命和财产，王大地主就胁迫他的长工和佃户进行反抗，当时我也在，他给我们都发了枪，守在了村口石马寺的两边，王大地主就在石马寺的石窟里坐镇指挥。其实我们都恨透了狗地主。张振邦的部队一到村口就有村民就偷偷地向王大地主开了黑枪，打中了王大地主的一条腿。王大地主一受伤，所有的村民就缴枪投降了，所以解放东岭无一伤亡。至于王大地主，因为罪大恶极，被解放军正法了。"

"解放后，我就和你奶奶结了婚。过了几年舒心日子，那个时候人们对生活要求不高，吃得饱穿得暖就很幸福了。不过咋说呢，后来经过了好多事情，生活总之是越来越好了。特别是改革开放后，村里实行了联产承包责任制，粮食产量也一年高过一年，各种新的生产设备的运用好得没法说，现在农民一年上地的时间两三个月就足够了，除了种地还能在农闲时出去打工，光景是越过越舒服了。"爷爷越说越兴奋，情不自禁地手舞足蹈起来。我说："爷爷，你还不知道，西岭下面发现了煤，不久后我们村会更加富裕的。"爷爷说："是吗？那我得好好活着，我一定活到那一天！"

十一

秋收开始了，农民们都忙着收获。我也没闲着，每天帮家里收割玉米。地里的玉米收割了一半的时候，天气突然大变，先是冷风呼呼地吹，接着是狂风卷着沙石到处肆虐，像是电影里妖怪即将出现时的场景，令人感到狰狞可怖。在这样的大风下，人是站不稳的，眼睛更不敢睁，沙石打在脸上，像针扎一样生疼，即便这样，秋收还得继续，农民们依旧抢收着一年的收获。

谁知风刮了几天后，天上又下起了雨。太行山一向缺水，人们成天盼雨，不过这秋收时节可不需要雨水，这好像是不祥之兆啊！果然，雨下没多久竟变成了雪粒，打得人睁不开眼睛，可就这样也并没有吓退人们对于收获的欲望，地里到处还能看到他们蚂蚁一样的身影，只有农民才会知道，这点苦对于他们是微不足道的，他们是在享受劳动和收获带来的乐趣。

每家的院子里都堆满了黄澄澄的玉米，人们终于可以躲到家里，享受家的温暖了。赵秀武被判极刑的消息迅速在村里传开，人们不禁对这个优秀的年轻人叹息不已，特别对于那些独守空房的妇女来说，感到的是更大的来自社会的压力。那些在外打工的丈夫们感到的是危机四伏，他们不得不为来年打工做着新的打算。留守妇女问题成了一段时间以来村里茶余饭后必谈的话题。张家失去了媳妇，王家失去了女儿，孩子失去了母亲，秀武被判死刑，张王两家都在悲痛中。特别是王家，在承受失去女儿的痛苦时，还得承受来自社会的嘲讽与讥笑，农村人倍加珍惜的家道名声受到了严峻的考验，女儿的失德让他们在别人面前抬不起头来，他们只好待在家里，将痛苦与羞怯埋在心底。

年关将至，信用社招工考试有了结果，我以3分之差失之交臂，没能进入省联社设定的面试圈。那几天，懊丧的情绪紧跟我左右，甩都甩不掉。我给刘琴写了几封信，但都石沉大海，没有回音。为了尽快从这种失落的情绪中走出来，我央求父母买了电脑，开始在网络中寻求刺激。我注册了QQ号，第一次网上聊天就让我体验到了网络的魅力，那种远在天边却让人感到近在咫尺的奇幻令我乐在其中，乐不思蜀。在QQ聊天中我很快交到了网友，她在与乐平相邻的县城工作和生活，由于我们曾经在一个城市上大学，而且专业也相仿，有相当多的共同话题，所以一聊成瘾。聊到后来，我们已不能满足于语言交流，我们就开始了视频聊天。她清秀的外表、温柔的声音、如珠的妙语一度让我魂不守舍，我感觉自己像是进到了红楼梦中贾宝玉曾经进入过的太虚幻境，一切都是那样美好，一切都是那样令人激动。

母亲看到我醉生梦死的生活就提醒我："村志还没完成呢？"我就蓦地惊醒，在春暖花开的一个早上，我终于走出卧房，再次走进了大千世界。

此时的我，人在山中，满脑子还都是QQ，看什么也像是在网络上。西岭和东岭就像是两个坐在电脑前聊天的网友，互相倾诉着自己的心声，分岭河就是连在他们中间的网线。这么长时间没出门，竟然不知道自己该去哪里了。

我习惯性地向村委会的方向走。路过活动广场时，我又碰见了电管站的二小，他远远地就向我打招呼说："好长时间没见你，你去哪啦？"我说："我就在家里呀！"他说："你是住绣楼的大家闺秀，在家里绣花哩？"我说："我上网呢！"他说："噢！家里买电脑了，怨不得。我也上网，给我你的QQ号，我们交流交流？"我说："好啊！"就把自己的QQ号告了他。

一扭头，高高的举人宅映入了我的眼帘。举人宅是我们村除了石马寺以外最古老的建筑，至少有上百年的历史了，那高大的门楼和挑檐向人们展示着它的主人曾经的辉煌。我想：这里会不会有更多的故事？这一念头一闪而过。我沿着路又往前走，不知不觉就到了村委会门口。

王书记正看一份文件，他抬头见是我，就说："怎么好久不见你？"我说："我在家复习哩。"他问："不是没考上信用社吗？复习啥哩？"我说："没考上，明年还考。"他又问："你的村志采访咋样了？三宝那儿可是差不多了，他搜集到很多实物哩！"我说："我这儿也差不多了，刚才忽然想到举人宅的事还没采呢？你能给我说说吗？"他说："你倒会捡现成，举人宅以前出过举人住过举人村里人都知道，八十年代的时候发生过一件大事，你知不知道？"我说："我也只听说有那么回事，具体的细节我不太清楚，你就给我讲讲嘛！"

王书记想了想说："我们就先从这件事的由头说起吧！举人宅是王家祖上的住宅，据说清朝时出过两个举人，这两个举人后来都当了大官，有了钱就修了举人宅，一直传了下来。清朝倒下后，阎锡山的国民革命军就到了村里，革命军来之前，因为举人是清朝的举人，宅主感到惶惶不可终日，怕被"革命"。就将元宝银洋装在了瓮罐里，埋了在举人宅的院子下。这件事做得非常隐秘，即使是主人家也没几个清楚。革命军一来，举人宅的主人就跑了，而且一去不返，后来传说死在了逃亡的路上。他一死这些钱就查无所踪。举人宅那么大，要找到这些钱就像是大海里捞针。王家的后代一直在找，但多少年过去了，还是没找到。解放后举人宅就分给村里人住了，这件事也就石沉大海。八十年代时，在举人宅居住的一户姓李的，算起来应该是你的堂叔，他叫了几个村里的人在院子里打窖，窖打得很深，谁知一个姓赵的一下子就刨在了一块石板上。一群人把那块石板移开，装满银元宝和银元的大罐在尘封了近七十年后就这样出土了。当时在场的所有人被眼前的景况惊呆了，一个个都不知所措，但这种情况没有持续多长时间，一个姓赵的村民大胆地伸出手在罐子里面拿了一块银元宝，并迅速地装进了自己的口袋里。第一个人拿了元宝后，人心中那种贪婪的欲望就被激发了，结果是所有的人都争着去拿，逐渐演变成了抢，再后大打出手，手中的镢头和铁锹就是武器，人们不分敌我互相打，打得头破血流，当场死了一人。你堂叔清醒过来，一看惹了命案，就出逃了。这件案子轰动一时，他出逃后一星期就被捉拿归案，他最后付出的同样是生命的代价。一场惊心动魄的血案造成了好几个家庭的悲剧，即使现在说到这个案子，我也感到心惊肉跳的。"

听着这样的往事，我被震惊了，呆呆地不知说什么好。

书记看看我，接着说："这个事情远没有完。村里开始流传藏宝的地方不止一处的传言，很多人都打起了主意。张栓柱在外边搞回来了一个"探宝器"，说是只要拿着它经过藏着宝贝的地方，就会发出叫声。可张栓柱不住举人宅呀，举人宅里当时住了七家人呢，张栓柱就把这七个当家人都叫到了一起开了一个会，商量探宝取宝的事，大家形成一个协议：只要找到宝贝，不管多少，也不管在哪一家找到的，八家平分。

探宝行动秘密开始了。八个人由张栓柱领头，拿着探宝器在这七家一家一家地走。在探到第三家的大门口时，探宝器突然发出了令人激动的声音，大家都兴奋异常，决定暂停。大白天的，免得让村里人察觉。

这是一个伸手不见五指的夜晚。在约定的时间，各家都带了铁镐、铁锹等工具，还都带上了手电筒，聚在了探出宝贝的地方，大家充满了期待地开始向下挖，挖了快一米多深后，露出了一块长长的石板，大家都激动起来。他们用绳拴住了石板，一起用力拉了上来，下面就现出了一个大瓮，大瓮用纸封着口，上面还写着数字，可能就是瓮里装着银元的数量，张栓柱一马当先，跳下坑就去拆瓮口的封纸，封纸一破，一股白色的气体直冲而出，张栓柱猝不及防一下子就被熏倒了，站在坑边上的四个人闻到了一阵臭臭的气味后，也向后坐在了坑边上，后面站着的三个人一看不对，赶紧向后躲，这三个人拿着手电筒，远远地观察了很长时间，坐在坑边的四个人叫他们，他们才又到了坑边，坑边的李志清说，真他妈怪，一股子臭气竟有这么厉害，把人熏得腿都软了。大家往坑里看，张栓柱仍然昏迷着，不知是死是活。几个人都害了怕，面面相觑。李志清胆子大，跳进坑里摸了摸张栓柱的鼻息，对上面的人说，没事，活着呢！李志清抱着张栓柱往上送，上面的人伸手拉，把张栓柱拉上来，然后抬到了院子里，让他平躺。赵臭毛回自家倒了水，给张栓柱灌了，张栓柱才悠悠地醒了过来。他睁开眼看看围着他的人说，我这是怎么了？大家都问：你没事吧？张栓柱说，像是睡了一觉，全身无力。众人松了一口气，又一拥去看宝贝。

大瓮缓缓地被抬到了地面上。大瓮放稳后，大家就用手电筒往瓮里照，白花花亮晶晶的银元呈现在众人的面前。先李志清发言了，他说，宝贝先放这里，大家再一齐动手把坑填好，以免天明后让人起疑。填好后，我们再分，谁的也少不了。大家都同意，于是就七手八脚把坑填好，上面的砖也按照原样砌了，开始分宝贝，先是每个人一百块一百块地拿，拿到最后剩多少再细分。大家就开始排着队拿，拿了三轮，最后一点还剩 410 块，八个人一平均，每人 50 块，还多出十块，李志清就说，这十块给人家栓柱，没有他我们一个都不会有。拿了那么多，各人也就不差那十块了，所以都同意，这样宝贝就分完了，各自拿着宝贝回家。天已经大亮了，李志清背着个布袋，布袋里装着分得的银元，出了赵臭毛家门刚转过弯就碰到了早起的张主任，张主任问，志清，一大早你这是背啥呢？李志清一时口笨，不知道怎么回答，他哼哼了半天才说，我去地里摘豆角呢。张主任也没再搭理他就走开了，李志清倒出了一身的汗。他嘀咕说，这可真是做贼心虚啊！

这次挖宝行动非常保密，所以村里其他人都不知道。但两个月后，张栓柱却神秘地死了，李志清听说后就去看，张栓柱的死相很不好看，满脸发青，李志清心里就开始打鼓：不会是毒气熏着的原因吧？他摸摸自己的脸，活动活动四肢，想：我怎么没事？李志清匆匆离开了栓柱家，又去了参与挖宝的几个人家，都好好的，李志清就放心了。不想一年后，李志清和其他当时站在坑边上被熏倒的三个人先后发病，陆续都死了，每个人都是从发病到死亡不到五天。村里的人不知道曾经发生过的事，只是对这四个人的死亡感到不可思议，因为他们都是举人宅里的住户，村里就传言说：这是举人宅闹鬼，鬼把这些人的魂叫去了。赵怀礼和其他两个参加挖宝却活着的人就坐不住了，他们凑在一起研究这是怎么回事。赵怀礼说，栓柱一年前死了，志清他们四个又一起死了，这一定跟挖宝的事有关，当时他们在前面，我们在后面，他们一定是中毒死的。那两个人害怕地问，我们是不是也中毒了，我们是不是也会死？赵怀礼说，当时我们没闻到气味，应该没中毒，要是中毒了，我们现在也死了。三个人就再不敢提挖宝的事了。

书记沉默了很长时间后又继续说："九十年代中期，省里确定举人宅为省级文物保护单位，为了加强对文物的保护，住在举人宅里的人家都按照要求逐步搬了出来，现在举人宅里已经无人居住，每年省里还拨专款对举人宅进行维修。去石马寺旅游的人一般也会到举人宅看一看，这两个景点已经成为我们东岭村的标志。虽然现在旅游的人还不多，但我相信来东岭旅游的人会慢慢多起来。"

当天晚上，我加班将我所采访的一切进行了全面的整理，一篇关于东岭村的过去、现在和将来的文章逐渐呈现在了我的面前，我激动得一夜无眠。第二天我就将我整理的采访笔录交到了王书记的手上。

清明时节雨纷纷，清明节是中华民族回乡祭祖的传统节日，在清明节前，王大地主在美国的后代通过住在东岭的亲属向村委会表达了希望回乡祭祖的愿望，王书记立即组织召开了支部会对此事进行专门商量，大多数人同意王家后代回乡祭祖的请求。最后王书记发了言，他说："王大地主本人坏，但是王家的列祖列宗对我们东岭村还是有贡献的，况且，他的后人一直给我们东岭捐款修路建学校安路灯，做了很多善事。如今他们愿意回乡祭祖，我认为我们也要敞开胸怀，以海纳百川的包容精神，欢迎各方来客，只有这样我们东岭才有更好的发展。"王书记的话立刻赢得了热烈的掌声。

清明节前一天，王家后人一行六人经过长途跋涉终于回到了家乡。清明节当天，他们先到王家祠堂举行了祭祖活动，然后举行了座谈。归客充分表达了他们对家乡的思念，并且表示愿意捐资在东岭修一座养老院，让村里的孤寡老人老有所养。代表的发言非常诚恳，感人至深，引发了村民们一致赞叹。

当晚，王家后人举行了盛大的谢乡宴。所有的东岭村人都参加了，高瓦数的灯光照亮了石马寺前的广场，餐桌交错摆列，大家举杯祝酒，互诉衷肠，气氛空前融洽。谢乡宴一直持续到晚上十二点才结束，这也是我记事以来东岭村第一次如此盛大的酒宴。

清明节一过，村民们就开始翻地，准备新的一年的播种，我所播撒的爱情的种子却在此时发了芽。在长时间的网络聊天后，我和白雪终于在现实生活中见了面，这次见面是她主动要求的。是日，我早早起床，刻意洗漱打扮一番，提前一小时到村口恭候她到来。当白雪像一只蝴蝶下了公交车飞到我的面前时，爱情也像江水一样汹涌澎湃滚滚而至。天哪！这就是传说中的"爱情"吧！我不顾一切地冲上前紧紧地抱住了她，她也回应我以有力的拥抱，那种感觉令我终生难忘。

我们的爱情最终花开蒂落。我的父母自然非常高兴，匆匆忙忙无怨无悔地为我的婚事张罗了好久，然而，在结婚的前夜我失眠了。我想到了刘琴，经过了真正的爱情后，我才明白，我与刘琴之间并没有男女爱慕。那算什么呢？我想了半天也没有明白。

世昌叔参加了我的婚礼，还带来了我期盼已久的最有意义的礼物——他把已经编辑成卷的村志用红布包着亲手送到了我的手上，那种欢喜是无法用语言去表达的。

按照我们当地的习俗，结婚三天内，新郎新娘是不能出门的，我和白雪就待在家里充分享受小家庭的甜蜜。就在第三天的下午，二狗突然来到了我家，他的到来倒把我吓了一跳，我问："你怎么回来了？"问过后就觉得有点失言，我赶紧改口问："你什么时候回来的？"他说："我回来两天了。"我问："你那事咋办哩？"他说："我去过派出所，把人家的钱还了，还接受了罚款，所长说，如果没人再告，就算是过去了，叫我回家等消息。你结婚那天我正好去了派出所，所以今天过来看看。"我松了口气说："没事就好！"然后他就给我讲了他这段时间在外逃亡的经历，他说："那种背井离乡担惊受怕的日子我这辈子是不想过了，所以我就回来了。"我说："我为你回来而感到高兴，做错事就要勇敢地去承担，况且有些责任是逃避不了的。"我们坐在一起聊了很长时间，临走时他说："我儿子在太原买了房，而且有了孩子，我要跟你嫂子去太原帮他们照看孩子。"我说："这是好事啊！你就去太原享福吧！"他说："享什么福呀？去了那里，人生地不熟的，只会受罪，不过为了孩子也认了。"

王书记张罗村里开矿的事有了眉目，乡信用社在对该项目评估后，决定给村里贷款资助，而且第一期的贷款金额达到了 50 万元，有钱好办事，很快村里就购买了煤矿所用的机械，煤矿开挖就正式上马了。

煤矿的开挖打破了村里的宁静，在开始的时候，村里的男女老幼都会聚到西岭现场观看煤矿开挖实况，尽管随着时间的推移，到现场观看的人越来越少了，但很多人还是时不时会站在自家院子里向西岭张望，希望了解煤矿掘进的进度。煤矿，牵动着村里每个人的心。

见煤的第一天，消息通过村委会的大喇叭在同一时刻传到了东岭村每一个人的耳朵里，大家群情振奋，一下子全拥到了西岭煤矿井口，当黑得发亮的煤从井口被提到地面时，惊天动地的鞭炮声和人们的欢呼声响彻了东西岭。

十二

煤矿很快投产，作为村集体的煤矿，由村委会组织向村里招录了一大批管理人员，并组织去外地进行了培训，村里的很多中青年都被招录到了煤矿。在招录前王书记曾劝我参加考试，在他看来村里的煤矿一定会红火起来，并成为村里人就业的第一选择。但我没有听他的劝，我仍坚持自己的信念，那就是一定要考取信用社。

好景不长，由于煤炭行情不好，村煤矿的经营管理者又缺乏经验，煤矿在投产之初即面临亏损，村里账上的钱只出不入，很快告罄，煤矿员工工资一拖再拖，王书记如热锅上的蚂蚁无计可施。更糟糕的是，贷款利息越积越多，信用社信贷员天天催着村里结利息。一开始信贷员来村里，王书记都会热情接待，但来得多了，王书记就有点烦，这天王书记正坐在村委办公室发愁，刘信贷员又找上了门，王书记就气不打一处来，没等刘信贷员开口，王书记就说："你们这不是催贷，这是在催命呀！"刘信贷员自从贷款认识王书记以来，还是第一次见王书记动这么大的气，他忙解释说："催收贷款是我的责任，再说欠债还钱是理所应当，你们村欠了信用社的钱，我们还不能要了吗？"王书记也自觉失礼，忙赔不是说："对不住了！这段时间我心烦，账上的钱花完了，工人的工资还欠着，煤矿经营一直不见起色，巧妇难为无米之炊，没钱你要我拿什么结息还贷款，我们东岭村以前从没欠过任何人任何单位的钱，但这一次确实是还不起了，村里也没什么值钱的东西，贷款也全投资到了矿里面了，要不你们信用社把煤矿收回去吧？"刘信贷员脑袋一转说："王书记，你也别说那丧气的话。我们信用社给村里贷款就是想扶持村里富起来，但现在的局面确实不好收拾。我回去向社领导汇报请示一下，看怎么解决现在的难题。"刘信贷员走了，王书记仍是头顶着愁帽，抓耳挠腮的不知如何是好。

王书记心情不好，回到家里就想发脾气，谁知进屋一看，屋里床沿上坐着一个陌生人，正优雅地抽烟。见书记进来，这个人就站起来冲着书记微笑点头。王书记心里纳闷：这是谁呀？那个人先就说了："我叫钱贵，以前我开过煤矿，这几年搞煤炭经销，听说你们村的矿经营不太好，所以我就过来看看，我有个想法，你不如把煤矿承包给我，我一年给你们村十万块钱的承包费，总比你们自己干赔钱好，你考虑考虑？"王书记想：唉！肚子饿了，还真有给塞馒头的，这不，想钱就来钱了。他又想：他要租煤矿就一定有把握挣到钱，我可不能白让他捡便宜，租金上我得靠一靠。他就对那人说："叫钱贵呀？名字挺好，不过我们的煤矿并不是你说的不挣钱，挣得不多是真的，你要承包的话，这一年十万怕是少了点。"钱贵说："我是了解了你们的情况才来的，我也是在赌啊，一年十万我是出到头了，你们考虑吧。"王书记说："这件事我个人做不了主，还得村委会通过，两天后我们再联系，我给你准信。"钱贵笑了笑，告辞出了大门。

突然送上门的好事把王书记心中的不快扫得干干净净。吃过午饭，他先打话通知了村委会的所有成员，我也在参加之列。村委会里，先到的人都聚在一起猜测着这次会议的内容。然而谁都不得要领。正议论纷纷，王书记就进了办公室。他站在门口看了看办公室里的人，确认都到齐后，就走过去直接坐在了自己的办公椅上。原先还大声喧闹的人群一下子就静了下来，大家都把目光投向了书记，等待着书记揭开今天会议的秘密。

王书记清了清嗓子说："今天叫大家来是商量一件大事。自从村里办矿以来，一直亏损，能熬到今天已经很不容易了。现在信用社账户上就剩几十块钱，工人们的工资还没有着落，虽然说有一些存煤，但卖出去也是赔钱。我考虑不如把煤矿承包出去，我们只收承包费，总比一直赔钱强。"张主任接过话茬说："现在煤炭行情这么差，就是想承包出去，去哪儿找承包的人？"张主任一发言，其他人就开始吵吵了，嘀嘀咕咕说个不停，王书记干咳了几声，把人们的注意力又吸引了过来，王书记胸有成竹地说："承包的人已经有了，只要大家都同意向外承包，需要讨论的就是承包费多少的问题了。"张书记刚点着了烟，正要吸第二口，听王书记说有人要承包，夹着烟的手就停住了。他疑惑地看着王书记说："真有人要承包？"王书记笑笑说："我会哄大家吗？"张主任说："真有这样的人啊？"王书记说："他还答应一年给我们十万元的承包费。"张主任说："十万元！这人不会是钱多得没地放了吧？"王书记说："就是十万元。我还想让他再加点，不过人家一分都不加，所以我召集大家商量商量，看看大家的意见，如果大家同意，我们就给人家签合同。"王书记这一通话一下子在人群里炸开了锅，大家都吧嗒着舌头，惊讶于承包人的大手笔。大家纷纷议论："这是个啥人呀？不会是骗子吧？"赵会计说："骗子能赔钱给我们？"一个人就说："对呀！人家是给我们钱，又不是向我们要钱。"王书记看着这纷乱的场面，提高了嗓门说："大家有没有意见？有意见就快提。"人群一下子就又安静了。大家互相看看，心里都在想：这样好的条件谁又能有意见？王书记看没有做声，就点着张主任的名说："德顺，你先说说你的意见吧？"张主任就笑一下说："这样好的条件大家都巴不得快承包出去呢！会有什么意见？"王书记就又点我的名："继先，你也说说吧！"我没想到书记会点到我，所以我愣了一下，不好意思地说："这里哪有我说话的份，大家只要同意我能有什么意见。"王书记就又问："还有谁要说？"大家你看看我，我看看你，都不做声。王书记就说："不说就是没意见啦？那我们明天就联系人家签合同，不过我要先给大家说好啦，收的承包费要先还信用社的贷款，我们村是信用村，不能不讲信用，等把贷款还完了，才是村里的。"张主任说："那是当然，借债还钱，天经地义嘛！"其他的人也就附和说对，向外承包煤矿的事就这样定了下来。

王书记是个急性子，说干就干，第二天他就给钱贵打了电话，向他说明了村委会的决定，钱贵当然也高兴，下午就从县城来到了东岭村，就在村委会办公室，承包合同正式签订了。合同一签三年，承包费一年一付，三年以后根据情况再续签。在签合同前，王书记还提了一个额外的条件，也算是请求，就是要钱贵在煤矿用人方面给村里人一定的照顾。钱贵满口答应说："矿我搬不走，还在村上，强龙不压地头蛇，以后我还要村里人帮衬着才能赚钱，所以我现在就表个态，目前在矿上上班的村里人我一个也不裁，但要根据我的需要进行岗位调配，这个总可以吧？"王书记听了更加高兴，说："我也表个态，以后如果有村民给你添乱，我第一个教育他。"钱贵满意地点着头说："今天我出钱请村里领导吃饭，希望大家都能赏光。"王书记看了看在场的村委会成员说："既然钱老板有此盛情，那么今天在场的所有人都要去捧场，一个也不能少。"王书记满脸洋溢着幸福与成就感，就像盛开着的鲜花一样怒放。

十三

王书记拿所收的承包款先支付了矿工的工资，剩下的全归还了信用社贷款。煤矿在钱贵的经营下慢慢有了起色。王书记看在眼里，不得不佩服人家的能耐。半年后，煤炭价格一扬一扬地往上走，煤矿的效益也一天比一天更好，村里在矿上打工的人工资也水涨船高，成了村里先富起来的一批人。

我就在这个时候第二次参加了省联社组织的招聘考试，并以优异的成绩被录取。在这一年的国庆节后，我正式到乡信用社报到上班，实现了我事业道路上的一次跨越。

随着煤炭行业的逐步向好，小煤窑泛滥起来，导致每年因此死亡的人数也在逐年增加，由于死亡赔偿金很低，所以死了人就赔钱了事，县里多次开展了小煤窑整治行动，但却屡禁不止。各大煤矿重大伤亡事故也屡见报端，在经济快速发展的同时却使生产出来的煤炭带上了重重的血腥味。

为扼制煤炭生产安全事故频发的现状，省里提高了煤矿事故死亡赔偿标准，规定死一个人赔款必须达到80万以上，而且在赔付个人后，还要接受政府管理部门的处罚。这一规定有力地打击了小煤窑业主，同时也增强了各大煤矿的安全意识，煤炭生产百万吨死亡率直线下降。

十四

煤炭开采破坏了地下水，使得分岭河河水越来越少，一度面临断流。东岭村人自古以来吃的就是分岭河的水，河水一枯竭，整个东岭村即面临断水的困境。这几年村里通过向外承包煤矿有了钱，俗话说大河有水小河流，村民也普遍有了钱。村里每年免费给每户分发冬天取暖所需的煤炭，还向村里六十岁以上的村民发放养老金，一切似乎都变得好起来。钱包鼓了，村民却觉得生活质量下降了。村民最不能接受的就是没水吃，村里只得用拉水车到别处拉水，一开始是将水免费分到各家，但这费用不是个小数目。时间久了，费用村里就负担不起了，所以就由送变成卖。东岭村村民就对村委会的工作有了意见，大家都在言传，说村干部只顾捞钱，不顾东岭村的长远利益，不顾乡亲们的死活。大家如此说的依据是：信用社内部人员传出的消息，王书记和张主任的个人存款竟然达到了上百万，这在村民的想象中，就是天文数字。

此时我已经入职信用社，东岭村村民的存款情况我是知道的，王书记和张主任存款哪有那么多，都不过三四十万而已，但以讹传讹，村民已经怒火中烧，他们结伴去乡里县里上访，王书记因此被免了职。今年年初，村民之间又撺掇着要重选村主任。人人想着主任是个肥缺，几个有点资历和能耐的就争着要当主任。为了获得选票，有的就给家家户户送米送面送油，而且你送一件我就送两件，有的干脆就送现金，拿红包包了，直接送到家里，千嘱咐万叮咛要投自己的票。村民们是今天收了白面，明天又收大米，后天再收食用油，再后天就收到了红包，俗话说"吃人家的嘴短，拿人家的手软"，在这些人的强烈攻势下，村民们拿着选票不知该投谁的好，投这个得罪了那个，很多人到开始投票了也没拿定主意。投票时村民都像做贼似的，生怕别人知道投了谁的票，很多人就干脆不投，省得得罪人。第一轮投票下来，落选的人就不干了，张三指责李四贿选，李四又指责王五作弊，互不相让，互揭老底，吵成一锅粥，成了县里有名的贿选丑闻。事件过后，县纪检委针对这次事件揭示出来的贿选问题进行了全面的调查，最后，五个候选人均受到了处理。最终在乡领导的提名和组织选举下，才产生了新一届的村委会班子。我本家的一个叔叔意外地当选了主任，并兼职村支部书记。

我的这个叔叔叫李建国，他一当选，就遇到了煤矿整合的问题。这个时候一个南方姓陈的老板找到李建国，跟他商谈露天开采的事情。陈老板说他愿意出巨资将西岭全部买下来，然后进行露天开采。陈老板的出资额度打动了李主任，因为整合煤矿需要走正规的竞标流程，主任建议陈老板公平竞争。不知道陈老板动用了什么关系，在竞标那天，除陈老板举牌竞标外，竟然没有第二家举牌。村里原打算卖四千万的煤矿，却以底价三千万成交，李主任也无可奈何。

在竞标前，不戒和尚找到了李主任声情并茂地说明煤矿开采对东岭村环境带来的严重破坏，说到激动处，不戒和尚痛心疾首，他说："再这样下去，东岭村将不复存在！"李主任不置可否，说："有了钱才好做事，什么困难都可以克服。"不戒和尚无奈地走了，走得那么沉重，在他的心里，一个美丽的东岭村即将消失。

事实证明露天开采对环境的破坏确实是巨大的，没一年时间，西岭就被挖去了一半，原本高大挺拔郁郁葱葱的西岭，在东岭的映衬下变成了一个秃头秃顶的小矮人。分岭河彻底断流，村民吃水完全依赖买水。东岭村整天笼罩在漫天煤尘中，村民们甚至不敢出门。村民失去了土地后，都出去打工了，好多村民还用村里卖西岭分得的钱在乡里或县城里买了房子，全家搬离了东岭。我对东岭的变化非常痛心，也在乡里买了家，除回去看父母外，很少回东岭了。

赵世昌退休后回村里居住，对村里发生的变化他很是惋惜，他仍坚持每天早起的习惯，早起后第一件事就是站在自家院子里，远眺西岭。如今的西岭已今非昔比，该是万物生长的季节，但西岭像披上了黑纱，没有一丝绿色。机器轰鸣中，黑色的尘土到处飞扬，遮天蔽日，甚至让人看不清她真实的面目。赵世昌眼里看着面前的西岭，心里却想着过去的西岭。从打小起，每天早晨西岭都逃不过赵世昌的眼睛，春天万木吐绿，西岭是青翠的绿色，夏天百花争艳，西岭是斑斓的五彩色，秋天遍山熟透，西岭是喜人的红黄色，冬天大雪覆盖，西岭是纯洁的白色。西岭曾经是那么美好，家乡曾经是他最向往的地方，如今利益的驱使，西岭一年四季都变成了黑色，黑得怕人，黑得令人叹息。

乡亲们有钱了，但过得并不如意。西岭变成人间地狱后，东岭很多村民像躲瘟疫一样离开了家乡，离开了世世代代赖以生存繁衍生息的地方，东岭村的常住人口迅速减少，东岭村就像一个行将就木的老人，走到了生命的尽头。

不戒和尚为没能保住西岭而惆怅不已，他站在石马寺的最高处，望着一边是生生不息的东岭，一边是人间地狱的西岭，两行热泪滚落而下。

赵世昌回村后成了不戒和尚的座上宾。他们经常在一起探讨人生，探讨佛理，探讨东岭和石马寺的未来，他们虽一个从政，一个礼佛，对待祖先留下的这片家园，基本立场是一致的。

三年过去了，西岭眼看挖完。陈老板贪婪的目光又瞄上了东岭，勘探表明：东岭与西岭一样蕴藏着丰富的煤炭资源。陈老板计划将东岭再一次变成他的摇钱树，他给出了更加诱人的条件，让所有村民心里像猫抓一样痒痒。陈老板为东岭村描绘了一幅更加美好的未来，他说，他不仅要补偿村民所有的土地、房产损失，还要为村民在另一个地方建一个配套设施齐全的新村，东岭村将作为全县第一个真正的新农村而载入史册。他的话说得兴致盎然激情满怀，在他的心里，东岭村人是没有勇气拒绝这样优厚的条件的。然而，赵世昌作为村委会特邀代表站在了陈老板的面前。他苦笑道："东岭是我们的家园，这里有我们祖先的辛劳和汗水，他们的灵魂在看着我们，我们不能再做对不起祖先的事。如果可以重来，我相信我们东岭村人决不允许把东岭变成地狱，因为这是祖先留给我们的财富，我们要把它原封不动地留给我们的后人。在我小的时候，最爱看的就是西岭的落日，你们谁能让我再看一看西岭落日，我可以把我毕生的积蓄全部给他。"他的声音掷地有声，在东岭的每一寸土地回响。

爱我的人和我爱的人

引子

人的一生，谁能做到问心无愧地生活？在爱情、友情、亲情面前，在各种诱惑交织的现实面前，我们能做到问心无愧吗？

一

我恍恍惚惚从噩梦中惊醒，梦中的情景依稀可见。梦中，我独自一个人跋涉在沙漠中，第一次体验到了赤地千里的感受。那里没有生命的迹象，沙漠如海洋般无边无际，天空正中，一轮红日高挂，发出刺眼的火辣辣的光。我身体内的水分即将被烤干，我毫无目的无助地艰难行进着，完全失去了方向感，孤独与恐惧如影随形挥之不去。我抬头望着远方，太阳光变得五彩斑斓，一条条色彩立刻幻化成无数条张着嘴、吐着信的毒蛇向我猛冲了下来，我想跑但双腿僵硬不听使唤，我抱着头声嘶力竭地大喊，喊声把我带回到了现实世界。我瞪大双眼紧张地四处搜寻着梦中的景物——没有，什么都没有！我用手擦了擦头上的汗，再拍拍自己的脑袋，确信刚才是做梦，提着的心才落了下来，但脑袋仍嗡嗡作响，令我昏昏欲睡。

吱呀！门开了又关上了。这声音让我感到了不安，我焦躁地看着身着白大褂的女人向我走来，我下意识地向被窝里躲着，并紧紧地抓紧被子的一角。

她冲我笑笑，那笑也让我感到别有用心。她把手中的注射器在我面前晃了晃，用命令的口吻说："抽血化验。"我感到自己是那么无助，像一条死鱼一样被放在了案板上任人宰割。她抓住我的手用力地向外拉，然后拿一根有弹性的带子把我的前臂紧紧地捆上，注射器的针头扎进了我的胳膊，一股红红的血流进了针管，仿佛一条毒蛇在吸食着美味的食物。这加剧了我的紧张与不安，我四肢颤抖着，眼睛紧盯着针管，我想把手拿开，但她的手是那样有力，压迫着令我不能脱身。恐惧使我哭出了声，我大喊："不要，不要！"她怔怔地看着我，似乎受到了惊吓，她匆匆拔掉针头，收拾器具走了。她走得很匆忙，像是逃跑，我知道我的反抗起了作用，胜利令我心情逐渐平稳，我用被角擦擦头上的汗，向窗外看去，外面的人都像是在躲避什么似的行色匆匆，我想外面还是有毒蛇吧，于是我庆幸自己身在室内。

我静静地躺在床上，想着过去的事。我有一段很骄傲的过去，不仅自己骄傲，父母老师都为我骄傲。因为我的学习成绩一直很好，我的学习天赋在我很小的时候就显现了出来。我的父母都是农民，没多少文化，而且一直以来为了全家的生计忙碌于田间地头，根本就没有时间多管下一代。在我上面有两个姐，我是家里的独子，在中国农村根深蒂固的传宗接代的思想统治下，我成了全家的将来和希望，所以我从小受到的父母的关注是完全不同于两个姐姐的，即便如此在学龄前也没有人教过我什么，这种关注也就仅限于吃喝玩上。

由于资源贫乏，家里每有好吃的第一份必定是我的，只有我满足了才有两个姐姐的份，两个姐姐因此恨我入骨。记得有一次，父母出村办事，家里只有我和两个姐姐，两个姐姐难得当一次家，所以格外珍惜这次报复我的机会，她俩把我关在屋子里不让我出去，还把母亲给我留的白面馍分而食之，给我吃那难以下咽的糠面窝窝头，当时我还小没有反抗的能力，我只能听之任之。在她俩的威胁下，我也没有胆量向父母告状。不过这样的时候很少，两个姐姐也难得找一次机会。

父母对我的溺爱还体现在另一个方面，这也一直是我羞于向外人说的，由于我是家里最小的孩子，所以我吃母乳一直吃到了十岁。

我很小就表现出了很强的模仿与动手能力，我特别喜欢画画和做小制作，在我记事的时候，家里就有一本水浒传小人书，我已经记不起它的来历了，小人书上的人物形象令我着迷，所以由我一直珍藏，这本小人书我看过无数遍，上面的人物我都临摹过。还有一件令我印象深刻的物件，是我父亲的一把锈迹斑斑的木工锯，就是这把破锯成了我做小制作最得力的工具，那个时候我所有的玩具几乎都出自我的双手和这把破锯。用这把破锯我曾制作过刀、枪、棍、剑，还制作过一个精致的小摆钟，这一佳作得到了所有邻里的夸赞。在邻里眼里我是一个不善言谈，但善于思考、善于动手的鬼精灵。

上学后我虽对学习的兴趣不大，但我的学习却未落下过，成绩一直在班里保持中上等水平。初二时，受当时社会闲散分子的影响，我退学在家，在退学期间，我在家里做过饭，在砖厂出过砖坯。那是我干过的最辛苦的活，我只干了五天就因为实在受不了而打了退堂鼓，我因此还得到了几十块钱的报酬，算是我在社会上挣得的第一份工资。一年后我又回到了学校，插班到了下一届。一年的社会经历使我知道了学习的重要性，之后我学习变得很主动，特别是上课开始认真听老师讲了，我的学习成绩也直线上升，插班后第一次期中考试就考了全班第二名，把我父母高兴得不得了。

上高中后，我超强的逻辑思维能力得到了充分的发挥，数理化成了我的强项，每次考试必考第一，使得所有同学和老师都对我刮目相看，我也被老师任命为班长。与我同班的同学有两个跟我最要好，一个是我儿时的玩伴张鹏，一个是我学习上的粉丝李健。我们仨有个共同的特点就是家庭经济条件都不好。张鹏家与我家紧邻，从小玩到大，又是同学。李健与我前后桌，经常向我请教。因为我们仨同乡同村，所以上学放学经常结伴而行。同学们笑称我们是铁三角、刘关张。

高考前的生活紧张而有序，所有同学和老师都自然地认为，如果我们这一届能考上一个大学生，无疑那个人就是我。这样的信念也一直推动着我，但真应了那句老话，叫作：天有不测风云。在高考的第一天我感冒了，身体的不适使我恹恹欲睡，考场上的发挥自然大打折扣。高场的失利使我的感冒越发加重，考完后我就被送进了县医院，甚至出现了昏迷和幻觉。这已经是我第二次醒过来了，很快我又昏昏沉沉地睡了过去。

这次我梦见的是我那脸上布满皱纹的父母亲，他们正在家里等着我金榜题名的好消息，天空却突然乌云密布电闪雷鸣，狂风巨浪以压倒一切的气势将我家的老屋推倒，留下来的只有一地瓦砾，我大喊一声坐了起来，映入我眼底的却是一张慈眉善目的、充满关切与爱意的脸，那就是我的母亲，她正坐在我的病床前，手里拿着毛巾，静静地盯着我看，看我醒了，她就说："明志，看你这一身汗出的，被子都让你浸透了，出透了汗，你就快好啦。"我环视了一遍四周，伸了伸仍有点痛的身体，用力地握了握拳，感觉力量又回到了我的体内，异常清爽。我高兴地看看母亲说："妈，我真的好了。"

<h1 style="text-align:center">二</h1>

我出院了。等待高考成绩的那段时间是我最受煎熬最痛苦的日子，为了摆脱这种痛苦，我每天都会到李健家里玩，张鹏也跟着。我们打牌、下象棋，无拘无束地玩，天南海北地聊，似乎只有这样才能排解心中的郁闷。高考结果出来了，但我没勇气去学校查看，张鹏和李健邀我也被我拒绝了，我怀着忐忑的心情等待着。

张鹏和李健说笑着进了我家的院子，并冲着屋里高喊："赵明志、赵明志，老师急着找你，你躲哪儿啦？"我快快地出了屋："找我干吗？要训人明天也可以嘛，何必急这一时。"他俩站在那里以一种难以琢磨的眼神看着我，让我摸不着头脑。我诧异地问："怎么了这是？"李健突然用拳头砸了我一下，严肃地说："你达线啦！"我愣在当地半天没反应过来，我怀疑地试探着问："谁达线啦？"张鹏大声说："我们的大才子，你达线啦。"我皱着眉头说："少来啊，这不是开玩笑的事情。"他们俩互相看看，随后大笑了起来，笑得如此放肆，如此开心。我冲着他俩怒吼道："老实交代，到底怎么回事？"李健止住了笑说："请客吧，考上大专，别不知足，我们连中专的边都没沾上。"

在九十年代初，对于一个农村的孩子来说考上大学意味着什么，那可是鲤鱼跳龙门啊！

接下来的日子自然是满堂喜，父母都为我感到高兴和自豪，但随着上学日期的临近，愁容还是慢慢地爬上了父母的眉梢。当时大学学费虽然不多，但对于一个农民家庭来说仍然是一笔不小的开支，改革开放家庭联产承包责任制带给农民的是自由与丰收，农民从能吃饱饭到手有余钱，但离"富裕"二字仍然遥不可及。一年的大学学费就是一户农民五年甚至十年的纯收入，要说不心疼那是在说谎骗人。

当时我还是少不更事，对于学费的事我没过多考虑，我只等着步入大学那激动人心的时刻的到来。我每天都会去找张鹏和李健玩，他俩已经准备要补习了，但对于这难得的休息时间，他们俩还是乐于充分享用的。对于这难得的一个多月时间的利用，我们像当年刘关张规划三分天下一样用三天时间进行了详细的讨论和研究，最后我们出了一份详细的计划，把每一天都排得满满的。那真是一段激情燃烧的岁月，那段时间，我们几乎踏遍了家乡的山山水水，近二十年来对家乡的认识也难比那一个月。我们登上了家乡的最高峰俯视整个村庄，火柴盒大小的房屋，火柴棍一样的大树遍布村庄的每一个角落，蚂蚁大小的人和牲畜行走在蚯蚓一样的大街小巷里，母亲河像一条细长的白练飘动在大地上，确有一种小天下的感觉。我们站在峰顶向着家乡大声呼喊："我爱你！"我们还在山顶的松树上刻下了自己的名字，对于我们来说那算一次壮举。

　　在上学前三天，我们仨一起跳进了母亲河。炎热的午后近距离感受母亲河抚摸身体的感觉，这不是我们的第一次，我闭上双眼忘我地尽情地感受着那份舒适与惬意，几乎要进入梦境。正当我思绪在水上漂浮着的时候，我的耳边悠悠传来了呼救声，但感觉很遥远，起初我以为是梦境，摇了摇脑袋，声音却越发清晰，我猛地睁开眼，就在离我几十米的深水区，我看到了一个脑袋在水中沉浮。突然出现的场面把我惊呆了，我不知所措地僵在原地，大脑一片空白。连狗刨都不会的我每次只是在浅水区泡泡澡，所以面对此情此景我是完全没有胆量向前施救的。就在我愣神的时候，一个身影像海豚一样窜了出去，我清醒了一下，双手拍打着水面大喊："救命！快救命啊！"

　　时间仿佛凝固了。我模糊地看到一个人向我游过来，于是我伸长了手臂使尽全身的力气去拉，我拖着他艰难地一步步地走向了河边。我先把他推到了河堤上，这时才看清楚这个人是李健。"张鹏，张鹏去哪啦？"我转过身，用手抹了一把脸上的水，向水面扫视着，试图找到什么，但眼前的水面死一样的平静，恐惧立刻充满了我的大脑，我转身爬上岸，站在河堤上四处张望，还是没有。我无助地大喊："张鹏！张鹏！你在哪啊！"声音在沉闷的空气里回荡，我带着哭腔的声音越来越小，最后消失在远处的大山里。

　　李健剧烈地咳着，趴在河堤上吐着水，我一边俯下身子拍打着他的后背，一边追问着："张鹏哪？"

"他，他还在河里。"

啊！天旋地转，我完全崩溃了……

我和李健坐在河堤上抱头痛哭，我们不知道下一步该怎么办。太阳很快落到了山顶，把绿色的山映得血红血红的。李健抹一把泪说："张鹏是去救我的。"我气得脸都变了形，大声责问："那，那你是怎么回事？为什么去了深水区？！"李健委屈地低下头说："我游过去才知道水竟然那么深，一紧张，腿抽筋了。"我无语，我们就这样静静地坐着，李健探寻地问我："我们回去该咋说？"

"咋说，你说咋说，实话实说。"我愤恨地回答道。

"能不能不要说是为了救我？"李健小声说。

我脑袋立刻一片空白，我用惊讶的眼光看着他问："你想隐瞒？"

他低着头像做错事的小孩："我怕……他家不饶我。"

我的脑子急速地转动着：是啊，这个事情我们都有过错，也许推到张鹏身上，我们才不至于挨骂或者挨揍。

我用拳头捣了捣自己的脑袋，无力地垂下头说："只能这样了。"

三

张鹏是在我离家前一天埋葬的。他的父母面对如此打击，像塌了天一样，整整哭了一天一夜才强打起精神把他埋了，也算是入土为安了。

两天，我似乎过了两个世纪。我和李健欺骗了所有的人，在人们的心目中，张鹏不过是由于贪玩而命丧黄泉，怨不得别人，我和李健也因此减少了很多责骂，但却承受了心灵的巨大谴责，这种负罪心理一直伴随着我，我常自问："这样做是否对得起朋友？是否对得起自己的良心？"张鹏魂归天堂，我却带着那份歉疚来到了我朝思暮想的大学，开始了自己的大学生涯。

大学的生活完全不同于高中，轻松的氛围、丰富多彩的课余生活，令我一下子就沉迷在了这种生活中。我从小生活在农村，自然脱不掉农民勤劳、单纯、朴实的性格特点，第一次进城市，就像刘姥姥第一次进大观园，充满了好奇。下午没课的时候，我就独自一人到大街上瞎溜达，宽阔的马路上车来车往，一幢幢高耸入云的高楼屹立在马路的两旁，到处店铺林立，招牌各异，一切都充满了新鲜。晚上，五彩缤纷的霓虹灯不停地闪烁，把夜照得如同白昼。我往往陶醉其中不能自拔，很晚才回宿舍。同宿舍的同学每次都开玩笑地质问我："这么晚回来，又去与女朋友约会了吧？"刚开始我会带着腼腆老实地说："不是，我只是出去走走。"次数多了我就毫不客气地说："我女朋友还在丈母娘肚子里呢，你想得美！"大家就哄堂大笑。大学生活就是这样，我们一个班三十六个同学虽然有磕磕绊绊，但相处可以说十分融洽。

很意外地，我收到了来自家乡的一封信。

信是我的一个高中女同学写来的，这让我感觉很不可思议，因为高中时由于我腼腆的性格，与任何女同学都没有交往。但那封信却真真实实地通过千里邮递传到了我的手上，信的落款清楚地写着寄信人的姓名：郭晓娟。

晓娟是我高中三年的同学，也是我们班女生中最漂亮的一个，现在话说就是"班花"。她身材高挑，亭亭玉立，不用说，有众多追求者。可她学习用功，从未听说对说芳心暗许。没想到，她会主动给我来信！

我躺在床上迷茫而又急切地看信，信中语言平实，只是告诉了我她的去向：她在省内读了一个师专，读的是英语专业。在信中她希望我经常与她联系，还告诉了我她详细的联系方式。我心里寻思：她是什么意思？是对我有好感吗？虽然她没告诉我，但她的行为说明了什么？我想着想着不自觉地面露喜色。我所有的表情变化都无法逃脱对面铺位的窥视，他出其不意地向全寝室大声宣布："我宣布：又有一位同志陷入爱河，不能自拔啦！唉！女人是魔鬼，防不胜防啊！大家一定要提高警惕。"我的思绪被对面猛然打断了，还没有反应过来发生了什么事，大家就齐刷刷地用手指向了我，我整个脸立刻腾一下全红了，我忙解释说："胡说什么，我们仅仅是同学而已，别瞎拉扯。"对面说："这是爱情的第二阶段，即互相试探阶段，一旦挑明了就到了第三阶段：热恋阶段，到那时就没得救了。"大家鼓掌叫好："精辟！精辟！"我却无言以对，我想：也许还真是这样，天上掉下个林妹妹？

我当即回信一封，比较她的来信，我这就是一封激情洋溢的信了。在信中我表达了对她的好感，费了一番心思不这种意思表达得含蓄而又明白。第二天，我怀着忐忑不安的心情，用颤抖的双手将这封信投进了学校门口的信箱。自此我心里多了一份挂念，我翘首企盼着晓娟的来信。三天后，晓娟真的来信啦！这一次我吸取教训，一个人跑到大街上找了个旮旯拆开了信封，急切地读起来：明哥，你好！这是信开头的称呼。明哥，她竟然叫我明哥，我心花怒放。我把信压在心口，用以平静一下激动的心情，然后又接着读了起来：很高兴能收到你的来信，在信中我看到了你的真诚与热情，以前我们虽然没有过多的交往，但你的才智一直是令我崇拜的……我完全陶醉了，我竟然是她的偶像，我兴奋得手舞足蹈，爱情就这样在短短几天的时间里发酵成酿，超越空间地域远隔千山万水形成了。在接下来的日子里，我充分发挥我写作方面的天赋，天马行空，天南海北，生活情感，玩笑逗趣，一封封信件饱含着我的深情寄向了晓娟，晓娟每次也如约回信，我们越谈越投机。

看多了晓娟的信，我已经不满足于文字的沟通，在一个星期天，我来到邮局，第一次拿起话筒拨通了晓娟的电话号码。当听到晓娟的声音从话筒里传来时，我大脑一片空白，一时不知说什么好。我下意识地说了一句："我想你！"晓娟一定不会想到我会如此直白，一时也愣住了。我们拿着话筒倾听着彼此的呼吸，我的心提到了嗓子眼，我口干舌燥，不断地吞咽着口水，我心里猜想着晓娟的反应，我似乎感受到了她的心跳。就这样我们一直等到预付的话费用完，电话自动切断也没有再说一句话，我们的第一次通话就这样结束。

四

我的初恋就这样开花发芽了，第一个寒假回家时，我就迫不及待到晓娟家探望了她。她的家离乡里有二十多里路，而且没有公交车，我步行了半个多小时才走进了那个小山村。山村很美，大山环绕，绿树成荫，小河潺潺。只有这么好的地方才能生养出我魂牵梦绕的情人。我们徜徉在山间小路上，我抑制不住心中激动，面对自己心爱的人，我终于鼓足了勇气，张开双臂紧紧地将晓娟搂在了怀里，晓娟也将自己的初吻毫无保留地给了我。

开学后，我大大加强了我的情书攻势，给晓娟写信成了我每天的必须功课。书信里的称谓也逐渐发生着变化，亲爱的晓娟、亲爱的娟、亲爱的、亲爱的老婆，凡是我能想到的令人肉麻的词语我都用上了。那几年大学里流行《小芳》这首歌，我也对这首歌情有独钟，经常哼唱。因为在唱这首歌时，我会想到晓娟，那个我深爱着的人。一直到毕业前夕，我都坚定地认为我与晓娟的爱情是真挚的、海枯石烂的。要是没有以后发生的事，也许我们会建立一个永远幸福的家。

我的好朋友李健在补习一年后考上了大学。人生充满了巧合，我们的学校恰在同一个城市，他提前写信告诉了我，并告知了我他报到的日期。在他报到那天，我去火车站接站，他乡遇故知，而且还是曾经最要好的朋友，自然十分高兴，我们在火车站紧紧地拥抱在了一起，就像当年的井冈山会师，充满胜利的喜悦。

自从李健写信告诉我他的学校后，我就找了份长春的地图进行了十分细致的研究，因此我领着李健十分顺利地来到了他的学校"金融专科学校"。那是一所人民银行总行在长春建立的学校，主要为全国各银行培养专业人才。

由于我和李健的学校离得并不很远，所以我们有条件互相往来，寒暑假回家上学的路上也有了伴。那个时候一到回家或上学的时候我就发愁，特别是春运期间，我相信中国的春运曾让上亿中国人发过愁。有一次上学返校让我至今难以忘却，那次我和李健在北京转车到长春，到达北京站时已是凌晨两点多，那时北京站还没有室内候车，我们只能背着大包小包在站外溜达。刚过元宵节的天气寒风刺骨，很多人也像我们一样，宁愿在外挨冻，也不肯掏钱住旅店，所以我们并不显得另类。我们挨到天亮，排了很长队到了窗口旁却被告知去长春中转签字要到北京南站，让我们哭笑不得。还好在南站我们签到了下午的火车。看看时间还有长余，完全来得及去一趟从小就向往的天安门广场。广场是如此壮丽、富丽、美丽，车如长龙，人流穿梭。我身处广场，真正感受到祖国的庄严伟大，我在内心大喊："祖国，我爱你！"

由于家庭拮据，我和李健每个学期都是精打细算地花钱，家里没能力多给，亏欠的部分只能通过自己想办法去弥补。我上大一时，菜价还不是很高，每星期我能吃上一次肉菜。从大二开始物价越来越高了，可家里给的生活费依然是那个数目，所以那仅有的一星期一次的肉菜也就省了。后来，我干脆养成了早上不吃饭的习惯。同学劝我说："早上不吃饭对身体不好。"我说："谢谢，我身体好，不觉得饿。"

一个偶然的机会，我注意到卖猪肉的摊子上竟然有纯肥肉出售，价格只有普通肉价的一半，这让我十分惊喜，于是在星期天我找到李健说："我们买个酒精炉，再买个锅，星期天的时候我们可以自己做饭，我们俩去买上半斤纯肥肉，再称上一斤豆腐，然后一块炖了，再在学校食堂打上半斤米饭，这样既实惠又可以改善生活。"李健十分赞同，我们当即行动购置了所有需要的物品，中午时一大锅香喷喷的豆腐炖肉就出锅了！香气四溢，大大地勾起了我的食欲，那一餐是我上大学以来吃得最香最痛快的一次，李健对我的杰作也赞不绝口，这样我们就有了一个约定：星期天在一起吃豆腐炖肉，改善生活的同时，还可以聊聊。

我和李健学习都很刻苦，不为别的，只为一年一次的奖学金。二百元虽然不多，但对于我和李健来说那可是救命的钱，因为我们每学期带的伙食费往往到放假前一个月已经所剩无几，最后一个月就全靠这二百元救命。实际上我们除了吃饭和买日常用品的钱就再没有多余的了，所以三年以来，我从没有买过一件衣服，我身上穿的都是我姐夫替下来接济的，虽然不怎么合身，只要不破我也就满足了。李健也跟我一样，每天穿的就那一两身，根本没有几件替换衣服。为了改善条件，我和李健又密谋做起了方便面生意。这是李健的提议，当时一包方便面五六毛钱，李健说："哥啊，我们可不可以找地方批发些方便面，然后在学校里卖，即使赚不到钱，起码我们可以赚几包方便面。"我大喜："这个提议好。"我们就趁着星期天租了两辆自行车骑行了十多公里到火车站附近的批发市场批发了几箱方便面和几袋火腿。星期一到五，我们分别在各自的学校卖；星期六日我们就一起卖。卖了一段时间后，一算账也没挣到多少钱，赚的是每天有一袋方便面供自己吃。这段经历使我真正懂得了生活的不易和辛酸，更让我们理解了父母的难处。

五

毕业前，我遇到了困难。

我们那一届是学校包分配的最后一届毕业生，但根据当年企业向学校招聘的情况看，我根本不可能被分配回家乡工作。而晓娟当时已被确认分配到了乡里的中学教英语，如果这样，我与晓娟的爱情就面临着巨大的挑战。我坐不住了，向学校请了假专程回了老家，目的就是想在老家找单位应聘，我硬着头皮找了好多家却无功而返。就在我感到无助，不知如何是好时，我遇到了高中同学刘丽。

刘丽已完全褪去了高中时的纯真，个子不高，但却长得苗条匀称，亮丽的连衣裙、高跟鞋凸显出她的气质，示人一种成熟美。那一天，就在我低着头无助地游荡在县城的大街上时，我们不期而遇。她远远地喊着我的名字走向了我。久别重逢，我一时竟没认出她来，我诧异地问："你认识我？"她嗔怪地努努嘴说："大才子真是健忘，连老同学都不认识了。"我不知所以地站在原地，脑子里迅速地搜寻着当年的记忆。我用手敲敲脑袋说："你看我这脑子，怎么一时记不起来了，你是？""我是刘丽，班里的丑小鸭。"刘丽不快地说。"你，你是刘丽？怎么变成白天鹅了？"我掩饰着尴尬半开玩笑地说。她说："帅哥，别开我的玩笑了，不忙的话到我单位坐坐？"我说："行啊，反正我也无事可做。"我们一起来到了她在县政府的办公室，她忙给我倒了杯水，然后坐下，我们先是追忆了高中时的美好时光，再谈到目前各自的状况，我叹着气说："我马上将面临毕业，想回家乡工作，但现在找工作真太难了，这不，跑了几天了，没有任何结果，你可真是幸福啊！工作环境这么好，真令人羡慕。"她嘘了一声轻描淡写地说："这是什么好工作，虽是铁饭碗，但一个月也没几件事，干着没劲。""原来你是闲得慌啊，什么时候咱俩换换，真是身在福中不知福。"我揶揄道。她摆摆手说："别说我了，说说你的事，我父亲在人行工作，也许他能帮上忙，要不我帮你求求我爸？"我说："那怎么好意思，你爸又不认识我，我看还是算了，我再找找再说吧。"她说："我可从没主动帮过什么人，你算第一个，你就等我的好消息吧。"我也没把她的话当回事，我们在一起又聊了一会，就告辞出来了，临别时在她要求下，我留下了我的联系方式和通信地址。

两天后，她突然出现在了我所住的宾馆里。她兴高采烈地说："我是来给你送好消息的，你必须要好好谢我。"我说："什么好消息？你先说出来。"她说："关于你找工作的事，我跟我爸说了，他答应替你想办法，而且我爸还让我征求一下你的意见，问你愿不愿意去农村信用社工作，说如果愿意他有百分之百的把握。"我说："我还有什么条件可讲，只要有单位要就行。"她说："那说定了，要不明天我带你去见见我爸吧？"我犹豫了一下说："那好吧，我怎么谢你才好？"她诡异地一笑说："明天定了以后，再说谢的事。那明天我还来这里叫你，你可要等着。"我说："行！"

第二天，刘丽真来叫我了，她把我带到她家里，见到了她的父亲，她的父亲看起来是当官的样，但很随和，一开始的紧张和压力很快就散去了，他问了我很多关于我的事，包括学校的情况、家里的情况等等，我均一一做了回答。看上去他对我的回答也很满意，最后他大包大揽地答应帮我办理到信用社工作的一切事宜，我自然也很高兴，只是想不到事情会是如此容易。我离开时，刘丽父亲还特别吩咐她，让她把我送了出来。

　　我对这次找工作不同寻常的顺利产生过怀疑，对此我也曾问过刘丽，刘丽很自然地说："顺利不好吗？你难道不想顺利找到工作吗？"在等待结果的那几天时间里，刘丽对我显示出了特别的关爱，有时真让我受宠若惊，同时也让我害怕。一次她竟然趁我不备吻了我的脸一下然后就跑开了，我红着脸不知如何是好，这让我一夜难安。第二天，我见到刘丽时很歉意地对她说："对不起！不知道你怎么想，但我要告诉你，我已经有了女朋友。"刘丽惊愕地看着我，眼里闪着泪花。我接着说："刘丽，我不想隐瞒你，更不想伤害你。"她怔在那里很长时间才说："没什么，我爸说事情基本已经定下来了。"我不知道怎么表示感谢，为了打破僵局，我说："明天我请你吃饭，你一定要答应。"她点点头没再说什么就走了。

　　为了使这次邀请显得郑重，我特地选择了一家我认为上档次的饭店，并提前到饭店等刘丽。快到吃午饭的时候，刘丽如约而至。今天她打扮得格外漂亮，白色的连衣裙衬托下，使她更像一个公主。她坐在了我的对面，服务员把菜单递到她手上，她并没有看菜单，嘴里就报出了一连串的菜名。点完菜后，她看着我说："我想喝点酒，你陪我，好吗？"我为难地说："酒我真不行，不过今天我舍命陪君子了，你让我怎么喝我就怎么喝。"她说："行。"然后冲服务员说："来两瓶二锅头。"我的心咯噔一下，想："两瓶不要命啊！"但我还是掩饰住内心的惊慌，没有表现出来。

　　菜很快上齐了，刘丽端起酒瓶说："来，庆祝你顺利找到工作！"我忙端起来说："真的很谢谢你！"刘丽一仰脖子一杯酒就下了肚，我闭着气也一口气喝下了杯里的酒。一杯喝下后，酒气上冲，脑子立刻晕晕乎乎的，不知道了东南西北。刘丽马上又倒了一杯说："来，我们再干一杯。"我傻在那里，端也不是，不端也不是，不知如何是好，刘丽说："怎么，不给面子？"我急忙端起杯子说："怎么会，来，干！"又一杯下了肚，两杯下来，我们面前的酒已下了一瓶。刘丽又拿起另一瓶，把杯子全填满了，我忙阻止说："已经高了，别喝啦？"她平静地说："不是说一醉方休嘛，继续。"一杯又干了。三杯酒下肚，桌上的菜还没有动，我已经趴在桌上不省人事了，接下来发生的事我就不知道了。

当我一觉醒来睁开眼时，发现刘丽光着身子躺在我的身旁，我该怎么办？刘丽睁开眼睛看着我，轻轻地说："我不用你负责，但我要告诉你，我真的很喜欢你！"

我彻底崩溃了，我不知道怎么去面对我深爱着的晓娟，更不知道如何处理与刘丽的关系，我选择了逃避，我断了与晓娟的一切联系，我想也许时间可以消磨掉一切。

<h1 align="center">六</h1>

托刘丽的福，我大学一毕业就参加了信用社工作。在参加工作的前一天，一向和蔼可亲的父亲第一次也是唯一一次非常严肃地与我谈了话。那天的谈话一直萦绕在我的耳边，挥之不去。

我的父亲是一名地道的中国农民，也是共和国的同龄人。他的勤劳、忠诚一直影响着我指引着我。读书不多的父亲那天的严肃令我很不自在，他说："明志，明天你就要参加工作了，这是你正式步入社会的标志，社会是任何人一生都无法毕业的大学，包括那些伟大的人物。你虽然大学毕业了，但社会这所大学仍然需要你刻苦地去钻研，这里没有老师和现成的教科书，你需要做的，是仔细观察、认真揣摩、虚心请教、细心领会，只要真心付出，少走弯路，你才可能按照自己的预期去发展，最终到达成功的彼岸。我相信你！为你加油！"父亲紧紧地握着我的手，让我感到了信心与力量。第二天我带着无限的憧憬走上了我的信合之路。

我高傲地以为：凭着我大学生的学识与身份在信用社混是游刃有余的。在信用联社主任找我谈话时，我充分表现出了一个大学生的自信。我表态说："我是学会计学的，计算机知识也很精通，我相信我能很快拿下信用社所有的业务，有什么需要我做的，您尽管吩咐就是。"陈主任淡淡地笑笑说："我相信你能做好！好好干！"我从陈主任的脸上看到的是父亲般的和蔼可亲和久经沙场的沉稳。

我被分配到了联社财务部，第一个工作岗位是出纳，不过没有干多久我就被调到了会计岗位，会计对信用社来说是相对重要的岗位，我高兴地接受了，但我不知道这有没有刘丽父亲的因素在起作用。

刘丽仍然一如既往地关心关注着我，也许在她的心里，我俨然已经属于她们家的一分子了。实际上她的父亲早已把我看作了他的乘龙快婿加以培养，这一点我心里是十分清楚的。因此在我内心，已经不允许再有其他的想法，刘丽已经成了我唯一的选择，不管我是否愿意。

晓娟在家乡的中学教书，对于我回县信用联社上班的事，她是后来才知道的，她隐隐从我对她的冷漠中感到我和她的关系出现了危机，但她不知道在什么环节出了问题，她更不相信坚贞的爱情会是如此不堪一击，她决心找到我问个明白。于是她在星期天的时候坐公交车到了县城，一路打听来到了县联社。

我当时还是单身，所以住在单位的单身宿舍里，正好那天刘丽一早就来到了我的宿舍。晓娟对于我和刘丽在一起的场面显然非常意外，她红着脸站在那儿不知是进还是退，我们都没有说话，在这样的情况下，我也不知道该如何开口。我看到晓娟的眼睛里蓄满了泪水，两腮抽搐着变了形，随即她的泪水像冲出闸门的江水，一泻而下。她没有想到三年来她所爱的人和爱她的人一夜之间成了别人的恋人，她不理解爱情竟会如此脆弱，这样的打击是瘦弱的她无法承受的，她软软地倒在了地上。

看到晓娟慢慢倒下，我慌了手脚，急忙冲过去扶，但还是迟了一步。我把晓娟抱起来，摇晃着喊着她的名字，但她没有任何反应，我转身用命令的口吻说：“刘丽，快去找出租车。”

在医院里，我紧张地陪在晓娟的身边，我心里充满了矛盾，一方面希望晓娟快快苏醒过来，另一方面又怕面对晓娟，因为我清楚在晓娟面前我绝对是一个罪人。

晓娟喊着我的名字慢慢睁开了双眼，这一刻我的泪水像奔涌的江河不断地往下淌。晓娟第一眼看到我就像看到了救星，她猛地伸出手抓住了我，像抓住一棵救命的稻草一样不肯松手。她双眼紧紧地盯着我，流着泪向我哀求：“明，别离开我，我真的好爱你！我愿意为你付出一切，求求你，别离开我！”我仰起头，不敢再看她的眼睛，我向天求助：苍天啊！面对两个同样爱我的女人，我该怎么办？我想安慰一下晓娟，但又不能欺骗，我说："晓娟，从内心来说，我是爱你的，但刘丽已经为我付出了一切，我已经不能也没资格接受你的付出，我知道我已经伤害了你，请你原谅！"晓娟尖叫着："不！你不会的，你答应过我，你要娶我，我早已经准备好了，我不会放弃，不会放弃的。""晓娟，我已经没有退路，无法选择了，凭你的条件你完全可以再找一个比我更好的。"晓娟摇摇头双目直视说："我真的没希望了吗？真的没有了？"我点点头说："我们今生注定无缘，如果有来生，我愿意娶你为妻，陪你一生一世。"晓娟无助地放开了我的手，两眼呆滞，泪水不停地流淌着。

两天后，晓娟出院回了家。

我和刘丽的婚礼在双方父母的张罗下一切准备就绪，就等着黄道吉日举行仪式了。但晓娟在我的心里一直挥之不去，以至于夜不能寐。

婚礼举行当天，正当我和刘丽沉浸在幸福中向来宾敬酒的时候，晓娟突然闯进了我的视线，她远远地含情脉脉地看着我，她的眼睛是会说话的，但我听不懂她的来意。我还没来得及过去跟她打招呼，她已经匆匆地离开了。我看着她的背影，心中有说不出的滋味。

新婚第二天，一个不同寻常的消息在四邻间传播开来：中学一个姓郭的女老师昨天突然发疯了。被这一消息吓傻了。为了确认，刘丽出去打听去了，我呆呆地坐在新房里不知如何是好。刘丽将确认的消息告诉了我，她说："晓娟精神失常了。"我的脑袋嗡地一声，像打了一个响雷，我最不愿听到的结果真实地发生了，我靠在墙上痛苦啜泣着，声音越来越大，最后变成了号啕大哭，刘丽理解地坐在了我的身边，用手抚摸着我，她的泪也像雨点一样砸在了床上。我成了晓娟永远的罪人，而且没有赎罪的机会。

我和刘丽相跟着去看了晓娟，仅仅三天晓娟已不能认出我，她的嘴里不停地在喊着一个字："明。"她时而大哭，时而大笑，她偷偷地从手指间看着我和刘丽，猜测着我们的身份。我走到她的身边，试图去拉她的手，但她像躲避瘟疫一样迅速地躲开了。

七

在接下来的很长一段时间里，我始终处在心灵的谴责中，新婚生活因此寡淡无味，工作也提不起精神。由于工作精力不集中，在一次汇款中我竟将一笔款汇出了两次，三天后才发现，我再一次遭受到当头一棒。为追回这笔款，单位派人行程上千里到收款单位催讨，光催讨费用就达上万元，单位因此给了我一个记过处分，为此我一度无法面对领导和同事。

一年后，李健大学毕业，他如愿被分配到了县工商银行上班。优越的工作使得李健很快找到了自己的另一半，并如愿结婚。李健结婚那天，他的父母十分高兴，我们高中的同学能来的都来了，大家久别重逢，互相敬酒，觥筹交错，好不热闹。

由于李健与妻子家庭条件悬殊，结婚不久后，两人就因为琐事不断吵闹，夫妻关系一度紧张。李健总觉得自己出身寒门，对从小条件优越的妻子关爱有加，但正是这种关爱却令他的妻子对他更加冷漠，李健不明白更不了解自己的妻子，他发现他们之间根本没有爱情。后来还听说李健的妻子在单位里有了相好，而且常常夜不归宿。李健对此很是苦恼，经常找我诉苦谈心，因此我对他更加理解和同情。我常常劝解他说："如果觉得不合适就离开一段时间，好好考虑一下，婚姻不是儿戏，实在合不来就离吧，这可是一辈子的事，将就不得的。"李健说："我的父母花尽了家里所有的积蓄，甚至到处借贷，好不容易为我办了婚事，离婚对我来说压力太大了，我怎么面对父母啊！"

我一直在关注着晓娟，她发病的间隔时间越来越短，开始的时候，她的父母也带她看过病，吃过药，但毫无疗效，最后只能接受现实。晓娟先是在村里面到处游荡，嘴里不停地说着让人听不懂的话，见了人就害怕地远远地躲开。后来，她的活动范围就扩展到了附近的村庄，逐渐地十里八乡的人都知道了有一个漂亮的女疯子，至于为什么发疯，就鲜为人知了，可能除了我和刘丽，连晓娟的父母都弄不明白自己的女儿何以一夜之间精神失常。

我心里还是时常牵挂着晓娟，因此隔一段时间，我就会趁回老家的时候，到晓娟的村里偷偷地看看她。这个星期天，我再一次回到家乡，看了我父母后，就骑了个自行车直奔晓娟的村庄，一路上心里一直想象着晓娟现在的境况。二十分钟后在我即将到达晓娟的村庄时，我看到了令我心痛的一幕：晓娟坐在路中央，一大群十岁左右的孩子远远地围着她正拿着石块向她投掷。晓娟害怕地用手护着自己的脑袋，但还是有几块石块打到了她的头上，她的头开始流血，她不知道该怎样应付眼前的局面，她无助地哀号着。我跳下车，心像针扎一样痛，我发疯似地跑到一个孩子的面前，抡圆了胳膊就给了那个孩子一巴掌。那个孩子正投得起劲，不承想会受到突然袭击，一下子愣在那儿，用手捂着被打的半边脸不解地看着我。其他的孩子看到这个情况，也停了下来。所有人的目光都集中在了我的身上，我大吼："都给我滚！再让我看见你们这样对她，我就宰了你们！"所有的孩子都如梦方醒，急忙朝着村里逃跑了。

晓娟不解地看着我，双眼充满了迷茫。我跑过去跪在了她身旁，泪水啪嗒啪嗒地向地上跌落。我轻轻地拿开晓娟护着脑袋的手，用一只手捂住了她的伤口，用另一只手把晓娟慢慢扶了起来，嘴里说着："晓娟，我是你的明，我来保护你，不要害怕，我们回家。"晓娟听话地任我扶着，一起向她家里走去。

回到城里的家以后，我向刘丽讲述了这次经过，刘丽也忍不住泪如泉涌，刘丽说："她真的太可怜啦！但我们能为她做什么呢？"

晓娟成了我和刘丽的心理负担，每每有晓娟的消息我们都会心情沉重好几天。几个月后，我和刘丽双双回到了家乡，一登进家门，妈妈就给我们讲了最近发生在晓娟身上的一件事。她说，晓娟在邻村返回家的路上被人强暴了。公安局去查了一天没有结果，之后就不了了之啦。天哪！我像是被人当头打了一闷棍，两眼金星飞舞，一句话也说不上来了。

又过了几个月，我从母亲嘴里听说晓娟嫁人啦，嫁了本村的一个农民，年龄比晓娟大十几岁。我虽然仍为晓娟悲伤，但还是为晓娟能有一个自己的家感到高兴。

一年后，晓娟生了一个男孩，听说她的丈夫怕她伤着孩子，所以一直不让她靠近，抱孩子更是妄想。按照我们这里的习俗，女人坐月子在家里养着要过了百天才能出门，但晓娟还没有过百天的时候就被她的丈夫赶出了家门。晓娟不仅失去了家，还失去了孩子，又变成了流浪女。她整天流浪在大街小巷，饿的时候就回她父母家吃饭，吃饱了再出来。听人说晓娟十分喜欢自己的孩子，她经常会偷偷地站在曾经的丈夫家门口，为的只是听听孩子的声音。

我哭着对刘丽说："晓娟太可怜了，这一切都是我造成的，我怎么才能赎罪呢？"刘丽劝我说："造成今天的结果，确实有我们的原因，但这就是命运，我们无法替她选择，你想开点，我们还要生活啊！"

八

　　在联社财务工作两年后，我被派回家乡担任信用社主任。我的回归也算是衣锦还乡，所以老同学都到场祝贺。李健也专门请了假回来，在酒桌上，大家情绪都很高，边吃边谈，谈着谈着，有人谈到了晓娟，并绘声绘色地学起了晓娟发病的样子，有的同学叹气，有的同学讪笑，我却在自责中埋下了头。我的脸火辣辣的，同学们讲的不是晓娟的疯疯癫癫，而是我对爱情的背叛。同学们不时地变换着话题，其中一个同学提议："高中毕业五年啦，是不是该组织高中同学聚一聚了？"大家都纷纷表示赞同，并一齐把目光投向了我，因为当初我是班长，现在又新官上任，同学们都等待着我的意见。我如芒刺背感到浑身不自在。但是在大家期待的目光里，我也只能说："只要大家同意，我没意见。"

　　这年的国庆节，天安门广场举行了盛大的阅兵式。自从我回家乡工作，我和刘丽的团聚时间就仅限于星期天和节假日了，所谓久别胜新婚，在短暂的相聚时间里，如果没有重要的事情，我会尽量待在家里陪刘丽，因为我理解平时刘丽一个人在家里也很孤单。白天我们相拥着坐在床上看了阅兵式，晚上她羞涩地说："我怀孕了。""什么？""我怀孕了。"她提高了声音说。我抱着她的双手一下子僵住了，我盯着她看了半天，才反应过来怀孕意味着什么。

　　国庆长假在我与刘丽的耳鬓厮磨中很快过去了，我又回到了自己的工作岗位，按部就班地开始了自己的工作。当天中午，一个不祥的消息像秋风一样吹遍了家乡的大街小巷。李健出事了，事情被以各种版本迅速传播，一说李健抢了金库里的钱跑了，二说李健和其他人一起拿了金库的钱跑了，三说李健杀了人拿钱跑了，事情被越传越不可思议。让我心惊肉跳的同时，我也认真地对传言进行了分析。对我来说，我宁愿相信传言不实，但一天后传言得到了进一步的证实。我从派出所那里得到了确切消息：李健是偷拿了金库的钱跑了。我一下子手足无措，心里困惑不解：李健这是怎么了？怎么会干出这样的事来？在他身上到底发生了什么？我逃避似的把自己关在办公室里，设想着在李健身上发生的各种可能，推测着他的心路历程，但我始终想不出结果。

晚上，我一个人走在漆黑的家乡大街上，天气已显出初冬的气息。这个时期早晚温差很大，夜幕垂下后气温骤降，冷风嗖嗖直射肌肤，大街上空无一人，大家都躲在自己的家里，体会着家的温馨，尽享着团聚的欢乐。夜包裹着我，大街两旁的商铺早已关门歇业，只有三五家还亮着灯，但那点光亮却被这无穷的夜侵蚀得微不足道。我的思绪飘荡在无尽的夜里，忽远忽近。这段路是那么熟悉，走了近三十年了，三十年风云变幻，三十年生离死别，令人感叹！儿时的伙伴张鹏与我早已阴阳两隔，如果不是那次意外，他现在会在做什么呢？李健如今又犯下如此大错，现在他在哪里呢？他想家乡想他的亲人朋友吗？他为什么要这么做呢？他还有明天吗？我不敢想。晓娟啊！你还能记得我吗？爱我的人呀！你如今在想些什么？现如今幸福的我，将来会咋样？我与刘丽的孩子就快要来到这个世界了，他的将来又会是什么样？我在努力地寻找答案。冷风吹过去了，我禁不住打了一个喷嚏，声音在夜里穿透空气射向远方，前方的路会平坦吗？

这几天里，我尽力回避着关于李健的任何消息，我不忍，更不想听到李健的坏消息。我想去看看他的父母，但我不知道该向他们说些什么。对于一辈子生活在农村艰苦过活含辛茹苦抚养他的双亲来说这确是灭顶之灾，我又能给他们带去什么？

每隔一段时间，我还会像以前一样偷偷地去看看晓娟，看上去她的病更加严重了，她已完全失去了女人的爱美与羞涩，每天蓬头垢面穿行于大街小巷，她完全适应了别人的嘲弄与白眼，她已经忘记了曾经的一切，虽然在她的嘴里偶尔还会提到"明"，但那也仅仅是一个字而已，因为她已完完全全地认不出我，即使我站在她的面前，她也会像对待陌生人一样不理不睬。面对她我常常会流出忏悔心痛的泪水，这时她会傻呵呵地问我："你哭了，你伤心了吗？你见不到你的孩子了吗？"我问她："我们以前是最要好的朋友，你不记得了吗？"她说："我不记得了，我饿了，你能给我点吃的吗？"我说："我们去河里洗洗脸，我给你买好吃的，好吗？"她高兴地说："好啊！好啊！"这样她会乖乖地跟着我到河边洗脸，然后我带着她到村里的小卖铺买一些零食，再把她送到家门口，看着她进门。见她一次，我就心痛一次，流泪一次。实际上我的心是很矛盾的，我不知道我这样做是否对得起刘丽，那个同样爱我的女人，但我实在是放不下，因为在我的心里晓娟同样是我的亲人。

过年前，同学们又聚在一起商量聚会的事，说到聚会资金的问题时，我说："我出一千吧？我真的想同学们了。"同学们看到我很伤感的样子，只知道我是在为李健的事，却不知道我还为了晓娟。

　　年后初六，在一帮同学的积极组织下，我们高中同学汇聚到了母校，旧地重游，大家感慨万千。中午大家坐在一起边吃边聊，难免又说到李健，大家相互打听，看李健有没有与谁联系过。这个说："公安局去找我调查过。"那个说："我也是，公安还要了我们同学的通讯录。"另一个又说："这么长时间，他到底跑哪里啦？"再一个说："时间长了就没人管了，反正他有钱，在外面也受不了苦，大家别担心了。"还有一个说："身体上不受苦，但心里呢？他能放得下父母吗？听说他的女儿也出生了，他走的时候就知道有了孩子，他能不想吗？"我说："同学们好不容易聚在一起，再说年还没过完，别提不高兴的事。""对对对！"大家都不吭声了。一个女同学说："晓娟精神失常了，我亲眼见过，很可怜！"一个男同学说："刚才班长不是说了不让提不高兴的事吗？"那个女同学伸伸舌头左右看看说："对不起！我又忘了。"这个时候我发现所有同学的心里都沉甸甸的，话也明显少了很多。没想到期盼已久的同学聚会就这样在一片沉默中结束。

九

　　二月二后，过年的气氛渐渐远去。这天我正在办公室看文件，派出所的姚所长开门走进来，我急忙站起来说："姚所长可是贵客，虽然我们两个单位离得不远，但你亲自登门可是第一次，欢迎欢迎！"姚所长说："我虽来得少，但我们见面不少，我这次来是告你一个消息，不知你愿不愿意听？"我一脸茫然地说："什么消息，神神秘秘的，快说吧。"姚所长把嘴凑到我的耳边压低声音说："李健回来了。"我以为听错了，问了一句："李健回来了？"姚所长肯定地点点头说："嗯，昨天晚上回来的，是投案自首。"得到肯定的回答后，我的心像一块石头落了地。姚所长说完就拉开门出去了。我坐在那里一动未动，心情波澜起伏，我也不知道是为李健喜还是忧。

　　接下来我从姚所长那里不断听到李健的各种消息，他在公安局交代了作案的整个过程：去年国庆节当天，他与另外一个同事守库值班，节日的气氛没有给他带来多少欢乐，妻子的不忠让他伤透了脑筋。与他一同值班的同事因家里有事出去了，走时还把钥匙留下，让他照应着。他无聊地频繁更换频道以排解心中的不快。当看到一个银行窃案新闻报道时，他停了下来。窃案的整个过程介绍得很详细，说的是一个银行职员利用守库的机会监守自盗，将金库现金席卷一空，然后逃离现场。正是这个偶然把他深埋内心的恶性激发了出来。电视上的案例启发了他，他盯着桌子上的钥匙看了很久，一个大胆的计划在他的心里慢慢形成了。鬼使神差般地他站了起来，拿上桌上的钥匙，走向了金库的防盗门。他顺利地进入了这个看起来固若金汤的金库，保险柜与款箱出现在了他的眼前，他用手中的钥匙和自己熟知的密码将保险柜一个个打了开来，他在守库室的床下找了条编织袋，把一捆捆的现金放了进去。保险柜变空了，但编织袋还有空间没被填满，他看看那些款箱，苦于没有款箱的钥匙，犯罪的恶念促使他做出了一个更加大胆的行为，他出了金库，找到了门房的保安以修桌椅为名借了钳子改锥，再次回到金库把所有的款箱强行打开，填满了编织袋。他把编织袋绑在了自行车后架上，推着自行车就走。门房的保安打招呼说："你这是去哪呀？"李健说："我买了点菜给家送回去。"保安还热情地为他开了门，就这样他走出了银行的大门，从此再无回头之路。

姚所长还讲：李健坐车先到了河北，再到河南，再到湖北湖南，转了很多省市，为了躲避公安检查，他找到了制作假证的做了五六个假身份证，而且一路走一路分不同的金额把钱都存进了银行。为了了解他作案后公安部门的反应，他还到网吧搜索过，知道了他已被网上通缉的情况。李健交代时还说，自从作案后，他就没睡过一个好觉，失眠使他苦不堪言。在逃跑的过程中，他打过工，跟人合作做过生意，但因为内心的恐惧，做的时间都不长，他像丧家之犬逃避着人们的眼光，又像惊弓之鸟每天生活在恐慌中，内心的谴责和对家乡亲人的思念使他最终选择了自首，在警车的带领下他终于走上了回家的路。他说回到家乡以后虽然身陷囹圄，但每天能听到家乡话，这种幸福的感觉是无法用语言表达的。他还表达了对自己一时冲动的悔恨。

李健在看守所里等待公正的审判，他必须为他的行为付出代价。我托熟人想到看守所看看李健，但被告知：在判刑前是不允许任何人探视的，我也只好作罢。

刘丽的肚子一天比一天大，做事越来越不方便，虽然她还是喜欢无长辈管束的自由生活，但她妈态度很坚决，要求刘丽必须回娘家住，以方便照顾。而且她妈还要求她坚持步行上班，说是这样对大人孩子都好。

我担任信用社主任以后，工作开始忙起来，不仅要管信用社内部的事，还要与存贷款客户和乡里各部门打交道，所以经常要在外面应酬。而且家乡离县城距离较远，回家也不方便，所以只有在星期六日两天才能与刘丽团聚，刘丽因此也增加了很多抱怨。

六月底的一个星期六，为了全面完成县联社下达的季度指标，我带着信用社的两个信贷员，开着租来的面包车，到贷户家清收这个季度的利息，一个上午只跑了三个村，二十多户。天气闷热，太阳晒得大地都酥软了。经过人车踩踏碾压，村里的土路浮土飞扬，车过去后浮尘就像是跟在车后跑，甩都甩不掉。我们坐在车里闷热难耐，只得打开车窗，但这样一来，浮尘吹到了车里面，落在了人的脸上衣服上，和上人脸上的汗水，一个个灰头土脸的，像是刚从地里劳动归来的农民，汗一把泥一把的。早上刘丽打来电话催我回城，我抱歉说："这个星期，我真回不去。"我正要再说什么，刘丽满腹委屈地说："回不来就算了。"就撂了电话。由于孩子快到临产期了，我还是十分挂念的，但我心里安慰自己说：忙了这个月底，一定请几天假在家里陪陪老婆。今天从早上六点多出门到现在已是正午了，我催着司机说："开快点，我们到下一个村吃饭。"司机说："这段山路多，不敢快开，大家忍着点吧。"

面包车在半山腰穿行着，大家累得打起了盹，山路的颠簸变成了摇篮般的摆动。整个大山静悄悄的，只能听到面包车发动机发出的轰鸣声。我坐在前面副驾驶座位上，看着一边是山上覆盖着的松树，一边是万丈深渊，头晕脑涨，慢慢地眼也闭上了。大家睡得正香的时候，一阵刺耳尖利的刹车声把大家从梦中惊醒，我睁开眼看到车两边的景物飞速地向后退，司机满头冒汗，两眼盯着前方，两手紧握方向盘，两腿直蹬，我大声问："怎么回事？"司机还没顾上回答，只听得一声剧烈的碰撞后，车翻了两个空翻，车顶朝下重重地落在了道路中间，我头部受到重击一下子失去了知觉。

不知过了多久，我慢慢地醒了过来，抬抬手，手还能动，这时一阵剧烈的疼痛向我袭来，我被疼痛包围着，已感觉不出疼痛来自哪个部位。求生的本能促使我用尽全部的力量从支离破碎的面包车里爬了出来，我大声叫着车上人的名字，但没有回音。一种不祥的感觉充斥着我的大脑，我环顾四周，没有任何求助的可能。我意识到在这个时候只能靠自己，我很快做出判断，这里距离下一个村庄还有不到四百米，于是我用力向着村庄的方向爬去。那四百米是我有生以来走过的最艰难的路，我的头、手、胳膊、腿都流着血，一条腿完全用不上力。我就凭着两只手、一条腿和求生意念的支撑完成了这四百米的行程。当我远远地看到一个人向我走来的时候，我用尽全身力气说了声："快救人！"就又失去了知觉。

十

第二天上午我在医院里慢慢醒了过来，我的父母、刘丽的父母和刘丽都守在我的病床边，每个人的脸上都表现出了疲倦和焦虑的神情，大家看我睁开了眼，都露出了惊喜的表情。我感觉很累很累，全身酸痛，脑袋迷迷糊糊的，一阵恶心袭来，我急忙用力想爬起来，但还是力不从心。刘丽忙用手阻止了我的企图，关切地问："你想做什么？"我说："我哪儿受伤了，怎么用不上力气？还感到恶心。"她说："你胳膊腿都受了伤，右腿还骨折了，不过已经做完手术接上了，医生说没什么大碍，只需消炎静养就可以了，恶心是因为脑震荡引起的，医生说只是轻微震荡，过几天就好了。"

面包车在空中翻腾那惊险的一幕在我的脑海一闪而过，像一场梦，我急切地想知道那场梦的结果。我看看守在我身边挺着大肚子的刘丽说："车上其他人怎么样？"刘丽显出了痛苦的表情，我看得出她在努力平复自己的心情，眼圈发红，咳了两声说："你先养伤，他们的情况你以后会知道的。"我从刘丽的表情中感到了不祥，我又急切地问："到底咋样？你先告诉我，不然我心不安。"她看看我像是下了很大的决心似的说："他们情况不太好，你也不要过分着急，着急也于事无补，现在关键是养好伤。"我完全读懂了刘丽的表情和答复，我的脸部因痛苦而变形，泪水突破眼眶的封堵喷涌而出，我的哭声越来越大。刘丽本想劝我，但却在我的影响下也哭出了声，我们的父母看到这场面，也手足无措，不知道怎么办。也许是声音太大，一个护士推开门责备道："小声点，这是医院，注意别影响其他病人。"刘丽止住哭不好意思地冲护士点点头，我也压低了声音，但悲痛像洪水泛滥，不能扼制。我的母亲急忙过来安慰我说："事情已经这样了，哭也没用，反倒对你的伤不好。"她又看着对面的刘丽的父母说："孩子醒了，大家也放心了，一夜没休息都累了，你们都回去好好休息一下吧，我在这里陪着就行了。"刘丽急忙说："不用，我在这里陪，你们都回去休息。"刘丽的母亲也忙说："既然刘丽想陪着，亲家也不要争，我们就回去吧，让刘丽再好好劝劝明志。"我们的父母相互看看不再说什么，在刘丽的催促下都起身回去了。中午的时候刘丽妈把饭送到了医院，但我由于心情极度低落和脑震荡引起的恶心仍未曾进食。

下午，县联社的领导来医院看望我，并安慰我说："你什么事也别考虑，好好养伤。"我歉疚地说："我对不住他们啊！"领导说："这不是你的错，你不必内疚。"领导拍拍我的手，起身走了，我看着领导的背影，想着与同事在一起工作的情景，泪水再一次遮住了双眼。翻车的一刹那像是刻在了我的脑海里，一遍遍地回放着，愧疚一直纠缠着我，使我的心一阵阵地刺痛。

我住院期间刘丽一直陪在我身边，她的母亲和我的母亲轮流来劝她回家休息，她都没有答应，只有我们两个的时候她对我说："我知道你也喜欢让我来陪你，这样我可以陪你说说话。"我说："别只为我考虑，你也得考虑一下自己，你都快临产了，千万要注意。"她微笑着说："没事，算我带着孩子陪你，你也得记上孩子的一份功劳。"我在刘丽的解劝下，心情慢慢舒展开来。经这一场事，我对人生有了更加深刻的认识。

在我住院的第五天傍晚，刘丽像往常一样陪着我说话，我们谈的最多的自然是孩子的事，我正和刘丽开玩笑说："我看你非把孩子生在我的病床前。"刘丽想要说话，但欲言又止，她双手抱肚，眉间挽成了疙瘩，看起来十分痛苦。我立刻意识到了什么，冲着门口就喊："护士，护士，快来！快来！"值班的护士听见喊声急匆匆地跑进了病房："怎么啦？怎么啦？"我赶紧指着床边的刘丽说："快，她要生了，快点！"护士忙走到刘丽身旁说："你还能走吗？我扶你去妇产科。"刘丽痛苦地点点头，看得出来她忍着剧痛在护士的搀扶下缓缓站起来，并在护士的搀扶下手托着腰慢慢走出了病房。

我们双方的父母很快得到了通知匆匆来到医院，我只能躺在病床上急切地等待着我和刘丽的孩子的出生。两个多小时后，我母亲脸上带着喜气进了我的病房，没等我开口，她就高兴地告诉我："刘丽生了个女儿，很顺利！"

我是挂着双拐与刘丽和女儿一同出院的。我女儿的出生冲淡了事故带来的不幸，也给我们一大家人带来了喜气。出院这天，刘丽的父亲特地找了一辆依维柯，把我和刘丽直接送回了皋州乡，因为按照家乡的乡俗，新生的孩子要先回爷爷奶奶家住一段时间。在父母的照顾下，我的腿康复得很快，我的心也从车祸的阴影中逐渐走了出来。我的女儿也由刚出生时的五斤多很快长到了二十多斤，刘丽的父母隔几天就会专程来看看刘丽和孩子，一家人沉浸在欢乐与幸福中。

这天姚所长又送来了李健的消息，李健被判无期徒刑，并将于几天后入监狱服刑。在这几天里是允许探望的，于是我联系了几个同学一同到看守所看望了他。

高墙内住了近半年的他看上去很憔悴，面黄肌瘦的，探望的人与犯人是接触不到的，中间隔了两道铁栅栏，李健看到我们时明显很激动，他张张嘴想说什么但还是咽了下去，他把目光移向了侧面，好像不敢正视我们。我说："李健，你还好吗？"他重重地咽了两口唾液，似乎很艰难地说："我没脸见你们，你们还是走吧。"我说："我理解你，你做事太冲动，不考虑后果，但你并不是坏人。"他说："除了你，还有谁会这样理解，他们都把我当成十恶不赦的大恶人，我是罪该万死，我有罪啊！我这辈子再也没有希望了。"他说完用手擦了擦眼睛，显然他落泪了。我也止不住泪水上涌，我说："我咨询过，你只要下决心在里面好好改造，就有希望获得减刑，同学们和你的父母都等着那一天，我相信，你不会让大家失望的。"他哽咽着说："就算我能出去还能做什么，社会还能接受我吗？"我说："会的，大家会接受你，我们等你。"

短暂的探视结束了，我深深地为李健感到惋惜，一步走错让我们俩成了两个世界的人。

十一

在李健入狱期间，煤炭行情一直低迷，再加上煤炭开采混乱，小煤窑遍地开花，资源浪费严重，开采混乱的状况还直接导致煤矿事故频发，而且煤炭开采对环境的破坏是致命的。由于煤炭业低迷，很多煤炭私营业主入不敷出，经营艰难。城门失火殃及池鱼，煤炭运输业更加举步维艰。全县支柱产业疲软，导致全县经济一路滑坡。信用社作为支持县域经济的主要金融企业，受到大的经济形势的影响，也年年亏损，为了煤炭业的复苏付出了巨大的代价。

这一年皋州信用社支持的乡镇煤矿也面临关门的悲惨结局，信用社二十万的信贷资产将随煤矿的关停而化为泡影，我作为信用社主任心急如焚，多方协调仍无任何结果。晚上，我独坐灯下，思考着应对之法。当时很多集体企业私有化后呈现出的勃勃生机令世人感叹，我想：既然乡镇煤矿不得不关停，不如将煤矿私有化，也许可以促使煤矿起死回生，死马当作活马医，这可能就是唯一的出路。于是我对乡里有实力承接煤矿的人进行了逐一筛选，始终没能找到合适的人选，我一度陷入了迷茫，我开始怀疑自己的判断。我来回在办公室踱着步，电灯泡微弱的灯光跟随着我，使我的影子忽大忽小地变幻着。我转身猛然看到镜子中的自己，两年的基层锻炼已使我从一个懵懂的青年逐步成长为一名成熟的信合工作者，脸上的稚嫩已全部褪去，代之而来的是刚毅与稳重。我忽然想到了一句古诗：蓦然回首，那人却在灯火阑珊处。我用手指着自己在镜中的影子，像咏唱一首古诗，操着并不标准的普通话，押着节拍自言自语地说："踏破铁鞋无觅处，得来全不费功夫，求人不如求己啊！"我的心豁然开朗。我莞尔一笑，自问："何不自己试一试呢？也许还能达到意想不到的效果。"想到这里，我一夜兴奋不已，在梦里还憧憬着自己成为成功企业家那辉煌的明天。

我在没有跟家里商量的情况下，第二天就以个人的名义与信用社和乡镇煤矿签订了转让煤矿经营权和贷款债权的三方协议。一夜之间，我成了煤矿的实际拥有者，当然也成为了信用社的债务人，信用社二十万元的巨额贷款转到了我的名下，我必须承担还款的义务。两天后，我的父母和刘丽一家人才知道此事，刘丽的父亲因此大发雷霆，当着一家人的面说我是不可救药的败家子。我脸面上很是挂不住，但却无言反驳，我只能默默地承受自己招来的这一切。刘丽也埋怨我说："这么大的事，你咋不跟家里人商量一下，二十万，靠我们俩的工资，什么时候才能还清，你要让我们母女喝西北风啊？"我气恼地说："不还有煤矿吗？你怎么就断定我不能成功，我相信我自己，你更应该相信我。"刘丽气得好几天没跟我说话。

我在上班的同时，开始了实现自己企业家梦想的旅程。为此我买了很多煤炭开采方面的书恶补，我对刘丽说："我不打没准备的仗，我要为自己充电，首先要让自己成为煤炭方面的专家。"刘丽面对已走火入魔的我，哭笑不得。当我提出拿出所有的积蓄作为启动资金时，刘丽虽然很是犹豫，但面对骑虎难下的我，她别无选择，最后不得不答应。她无奈地对我说："你现在是往火坑里跳，但夫唱妇随，我只能与你同归于尽了。"我兴奋地说："谢谢你！我们夫妻一心、同舟共济、同心协力一定会成功的，我就知道你一定会支持我的。"

我对煤矿原来的人和机器设备照单全收，除了所有者经营者变了以外，其他什么都没变。为了改变原先管理混乱的状况，我找了几个村里的高中同学，根据各自的特点安插在了煤矿的关键位置，比如财务管理、煤炭销售、煤场管理、人员管理等等。在煤矿转化后，原来工人的思想也有了巨大变化，他们庆幸自己没有失业，仍然能在煤矿上班，为了保有现在的工作，他们必须适应现在的一切，所以他们一改过去懒、散的工作习惯。我还将过去只记出勤、不计产量的考核办法进行了修改，用计件工资代替了计时工资，工人的生产效率因此大大提高，第一个月的产量竟然达到了过去三个月的产量总和，我自然非常高兴，但另一个问题又摆在了我的面前，就是煤炭的销路问题，产量上去了，大量的煤炭堆积在煤场卖不出去，资金回笼很慢，使得我手上的活动资金几度匮乏，因此我不得不到处借贷，在第三个月，为了实现对工人的承诺和付清欠信用社的贷款利息，我不得不向高利贷借款以渡过难关。第四个月开始我已难以为继，那是我最痛苦的几天，看着煤场堆积如山的煤炭，看着工人忙碌的身影，我感到了自己的力不从心，我不知道该如何走下去。我的心情跌入了低谷，为了释放和排解心中的郁闷，我又骑车来到了晓娟的村庄。远远地看到，无忧无虑的晓娟坐在太阳下发呆。我走到晓娟的身旁坐下来，对她说："晓娟，你还没有记起我吗？我现在遇到了难以跨越的困难，你能帮我吗？"晓娟好奇地看着我说："我记得你，你还要给我买好吃的吗？"我鼻子一酸，两行热泪滚落而下，我说："要买，但你要记得我。"晓娟点点头说："我就记得两个人，一个是你，另一个是明，你们俩都对我好。"我泣不成声，想不到晓娟的内心深处仍然怀念着那个曾经的我，在她面前我是真的有愧啊！我像以往一样，带着晓娟到河边洗了脸，再带着她到小卖铺买了零食，然后送她回家，在分别时我对晓娟说："晓娟，明对你不好，你把他忘了吧。"晓娟皱着眉头执拗地说："不对，我记得他对我很好，是我做得不好，所以他不来看我了。"我苦笑着说："他很关心你，他经常来看你，只是你认不出他，因为他已经不是原来的他了。"晓娟拍着手高兴地说："你说的是真的吗？他真的经常来看我吗？"我注意到她脸部的表情突然急转直下："但我一直在村口等他，他到底去哪里了？如果你见了他，告诉他，我在等他，好吗？"说到这里晓娟两眼发红，她望着村口的方向说："记着，告诉他，我等他。"

我一路哭着回到了信用社的，锁好门一头扎在了枕头上，以前的一切像幻灯片一样在我的眼前一幕幕闪过：晓娟啊！你为什么这样痴，痴得让我心碎。

我的煤矿被迫停产了，放高利贷的几次上门讨债，我却身无分文。刘丽虽没有说什么，但我感觉到了她的抱怨。我开始喜欢黑暗，我希望太阳落下去就再也不要升起，我躲避着债主，躲避着现实，那段时间真是度日如年。我甚至把心中的不快带到了工作中，我脾气越来越暴躁，特别是对待刘丽的态度也越来越粗暴，但刘丽总是不断地忍让，从来不直面冲撞我。因为她理解自己的丈夫，在这个时候她不能再火上浇油。她同时也害怕我不能承受，陪着我的时候，她总小心翼翼的。实际上所有这一切我都是看在眼里的，但我无法控制我的情感，因为我需要发泄，不然我就要彻底崩溃。

十二

在最困难的时候我遇到了陈姐。陈姐从小生活在皋州乡，是我大姐的同学，后来嫁到了县城。陈姐奔四的年龄，但因她时尚的打扮看上去却只有三十出头。陈姐十分要强，与丈夫离婚后独自带着一个女儿生活，为讨生计，她打过工，开过饭店，做过小生意，凡是能挣钱的活她几乎都干过。她百炼成金，如今已是腰缠万贯，身价百万的富婆。

这天陈姐回到了娘家，到信用社办理一笔取现业务，我正好在信用社例行查库，远远就听见一声响亮的汽车喇叭声，接着是急促尖利的吱吱呀呀的刹车声，一辆红色漂亮的小轿车停在了信用社的门口，我和柜台里的人都隔着防护网伸长了脖子向外张望，车门打开，一个戴着墨镜，身穿粉红连衣裙，脚穿高跟鞋的中年妇女下了车，款款走进了营业室。其实最吸引我眼球的还是那双鞋，因为在我看来那鞋跟简直高得离谱，本来娇小的身材，在高跟的抬举下显得高高在上盛气凌人。

陈姐进到营业厅，手里拿着存单，冲着里面的我们说："我要提一万现金，这是存单。"说完就把存单递了进来。我暂停了手里的工作，仔细地端详了一会，然后用手指着她叫了声："陈姐！"陈姐不解地看着我说："你认识我？"我说："我是明梅的弟弟，你小时候经常跟我姐一起玩，还经常到我家呢。"陈姐恍然大悟："你是明志，好多年不见，你都长成帅小伙了，你是在这里上班吗？"我说："是的，陈姐，要不先到我办公室坐会？"陈姐犹豫了一下说："那好吧！"陈姐跟着我来到了办公室，她转着看了一圈，说："你是这里的领导吧？信用社的人我也认识一些，不过真不知道你在这里上班，你们信用社工作环境好，工资又高，人人羡慕啊！"我说："隔行如隔山，不进信用社你也就永远不会知道信用社的难处，信用社的发展与地方经济发展紧密相连，可谓一荣俱荣，一损俱损。现在地方经济发展滞后，信用社发展也遇到了很大的困难，存款增长乏力，放贷难，收贷更难，这几年经济效益下滑，我们挣的可是效益工资，没有效益，工资就不可能增长，公务员工资都长了几次了，我们的工资还是几年前的样子。我早就听我姐说过你，你可是我们乡的名人啊！""什么名人，只不过挣了几个钱，他们只看到我光鲜的一面，我受的苦谁知道啊！"陈姐叹着气说。我问陈姐："你还是一个人过吗？"陈姐苦笑一声说："不一个人过能怎么样，都快四十的人了，再说还带着女儿，还有谁会娶我？！"我说："凭着陈姐的漂亮和事业方面的成功，很多男人排着队等着，就看你给不给这个机会了。"陈姐脸忽然变得通红，不自然地说："小毛孩，瞎说什么？"我嬉笑着说："我孩子都两岁了，早已不是什么小毛孩了。今天邂逅，是巧遇，你是我们乡的成功人士，你的朋友圈都是有钱人，我想趁此机会多嘴打问一下，在你认识的人里面有没有愿意投资煤矿的？"陈姐说："你是信用社的，问这个干什么？"我说："乡煤矿由于欠信用社的贷款无法归还，半年前转让给了我，我经营了几个月，现在由于资金短缺又停产了，我后悔当初没听家人劝，到如今是负债累累，我实在是难以为继了，你如果能找人帮我转让出去就算是帮了我的大忙，哪怕赔几个钱我都愿意。"陈姐说："各行各业的发展都是热一段冷一段，按照发展规律来看，我猜测煤炭业过不了多长时间就会回暖，我建议你还是坚持一段时间。"我说："煤矿除了欠信用社的贷款，为了维持生产我还借了一些高利贷，再这样下去非把我拖死不可，我是坚持不到回暖的那一天了，我想尽快摆脱这种困境。"陈姐说："我倒是看好你，不过这可是一大笔投资，给谁都要慎重考虑，要不你给我点时间让我考虑一下？"我好像抓到了救命的稻草一样急切地说："你真的愿意考虑吗？你有时间的话，我可以带你到矿上看一下，光是煤炭就存了近五万吨，按现在的市价，也值上六七十万了，但现在是有价无市，卖不出去，我是真没有办法了。"陈姐说："好吧！今天我还有事，改天我一定去看看。"

　　陈姐走了，说了那么多，但我对陈姐也没抱任何希望："唉！谁会蹚这浑水啊！"我依然生活在惶恐中。一个星期过去了，这个星期天，我还是没有回县城，面对刘丽我总有一种亏欠的感觉，所以我就尽量避免去面对。我还是将自己关在了办公室，我拿起毛笔强迫自己静下心来，但没写几个字就无心写下去了。我拿起竹笛，但还没吹完一首乐曲就感到特别心烦。我干脆什么也不做，躺在床上静静地看着天花板发呆，我不敢想未来，但又不得不想未来，我不断地在问自己同一个问题："下一步我该怎么办？"

　　正当我忽忽悠悠陷入沉思时，窗外又传来了一声尖利的刹车声，使我猛然惊醒。一个人在我的大脑中迅速闪现："陈姐。"一阵优雅的脚步声慢慢接近，然后是清脆的敲门声，我一个激灵坐起来，喊了一声："请进。"房门推开，陈姐出现在了我的门口。让我欣喜的是，陈姐真是来看我的煤矿的。我陪着陈姐在煤矿上转了一大圈，从陈姐的表情中我看出陈姐对我的煤矿还是比较满意的。再次回到我的办公室，陈姐向我了解了煤矿的负债情况和资产状况，最后她说："我对你的煤矿比较满意，可我不想完全接手，我不想把我的资金都押在这一个宝上，但我可以向你投资入股，你现在的资产算六十万，我投资三十万，一半用于归还高利贷和结清信用社贷款利息，另一半用于煤矿启动生产，至于煤炭销路，我相信我的判断，最少半年，至多一年，煤炭行情肯定会有一个大的变化，只要煤矿能坚持到那个时候，我们就有希望。这算我帮你，实际也在帮我自己，无利不起早，相信我，我不做亏本的买卖。"听了这些话，我感动得几乎落了泪，我激动地上前给了陈姐一个大大的拥抱，并抓着陈姐的手说："谢谢你！陈姐。"陈姐显然被我不平常的举动吓着了，她红着脸结巴着说："你，你这是怎么啦？我又没捐钱给你，我这可是投资啊！到时你要给我分红的。"我说："那当然，但你这等于救了我的命，以后你有什么差遣，我是万死不辞。"

在陈姐投资后，我的煤矿又恢复了生产，作为投资人，她经常会到煤矿上看看生产情况，所以我和陈姐也就经常见面。我把陈姐看作我的恩人和大姐。长姐如母，时间一长，在陈姐面前我找到了一种从未有过的受庇护的感觉，只要陈姐在，我就感到安全、踏实。那种感觉是美好的，而且经常让我回味无穷。事情也似乎在朝着我的预想发展着，我感到了前所未有的充实和满足。在煤矿人手缺乏时，我力劝我的父亲来煤矿帮我，长辈对晚辈的爱永远是无私的，老子给儿子打工，老子别无所图。由于我有工作在身，所以我的父亲抛弃了打了几十年交道的土地，替我在煤矿打理着一切。按照陈姐的设想，我让煤矿开足马力进行生产，为的只是那不确定的转机的到来。

十三

在顺利中往往隐藏着危险，秋天是收获的季节，家乡的玉米地成片成片的，像黄色的海洋，人一旦走进去就被淹没了。农民们看到了丰收的希望，脸上都挂上了难得的笑容。我父亲走在去煤矿的路上，眺望着海洋般的玉米地，他的心情异常沉重，放弃了土地的农民会有一种失落感，我的父亲就是这样。他对土地的感情是那样真挚，他看着眼前的一片玉米地，估算着收成，然后再去估算下一片。又是一个丰收年，他的心情格外高兴。

来到矿上，他先到办公室看了昨天晚上的产量，然后就匆匆穿好下井必须穿的棉衣棉裤，戴上头灯，来到竖井口，他向开卷扬的师傅打过招呼后，就坐上罐车下到了生产的第一线。他把工人叫过来，询问了一下煤层厚度及煤炭质量情况，再强调一下安全，这是父亲每天必须的工作。今天父亲心情特别好，就同工人多聊了一会，聊完他就沿着像老鼠洞一样四通八达的巷道整个转了一遍，但没有发现任何隐患。他放心地背着双手、打着节拍、唱着晋剧往竖井方向走。正当他唱得十分陶醉的时候，"嘭"一声震耳欲聋的巨响从巷道深处传来，巨大的声响造成了较长时间的耳鸣，父亲诧异地向声音传来的方向望去，一时没缓过神来。当他意识到发生了什么的时候，他没有任何犹豫，拼命地向声音传来的方向冲去。巷道内一片漆黑，头灯的亮光被沉重的黑暗所淹没，一股呛鼻的气体直灌胸腔，但他并没有意识到危险正在逼近，他仍然向前冲着。他感觉到呼吸开始困难，大脑越来越迷糊，浑身发软，一个跟跄栽了下去，就完全失去了知觉。

矿上发生瓦斯爆炸的信息通过电话第一时间传到了我的耳朵里，我愣在那里半天没反应过来，我慢慢坐下，闭上眼睛重新整理了一下思绪，然后就冲出了信用社。

这次事故经过了两天的救援才有了最终的结果：死亡三人，其中一人是我父亲。他是因窒息而死的，他本可以逃过这次灾难，但作为父亲的那份责任夺去了他对灾难来临时的基本判断。当他的尸体最后从坑道里被抬出来的时候，我的精神受到了强烈的刺激，我摸着父亲焦黑瘦削的脸，热泪滚落而下。母亲像疯子一样扑到了父亲的身上，她彻底崩溃了。在父亲出殡前的几天里，母亲一直陪在父亲的身边，寸步不离。

雪上加霜的我已经无力承担这一切，这一次还是陈姐出钱对死亡矿工的家属进行了赔付。从这一次事故中我体验到了人生的变幻莫测，残酷的现实使我从正在升起的希望中跌落，消极悲观的情绪紧紧包围着我，让我无法逃脱。我不想回家，不想看到家人悲伤的眼神，这个阶段陈姐给了我最大的慰藉。她用自己的坚强给我力量，她让我感到她的心是慈爱的，她像一个避风港让我感到了安全，她像一个母亲让我感到了温暖与爱。

我对陈姐逐渐产生了一种很强的依赖，几天不见就想得慌。我开始每个星期回县城看刘丽和女儿。刘丽还像从前一样对我十分体贴，她从来不责怪我，即使我惹出了这么大的麻烦，即使我不能为家里负担任何责任，她也从不抱怨。因我回家次数少时间短，所以女儿对我又怕又依恋，每次刚到家，女儿总是躲得远远的盯着我看，时间一长就又缠着我须臾不离，晚上还总吵着要跟我一起睡。刘丽的体贴和女儿的可爱使我常常自问："我对得起她们吗？"但我有一个充足的理由，我只是需要一个心灵的慰藉，陈姐和我一样并不想破坏婚姻和家庭。

十四

2003年后，煤炭业开始复苏，煤炭价格飞涨，煤炭销路开始呈现欣欣向荣的局面。陈姐和我的坚持终于得到了回报，我的煤场存煤在很短的时间内销售一空，资金大量回笼。我不仅还清了所有的贷款，我的煤矿在信用社的账户余额也节节盘升，短短两年时间竟然达到了几个亿，这也是我预料未及的，面对巨额的财富，我无所适从。

煤炭业转暖，运输业也紧跟其后，很多人看到了商机，纷纷加入买大车搞煤炭运输的行业。作为煤炭大乡的皋州乡乡民更是蠢蠢欲动，有钱的买车，没钱的借钱买车，甚至一拨一拨地来信用社寻求贷款买车。第一批买到车的两年内就赚回了本钱，高额的利润像猫爪一样抓挠着每个乡民的心。大家纷纷举债买车，一家一部车还嫌少，就买两部三部。在我们乡一度出现了汽车村，一个村百分之九十的家庭有运输车辆，一起出动时，排着长龙，不知内情的以为是什么大型车队，蔚为壮观。但运输毕竟是高风险行业，而且出现了一些家庭因养车而导致家破人亡的极端例子。比如有个叫周广福的去年贷款买了车，每天从煤矿拉上煤，行程近150公里到河北卖，从中赚取两地煤炭差价。这天开车返回山西境内，天色越来越灰暗，他把车灯打开，脚上加力，加速向前急驰，他现在已是归心似箭，谁知前面突然出现了一辆小车，他下意识地踩下了刹车，却出现了意想不到的情况，刹车失灵了！就在他的车马上就要撞上小车的关键时刻，他向右急打方向盘，他的车高速冲向了路边的护坡，一声震耳欲聋的响声过后，周广福就失去了知觉。

周广福车毁人亡的消息迅速传遍了皋州乡，所有人都为此震惊。我在震惊过后，迅速查阅了周广福的贷款记录，一年多来，他已经归还了大部分贷款，仅剩1万元贷款本金和少量欠息未归还。我长叹了一口气："唉！马上就要还完贷款开始为自己挣钱了，真是不幸啊！"

三天后按照我们当地的风俗出殡，周广福入土为安了，一个家庭从此失去了顶梁柱。在周广福去世三个月后，我带领着信贷员进了周广福家的门。周广福的妻子黯然接待了我们，她没等我们开口就说开了："主任，广福没福气，想不到他走得这么早，在他走的前几天还跟我商量着抽空去信用社还清贷款，可还没来得及就走了。快过年了，你们不来我也准备去一趟信用社，本来我想把剩余的贷款全还清的，但出事后，广福出殡花了一些钱，现在家里只有六千元钱了，既然你们来了，就都拿去还贷款吧。剩下的，容我想办法慢点还，你们看好吗？"听了这些话我的眼泪在眼眶里不停地打转，心里凉凉的很不是滋味。周广福的妻子从柜子里的包袱内拿出一大沓钱来，递到了我的手上。我拿着钱感觉沉甸甸的，我平静了一下心情说："嫂子，快过年了，你把钱都还了贷款，年咋过？"她说："往年广福在的时候，手里宽裕，今年不同了，只好凑合着过了，吃的穿的没什么讲究，没新的穿旧的也行。"我说："要不你留点吧，先过了年再说。"她说："不用了，广福在的话应该还清了，现在贷款到期了仍然欠着我就觉得很过意不去，还请你们担待着点。"我感觉自己的眼泪就要下来了，唉，这年跟前的，真是几家欢乐几家愁啊！

　　我和信贷员出了周广福的家门，转了一个弯后，停了下来。我转身对信贷员说：你身上有钱吗？

　　有，你要多少？

　　有多少要多少。

　　我只有三百元……

　　我说那好吧，都给我，我明天还你。

　　我边往回走边掏出了自己身上仅有的一千元钱和刚拿在手上的三百元钱放在了一起，我急匆匆地再次进了周广福的家门。周广福的妻子好奇地看着我问："怎么，还有事吗？"我把手上的钱塞到了她的手上说："这是我的一点心意，你拿着过个年。"说完就转身跑了出来。周广福的妻子远远地喊我："赵主任，你别走，你的钱我不能要啊！"我回头喊："嫂子，你拿着吧，我只希望你过个好年。"

　　我赶上信贷员后，心情格外高兴，信贷员问："刚才你还阴着个脸，怎么现在云开雾散了，我想你是去广福家送钱了吧。我那三百算我凑个份，你做好事也得带上我呀，不能自己独享。"我说："我借的咋能不还呢！"他说："这钱我真不能要。"我说："那算我欠你个人情。"他说："平时总是我们欠你的人情，现在总算你欠一个人情了。"我们俩相视开心地笑了。

十五

元旦过后，很快就临近春节了，早上天空阴云密布，到上午九点多，天空中飘起了大片大片的雪花。雪花飞舞着，落在了屋顶上、大树上，落在了一条条的乡间小路上。不一会儿就到处是白，白得晃眼，三五成群的孩子聚集在小巷口团着雪球打起了雪仗，你追我赶玩得好不热闹。我站在信用社门口望着往来穿梭的孩子们，想着自己的童年，心情愉悦，脸上不时露出笑容。远处树底下，一对青年男女并肩走着，忽然女的一个趔趄就摔倒在了地上，男的忙俯下身去扶，并爱意绵绵地问："摔疼了吗？"女的借力站了起来，冲男的笑笑说："没事的。"这一幕是那么熟悉而又陌生，两个人的温情让我的思绪飞回了大学时期。那是我和晓娟的时代，那个时代在我的内心深处留下过太多令我激动的记忆，我仰天叹道："晓娟，好久没见，你过得还好吗？"

这时的晓娟正跋涉在曲折的山路上，她是出来寻找自己的孩子的。今天一早，晓娟原先的丈夫找到了她家里，说是孩子不见了，一晚上没有回家。由于晓娟经常到他家附近转悠，所以怀疑是晓娟引走了孩子，因此才找到了这里。虽然原先丈夫的这些话是说给晓娟父母听的，但旁边的晓娟却听得明明白白。她没有搭理任何人就出了家门，她的这种行为对于她父母来说并不觉得奇怪，因为自从晓娟精神失常以来，她就出没无常。

晓娟转遍了村里的大街小巷，嘴里不停念叨着："宝宝、宝宝……"她来到村口，没有能找到自己的宝宝，心里非常失望。天空中纷纷扬扬的雪花钻进了她的领口里，她浑然不知。大地上到处白茫茫的，已分辨不出原先的路。她径直沿着村口通往山里的路走去，她想："也许宝宝贪玩进了山。"山势越来越陡，脚下打着滑，站稳都困难，她干脆爬着前行，在她的心中只有自己的宝宝，作为母亲的她有义务更有责任给予孩子保护。

她离开自己的宝宝几年了，对于她来说，所有的人都可以忘记，唯独孩子不能忘。所谓母子连心，就算心智出现了问题，这种爱子惜子的本能也不会变的。原先丈夫百般阻挠她去看孩子，但她还是天天去，远远地等着瞅着，只要能看一眼孩子就算完成了完美的一天。有一次一群孩子追在她身后，还向她投掷土块，她笑着以为是一场游戏。这时正好她的宝宝路过，她忙追上去献媚地叫着："宝宝！宝宝！"那些追打她的孩子很快明白了是怎么回事，于是一群孩子围着开始七嘴八舌地取笑她的宝宝，一个说："你妈妈是傻子！"另一个说："你是疯子的儿子！"然后所有的孩子都哄堂大笑，她的宝宝站在孩子中间无地自容，恨不得找个地缝钻进去。受此羞辱，她的宝宝开始大哭，边哭边挥舞着小拳头向那帮孩子攻击。孩子们之间爆发了一场寡不敌众的混战。宝宝很快被人压在了身下。舐犊之情突然在晓娟的身上爆发了，晓娟大吼着冲向了压在宝宝身上的孩子，把那个孩子双手提了起来，然后重重地扔在了地上。她的举动把所有的孩子都震住了，短暂的目瞪口呆后，所有的孩子一哄而散了。

晓娟想用手去拉宝宝，但被宝宝狠狠地甩开了。宝宝自个从地上爬起来，瞪着晓娟严厉地说："以后别再叫我，不然我让我爹打断你的腿。"说完就一瘸一拐地离开了。晓娟听不懂孩子的话，兀自在那里高兴不已。

现在她一听说宝宝不见了，就开始着急，她下决心一定要找到宝宝。刺骨的寒风吹透衣服，直往骨头里钻，她没感到冷。她用双手和双脚艰难地前行，走了两个小时也没觉得累。她的心里只有一个目标，那就是她的宝宝。她向着山谷不停地喊："宝宝！宝宝……"但山谷里只有回音。她走啊走啊，天完全黑下来了，她还在走。她不知道自己走到了哪里，只觉得自己站得好高好高，她艰难地迈出一只脚落下去，但地下却是空的，她身子前扑，一下子栽了下去。她不停地向下滚啊滚，直到被一块巨石挡住，她的头撞上了石块，但没感到任何疼痛，她最后看了一眼黑压压的苍穹，慢慢地闭上了双眼。在她生命的最后一刻，她的嘴里仍然念叨着："宝宝！宝宝……"

我那一晚睡得极不踏实，不停地做梦。一会儿梦见我的父亲回家了，一会儿又梦见张鹏来找我了，最后梦见晓娟张开双臂向我求助，她美丽的双眸一闪一闪的，像两颗明亮的星星。我伸出手去拉她，但晓娟突然消失得无踪无影，让我怅然若失。太阳冲破云层爬上山头的时候，我终于醒了。

接下来的几天，我总觉得心中有事，但想不起来有什么事。小年的那天，我安排好信用社职工值班后，准备回县城过年。刚走出信用社大门就碰到了我高中时的一个女同学。她没考上大学，高中毕业后就嫁给了村里的一个农民。她拦住我慌张地对我说："你没听说吗？晓娟出事了。"

我一下着急了："她出了什么事？"

她眼圈一红哽咽着说："晓娟掉在山谷里摔死了。"

脑子嗡地一声，我差点昏了过去，我两手互掐了一下，确信自己不在梦里。我双眼瞪着她问："你这是听谁说的？"她难过地说："村里很多人都知道了，而且都在议论。"

我感到心脏剧烈地跳动着，几乎要跳出嗓子眼。我鼻子一酸，眼前立刻模糊一片，我转过身慢慢走回了自己的办公室，每一步都似有千斤重。我坐在床上，把头埋在了被子里，发出了歇斯底里的哭声。

十六

晓娟的离世使我这个年过得索然无味。刘丽在获知晓娟去世的细节后，非常震惊。作为一个母亲，她理解晓娟的举动，令她难以理解的是晓娟一个精神失常的人却完成了一个伟大母亲的壮举。她曾经是那么漂亮、活泼、充满朝气。她还那么年轻，却已经走完了自己的人生。多年以后也许不会有人再记得这个伟大的母亲，包括她的孩子，但她无愧天地，无愧人生。

这段时间来，陈姐好像故意躲着我似的，每次通电话她都说自己没空，这让我隐隐觉得我们之间将有事发生。

直到上班后我也没能见到陈姐，年后第一天上班，我回到了信用社，我坐在办公桌前，想着最近发生的一切。

晓娟死了，我们曾经是那样相爱，本来我们可能会相守一生，如果真是那样，晓娟现在可能还快乐地生活着。但刘丽的出现、我的移情别恋，使晓娟的精神彻底崩溃，她是为我而疯的，而我又为她做过什么呢？刘丽漂亮贤惠，还有我们那可爱的女儿，在外人看来我们是多么幸福的一家子。现在，我不能确定我和陈姐间的感情是不是爱情，我是那样依恋她，在她那里我找到了一个安全的港湾。我就像一只受伤的小鸟很幸运地在危难关头遇到了一只慷慨地张开羽翼庇护我的大鸟。她可以为我解除现实的捆绑，回归轻松的生活，她给了我安全给了我富足，这是人生在世非常重要的东西啊！而对刘丽，我已经在不知不觉中从当初的爱情升华为了亲情，在我的心里她是需要我保护和关爱的亲人，我同样不能舍弃。在几个女人之间我扮演了一个十分复杂的角色，我越来越看不清自己。我自认为自己是善良的，但我却给她们每个人都带来了伤害，我真的错了吗？我该怎么办呢？这个问题纠结着我，使我脑袋发胀，嗡嗡直响。

母岩村的牛书记来了，身后还跟着几个贷户。他说："村里的信用户贷款本来年前就该来结息了，但由于雪下得大，一直没法出来，所以耽搁到现在。尽管人来不了，但是大家一直都记挂着你，担心因为不能按时结息，你的业绩受了影响，也怕信用社把母岩村信用村的牌子给摘了去。这几年乡亲们可是全靠信用贷款周转才赚了点钱，生活也慢慢好起来了，这个信用不能丢！"

我看着牛书记那冻得通红的脸感动地说："以后遇到这种情况可千万不能这样，什么重要也没有安全重要啊。快中午了，办完事我请乡亲们去饭店吃饭，过年了，我得表表心意。"我把牛书记跟他带来的乡亲们一起请到了乡里最好的饭店。

边喝边聊中我了解到，眼前这几个乡亲，有养猪的，有养鸡的，还有种果树的，种菜的，干小买卖的，他们都兴奋地谈着各家的收成。听起来乡亲们靠贷款干起来的产业发展得都不错。看到乡亲们的高兴劲，我忽然想起了晓娟。晓娟就是母岩村的啊！我考虑着怎么开口打听晓娟家的情况。我端起酒杯，边跟牛书记碰酒边问："郭晓娟的孩子找到了吗？"牛书记显然没想到在这样的气氛下我会问到这件事上，他放下手中的酒杯叹口气说："唉，真是不幸啊！晓娟因为找孩子掉下山谷摔死了，可她的孩子直到现在也没找到！村里人都说是人贩子把孩子拐走了，我们已经报警了！希望公安能帮忙把孩子寻回来吧！唉，实在是太可怜了……"

我已送到嘴边的酒杯停在了那里，我的心里像打了五味瓶，说不上什么滋味。也怪我，由于晓娟的话题，酒桌上的气氛变得有点沉重了。吃完饭后，我看着牛书记和乡亲上了车，向牛书记千叮万嘱要注意安全，车完全消失在我的视野后，我才回到了信用社。

十七

正月快结束时，我抽了一个星期天，驾车去到距家乡两百多公里的市监狱看望李健。看上去他身体还好，但较上次见面时精神显得萎靡不振的。我忙迎上去握住了他的手，说："这段时间还好吧？"他说："在里面天天一个样，无所谓好不好，你这次来得正好，我想求你件事。"他盯着我好像在等待我的回答。我说："我们俩还说求不求的，有什么事快说，我办就是。"他咽了口唾沫，像是很艰难地说："年前我老婆，不，现在已经是别人的老婆了，她来看过我，她告诉了我一个让我痛苦的消息。"说到这里，李健用手掩着嘴，两腮抽搐着，他继续说："她告诉我，我的女儿得了白血病，正在住院，但医生说治好的希望很小，而且要花很多钱。"他顿了一下说："我是想求你帮我出钱为我女儿治病，等我将来出去了，再挣钱还你。"又一个晴天霹雳差点将我击倒，我一时竟不知说什么好。"怎么会这样呢？我不会是听错了吧？"我问。李健似乎很平静地说："是真的，她也没必要骗我，这么大的事，除了你没人能帮得了我。"我说："行，钱不是问题，我会尽最大努力的，只是这太有点突然了。"他说："那就全靠你了。"我点点头，没再说什么，我也没有心情再说什么了。

　　天空很晴朗，但我的心是灰暗的，李健的不幸缘于自己的冲动，但他女儿的不幸又该归罪于何人？白血病，我是从日本电视连续剧《血疑》中了解到的，它的致命性让它有了另一个令人恐怖的名字：血癌。如何挽救一个幼小的生命，把她从魔鬼手中夺回来？这成了残酷的现实交付给我的艰巨的任务，我思索着，思索着谁能帮我。"陈姐，就是陈姐。"我坚定地对自己说。

　　我拿起手机拨通了陈姐的电话，我着急地等待着，没人接，我再拨还是没人接。我想这一定又是故意不接，我只好给她发了条短信。说：我有急事需要你帮忙，请立即给我回电话。我放下手机，来回走着，等待着。终于陈姐打了过来，没等她问我，我就先开口说："你这是从地球上消失了吗？你是在火星上吗？想见你一面比登天还难吗？你不知道我会着急吗？"一连串的责问使陈姐无言以对，电话里沉默着，我正要张口打破这种沉默，陈姐说话了，她说："你有什么急事，快说吧，不然我挂电话了。""我们的高中同学李健，就是那年拿了金库的钱跑了的那个，她的女儿现在得了白血病，急需救治，但他还在监狱里，所以他托我给他女儿治病，你也知道信用社事情很多，我走不开，所以我想请你帮我带着他女儿到北京去看病，不管花多少钱一定要看好，你一定要答应我，算我求你。"我一口气说完，静静地等着陈姐的回答，陈姐说："这事我答应你，但你也要答应我一件事。"我说："你的事我什么时候犹豫过，你快说吧。"她说："我要你答应从此我们只作普通朋友。"我听着听着，两行热泪流了下来。

陈姐安顿好自己的女儿后，就带着李健的女儿小乐去了北京。

　　信用社新一轮的改革开始了，联社班子要进行调整，我作为70后年轻一代的代表人物被提名为联社副主任人选，并在全县进行公示。我年龄小、文化程度高、资产大成为了当时社会关注的焦点，可以说是风光无限。就在我满足于自己所创造的成就时，一封举报信悄无声息地飞进了检察院的举报箱里。信里举报我以不正当手段取得本应属于信用社抵债资产的煤矿，并因此发财致富，金钱无数。正处在提名公示时期的我被上级领导告知暂缓提拔任用，等举报情况核实清楚再说。检察院随即派人到信用社进行了调查核实，我也被视作嫌疑人接受了调查。

　　所谓"不做亏心事，不怕鬼敲门"，我心地坦荡，是啥说啥，并把当初因接受煤矿而给我带来的磨难详细进行了说明。我说："当时面临乡煤矿关停倒闭，信用社贷款清收无望，在这样的情况下，我接受了煤矿，为了使煤矿恢复和维持生产，我将家里所有的积蓄都贴了进去，还借了高利贷，在我倾家荡产，一无所有的时候还是陈姐出资救了我，才有了煤矿今天的发展。我可以向天起誓，我没有讨过公家一分钱便宜。贷款我早已还清，信用社没受一分钱的损失。这能说明什么，能说明我是以不正当的手段取得煤矿的吗？"检察官说："你说的是不是事实，我们会进一步调查核实，你放心，如果你是无辜的，我们会还你清白。"

　　所有的信用社员工都接受了调查，陈姐也被"请"了回来，接受了一天的调查。反复的调查耗去了近一个月的时间，这一个月使我心力交瘁，我请了几天假，回到家里，安心做起了家庭主夫。结婚以来都是刘丽顾家，家对我来说只是一个可以休息的客栈，是我的一个安乐窝。如今让我挑起家的重担，才感觉到刘丽的不易。每天，我要一大早起床做饭、打扫，刘丽上班后，我还要负责送孩子到学校，回到家里还得洗碗，洗衣服，这一切做完后，就又该做中午饭、接孩子了。中午饭吃罢，收拾停当后，午休片刻，再送孩子上学，返回后才有时间做一点自己喜欢做的事。我只喜欢看书，所以这个时间是我的读书时间，对我来说相当宝贵。接近黄昏时再去接孩子，然后再做饭，洗碗，一天就结束了。几天下来，让我感觉到在家里并不比上班清闲，况且刘丽平时还要上班，真的是难为她了。不过这样的生活让我从复杂的社会关系中解脱出来，心里宁静如水，就像看到了陶渊明所追求的悠然的生活，让我心里舒畅了许多。而且这几天的生活还让我深深地感到了妻子的贤惠、女儿的可爱和家庭的温馨，令我乐不思蜀，我都不想再回到工作岗位了。

十八

经过检察院的调查，事情得以澄清，事实证明我是被诬告的，上级领导找我谈了话，最后我被正式确定为联社副主任人选。

新官上任，应是春风得意的，但我一直高兴不起来，一是因为小乐的病，二是因为诬告给我带来的影响。

我的煤矿仍然高速运转着，可以说是日进斗金，为了进一步扩大生产规模，陈姐特地找我谈了一次话。她说："为了提高开采率，现在各地都在尝试露天开采，露天开采可以减少对资源的浪费，也可以提高我们矿的产量，一举两得，何乐而不为，所以我建议向上面打报告申请露天开采。"我说："煤矿一直是你在管理，煤矿能有今天全是你的功劳，你说的做的总是对的，你的决定我什么时候反对过，你想怎么做就怎么做，我不想费那心思。"她说："说到底这是你的煤矿，你以后也要学着经营，别老靠着我，将来有一天我离开了，你怎么办？"我急着问："你要离开我吗？我又做错什么了？你答应过要让我依靠一辈子的，你可不能反悔。"她说："我是说万一，万一我死了，你怎么办？"我伸手打了一下她的嘴说："别乌鸦嘴，我死了你也死不了，我的好姐姐，你会长命百岁的。"她笑笑说："我是说正经的，听不听由你，反正我也管不了你。"我立即充满歉意地说："好，我听你的，但你要手把手教我才行。"她说："又要耍什么小心眼，我们可有约法三章。"我遗憾地说："神仙姐姐不要我了，还不允许人家想一想吗？"她无奈地说："真拿你没办法，那我明天就去办露天开采的相关手续，这次我再放你一马，下次我就不管了，你可要亲自去办。"我诡秘地一笑说："那谢谢陈姐了！"我忽然想到了小乐的事，就问："小乐的病现在好点了吗？"陈姐说："药物只能维持她的生命，并不能挽救她的生命，现在只能走一步看一步了，孩子真是可怜！"她叹着气，脸上满是惋惜。

露天开采的事在陈姐不辞辛苦地走动下，终于批了下来。下一步要解决的就是重新规划和购置设备的问题，陈姐虽然嘴上说不管了，但我知道她绝对放不开手，我乐得清闲，不管不问的，仍完全由陈姐去处理。

露天开采确实是好处多，不仅产量大幅增加，而且还降低了风险，利润率也明显提高。陈姐对自己的成绩非常满意和自信，她常常喜形于色地向我谈起煤矿的事，她说："现在煤炭行情好，我们的煤矿产量又高，我让你点钱点到手抽筋。"我说："钱这东西多了不一定是好事，够花就行，我不会挣只会花，我花了你会不会心疼。"她说："这是你的钱，我心疼什么，随你花，我可不管。"我说："我想给你买件礼物，你说买什么好？"她说："给我买什么，我什么都不缺。"我说："那我送你根鹅毛吧。"她问："这是什么意思？"我说："不是说千里送鹅毛，礼轻情意重吗？我就送鹅毛啦。"她说："随你吧。"

随着露天开采的深入，乡里的老百姓受不了啦，由于工作面直接暴露，风一吹，煤屑漫天飞舞，附近村庄的居民不敢出门，不敢晾晒衣服，不到一天院子里的煤屑就积下厚厚一层，村庄里到处都是黑乎乎的，严重影响了村民的生活。部分村民甚至组织到乡政府告状，要求停止生产。乡政府领导及时向陈姐和我转达了村民的要求。陈姐说："这怎么能停产啊，你知道我们的开采手续都是合法的，再说我们为了露天开采已经投入资金上亿元，如果停产了，这部分钱谁补。还有就是我们矿是县里面财政税收的支柱，县里领导也不允许停产啊！"乡领导说："是不能停产，但乡亲们的工作还得做，作为政府我们不能不管吧。我是考虑能不能出一个折中的方案，煤矿继续生产，你们赚的钱分一部分给乡亲，乡亲们得到了实惠也就不吭声了。"我说："这个办法好，陈姐你看呢？"陈姐说："只能这样了，还能有什么办法。"

真如乡领导所说，乡亲们穷怕了，见了钱也就算了。

这天我接到了我的大学同学老大的电话，他说："我们大学毕业十年了，很多同学反映想聚一聚，我想征求一下你的意见？"我说："同学聚会那是好事，我完全赞成，我也一定去，需要我出多少钱都行，你说个数。"他说："活动资金的问题大家见了面再商量，那我们就定在国庆节聚会好不好？"我说："好啊！再有几个月就是国庆节了，国庆节长假大家都有时间。"他说："那就暂且定下了，如果有变更我再通知你。"我说："那好吧，我们国庆节在长春见。""对，长春见！"

十年，人生能有几个十年，在这十年里中国发生了翻天覆地的变化，我们每个人的命运也在发生着变迁。我们的班长毕业后通过自己努力到长春路桥公司任职，已是副处长。对面的已取得博士后学位，其他，还有人得了硕士学位，有人倒卖古董起家，有人组建起了自己的建筑公司，已经是拥有几百万的老板。除了这些顺风顺水的，其他人是各有各的难了：拼命三郎在云南与缅甸交界处担任一家公司的总监，收入多少不说，首先是环境不安全，据说还得与毒贩打交道；青面兽在一家建筑公司上班，一直不得志；短命二郎在大漠隔壁搞测量，也不得意；行者毕业后在河南做生意，积累了大量的资产，但不久前因心脏病突发去世了……还有很多，每个人的命运就像是一部小说中的不同人物，有精彩的，有灰暗的，有令人兴奋的，有令人沮丧的，有成功的，有失落的，林林总总，令人唏嘘感叹之余，品味人生之不易。

我们回到母校，见到了当年的班主任，他是看着一个个已是人之父的我们，激动不已，感慨万千。我们又回到了当年的"聚义厅"，各自坐到了自己的位置上。当初的三十六个同学，我们参加自诩三十六天罡，现在有一颗已经陨落，三十五个兄弟低头为行者默哀。中午吃饭时，大家觥筹交错，开怀畅饮，情之所至，呼兄唤弟，又哭又笑，场面十分悲壮，这注定是一次终生难忘的聚会。

在第三天，我突然接到了陈姐打来的电话。小乐病危了！我这次同学聚会的行程不得不提前结束，什么也来不及多说，我直奔机场。三十五个兄弟到机场为我送行。我们还年轻！就像当年在火车站分别时一样豪迈。我不禁热泪盈眶。他们挥洒着泪水，唱着"风萧萧兮易水寒，壮士一去兮不复还……"。七高八低的倒是唱出了一种悲壮，好像我真的要去刺秦似的。这个场面一直停留在我的大脑中，挥之不去。

十九

小乐去世了，她带着对爸爸的渴望，带着对人生的期盼，离开了。她的一生是如此短暂，让我想起一种名叫"夕颜"的花，黄昏盛开，翌晨凋谢，她甚至来不及看清这纷繁的世界。不知咋的，我倒是有一种如释重负的感觉。我庆幸她单纯，清白，不用领教这个世界的复杂，不用像我们这些俗物这样在世俗的挤压中变质为难以形容的复合体。她像一片轻盈的树叶随风而落，遇泥而融，不留一丝痕迹。我两眼望向天空，默默地在心里说：李健兄！原谅我吧！我尽力了……

经过人生的大喜大悲后，我对钱财看得越来越淡。中国正处在经济高速发展的时期，老百姓为了发展生产，脱贫致富，都在积极想办法挣钱。很多年轻人摆脱了上几代人"宁愿在家受穷，不愿出门受苦"的荒谬逻辑，纷纷走出家乡，凭借自己的双手打工赚钱，但没有受过高等教育的他们只能靠出卖苦力挣钱，而且工资水平很低，除了自己在外的消耗外，一年下来所剩无几。想到这些后，我就与中学联合成立了农民工技能培训班，培训班向乡亲免费开放，所有的老师由我出钱聘请，并且根据乡亲对知识技术的需求进行选择。我先后聘请过电焊工、钳工、泥瓦工、钢筋工、电工、水暖工等方面的老师到乡里为乡亲教学。我还应乡亲要求特地开办了几期厨师培训班，乡亲们不出学费，在自己家门口就学到了技术，再出去打工时由于掌握着一定的技术，所以工作相对好找了，工资也增加了不少，自然人人都十分高兴。我的耳边经常听到夸赞、感谢的声音，这要搁以前，我一定会觉得飘飘然很得意了，但是现在呢！我只是觉得我凭我的良知和善良在做事，每做一点，都能洗刷一些自己在青年时代做过的某些事情的懊悔之情。所以，在一片赞扬声中我一直保留着内心的清醒，我的所作所为，并没有人们理解得那么高尚。看似为乡亲，实则还是为自己，为了安放自己这颗疲惫的心。

为了解决家乡留守儿童上学问题，我拿出一千万开立了一个助学基金，每年所有的基金运作所得全部用于帮助那些因家庭经济困难而面临失学的孩子们。

由于很多农民一穷二白根本不符合贷款条件，想发展又没有资金支持，为此我又拿出一些钱，专门无利息借给这些乡亲，帮助他们发家致富，我给这些借款起了个好听的名字叫：爱心贷款。

县里煤矿整合开始启动，我与陈姐商量后决定退出煤炭行业，出让煤矿所得由我和陈姐平分，我的生活开始呈现出平静而富足的状态。在此同时县农村信用社改制工作迅速推进，全县信用社改制成为一级法人模式。通过改制，乡镇信用社取消了法人资格，县联社由管理机构转化成为经营管理服务为一体的法人机构，县联社整合全县信用社的资源，实现了社与社之间资源互补。县联社还加大了对贷款的管理清收力度，迅速处理了一批违规发放贷款的责任人，在处理过程中我听到和看到了一些令人痛心的事情。

城关社的老于，七十年代接父亲班进入信用社工作，在信贷工作岗位上一干就是三十多年。在煤炭行业蒸蒸日上，一些煤老板一夜暴富后，老于坐不住了。他看到了难得的机遇，为了投资煤矿，他苦心孤诣到处筹措资金，在无法短时间内筹到所需资金的情况下，他竟然铤而走险，运用各种手段骗取客户身份证件，用于向信用社贷款，贷款累计金额高达百万元，但由于所投资的煤矿发生事故而导致血本无归。联社介入调查后，老于为了躲过联社惩处，竟然向高利贷借款归还了信用社的贷款。几个月后，高利贷向他催债，他在逃亡的途中，让高利贷者抓住，打了个半死，导致高位截瘫，终身卧床。一个快光荣退休的老职工，守不住信念，耐不住寂寞，不甘于清贫，最后落得如此下场。

还有皋州信用社的高博，年龄与我差不多，我在皋州信用社工作时，还与我共事了两年。他最大的毛病就是好赌，他的父母亲都是信用社的老员工，家里就他这一根独苗，所以从小娇生惯养，养成了好吃懒做的毛病。参加工作后先后任出纳、信贷员。在任信贷员期间，为了获得赌资，他处心积虑，在发放贷款过程中，收受客户好处费，给信用社声誉造成了严重影响。在众多客户举报下，联社经过调查核实，不仅勒令其退还了好处费，还解除了与其的劳动合同。后来听说其赌心不改，连房子都输给了别人。他的妻子无法忍受，与其离婚，好好的一个家庭就毁在了赌博上。

还有很多，我把这些经我亲手处理的事情写成了日记，每有新员工岗前培训时，我都会讲给他们听，我希望他们能从中吸取教训，不要最终成为事业和家庭的罪人。

正当我处在人生的高峰志得意满的时候，我被医院查出得了肝癌。那天，我虽感到身体不适，但碍于面子还是陪单位客人喝了点酒。睡过午觉到达单位后，身体的不适感更加强烈，我就给陈姐打了个电话，告诉了她我的情况。自从煤矿转让后，我和陈姐之间的利益关系不存在了，但仍一直保持着联系。特别是我有事的时候就会想到陈姐，陈姐也非常乐意帮我，这样我对陈姐的依赖仍然延续着。陈姐关心地说："不舒服就赶快去医院，要不我陪你去？"我自然顺水推舟说："好啊！我去接你，有你陪着，我就不怕打针了。"我从小就怕打针，直至现在，遇到感冒打针我就犯怵。以前陈姐也曾陪我去看过病，所以知道我的毛病，实际上我在陈姐面前也喜欢撒娇，我是完全把她当作了我的保护神。

她陪我到医院做了全面检查，我看着微微发福的她为我跑上跑下，仿佛看到了当年的母亲，我的心甜滋滋的，她去取我的检查结果，我就像一个孩子乖乖地坐在等待区等着她。我等了很长时间，等得我心烦意乱的，我拿出手机漫不经心地翻看着，心里开始责备陈姐："真是的，怎么还不来啊！"我四面张望着，生怕被陈姐错过了。在走廊的尽头，我终于看到了陈姐，她正低头用手擦着眼睛，我向她喊了声："陈姐，你做什么呢？让我等这么久。"我发现她被我的声音吓了一跳，而且表现出了惊慌失措的神情。她迎着我走了过来，眼睛好像在躲避什么似的，始终不曾正对我。她说："结果我拿上了，我们走吧。"我问："医生怎么说？没事吧。"她没有回答我的问题，却说："我们明天到北京再检查一下，我陪你，一定没事的。"我一把抓过了检查单，仔细地搜寻着检查的结果。她又说："也许是误诊，你不要怕，有我呢。"我看到了检查单的最下面写着"肝癌"。

我像蹒跚学步的孩子由陈姐扶着慢慢走出了医院，那个结果对我精神的打击是巨大的，我完全明白那意味着什么，至于还能活多久，那只能看我的造化了。

陈姐帮我开着车，我坐在副驾驶上，陈姐双眼发红，胸脯起伏着说："没事的，大不了我出钱给你换个肝。"我抑制着伤感的心情说："肝癌治好的几率不大。"她突然大声地说："谁说的，我们明天就去北京，不行的话，就去美国。"我说："有钱能买到生命吗？我接受现实就是。"她说："不行，以前你听我的，现在你也必须听我的，我们明天就去。"

我没有将检查情况告诉家里的任何人，包括刘丽。对于陈姐的要求我是没有勇气更没有能力拒绝的，我们去北京到上海，在中国最好的医院都进行了检查，检查结果完全一致。医生给我的建议是肝脏移植，不过得有肝源才行。我彻底被击垮了，我根本没有想到我的命运会戏剧性地走到这一步。面对死亡，我反而超常地平静，我对陈姐说："以前没钱来不了，有钱的时候又没空来，现在我想在北京好好转一转。"她说："好吧，我会永远陪着你。"

接下来的几天，陈姐一直陪着我，我对陈姐更加依赖，在这样的情况下，陈姐对我的过分要求也不再拒绝，她完全放弃了当初对我的约法三章，晚上甚至同意和我同居一室。我像小孩子一样躺在陈姐的怀里，感受温暖与慈爱。陈姐也像对待自己的孩子一样，任我在她的怀里放肆。我们白天游览，晚上同居，这样的生活让我暂时忘记了病痛，我想："如果这样死了，我也会感到满足的。"

二十

在回家的路上，我对陈姐说："刘丽很爱我，她还那么年轻，如果我死了，她一定很痛苦，我该怎么办呢？"陈姐说："你爱她吗？"我说："我爱她！我死后她就失去了依靠，在我死之前，我还能为她做什么呢？"她说："你不要太悲伤，我们还可以器官移植，我是你的依靠，你要相信我，我一定会做到的。"我说："我相信！"我看着她，流下了信任与幸福的眼泪。

从此我开始了漫长的治病过程，为了照顾我，母亲来城里居住，刘丽向单位请了长假，刘丽的父母也天天过来看我，陈姐每天在网上关注着移植肝源的信息，所有的亲人都在为我默默地无怨无悔地做着一切。我辞去了副主任的职务，办理了病休手续。在那段时间里我不是待在家里就是待在医院，心里感到极度空虚，病情相对稳定的时候，在我的要求下，我们又回到了家乡的老屋里生活。在家乡，为了充实自己的生活，我开始拿起笔回忆昨天，记录今天，畅想明天。

在我治病期间李健通过减刑出狱，在他出狱前几个月，他的父亲因病离开了人世，他没能赶上参加父亲的葬礼。他回到家，看到的只有老屋里左手残疾布满皱纹的老母亲。他捧着女儿的相片，在父亲遗像前跪了整整一天，以表示自己对亲人的忏悔。

李健出狱后第二天就到我家里来看我，虽然他已经从他母亲那里得知我患病的消息，但见我因化疗而消瘦的身体还是感到震惊不已。他对我说："人生充满磨难，该来的躲不过，经过了这么多，我已经大彻大悟。"我说："你脱离苦海也算是一件大喜事，我们出去走走吧。"

李健在十五年后，双脚再一次踏上家乡的土地，我也很多年没有认认真真在家乡走过了，我们并肩走在家乡的小路上，进入眼界的是家乡那熟悉的一景一物，一切都倍感亲切。李健感叹地说："多少年过去了，物是人非，家乡还是原来的样，我们都已不是原来的自己了。"我说："人生虽难料，但很多时候是需要自己把握的，我们都做过错事，在这一方面，你不是失败者，我也不是成功者。"他说："你事业有成，家庭幸福，还为乡亲做了那么多有意义的事，而我呢？有罪于社会，有罪于亲人，我问心有愧啊！"他越说越激动，全身颤抖，不能自已。我抓着他的手，安慰他说："你毕竟还有将来可以弥补，我相信你能做好。"他说："小乐死了，我知道你替我尽了一个父亲的责任，这份情我一定要报，但你一定要给我机会。"他紧紧地握着我的手，双眼充满感激。我禁不住流下了眼泪，说："我不想得到什么回报，我只希望你能为乡亲、为亲人做点什么，那才是对我最好的回报。"他点点头说："我一定！"

　　我们默默地走了很久，不知不觉来到了河边，我们找了块大石头坐下。李健忽然问我说："如果当年张鹏不救我，如今站在你面前的就是张鹏，但直到现在张鹏的父母都不知道真相，难道是我太自私了，所以才有了这一系列的报应。"我说："还有我，对张鹏来说我们都有罪。"说罢，我站起身，随手拉起了李健说："走吧，别谈这些伤感的事情了。"我们又沿着来时的路往回走，在接近村口时，李健突然说："我建议你改善一下乡亲们的居住条件。"李健的提醒使我醍醐灌顶般豁然开朗："我一直想为乡亲做些事，这不正是我想要做的事吗？"我高兴地看着李健说："你让我找到了该做的事，这件事我出钱，你出力，你看咋样？"李健也兴奋地说："好！好！"

　　经过与李健的一夜筹划，第二天，我与李健找到了村支部书记赵书记，向他谈了我们的想法。我说："现在城里都在搞基础设施建设，修宽了马路，盖起了高楼，绿化了环境，城里靠什么？靠的是国家的政策倾斜，我们农村没有那样优越的条件，我们就自力更生，自己想办法搞。这几年靠国家的优惠政策，我赚了一些钱，我想把这些钱回报家乡，用于家乡的基础设施建设，希望能得到村里的支持。"赵书记说："你肯出钱为村里办事，我代表村里的父老乡亲感谢你，具体怎么弄，还需要先制定一个详细的方案，让乡亲们明白，获得乡亲们的支持是最重要的。"我说："行，我身体不好，具体操作由李健负责，以后的事你直接跟李健商量着办。"

　　家乡的建设依计划紧锣密鼓地进行着。按照规划，旧村不动，在旧村的北边建一个新村，村里的乡亲每一户免费分一套单元房，新村、旧村都能住，这是充分听取了乡亲们的意见后定下的方案。看着拔地而起的一座座楼房，家乡的乡亲们人人露出了发自内心的笑。

在新村建成后，为了解决家乡孤寡老人赡养问题，我又出资建起了老人院。我还在新村里建起了幼儿园，小学、中学，看着家乡发生的翻天覆地的变化，我感到了由衷的欣慰。

今年又是一个丰收年，乡亲们将丰收的果实也搬进了新家。这天，我正在屋子里写日记，陈姐突然来了，而且满脸喜气，进门就冲我说："明志，我带来了一个好消息，我们有肝源可以移植了。"对于这样一个突然而至的好消息，我并没有感觉特别高兴，我平静地对陈姐说："这么长时间，我心里已做好了充分的准备，死对我来说不再是可怕的事了。"陈姐用异样的眼光看着我说："你无所谓，但你的亲人朋友不这么想，我们明天就出发去北京做手术。"

手术成功了，一个月后，我又回到了家乡。在车子里我远远地就听到了锣鼓喧天的声音。我问刘丽："村里谁家办喜事这么热闹？"刘丽说："我怎么知道？"车子在村口停了下来，我看到黑压压的人群把村口围得水泄不通，在人群的最前面赵书记领着几个学生，打着一条红条幅，上面写着：欢迎明志回家！锣鼓声仍然在我的耳边回荡，而我的双眼却被泪水模糊了。

我又重新开始了快乐无忧的生活，对于是什么人捐的肝，我曾多次问过陈姐，但陈姐一直不愿说明，她向我解释说，她答应过对方保守秘密，所以不能说。她越是这样，我越想知道，所以我就对她展开了死缠硬磨的攻势，在我的攻势下她不得不投降，她选择在只有我们俩的时候向我说出了实情。她直截了当地说："捐肝的人是李健。"我很震惊，因为这个答案是我万万没有想到的。陈姐说："是李健求我陪他去医院做了配型检查，巧的是配型竟然成功了，他央求我为他保守秘密，因为他不想让你觉得是他救了你的命。"

我平静地生活着，并没有将我已经知道捐肝人的事再告诉其他人，包括李健。他一直以为我不知道这件事，在他面前我也从未提起过。面对新的人生，面对爱我和我爱的人，我能向他们回报什么呢？我想问心无愧地生活，但我能做到吗？种种疑问交织着，纠缠着，我不能回答。

多梦的男人

一

这是谁？赵志远觉得，自己应该是认识她的，但是，却不知道有关她的一切。比如名字呀，工作单位呀……够了！如果说你连一个人姓甚名谁你都不知道，那你多半没资格说认识她。试想现在给你一张表，要你填一下有关她的情况，那么可以肯定，所有的栏目都是空白。

但是赵志远还是觉得自己认识她。

赵志远目不转睛地盯着这个在云气里时隐时现的女人。她很漂亮，这就不用说了；如果不是因为她穿着当下时髦的裙装，披散着浪漫的卷发，那么真要使人疑心她是古装片里天上的仙女；但是她那眉目之间又有一种与不食人间烟火的仙女们迥异的气质，那种欲拒还迎的意态，使得赵志远浑身欲血沸腾，如欲爆炸！

她不说话，只是笑，各种笑。于是，赵志远不管不顾地往前一探身，就想去拉她的手，却见这绝世佳人脸色倏地一变，瞬间就隐没于云海深处了。赵志远扑一个空，再也收不住势，就"啊啊啊……"地大喊着，径直从高空跌落下来！

一个激灵醒来，满头冷汗。呵……原来是南柯一梦！

但是身体已经起了异样的变化。赵志远想着趁此时天才半明、孩子睡得正香，拉老婆黄莺快速解决一下，一扭头，看到隐约的光线里还在熟睡的黄莺，他伸出去的手，突然就僵在半空中了。

睡梦中素颜的黄莺，实在是有点不堪卒睹了。赵志远好像第一次看到自己老婆这副不加修饰的真容：她的皮肤又黄又黑，还散落着不少雀斑；她的法令纹、抬头纹都很深，使她看上去就像个老妪；她的脸型，只能说是没型、不规则型……要不是拖在枕畔那一把黑亮的长发，她简直让人看不出来是个还不到四十岁的年轻女人。

民间有句老话：人比人得死，货比货得扔。赵志远立马就泄气了。他悄悄地把伸出去的手原路缩回来，继续去想刚才梦中那女人。

赵志远其实不认识那女人，只是他的内心强烈地希望认识这个人，所以，他下意识地觉得他们是认识的，这是带有主观色彩的一种认知，赵志远自己也懂。事出昨天上午，赵志远因事走出联社大门，顶头就遇上了这女子。

打扮得体，人物出挑。本来，漂亮女子这年头太多了，连长了黑麻脸、屁崩眼的丑八怪化个彩妆都能秒变美女，人们早就审美疲劳了。赵志远也算是场面上的人物，啥没见过哩？可这女子不同。就是不同！她一看就不是化妆品堆出来的那种庸脂俗粉。她那眉毛清清爽爽根根见肉一笔未画，她那眼睛笑意盈盈没纹眼线，没戴假睫毛，她那红嘴唇水润光滑，焕发着年轻的光彩。一时间让赵志远想起一句诗："清水出芙蓉，天然去雕饰。"

本来！就算她漂亮，漂亮得不得了，那也不关咱什么事。也就是多看一眼，给她加点无所谓的"回头率"，擦肩而过的缘分。可，这女子竟然停下了脚步！一对清水眸子里波光粼粼，只管向赵志远一波一波地飘将过来！

赵志远立马乱了方寸："你……你……你是来银行办事？"

女子嫣然一笑，什么也没有说，款款走了。那天蓝色的真丝裙裾随风飘摆，就好像她才从天上下来！

弄得赵志远呆呆地在单位门口站了半天！信贷科的老瞿从外面办事回来，见了赵志远这副样子大感不解，心说赵志远这小子怎么了？嘴脸整个木了，中邪似的啊！老瞿见走到跟前赵志远还是没反应，就伸出五个手指在赵志远眼前试探性地一晃。

赵志远这才从愣怔中回过神来。他很为自己的失态不好意思，就朝着老瞿做个恫吓的手势说："滚！"

然而从那时起，赵志远果真有点失魂落魄起来。

他有一种直觉，俩人之间肯定会发生点什么事情，或者……或者……

二

一上班。赵志远就接到了一高中女同学的电话，说是要来看他，对于这十几年未见的老同学郑月仙，赵志远是印象深刻的。毕竟当年，人家是班里的风云人物嘛。现在话说就是"班花"。班里几个男生甚至因为她大打出手，惊动了校长。不记得谁都有可能，唯独不可能不记得她呀！可她曾经注意过赵志远吗？答案是：不——可——能。赵志远家境贫寒，脸有菜色，穿过打补丁的衣服（这在全校也不多），论学习成绩，也就是中上。"没有花香，没有树高，我是一棵无人知道的小草……"对对，咱就是小草。郑月仙可不是。她那双好看的毛毛眼一直在仰望大树。她哪有空看小草？赵志远认为：高中三年，郑月仙同学从来没有正眼瞧过自己。

当然，赵志远也没意见。咱那时就是那么个状况，班里最好看的女生不瞅咱，一万个有理。

要不是前不久有好事者发动了一次班级同学聚会，了解了彼此现状，事后又制作了通讯录，赵志远敢保证，此生这郑月仙也不可能给他打这个电话。谁能想到，当年不哼不哈穿补丁衣服的赵志远，此时能坐上联社副主任的宝座呢？当然聚会刚过不久，那个热乎劲儿还在，碍于情面，赵志远也不好意思说，你别来。

走廊上，清脆的高跟鞋足音有如急促的鼓点。话说泰山易改本性难移，这么多年不见，郑月仙还是当年那脾气，一阵风似的刮进来了。她发福了一些，却仍然有着漂亮劲儿，肤白眉青，化着浓妆的两眼如两口深潭，一种与众不同带有霸气的美。

"哈罗，老同学！这么多年不见，你样子大变了啊！"

"是吗？"赵志远低头打量一下自个："我变了？"

"那可不！学校时候你又瘦又黑又矮，我们女生给你起了个外号叫瘦猴！我们背地里一直这么叫！哈哈！你不知道吧？"

赵志远把郑月仙让到沙发上坐下，然后拿了纸杯去倒水，一边心里暗忖。他断定此人无事不登三宝殿，不会是来看老同学这么简单，心里暗暗地提着劲儿，嘴上却随着她的套路打着哈哈："哈呀！敢情你们这帮黄毛丫头瘦猴长瘦猴短的，就是说我哩！你们这些女生够缺德的。你今天要不告诉，我得一辈子蒙在鼓里！幸好我在青春期的末尾吃上了饱饭，个子穿起来了，膘也上身了。看你们现在还好意思叫我瘦猴不？"

"哈哈哈哈……志远啊，人家说士别三日当刮目相看，别说咱这十几年未见了！上次聚会你在那里唱歌，我们几个女同学就在一起议论你了。都说你现在像换了个人，身材，相貌，气派，那叫一个帅！男人嘛，事业成功也可重要了啊！也不是光说相貌，你这说话做事，都可有风度了！你要把我们女同学都迷住了呢！"

"哈呀，哪里哪里……"

这是奉承，有目的的奉承，赵志远一边在心里提醒自己，一边有点发愁地想：像这么聊，啥会能到了正题？杀人要杀死，救人要救活，您倒是干脆点啊！

郑月仙站起身去看门口花架上的金边吊兰，不经意地随手虚掩了门，回得身来，落座在紧挨赵志远的一把椅子上，声音也低了八度。

"志远，我问你个事。"

"你说。"

"那天同学聚会，怎么搞的，有人偷偷告诉我，你在学校的时候暗恋过我？有这回事吗？"

赵志远心里"咯登"一下。心想：来了！

"哈哈，哪有那回事，听他们瞎起哄！我家穷，自知之明天天有。咱这种人，凭什么敢想人家班花啊！"

郑月仙诡异地一笑："嘿嘿，你不老实。"

"这话咋说？"

"我知道你当初是有贼心没贼胆。那么多男生都想过我，就你没想过，谁信呢！不过，如今你当领导了，是不是反了个过儿，你瞧不上我了？"

赵志远心里渐渐不耐烦了。这都他妈的哪跟哪啊？十几年不通音讯，跑来就说这些不三不四的。以为你自己谁啊？仗着自己这副看得过去的脸，准备打遍天下无敌手了？

"嗨，我们这种企业单位，这算什么领导了。听着好听，其实都是干活的店小二。您要找相好，得找个上档次的，才对得起您自个国色天香的这盘脸。"

郑月仙好像没有听出来赵志远话里从"你"到"您"的话风转变。她用那两只万人迷的毛毛眼向他抛了一个媚眼，笑眯眯地说："你呀！学校时候就是数理化好，到现在情商也不高。你连我的意思都听不出来吗？我就喜欢你这样的嘛，再说我们是老同学，彼此知根知底……"她一边说，一边如雪山融化般软软地往赵志远肩头上靠了过来。

赵志远吓了一跳！瞬间的四目相对让他清楚地看到，郑月仙眼睛里的表情五味杂陈，唯独没有一丝与"情"字有关。仿佛谍战片里的卧底，她对自己的演技和魅力有着一万分自信，好像立马就要把他赵志远咋了！他倏地起了一身鸡皮疙瘩！

赵志远慌慌张张地站起来，一边推拒着那双吓人的手，一边语无伦次地说："我我……我有事要出去……"

走廊里放着一个不锈钢的清洁桶，被赵志远带倒了，"哐朗朗"一阵大响，招出好几个人来。老瞿诧异说："咋了志远？鬼撵你哩？"

赵志远顺势进了老瞿的办公室，坐下才觉得长出了一口气。妈的，这是个什么事儿？太奇葩了。他定了定神，简略地把事情给老瞿说了个大概，老瞿也笑了："我去……现在的人，这都是怎么了？不要廉耻了嘛这人。那她找你到底是干吗来了？"

"必定有所图。这般做作，只不过是想让我就范罢了。"

"嗨！那就好说了。干咱这行，本来是条管单位，跟地方上不搭界，咱能做了什么？无非是想贷款罢了。你细想想。"

赵志远又觉得一阵恶心。就为个贷款，这人竟准备献身。退一万步说，就算咱是那种人，还瞧不上她这种半老徐娘了。这什么风气了？

老瞿陪赵志远坐着闲聊，手机的信息提示音接二连三地响起来了。赵志远打开短信息，郑月仙闭口不再提刚才的事情，只说要贷款，请老同学帮忙。赵志远这会把她看到泥里去了，十万分地瞧不起，语气也就不那么客气了。他用着官腔，指示郑月仙贷款都有哪些手续，需要备哪些材料，先什么后什么，整个一流程。对方马上回道：我要是有抵押，我用得着找你吗？真以为自己是人见人爱花见花开车见爆胎的大帅哥吗？赵志远一笑，挥舞着手指回：你是不是把银行当农贸市场了，贷款的事情，一是一二是二，你的事情我爱莫能助,请早打别的主意吧!

郑月仙的短信沉寂了一下,突然来了这么一条:你就装吧!这世界上哪有纯洁的男人!我一定要拿下你!

赵志远看了哭笑不得,就把微信名字堵了,举着手机让老瞿看内容。老瞿看了也是笑,建议说,你要不回她一条时髦的:本人已死,有事烧纸……两人打闹一回,一致认定这女的神经可能有问题,不能再理。说着,老瞿就自告奋勇去了赵志远的办公室打探情况,然后回来说:走了。赵志远的心情才慢慢平复下来。

下班时间到了,走廊里响起了人声、关门声。赵志远回自己办公室收拾东西。

短信息铃声又一响。不容他翻看,竟是接二连三响开了:

老公,我爱死你了!

老公,我们今天晚上去开房好不好?

…… ……

赵志远目瞪口呆地看着这些不堪入目的信息争先恐后密密麻麻地挤进他的手机,有点沉不住气了。他顾不得回家,甚至顾不得坐下,就站在办公室的地上开始删除,但是他一直删一直删,郑月仙却是毫不气馁地一直发一直发。他们俩像是进行着一场旷日持久的战争。她一点罢战的意思都没有,短信内容也一条比一条下流,终于冲决了赵志远作为一个男人的心理承受底线。赵志远对着手机屏幕声嘶力竭地咆哮起来:"滚!你个臭不要脸……!"声音奇怪地在大楼里回荡,幸好早过了下班时间,楼道里一个人都没有了。否则,赵志远咋说也是单位的二把手,如此出丑,颜面何存?

家离单位远。为了保持体型,赵志远多年如一日坚持步行上下班。今天,他的脚下失去了轻快,他一边在人行道上慢速走,一边不停地删除这些不屈不挠的短信,回家的路就显得格外漫长。家里的老婆虽然贤惠,醋劲儿也蛮大。这种短信万一让她看到了,后果不堪设想。

在离家不远的地方,他果断关了手机。单位规定他们这些领导干部应该是24小时开机的。但是两害相较取其轻,先糊弄了今天再说。

三

赵志远一进家门，黄莺就忙着往上摆饭。凭良心说，黄莺是个好老婆，对男人对孩子都没说的。从结婚到现在，赵志远对这个家庭、这个老婆，是基本满意的。黄莺就有两个缺点：1. 小心眼爱嫉妒；2. 不漂亮。不过，这不能怪她是不是？嫉妒是女人的天性，漂亮又不能当饭吃，她的贤惠能干和俭省使他觉得，非常实惠。

但是，昨晚梦了那样的梦，今天见了那样的人，搞得赵志远心里乱糟糟像塞了草。灯下再看一眼黄莺，她自然是不如梦中那仙女，就是今天这个恶心人的郑月仙，她也比不了。"没有花香，没有树高，我是一棵无人知道的小草……"赵志远无端地又想起了那首歌。自己年轻时候，是那样一棵小草来着，所以自己也娶了一棵小草。两棵小草排排立，谁见了谁都夸说般配，年轻时候谁也没有嫌过谁。现在自己长得高大了一点，有发展为树的趋势，可黄莺，看来只能永远是这样一棵小草了。赵志远在心里叹了一口气。

两口子一边吃饭一边说话，赵志远总是心事重重没什么胃口的样子。黄莺三扒两扒吃完，准备去洗碗。她忽然想起来一个事："你回来前，我给你打电话，你的手机关机了。"

"哦！没电了。"

"那你给我，我去充上。"黄莺愿意为他做一切事情。

谁知，他给孩子看作业的工夫，黄莺拿着手机进来了。她黑丧着脸把手机杵在他脸前，问："她是谁？"

"谁是谁啊？"

黄莺维持不住刚才故作的平静了："你说谁？你说谁？你看看手机里那些短信！是个要脸的能做这种事、说这种话？你居然有脸回这个家来，装得没事人一样，还吃我做的饭，让我伺候你！"

赵志远憋了一肚子的邪火终于找到了发泄的出口，他不顾一切地跟黄莺对骂起来。俗话说："相打无好拳，相骂无好言。"两口子这一通翻旧事、揭老底，吵了个天红。声嘶力竭的吵闹中，倒也断断续续把这事的来龙去脉说清楚了。略微冷静下来的两个人就不约而同地想到了这正是郑月仙的目的所在，突然就如泄了气的皮球，失去了吵闹的动力。后来也就草草收场了。

只是，这次互相伤得不轻，两人立时拉不下脸重归于好。黄莺进了卧房没好意思叫赵志远进来，赵志远索性在沙发上睡下了。

夜风漏窗而进，舒服得很。赵志远折腾一天，着实累了，打了两个哈欠，意识就开始模糊了。

了得！这不又是"她"吗？只是不知这是哪。到处都是花，她的身影在花间时隐时现。

赵志远想追上去，两脚却像踩着棉花般着不了力，一步也迈不出去。而她也不像是走，而是在花间飘。赵志远又想喊，嗓子里像是堵了东西，根本喊不出来。心里急得要不得。正这时，女子扭回头，向他伸出了一只小手。赵志远大喜，也很激动，赶忙拉住，觉得这手滑腻，似一条活鱼，在他手心里扭得令他心痒难耐，身体里的春潮被突然唤醒，轰轰隆隆地漫溢上来……

一个激灵，赵志远又从梦中醒来了。触手坚硬、冰凉，用手一摸，马可波罗瓷砖——敢情自己在地下。嗨！太可惜了！刚才在梦里，自己正要与美人亲热，她不仅翻脸不从，并且一个窝心脚，就把自己踹下了万丈深渊……好在，自己只是跌下了沙发，毫发无伤。

四

今天的工作一如以往地忙，忙且不说，上面来了领导，中午还得陪吃饭，赵志远硬着头皮喝了不少酒。他的酒量很浅，单位里的人都知道，但是市里来的领导不知道。因为每次陪领导喝酒，他都要拿出喝不死不算完的劲头踏踏实实地陪。赵志远在单位负责业务，每天忙得像个没头苍蝇，他想象上面的领导，一定是日理万机了，然而领导时不时要到基层来，且不是每次都有要紧的事情，给人的感觉，确实就是来"联系群众"的，联系的方式，主要是吃饭；吃饭的内容，主要是喝酒。那么，陪着领导喝好酒就算干好了工作，定律是这样了。

赵志远认为领导的酒量用"海量"两个字是不够形容的，"洋量"还差不多。自己这种从小打农村里出来的土包子，简直是望尘莫及，每次陪酒都是痛苦的过程。今天也不例外。桌上统共没几个人，领导一端杯子，干了，亮底，再微笑地看着他，他能不喝吗？再说，隔一会不得恭恭敬敬地敬领导一盅？其他人有酒量好的，就直接端起分酒器跟领导的小盅碰一下，一饮而尽，嘴里还说着"我干了，您随意"，豪情与柔情齐飞。酒席进行到一半，赵志远就感觉有点飘了。领导那张春风满面的大中华脸时而变形，人们酒酣耳热之际热情过高的那些酒话也时而模糊起来。赵志远本是表面低调实则内心非常好胜的人，此时再看领导，心里就上来那么点不服气。他想，领导啥啥都行，就连脸盘都长得比别人大一圈，就不知道去了野地比赛尿尿，能尿得比别人远么。别人闹着喝酒，赵志远的思绪却开了小差，飞回到小时候了：几个小男孩一字排开，每个人都很认真地腆着肚子一起使劲往远处尿，淡黄色的尿液在夕阳里竟然拉出一道道好看透亮的抛物线。当然，每次都是他赢。他从小，什么事情都是要努力"把头"的，无论考试还是体育课投铅球，还是放学后比尿尿，他都习惯了第一。不过，自从他一帆风顺地结束了大学学业，以分区第一的成绩考入了这家银行，又一直做到副行长的位置，后面的事情就开始有磕绊了。无论他怎样努力，再前进一步始终很难。或许，随着他职务上升新出现的酒量不行的问题，也有一定的影响？喝酒有海量的领导，怎么能瞧得起自己这种喝不了三两的人。何况自己还长了一副五大三粗的身板，看上去属实不像不能喝酒的。他的思绪渐渐走远了，但是人，当然走不了。他如坐针毡却又在努力地维持着貌似正常的状态，脸上还挂着一副比哭还难看的笑容。领导的眼睛嘛，当然是明察秋毫的，正当他觉得看不到酒席结束的任何希望从而即将陷入绝望的时候，却意外地听到领导宣布：天下没有不散的筵席，今天就到此为止吧，下午还要上班，大家抓紧时间休息一下。

简直如死囚听到了大赦的消息那般心头一松！然而就是思想上这一松，身体里某些被他一直压紧的器官就突然激烈地反弹起来，局面有马上失控的危险！

他咬着牙、两腿发抖地随着领导乘电梯下到地面上。谢天谢地，领导的司机早就在楼前等候了。领导轻捷地钻进车厢里，向他们扬扬手。奥迪Q7就悄无声息地滑出了停车场。他跟单位的其他领导一直目送到Q7消失得无影无踪，这整个程序才算进行完毕。这当儿，有秽物从胃里一路上行冲到口腔，却被他以钢铁般的意志强行挡在嘴唇里面，坚决不使其外泄！强撑着回到一楼大厅，一看电梯：我去！正往上走！不能等了！他撩开长腿，以一种与他的年龄和体型都不相称的速度，一步三个台阶地飞上了四楼他自己的办公室。推开卫生间的门，他就再也憋不住了，他像拥抱恋人一样抱着马桶吐了个天昏地暗。这种痛苦里夹杂着幸福的感觉，简直是难以言喻。他像在认真做一项体力劳动一样，歇一歇，吐一吐，直到吐得胃酸都出来了才罢休。然后，他像是一名大病初愈的患者一样浑身发软，托着墙壁出了卫生间，瘫倒在那把巨大的摇椅里。

他办公室的陈设很简单：一个班台，一把摇椅，一套办公沙发。要说显眼就数那盆开得红火的盆花了，其实那是一盆塑料花，因为仿真度太高了，经常让人看走眼。就像他的工作，有时要付出真情，有时也需要装一装，特别是酒桌上说的话，听着漂亮却没有几句是真心的。他想这能怪我吗？现在社会就这样子，真真假假，假假真真，不能太认真，也不能太糊涂，一半清醒一半醉正好。

赵志远喝多了酒就嗜睡，谁知这个下午事还偏多。一次是财务科的人找他审核费用签字，他醒了一下，草草瞟一眼，签了继续睡；没过一会，业务科又来人了，硬是把他叫醒，原来是有一笔大额的资金转账需要他的授权，赵志远气得肺都要炸了，妈的，本来吐过难受得要死，睡一会还被人百般打扰！但他明白他没有理由发脾气，这是上班时间，也是自己分内负责的工作，有什么办法。但是这种情况之下，他也根本不可能如以往那样，认真地逐项审核一下，生理和心理都需要他赶紧回到睡梦中去化解中午超量的酒精，所以他马马虎虎地按了指纹就通过了。接下来就无人打扰了，这一觉睡醒，下班时间也过了。他掏出手机看了看时间，就手忙脚乱地往家里赶。家里女儿燕子已经开始做作业了，这个时间是他辅导女儿做作业的时间，所以他格外重视。对于孩子的培养他是有信心的，信心一方面来源于他当年优异的学习成绩，另一方面还出自他为孩子创造的厚实的经济条件。他生在农村，过惯了拮据生活的他对于现在的家庭经济状况是非常满意的。在静下来的时候，他会想到过去，尽管过去那样不堪回首，但回想过去的艰难困苦，会让他更加深切地感觉到今天物质生活的充沛与富足，所以他乐意这么对比着想。他常想家乡斑驳破败的老屋，想那纸糊的窗棂，想那坍塌的土炕，想在寒冷的冬季他跟姐姐拽来拽去的硬絮棉被，想锅里漂着的一两点油花，想父母亲沧桑的脸，满手的茧，想那一张张父母用辛劳和汗水换回来的皱巴巴的毛票。想到这些他就会心酸，有时还会落泪，但当思绪再次回到现实中后，他就会无比开心，毕竟那些苦难都已远去，成为了历史。

在前几年或更早的那些年，他的理想的生活就如现在。可如今理想实现了，他却感到心里开始空虚了，有时还空得难受。对此他分析过，也许是夫妻生活失去了激情，也许是生活太过琐碎平淡，也许是努力工作却缺少上升的机会，或许这些原因都存在吧。可空虚又能怎样，空……即是色？他似懂非懂地想起来这样一个佛教概念，嘿嘿地一个人笑了。空，怎样就能转化为色？他觉得自己已经"空"够了，很该"色"一下了。当然，"色"这么好的字眼，千万不能跟郑月仙扯上一毛钱关系。那个事儿，就像不防打开一个臭鸡蛋，隔天想起来还膈应人。

梦里那个"她"，还是跟这个字眼相配的！怀着这样的念想，在晚上辅导女儿做作业时，心心念念的那个女孩就跑到了他的脑海里。他赶了几次都没能赶走，最后索性就让她在大脑里住下了。脑子里存了她，智商的地儿就被挤小了，连辅导女儿做作业都有点吃力，有几道题他把握不准，只好含糊其辞地蒙混过关了。

收拾停当后，一家人睡下了。眼是闭上了，但脑子里多了个人，那个女孩开始在他的大脑里转圈跑，跑了一圈又一圈，把他的脑子跑晕了，他感觉全身燥热难耐，男性荷尔蒙急速分泌，有如掉进了火坑。黄莺的鼾声一长一短，节奏很像早年间灶间里做饭时候催火的风箱，他有些羡慕，又有些嫉妒，不由得叹了一声，百感交集。卧室里伸手不见五指，正是黎明前最黑暗的时刻。他倒了两个姿势都没用，就开始诅咒这黑暗，因为他已经没有了睡意。他睁大双眼，定定地注视着窗帘慢慢地由暗到亮，这种感觉是痛苦的。

五

平静的日子过来过去，总有一个风云激荡的节点。任何行业、任何部门都是一样。这天一上班，老瞿就端着自己的不锈钢杯子踱进了赵志远的办公室。那一脸的神秘。

听说咱这县一级班子又要调整了？

尽管还没有正式宣布，似乎大家都知道了。这么多人关注这个事情。其实这消息赵志远知道得比老瞿要早。有一句话说，机会总是属于那些有准备的人，所以赵志远也就尽可能地准备起来。自己分管的工作绝不能出岔子，这是最基本的；其次，人际关系也重要。自己坐上现在副行长这把交椅也是银行的员工们合力把自己抬上去的，群众的力量不可小觑。赵志远当年以全区第一的成绩考进这家著名的银行，又是县级银行里第一个本科生，本来就有点天之骄子自带光环的意思，赵志远却丝毫不敢拿大，一直走着低调路线。他长了一张看似普通却一点也不惹人讨厌的脸，微微一笑很具亲和力，出于打小农村生活的濡染，他是真诚善良的，又是谦卑谨慎的。无论谁有点什么事情，只要能帮上，他都会尽力。所以，尽管他性格沉静不爱多言，单位很多人却愿意跟他谈心打交道，也可以说他在单位里是大众情人一类的人物。第一次竞争上岗，他在几个候选人中顺利胜出，他自认为就是得益于他的这些优点，因为最后的结果，是依据了群众的投票。

老瞿往前探了探，压低了点声音：咋的，不去上面跑一跑？

赵志远有这个计划，但是感觉不适合跟老瞿讨论，他含糊地回了一句：跑什么啊，听说还是主要看民主推荐，到时候你老兄可得帮老弟在下面活动活动啊！

嘿，你还信这个。也太老土了。老瞿老大的不以为然。

必须信啊！你看我，家在农村，哪有什么人脉，上回就一个名额，大家都投我的票，我不是就上来了吗？

上回？老瞿不相信地看了他半天：闹半天你到现在也不知道你是怎么上来的？

民主投票啊！难道……

嘿，我说你可真木！投票是不假，可那只是个合适的借口，你上回，不过是捡了个鹬蚌相争的漏！

鹬……这回真轮着赵志远吃惊了。他一把揪住老瞿：不行，你得给我说说这到底怎么回事！

原来，事情的经过是这样的：那次人事变动，单位里所有够格的人都难免八仙过海各显神通，关系一个比一个硬，有人托的是省行的大领导递话，有人更高级，省委主要领导都来电话过问这事了。在县里来说这样的关系简直就是通了天。两方都知道了对方的底牌，但是两方各有优势，于是剑拔弩张，互不相让，最后形成了不是两人争夺、而是两股势力角力的复杂局面！

无奈提拔的名额只有一个，倒让县银行的大领导犯了难，论理，哪个他也不敢得罪，可提了这边的，必然得罪那边的，所以局面居然是：两个都不提才能维持住平衡！那又怎么下这个台阶呢？他最后不得已采取了一个折中的办法，那就是以群众推荐的形式，取票数最高者。结果，农村娃赵志远在没找领导更没送礼的情况下居然靠着最高票数爬上了银行高管的位置。

我说呢！群众喊一喊天上就掉下来这么大个馅饼！赵志远脊背上直冒冷汗，脸上只有苦笑了。

那这回……嗨，要是这样子争，咱谁也争不过，就不去痴心妄想了。这是赵志远的场面话，实则也是心里话。他已经作好了失败的准备。

投票的前一天，一把手把赵志远找去谈话了。他满心以为是要说人事的事情，谁知行长拿出两份票据，问他怎么回事。他一看，一张是费用票据，仔细看看，就可以看出是一张假票。这张假票上，居然签着自己的名字；另一笔大额资金的转账也有问题，上面是自己准予通过的指纹。脑子里"轰"地一响，这，这不是喝醉酒那天下午签出去的两笔业务吗？行长瞥了他一眼：你一向严谨，这是怎么回事嘛。现在审计出来了，但是这笔资金，不是那么容易追回的。你恐怕得有点精神准备哦！

赵志远摇摇晃晃地出了行长办公室，不知道该向哪里去。此刻的他，是如此的孤独，才痛悟：平时笑脸相迎的这么多同事，并没有什么真正的朋友，没有人可以诉说心里的苦闷。妻子，就更不能说了。这个事情让她知道了，那又会是永远的话柄，会成为每次他们夫妻间拌嘴的时候她拿来伤害他的利器！

出了这么一档子事情，赵志远也不再去想提拔的事情了。什么后台关系，什么民主评议，跟他没有了一毛钱关系。结果很快有了：高副行长提了半格，成功地把名字排到了赵志远前面。而关于赵志远工作失职的处分也下来了：一次诫勉谈话，一次书面通报批评。

赵志远一向要强，两件事情联袂而来，赵志远觉得是被啪啪打脸了。他忽然觉得自己成了倒霉蛋，而不再是曾经一度令人羡慕的幸运儿。想起这些时日黄莺那副嘴脸，晚上在回家的路上他徘徊着踯躅不前，家曾经是那样温暖，曾经一度让他归心似箭，但如今他却有了想要逃避的思想，按理说婚姻的七年之痒早已过去，他的家庭早应该牢不可破固若金汤了，可他渐渐发现事实并非如此，特别是自己当上这个高管以后，地位变了，别人对他的称呼变了，老婆和别人看他的眼神都发生了变化。别人的眼神变得功利了，而老婆的眼神却变得不信任了。他进行过反思：是他变了还是别人变了？最后的结论是：他表面上变了但内心没变，别人是表面和内心都变了。

没有人觉察到赵志远是怎样的自我调整了心态，更没人知道这个过程是多么痛苦。什么叫打掉牙往肚里咽，赵志远觉着：这就是了。

好在时间一长，没有侦察到他有什么异样，黄莺对他的态度逐渐回暖，这个家庭又恢复了表面上的温馨，他还是一样的早出晚归，还是一样的勤快，还是一样的好丈夫好父亲。他对工作的态度也依然积极甚至更加积极，就让一切的不愉快都过去吧！精神放松的感觉，真好。

赵志远职场不顺，就想在情场上追求点补偿了。赵志远从小到大都是个爱做梦的人，几乎每睡必梦，但是也离不了"日有所思夜有所梦"这样一个规律，以前他的梦境丰富多彩，自从在银行门口见了那个美人，他差不多一合眼就只梦她了。小城不大，出色人物寥寥可数，他坚信他一定在人海里能把这个心仪的小女人打捞出来。这不，在一条幽静的小路上他遇见了她，他的心又剧烈地颤动了一下。他愉快地迎着她走了上去，不见外地说：你呀，这么些日子到哪去了？你让我好找。

她一笑：就是一面之缘，你找我做甚？

赵志远说，在你身上，我找到了我的初恋，就是那种心的颤动，令人迷醉的颤动。

她咯咯笑着说了两个词：好玩，幼稚！

赵志远觉得这个评价不高，略有失落，他想了想又说，我升职失败了，我老婆也在怀疑我，我好像什么都没有了。哦，还好我有你

她正色说：有我？你这是什么意思？我是你的什么人？连你老婆都不跟你好，你凭什么指望我？莫名其妙！

她生气的样子真好看，让赵志远看呆了。见她转身欲走，赵志远就猛地一把拉住了她。由于用力过猛，她的身体完全贴在了他的身上，两张脸也碰在了一起，两个人都受了惊，他们四目相对，由于距离太近，彼此看到的只有对方瞳孔里的自己。这已经是欲罢不能的距离，他就势伸出双臂，紧紧地将她抱住，生怕她跑了似的。他张大了嘴把她的嘴吞没了。通过嘴与嘴建立

起来的通道，他把自己的温度、激情传递给了她，同时他也感受到了来自她的温度和激情，他们的爱情被点燃了，在熊熊地燃烧着。

这个梦好！他醒来时感觉一身清爽。并且提前五分钟到了单位。在单位门口，他遇到了高副行长，就是被提拔的那位。高行长表情很不自然地笑着对他点点头，他却一如往常，甚至比往常还要夸张还要灿烂地笑着问："早啊！"他的反常举动把高行长吓到了，高行长愣愣地杵在那里，眼里充满了不解和迷惑。上楼的时候，他又碰到了一个同事，他仍是一声清脆爽朗的："早啊！"就一步两跨地上去了。那个同事一脸茫然地扭头看着他迅速消失的背影就撞在了迷惑不解的高行长身上，他慌乱地对高行长送出了歉意的笑，同时用征询的眼光看看高行长，又看看楼上，高行长摇了摇头表示不解。

赵志远着了魔似的想着那个一面之缘的陌生女人，心不在焉地应付着别的一切。第六感告诉他，那个梦寐以求的她就在前方！他打点十二万分精神期待她的出现。他就如鱼，在一条走不通的水道之中打了一个转身，然后，鱼已经不是原来那条鱼了。另一个赵志远呼之欲出。

六

这天，赵志远独自一人开着车往乡下去了一趟，乡下有他辖内的网点，他时不时要去调研工作。他喜欢与基层员工交流思想，聊东聊西，也喜欢看乡路两旁的四时风景。在他看来，乡间的景色与他小时候的记忆相差无几，而他却已经不是小时候那个身材矮小、说话胆怯、没见过世面的农村少年。这种同与不同的反差每当心情不好的时候都能慰藉他的心灵，何况他近来已经彻底走出了前段时间因工作失误、升职未遂而造成的阴霾。心情好，开车就快，谁知在一个十字路口，突然横穿出一辆红色的轿车，为避开那辆车，他急踩刹车急打方向盘，但两车还是接了吻。他的车头吻上了人家的车屁股。自从他领了驾照以来，还是第一次遇上这样的事，他沮丧地下了车，那辆车上也下来一个人，两人四目相对，他就立刻感觉到了心脏的激跳。是她！他欣喜若狂，撞车带来烦恼顿时一扫而空，取而代之的是与心上人邂逅的惊喜。天啊！他此刻，该有多感谢这次车祸呢。

看着他笑着向自己走来，她却有些个莫名其妙了。虽然她判断不了事故的责任在谁，但对方一看就不是难说话的人。她打量着这个笑得莫名其妙的男人：这人虽已步入中年，但是身材高大且管理得体，未显油腻；五官虽然普通，但是笑容非常真诚，天然带有亲和力和安全感。她立马放松下来了。她看看自己的爱车，满脸无辜地说："是我该向你道歉，还是你该向我道歉？"他意识到了自己的失态，尴尬地躲开她的目光说："对不起！是我开得太快，让你受惊了，你别着急，我负全责好了。"既然他这样说了，她就没再说什么。

这次事故迅速得到了处理，这点损失对于赵志远来说不值一提，其意义在于通过这次事故他找到了现实中的她，而且第一时间就让她对自己建立起了相当的好感。事故当天，他就邀请她共进了午餐，他们因此从陌生人迅速升级成了朋友。她告诉他，她是个打工妹，具体做什么，她没有说。他隐隐感到有什么不对，她的装束、她的车，都不是一个打工妹的标配吧！不过，对于她来说，毕竟与他只是初识，一切都有待了解。

赵志远当然不肯放弃追求她的所有机会，古人说一日不见如隔三秋，仅仅过了一个"三秋"，他就又跟她通了电话。他想听听她的声音更想再见到她。他说，撞了你的车，我心里一直过意不去，车虽然修好了，对于女孩子来说，这毕竟是一场惊吓，所以我想再请你吃顿饭压压惊，你可千万别拒绝我哦！电话中的女人没有说什么，只是传过来一两声让赵志远欲火中烧的轻笑。

从女人这方面来说，她在赵志远第一次看她的眼光中就读出了痴迷，这样的事情已发生过多次，她已经见怪不怪了。从初中起到现在，她的裙下之臣连她自己也数不过来了。这些色迷迷的大小男人扰得她书也读不成，工作也干不成，她索性也就靠着男人们这一次次的痴迷来游戏青春。她从一个男人的怀里跳到另一个男人的怀里，曾经活得无忧无虑没心没肺，近来却随着年龄渐长，慢慢起了安顿自己的心思。她清楚男人们只是对她的青春美貌有兴趣，而女人的青春是有数的，过一天便少一天。游戏玩够了，或者就得过一种安稳的日子了。古代的窑姐儿是攒够了银子就从良，而她什么也没攒下，而且她也并不认为她是个窑姐儿。对待每一段感情，或多或少她都付出过一些真诚不是吗？她也试图干一份普通的工作，却是有的太累，有的挣钱少，每一份工作都没让她干够半年。直到她遇到了现在的贵人，一个不大不小的老板刘能。

刘能也是从农村闯到城里的，靠着脑筋活络能吃苦，他现在拥有了一个木材加工厂。他比她大几岁，家里有一个患难之妻，他们的事业是夫妻俩共同打拼的结果。这几年他有了钱，受这花花世界的影响，他的心就乱腾开了。他与她的相遇是偶然，他要包个二奶却是必然，就算不遇到她，他迟早也会遇到另外一个谁谁谁。

刘能那天去人才市场是想招聘一个会计的，她当时在人才市场找工作，他一眼就看中了她，但询问之下，她根本就不懂会计。他就有些无奈，但又不想与她失之交臂，他急中生智想出来一个招，他说那你给我当秘书吧！秘书这个词把她吸引住了：我能当得了吗？嗨。好当。你也不用去厂里上班，我给你租个房子，有什么工作就在家里做，工资我不会亏了你，时间可以告诉你，我是多厚道的人，行不行的你给个话。她一边听一边想：天上不会掉馅饼，这大概就是老板包二奶的事吧！她用眼角的余光假作不经意地打量刘能，刘能个子不高，但人年轻，五官周正，表面上看起来挺实在。特别是他看她的眼神让她觉得刘能已经完全被她迷住了，心里不由得升起强烈的自豪感。这种被人认可的感觉是超爽的，她愉快地问刘能，那我干什么工作呀？刘能说，你想干什么都行，只是我需要的时候你得陪我。她撒娇地喊了一声说，我还没结婚哪。刘能自信地说，我可以补偿你，你开个价。她想了想说，你得给我买个车，我要学车。刘能说行，香车美女保准美呆了！她又说，你得管我一天三餐，我想吃什么就吃什么。刘能说这更好说了，吃饭嘛！她又说，除此之外，你得一个月付我五千块钱工资。刘能没作任何考虑就说，我都答应你。你从现在开始，就算是上班了哈！今天也来不及准备什么了，咱先去开房吧？她无奈了，只好低头说，开吧。

刘能家里有妻儿，听说老婆很厉害，把刘能管得很严，加之厂里业务也忙，所以刘能很少能来她这儿过夜，一个月也就两三次，刘能很珍惜这些难得的机会，把每一次都当成洞房花烛了，玩得很嗨。除这几天之外就没什么事了，她就开着车在城里到处转，她到得最多的地方是美容店，服装店，她明白这张脸对于自己的重要性，必须保养好；美人还得美衣配，每次刘能预约要来，她都会换不同的衣服，避免让刘能产生审美疲劳。钱来得容易，花钱就大方了起来。她一个月花的钱，可不是原先跟刘能说好的五千之数。刘能呢，心里想着女人正在如花似玉的年龄，自己却一个月陪不了她几次，青春寂寞，多花点钱买她个高兴也值得，所以也不来计较花钱的事情。女人欢乐得就如一只无忧无虑的小鸟，这里飞飞，那里停停，正在消磨着自己的青春。

今天她跟赵志远的车撞上了，开始的时候气不打一处来，本想不管三七二十一，下车来跟他大吵一顿的，谁知这人毫不犹豫地主动承担了全部责任，还请她吃了饭，她就看透了他的用心。如今又要请吃饭，她自然不会拒绝，色男人的便宜，不占白不占。

饭店是豪华的，包间是精致的，低回的音乐助人销魂。赵志远征求了女人的意见，选了意大利红酒，晶莹剔透的醒酒器如美人懒卧，水晶高脚杯斟了一底子红酒，特别有爱情的味道，一切都是这样好。冷盘上来了，精心拼摆如艺术品。女人假作不动声色，心里却似有好几条蛇在盘旋。她想，到底银行的高管不同于装潢市场上跑来跑去嘶喊的小贩。这才是生活好不好，只有这样的氛围才配得上我的天姿国色！现在想起刘能，她已经觉得有点煞风景了。

碰杯前他问，我还不知道你的名字呢？这总不是秘密吧。她嫣然一笑说：我叫袁梅，你呢？他说：袁梅，真好听的名字，跟你的人太配了。我叫赵志远，来，为我们的相识，干杯！

袁梅抿了一小口，突然想起什么似的一笑，说：你家里有老婆吧？就咱俩在这里喝酒，你不怕老婆怪你吗？

赵志远低头顿了顿说，我有老婆，但是……我说一件事，你相信吗？

说。

我第一次见你就喜欢上你了，不是这次撞车啊，是老早以前。从那天起，我就天天梦见你，有什么跟别人不好启齿的话，我都在梦里跟你说了。所以这次遇到你，就感觉像是见到了旧友，看来我们是真有缘。

袁梅心里窃喜。她像一只馋猫一样，嗅到了动人的食物，窥到了比自己现在的窝更为心仪的住所。她已经在跃跃欲试了。她用着一种挑逗的表情斜眼瞟着他说：跟我交朋友，也许你将来会后悔的。

赵志远看她的神色，觉得自己想望的事情可能有门儿，不由得春情激发，完全忘记了分寸。他把杯里的酒一次次地一仰而尽，一次次地跟袁梅保证：

你放心，我认准的事决不后悔。他带着一种青年人的冲动和赤诚，把自己的家庭和工作情况毫无保留地向她和盘托出，他就像脱光了衣服一样完全暴露在了她的面前。此刻她在他的身上完全看不到一个近四十岁的男人的世故与成熟，她听着听着就想笑，笑他的幼稚，笑他的可爱。她似乎真被他的真诚感动了，她说，你真觉得我会填补你的空虚，改变你的生活吗？他说，会的，一定会，你现在就已经改变了我，你让我找回了年轻时的激情，找回了爱情的感觉，我现在觉得像是年轻了二十岁。她诡秘地说，如果我欺骗了你，你会恨我吗？他坚定地说，为喜欢的人，我自愿付出。这是他的爱情誓言，是他发自内心的真情告白，被爱情冲昏头脑的人啊，实在是不能预见，在不久之后，他就得兑现现在的誓言。有如一语成谶。

欢娱，激情，新鲜感，爱情，恋恋不舍。赵志远真的年轻了20岁。赵志远甚至利令智昏地与袁梅一起去见了刘能，用钱了结了刘能跟袁梅之间的一切。他想完完全全地拥有这个美丽的女人，哪怕她的一根汗毛，他也不想跟别人分享。

<h1 style="text-align:center">七</h1>

刘能见袁梅攀上了高枝，自忖敌不过赵志远，也只能无奈放手，但也从此与赵志远结怨，他像一只危险的动物一样蛰伏在这一对男女不远的地方，等待和寻找机会给赵志远以致命一击。

赵志远帮袁梅租了房子，然后把所有能抽调出来的时间都消磨在这所房子里。袁梅的床上功夫跟她的相貌一样棒，吸引得赵志远欲生欲死，如在天界。不得不回家了，他却有点怕看黄莺的眼睛，更怕她提出来行房的要求。经历了袁梅，他眼中的黄莺，确实有如抹布了。幸好黄莺单位一向很忙，又有孩子，家务一大堆拖着，本来就对男女房事兴趣不高。赵志远不来纠缠，她也懒得主动去求索。一时相安无事，倒让赵志远跟袁梅度了一个极其销魂的蜜月。

他的工资本原是由黄莺保管，为了在袁梅面前显摆他这银行高管的大手笔，为了压倒、超过刘能原先给袁梅留下的消费印象，他开始大把地给袁梅花钱了，手里没钱怎么办？刚开始他向单位借，向同行借，但时间一长，他就支撑不下去了。正在两难之时，一个客户找到他求他帮忙贷一大笔款，并向他许诺，只要贷款到手就先给他一笔不菲的回扣。这种事情他以前有过风闻，银行里确实有人这么干。作为分管业务的领导，他对这些传闻是听也不敢听的——万一事情是真的，管还是不管呢？好像都不合适！但是他无论如何没有想到，这种事情有朝一日居然发生在自己身上了！客户看出了他的犹豫，走时就让他好好考虑考虑，他就真考虑了，而且考虑的结果他都吃惊：他决定迈出这关键的一步。以前他从没管过家里的事，也没为钱的问题发过愁，但现在不同了，袁梅每天都要花钱，这钱每一分都得他去想办法，单位同事朋友都借遍了，拆了东墙补西墙，这样债务缠身的日子，他真不想再过下去了。所以他决定要破釜沉舟，别人拿了没事，自己偏就有事了？他这样安慰自己。可毕竟这是第一次，所以他在收钱时心是虚的，手是抖的，内心满是彷徨和自责。但是见了袁梅，看着她收了钱如小鸟雀跃的可爱表情。一切的担忧与烦恼都如蛛丝被一风吹去了。袁梅对他的吸引就像毒品对瘾君子的吸引一样令他心向往之。金钱、情感、包括身体的付出，他都是义无反顾的，他一度认为这才是真正的生活，而以前的时间和生活都虚度和浪费了。他庆幸袁梅的存在，庆幸遇到了袁梅。而对于以前的家，以前曾深爱过的妻子和女儿，他都视为可有可无了。

自从与袁梅确立关系后，赵志远在精神上和性方面得到了极大的满足，已有很长一段时间不再做梦了。他曾经感慨袁梅是百病良药，居然能治好自己的多梦症。谁知自打他接受了第一笔好处费，他又开始做梦了！只是梦的内容发生了巨大的变化。袁梅就在他身边，自然是不会再梦到她了，他现在每次梦到的都是灾难，水灾、火灾、地震、海啸等等各种各样的灾难，梦中的景象跟灾难电影中的影像惊人的相似。每天他都在水与火的追逐中挣命地奔跑，还多是跑不动的场景，倍受煎熬。从这样的梦里醒来，除了庆幸外还有深深的疲累感，仿佛刚才是真的经历了那一幕。

人的第一次放纵或许都有纠结，两三次一过，这种生理不适感就很快消失了，代之以越来越深无可自拔的贪婪。赵志远拿钱的手不再颤抖，甚至开始享受这种过程。他不再认为那是犯罪，反而认为是理所当然的了，帮谁办事人家给得少了，他会在心里怅然若失，仿佛那人是小偷，偷走了他的钱财。最后他竟发展到理直气壮地去索贿。有个成语说"千里之堤溃于蚁穴"，真是有哲理。他坚守了十几年的阵地就是这般，一旦被渗透，就溃不成军，一败涂地了。

袁梅的胃口越来越大了，她不再满足于赵志远每次的三千五千，在一次激情过后，袁梅躺在志远的怀里，用手摸着志远宽阔的胸膛说，每天待在家里都快闷死了，她想要租个地方开服装店。赵志远很惊讶，显然他没有任何的思想准备，他说，好好的开什么店，不要以为开了店就都赚钱，赔得底掉，倒闭关张的店可多了。

袁梅放开赵志远哼了一声说，我不管，我也不怕赔钱，你是银行行长，多少钱不就你一句话的事吗？

赵志远被袁梅的无知惊呆了，胸部起伏着不知道说什么好，沉默了一阵后，他用温和的语气说：梅，这样过着挺好的，咱能不能不开店呢。袁梅坚定地说：不能！这次，赵志远沉默得更久了。沉默如一块生铁冷冰冰地横亘在刚才还在颠鸾倒凤的一对男女之间，散发着不祥的气味。赵志远沉不住气了，硬着头皮又问了一句：如果我不支持你呢？袁梅像看一个仇人一样恶狠狠地盯着他看了好一阵说：那我就去找你老婆，把我们的关系挑明了。你不给钱，也许她会给吧！

这赤裸裸又低俗的威胁把赵志远心中的怒火噌地一下就点燃了，他举起手真想一巴掌打过去。谁知手在空中就看见了袁梅惊吓地用手抱了头，蜷缩成一小团瑟瑟发抖的可怜相。这一巴掌怎么还能打得下去？赵志远实在是不忍，思来想去，他有些破罐子破摔地说，算了，反正我现在也不清白了，我想办法去弄钱吧。

袁梅蜷得很紧的身子突然如弹簧一样崩开，她纵身抱紧赵志远，一边呻吟地喊着老公，一边暴风雨般地在他的浑身到处亲吻……赵志远还没有来得及沮丧就又一次沉沦在灭顶的肉欲中了。

袁梅的服装店很快开张了。赵志远碍于身份不好到场，袁梅却请了专业的摄影师来现场录制。她，一个无依无靠流落在小县城的农村妞如今有了自己的店了！真有飞上枝头变凤凰的快意啊！这个脱胎换骨的时刻，绝对是值得永久收藏的！

开张的当天晚上，不用说两人又是一场生死肉搏。赵志远抱着这精致的小人儿英雄气短地说：梅，你可要好好的啊，我可是把自己的身家性命都押在你这里了!

在志远的怀抱里,袁梅拿出手机翻开了录像。赵志远的手在袁梅身上不停游走,有一搭没一搭地看着录像。突然,他看到几个熟悉的面孔,不由得有点心惊,就让袁梅倒回来看。

哎!这不是刘能吗?他指着屏幕问。

哎?真是的!我忙得,没注意到他来啊!这扫帚星,他来做什么呢?

那,这个女的你认识吗?天啊,赵志远竟然在看热闹的人群里发现了郑月仙!那女人画着精致的妆,一身魅人的高级灰,在五颜六色的人丛中分外招眼。视频中,她正捂着嘴跟身边另一个女的交头接耳,不知说些什么。

我看?哦,这个啊,认识。在美容院里常遇啊!有时我们一个时间点去了,还一边做脸一边聊天呢!这个大姐性格顶爽快了,我们无话不谈哩!

啥?你,你不会把咱们的事情告诉了她吧!赵志远一骨碌爬起来,眼睛瞪得比牛蛋大。

哎呀,有什么要紧嘛……你这样看着我做嘛?我们女人嘛,好在一起什么都会说的,不过我可没说你给我钱的事……袁梅有些期期艾艾起来。

赵志远感觉心跳如鼓擂。那个市井妇女早就跟自己结了梁子,现在她知道了自己跟袁梅的事情,会不会拿着这个做文章?报复自己?想起她发过的那些无耻的信息,赵志远不由得后背发凉。他知道这女人什么糗事都干得出。

事已至此,赵志远唯有叮嘱袁梅,离那胖女人远点,关于他赵志远的任何事,一个字都不许跟她再提!

袁梅根本不会做生意,没两个月她的店就黄了。最离谱的是,她进货被人骗去一大笔钱,货没有回来,那个人也找不到了!袁梅哭哭啼啼要报案,被赵志远止住了。他现在已经有了对于公检法很深的恐惧,寻思袁梅没有社会经验,让这些人三问两问,说不定把自己也扯出来,那可就糟了。宁可忍了这个肚儿疼算了。他劝袁梅想清楚,自己不是做生意的料,好好待在家里,闲了看点书长点知识不好吗?袁梅却撒娇耍痴,非要赵志远给她找工作,就算她不会做生意,总会做公务员吧?喝喝茶水翻翻报纸,身份体面日子舒服还有五险一金。赵志远好言劝她,她的学历只到高中毕业,连公务员的报考资格都不够,袁梅却硬邦邦扔给他两句话:不管!你自己去生法子!

无奈,只好动用自己柜藏的关系。本来这层关系他是预备着将来给女儿找工作用的。这人姓高。是本地首屈一指的企业家，黑白两道通吃，手眼通天的人物。在一次宴席上，高总酒喝得高兴，说起当年赵志远对自己的雪中送炭，满口感激不尽，还捎带着问了赵志远家里的情况。当听说志远有个女儿时，高总就拍着志远的肩膀说，老兄，侄女将来的工作包在我身上了，省市县三级任你选，什么单位都行。当时志远也喝到了兴奋处，掏心窝子地说，既然高总有这份情谊，我就拜收了，容我有机会再报答您。高总一笑说，见外了。水帮鱼，鱼帮水嘛。咱们谁也离不了谁。你不找我是你不够意思，我不帮你是我不仗义。有事尽管说话。这次被袁梅逼得走投无路，赵志远就鼓起勇气去找了高总，高总略无难色，满口应了下来。果然没过多长时间，高总的电话就来了：县政府要招一批人，你们赶紧报名。不过要求大专以上文凭，他还支招说，没文凭可以搞个假的。他说各个环节他都打通了，让赵志远只管把名报上，别的就不要管了。

高总果然神通广大。事情顺利办成，袁梅摇身一变成了吃皇粮的。天天在机关里出入，谈吐气质也趋庄重大方，对赵志远自然是感恩戴德，伺候得越发周到。赵志远终于舒了一口气，寻思着可以过两天安稳日子了。想袁梅可以知足了，但他的想法似乎有些幼稚，因为有些人的欲望是可以无限膨胀的，像永远不破的气球，想多大就有多大。袁梅就是这样的，当这一样需求得到满足后，另一样需求就会接踵而至，源源不竭。

八

赵志远每天奔波于两个家之间，说不辛苦是假的。他也想尽力弥补对妻子和家庭的亏欠，无奈力不从心。近来他常做噩梦，一次梦见的是两只老虎在撕咬着他，一次梦见袁梅变成了女鬼，在吸他的血，还有一次梦见妻子向他开枪，子弹穿透了他的脑袋，使他脑浆崩裂，鲜血飞溅。每次醒来后他都惊出一身冷汗，到后来发展到晚上不敢睡，生怕噩梦缠身。晚上休息不好，白天上班就像吃了大烟，恹恹欲睡。更让他懊恼的是自己的性功能也出了问题，好几次满足不了袁梅的需求。他太累了，累得对一切都失去了兴趣，包括女人和性。

志远怀疑自己是得了抑郁症，他的怀疑是有些根据的，以前曾与他同一办公室的大姐抑郁多年是他亲眼所见，那时她的症状像极了现在的自己，也是每天懒懒的病快快的，对什么都失去了兴趣。后来这个大姐跳了楼。听说这种病基本是治不好的——这么一联想，赵志远吓了一跳：可别有那么一天，自己也跳了楼吧？

他去了医院，由一个熟悉的医生朋友带着，从内科到外科查了个遍，最后的诊断结果有些意外，每一项指标竟然都十分正常。按说这应该是令人高兴的事，可他就是高兴不起来。当天晚上，他就病倒了。他感到头疼欲裂全身发冷。他艰难地睁开双眼，出现在他眼前的是黄莺那双焦虑的眼睛。她一边摸着赵志远的脑门一边问：你病了吧，怎么回事难受也不说？赵志远一半心酸一半惭愧地说：我不知道。黄莺嗔怪道：这人，总是烧坏了脑袋糊涂了。自己病了都不知道，坐起来，先吃了药，明天早晨看看退不了烧我就请个假陪你去医院。感受着妻子的关心，赵志远鼻子一酸两行热泪滚落而下。黄莺看着志远哂笑说，没意思啊，一把年纪的人了，因为这点小病还要哭鼻子呀，你羞不羞？志远不知道该如何向妻子解释，所以干脆就不说话，乖乖地挪动着欠起了身子，黄莺把药片塞进他嘴里，用小勺喂了一口水，药片顺着他的喉咙就下去了，留在嘴里一片苦涩。

夫妻俩怔怔相对，黄莺的表情是几次欲言又止。赵志远虚虚地问，你是不是想说什么啊？他首先想到的是，是不是袁梅的事情被她知道了？小城就这么小，保密工作不好做啊！如果她问起这事，倒是该不该跟她承认呢？一时间心乱如麻，汗出如浆。

黄莺看到这样，就说这是要发汗了，赶紧躺下盖好被子。

有什么想问的，你就问吧！赵志远被黄莺安排着躺好了，摆出一副死猪不怕开水烫的架势闭着眼睛追问。是福不是祸，是祸躲不过。他已经感觉自己是个罪人了，现在突然有种豁出去的勇敢，想跟黄莺来一个鱼死网破。

没想到黄莺幽幽地叹了口气说，银行里人事调整，你也不告诉我。什么事情都一个人咬牙扛。你拿我当家里人了没有？

你可别怪老瞿，是我看着你这些时失魂落魄的，进出都不对了，才瞒着你去问了问老瞿。你不就两件事吗？一是升职没想了，一是工作失误挨了个通报。我考虑是这：人生在世，吃米还带个谷哩，工作这十几年了，偶尔出现个失误，谁也难保。我感觉你已经做得很好了，以后注意把酒戒了就好了。

升职这些事情，现在这个社会也难说得很，不要太放在心上。你看有的人辛辛苦苦做了一辈子，到老也是个普通员工，人家就不活人了？什么事情都得往开里想。咱这个家庭，我感觉已经发展得挺好了，我很知足。我看着你天天那么努力工作，也是个心疼。你千万不要因为这些事情有压力。风风雨雨，咱一家三口人一起走，我和孩子永远都理解你，支持你……爱你。

赵志远跟黄莺从恋爱到结婚再过了这十几年，总的说两口子感情是不错的，但是山区人保守，俩人竟没有脸对脸说过这个"爱"字。此时听了，不觉又流下泪来。心里的滋味，只有他自己知道了。

这次他病了三天才起床，第一天袁梅发微信问长问短，他只说是病了，偷偷发个简单的消息，不敢多说，怕被黄莺发现。然而从第二天起，袁梅就没有信息了。

三天后他到了单位，门房的老王告诉他，他请假期间有个女人来找过他，他就断定一定是袁梅了。本来沉寂下去的心中，又有些死灰复燃了。于是下午一下班他就向袁梅那里去，一边走，他一边想象着袁梅在家里翘首企盼着他的可爱样子。病了这三天，他养精蓄锐，感觉浑身又充满了力量。他想他这次是不会再让袁梅失望了。

楼下停着一辆明晃晃的奔驰 S600，他特别地关注了一下车号，车号特熟，却一下记不起来是谁的了。他绕过车进了入户门，上楼。到了门前他伸手刚想敲门，但却停住了。他掏出了钥匙，想要给袁梅一个惊喜，所以开门的动作就非常地小心翼翼。门开了一道窄缝，他像小偷一样挤了进去。他蹑手蹑脚地进了屋，咦？客厅空无一人，卧室却传出了窸窸窣窣的声音，还伴着女人的喘息声。他霎时僵住了，心里一阵乱跳。他定了定心神，耳朵贴在了门上仔细地听了一会，终于确定自己听到的并不是幻觉。他胸中的怒气噌一下就顶到了脑门上，他没有再犹豫，猛地打开了卧室的门：两个赤条条、白晃晃的人体扭结在一起。他这一开门。屋子里的一切像是被按了暂停键，都静止了。那个赤身的男人甚至还没反应过来发生了什么，只是暂时停止了动作。赵志远羞愧难当，狠狠骂了一句粗口就转身出了卧室，气呼呼地坐在了客厅的沙发上。过了大约几分钟，先是袁梅穿着睡衣出来了。她怕怕地坐在了志远的旁边，怕怕地看着志远说，这几天我找了你几次你都不在，我还以为你不要我了故意躲我呢？赵志远恶狠狠地瞪着袁梅问，我病了三天，第一天就告诉你了！这就是你找男人的理由？她弱地摇摇头说：不是，不是，我是……她住了口，低下了头。他又说：还有我无能，我不能满足你的性需求，对不对？袁梅声音很低地说：也不是。赵志远跳起来问：这也不是，那也不是，是因为什么？里面那个男人到底是谁？袁梅小声说：单位要竞争上岗，他答应帮我升职。赵志远一下怔住了。升职，升职，又是他妈的升职！老子怎么就死活绕不过这俩破字呢？

卧室里的男人也穿好了衣服走了出来，穿上了衣服的男人衣冠楚楚，若无其事地笑着向赵志远打招呼说，对不起！没想到今天你会来。赵志远刚才在卧室里看到的是个大白人，根本就没认出来是谁，现在男人穿上了衣服他才认出原来是高总，赵志远诧异得半天没说出话，然后嘿嘿苦笑了起来。这笑比哭还难听，像是吃了黄连以后硬挤出来的。他笑罢，终于说出了一句：我他妈是引狼入室啊！他站起来绕过这一对狗男女，摔门就走出去了。

赵志远继续上他的班，对袁梅，他已心如死灰，当然不可能再去她那里，他希望时间能赶紧消磨掉残存在他心中的那一点点激情与希望，让他彻底摆脱这个噩梦。与此同时，他对黄莺的态度也发生了很大的改变，他开始一下班就回家，回家就帮着做家务，为女儿辅导功课。对于丈夫的突然的变化，黄莺心存疑虑，她纳闷地问过赵志远，赵志远说：现在这样不好？我升职无望，不想在单位里再那样拼了。黄莺听了，虽然有几分心酸，但是丈夫回归家庭，毕竟是件好事，连孩子看着她爸爸天天在家里，也活泼得多了，孩子从学校一回来，小嘴就吧吧吧地把学校的事情一一跟爸爸学说。赵志远用心听着，深感这样的家庭生活，是真平静舒服的。怪！自己好像是吃了一百个豆子才知道腥似的。他想，以后就此洗手，再也不做背离老婆孩子的事情了，也再不稍越纪律门槛去做那些让人担惊受怕的事情。赵志远真的想浪子回头了。

然而，种下恶的因，总会有苦的果，民间有句话说"一失足成千古恨"，还真是有道理。

今天一上班，就收到了郑月仙的微信。沉寂了许久的她，没有像上回那样撒泼耍流氓，而是又一次正色提出了贷款请求。他想也没想，就以官方语言的格式拒绝了。这回郑月仙没有拿自己说事，倒是说到袁梅身上了。她说老同学啊，您这是真人不露相呀，还是吃鸡的猫儿不叫唤？在俺面前装着那么的一本正经，比关二爷还正经，背地里其长期包养暗娼，你肮脏不肮脏……

赵志远已经有一段时间没见过袁梅了，而且他已经下定决心跟她彻底切割，也跟一切不上道的事情切割，他想把以前那个正直、真诚、爱家、积极努力工作的自己找回来。但是此时听郑月仙用"暗娼"这样的词来形容袁梅，还是勃然大怒了。他用颤抖的手指回了一条：你他妈的才是暗娼，而且是贴钱也没人要的暗娼！

哈哈，既然你这样，我也不用给你留什么情了。作为银行高管，你长期包养暗娼，是不是只要你老婆不管，就再没有别人管了？比如纪检委？比如你的上级部门？告诉你，我要实名举报你！非把你的丑恶面目暴露在光天化日下不可！

赵志远看着这条，如遭五雷轰顶，这是他从来没有想到、也是属实承担不起的啊！她她她，她要真这么做，那么赵志远从小学读书到现在走过的这条坦途，他为自己及家人苦心构架的这个美好生活，全都会被一阵飓风席卷而去，让他赤条条地回到三十年前！不，比那还不如，他有可能身陷牢狱，面临审判！自己任性地跟她对骂，徒逞口舌之利，却忘记了自己是个有污点的人，浑身都是毛病的人，根本经不起她的反噬！

赵志远抖抖索索地拨打郑月仙的电话，得到的声音始终是：您拨打的电话正在通话中……她直接把赵志远拉黑了！

赵志远匆匆忙忙地从银行的大楼里走出。是的，楼里有很多人，有大领导，有新提的高副行长，有老瞿……就是没有一个可以商量、托付这个事情的人！赵志远又一次感受着这身处人海的孤独，良知却也告诉了他一切不过是咎由自取。如果说自己劈面撞到了鬼，那么这个鬼，也是自己招来的。天作孽犹可活，自作孽，不可活！

赵志远一边走，一边给黄莺打电话。你，赶紧请个假，回家来，我有急事，十万火急！

此时夏令已过，一街两行的泡桐、银杏正在变色，黄绿相杂十分好看，现在此时的赵志远心急如焚，早已乱了方寸，哪有心情看这季节的表演。关键时刻，他只能依靠黄莺了！可那是个被他欺骗、背叛、嫌弃的妻子啊！要是知道了真相，她会支持自己吗？她能接受自己的龌龊吗？她能帮忙化解这个危机吗？赵志远自认自己不是多愁善感的男人，可是此刻，想到了妻子，想到她的委屈，眼泪已经在他眼睛里打转了。他的良心，此刻正在战栗。

在等黄莺回家的时间里，赵志远的头又开始疼了。如有个看不见的人举着斧头，一下一下砍在额头上。天哪！赵志远用大拇指跟食指拼命地拧着眉心，一会就在眉心处揪出竖形的一个红印。他一边揪，一边侧耳听着外面的脚步声。从结婚到现在，还没有哪一刻，赵志远如此地软弱，如此地急需要依靠黄莺。

九

黄莺义无反顾地去找郑月仙了。赵志远一个人留在家里琢磨妻子听到这个事情之后的平静与决绝。她没有大发脾气，也没有追问缘起和经过。赵志远嗫嚅着把眼前的危机说了个大概，黄莺的脸色就变得严峻起来，但绝不是要跟他算总账的意思。她问明白郑月仙的单位和电话，又去储藏室找了两色价值不菲的高档礼品，就匆匆地骑着她的小电动车出了门。

近来赵志远变得多愁善感，动不动就要流眼泪。此刻妻子的行为又一次让他热泪盈眶。他和妻子都是双方的初恋。黄莺年轻时候就不漂亮，个子低不说，皮肤比较黑。她吸引赵志远的就是她的单纯。她一贯都小心地维护着自己唯一的爱情，结婚后，特别是赵志远升职后她有些多疑是真的，但是自己一解释，她就相信了。她像个孩子，前一秒还哭哭啼啼，后一秒就笑开花了。她可能从来没有想象过自己居然如此疯狂地背着她"作案"吧！

可是大难临头，她没有一句话的纠缠，匆匆忙忙就去帮他顶雷去了！她为了自己男人的罪过去求另一个同样有罪过的女人去了！唉！赵志远自从跟袁梅勾搭上以来，第一次觉得了黄莺的可怜，也第一次发现了她的勇敢。他在心里暗暗发誓，只要能平安渡过这个危机，他赵志远此生此世，绝不做对不起黄莺的事了！他要和她肩并肩手携手，把剩下的人生走出精彩！

发一回狠，叹一回气，终于等得黄莺回来了。

相对无言。能听得到双方的心跳。直到赵志远用歉疚的眼神问：怎么样？

黄莺面无表情地一边摘手套一边说："说妥了。我答应给她20万了结这个事情。"

20……？赵志远喃喃地重复了一遍。

是的。少了这个数她不答应。你要知道，这种事情没有定价，她说了就是价。黄莺嘲讽地看了他一眼说，也许你在她眼里就值这个价，不能多一分更不能少一分了。

赵志远默然。现在，他说什么都不对，说什么都是多余。平时的日子里，赵志远都是早出晚归，难得今天中午在家里，黄莺再没说什么，洗手去做饭去了。赵志远赶紧跟过去想打个下手，帮个厨什么的。他想讨好黄莺，却不知道从何处着手。思虑的焦点已经从郑月仙转移到黄莺了。人生啊，这是怎样个说起？躲过一场狂风又得准备着下一场暴雨。没个消停。

但是赵志远被黄莺用胳膊肘推出来了。她说，您辛苦了，歇着吧。

您……辛苦了……赵志远苦笑着，又坐回沙发里去了。家里到处徘徊着冷意，他真想马上回单位里去。

这件事的后续，提款、送钱都是黄莺一个人独自完成的，也没有告诉他经过，然而接下来的冷战一直持续。使赵志远害怕的似乎已经不是黄莺的质问，而是她的不闻不问。家里是这样，单位里的情形也不容乐观。按说单位的人应该是不知道这件事情的，也许是自己心理作怪吧！赵志远去了单位，竟然觉得人们有躲着他的意思了。老瞿见了他没有了往日的热情，行长见了他，皮笑肉不笑地点点头，他疑心对方不想跟自己说一句话了。就连不得不找他来签字的下属，也是离办公桌二尺远就已经把票据远远地伸过来了。怎么地，我赵志远身上有传染病？他的办公室里空了，到处都是冷空气，却又似乎挤得他没地方存身了……飘飘何所似，天地一沙鸥。他信口念着，念完了又后悔：咱这算什么沙鸥。人家那孤独是潇洒，卓尔不群，咱这是什么，是被孤立。

赵志远从公用卫生间出来，一边走一边甩着手上的水珠，突然，他看到空荡荡的走廊里出现了一个不祥的人影。那是……那是……他的心突然又惊吓地激跳起来：那不是刘能吗？都快下班了，他这时候来银行做什么？

刘能也认出了他，本来蜷缩着的背突然就挺直了。两个人相向而行越走越近，错肩而过的时候脚步却没有停。赵志远用眼角的余光捕捉到了刘能一个危险的表情。刘能夸张地梗着脖子，好像要瞬间长出一截来高过他赵志远，鼻子喘粗气，眼睛冒火花。然后，他听到渐走渐远的刘能使大劲的一声："呸！"

赵志远又失眠了。刘能去单位干什么？他会不会也如郑月仙似的来举报自己？包二奶？还是别的经济问题？曾几何时，赵志远是个心底坦荡的人，可以对一切人说不，现在他则说不起了，他见了刘能都怕。曾几何时，领导找他谈话，一说他工作有什么失误，他马上能反应到问题是出在哪里。比如上回错签了的那两份票据，因为那是秃子头上的虱子——明摆着，但是现在呢？他觉得自己脏得没有了底线，浑身都是虱子，别人一个眼神，都会使自己觉得浑身痒。

都怪袁梅？现在想来，对她，也就无所谓感情。那一段时间短暂的疯狂，多半是自己内心隐秘的愿望附着在了她的身上。没有袁梅，或者得有李梅，牛梅，贾梅……

第二天他是怀着十分忐忑的心情去上班的，他预感到了一定会发生什么，但他不确定发生的时间。也许就在今天吧？他想。

他一踏进办公楼，门房的老王就对他说："检察院的人在你办公室门口等你呢。"他两眼发黑，双腿发软，身体晃了晃，差点就倒了。老王赶紧把他扶住了，问："你这是咋了？脸色很不好。"他摆摆手说："没什么。"就强撑着慢慢地往楼上走。

他的预感相当准确，真的是刘能把他实名举报了，他被检察院带走了。

在检察院里，他一反常态地顽强，他只承认了一些不能抵赖的票据和少数几次非法放贷。就凭这些，还真不够把他怎么样。他想。但当袁梅突然出现并指证他时，他彻底崩溃了。这时候他猛然想到了一句话——红颜祸水。他发疯一样冲向袁梅，但被检察院的人拉住了。还威胁说："这是检察院，你想做什么？"志远瞬间就瘫软了，他把自己的命运完全交到了别人的手上。

调查取证阶段是漫长的。赵志远就像一管牙膏，被一点一滴地挤压着，最后把所有的事情都吐干净了。当然他第一个就供出了高总。就算自己倒霉，那个万恶的男人也别想逃脱制裁。不过这样一轮程序下来，赵志远已经完全不是当初的赵志远了。他的头发几乎全白了，皮下脂肪也消耗殆尽，小了一圈的脸上堆起了皱纹，那双总是带着笑意的眼睛，下面吊起了两个空荡荡的大眼袋。

调查告一段落，赵志远转到看守所开始了庭审前的等待。其间，黄莺带着女儿来看过他，但他没有见她们，他的人生已经完全毁灭了。他已经拿好了主意，他不想面对审判。而逃避审判的唯一可能就是——自杀。可如何自杀呢？在看守所里，这似乎是个很难办到的事情。赵志远暂时还想不出办法。

晚上他仍会做梦，但已经不再是噩梦，相反，梦里的一切都变得美好起来，青山绿水的家乡，无忧无虑的小伙伴。他们排成一行在晚风吹拂的田野里撒尿，比谁尿得远，当然还是他赵志远尿得最远；或者是快乐的大学校园，黄莺留着黑亮的披肩发，跑起来像一只敏捷的小鹿，当然赵志远还是把她追到了；还有孩子，她出生的时候只有四斤多，啼哭的声音像小猫叫，但她成长得很快，似乎一转眼就学会了走路、去了幼儿园、去了小学，一路给父母拿回来多少小红花、奖状；唯有老迈的父母让他心痛，他们互相搀扶着站在皋州村口那棵长了几百年的巨松下面张望，他们盼着给他们带来一连串惊喜的儿子带着新的惊喜回家……这些在梦里无限美好的人和事，足够赵志远醒来后回味一天。他已经没有未来了。现在他活着的每一天，都生活在对过去的回味里。

这天看守所的看守告诉他说，他的案子过几天就要开庭了，看他脸色猛然变得很差了，看守好心地劝他说：判了就好了，安心去服刑，认真改造就好了。赵志远低了头，什么也没有说。

第二天当阳光照进监舍时，赵志远没有醒来，而且永远也醒不过来了。他选择了用被子将自己蒙死，那是何其的决绝，当他因缺氧而全身痉挛时，他坚持着，并且坚持到了最后。即使在那短暂的坚持中，他还是做了一个梦，他梦见妻子和女儿正笑着向他走来。

针到病除

一

　　张奶奶活了八十五岁，算是高寿了。她的丈夫张太和早她二十年去世，所以在这二十年里，她是一个人生活的。在我记忆中，张奶奶不大像一个标准的农村老奶奶。农村老奶奶皮肤没这么白，加之她始终盘着头，在农村也少见。

　　不过她的衣着却普通：永远穿着蓝的或灰的斜对襟上衣，腰身肥大的裤子，腿上缠着绑腿，脚是一双小得不能再小的三寸金莲。她走起路来总是佝偻着身子，颤颤巍巍的，让人担心她会跌倒。因了她被传得神乎其神的针灸绝技，张奶奶总给我一种神秘莫测的感觉。

　　在皋州村中部有一座古戏楼，它的背后有一条深深的巷子，这个巷子因古戏楼而得名，叫作戏楼后地儿，我和张奶奶的家就都住在这个巷子里。我的家在巷子的尽头，张奶奶的家在巷子口上。对于这个巷子，我有非常深刻的印象，甚或可以说是刻骨铭心，即使现在，我还经常会在梦里回到家乡，回到这个巷子，回到巷子尽头的老屋。我生在这里长在这里，这里有我无忧无虑的童年，纯真无邪的少年，雄心勃勃的青年，直至升入大学我才离开这里，这里的每一处都留有我的足迹和身影，所以我对这个巷子的每一处院落，每一座房屋，甚至一砖一瓦、一石一树都有一种难以割舍的亲切感。在皋州村，这个巷子是最古老的四条巷子之一，这个巷子的每一座建筑跟古戏楼一样的古老，古得村里没有人能说清它们的历史，张奶奶也说不清，即使她年逾古稀，即使她德高望重，但她的年纪跟这条老巷子的古老比起

218

来仍然微不足道。

张奶奶住在一个大四合院里，有人说，很久以前这个大院是大户人家的宅子，东南西北四面都是房子，正房北屋的基础相对于其他三面房子高出了一米多，所以阳光充足，从我记事开始，张奶奶就孑然一身一个人住在里面。那个时候我和我的小伙伴经常会到张奶奶的院子里玩耍，因为那里是捉迷藏的好去处。只有当一大群孩子在大院里疯一样地大吼大叫时，我们才会看到张奶奶颤巍巍地出了屋，冲着一大群注目着她的孩子略带责备地说一声："还没玩够啊？小点声吧。"然后再颤巍巍地回屋。虽然她态度很温和，但对于我们这群顽皮的孩子来说还是从她温和的态度中感受到了威严，所以我们会乖乖地静下来或是一窝蜂地跑出大院。

张奶奶之所以能镇住我们这些顽童，关键在她针到病除的本领，可以说皋州村的几代人都亲身经历和感受过她的银针，那长长的银针曾经与病痛一起令我恐惧不安，很多时候我宁愿经受病痛也不愿意接受她的银针，村子里的孩子都挨过她的针扎，都有了恐惧心理，所以她的话才具有了不可抗拒的威慑力，听来令人发毛。

我奶奶辈的人都叫张奶奶"燕子"，村坊里流传着不少燕子的故事。步履蹒跚的张奶奶有如此轻捷的一个名字，也出我意外。我会模糊地想到，张奶奶也曾是个俊俏的少女。奶奶偶尔讲起有关她的故事，也无不在印证我的猜测。那时还小的我莫名地叹一口气，不知咋的突然间就感觉到了人生苦短，青春易逝。

燕子的晚年是在县城度过的，几乎是在我上大学的同时，张奶奶就搬进了县城，那个皋州村戏楼后的巷口的大院子着实空置了几年。直到最后一次迎来了它原主人的葬礼。

这是我记事以来村里最隆重的葬礼。隆重不仅体现在参加人数上，更体现在人们对她的感情上，为一个人的消逝举村悲痛，在我们这个山村也就仅此一例。

燕子身世很复杂，很久以来我知道的只是一些零碎的片段，直到葬礼结束，我才从父亲的嘴里了解到她大概完整的身世。

她的老家在南方某地（怪不得她的皮肤一点都不像土生土长的太行山人！），人们只知道她是由母亲带着逃荒到山西的。具体什么省什么县，到我爸爸这辈就没有人知晓了。关于姓氏，因为她在张家长大，所以大家都认为她应该姓张。也许对于一个逃荒流落此地的小女孩来说，这倒是不重要的。不过她始终保持着一些南方人的特点，比如皮肤白皙，比如脑筋聪明，比如身材矮小精干，比如爱吃大米饭等等。

燕子由她母亲带着一路讨饭来到山西，走到皋州时，她的母亲发起了高烧，就此一病不起。在去世前，她把八岁的燕子托孤给了村里的张老太。为了使女儿在张老太家名正言顺，燕子的母亲留下遗言将燕子许给了张家老大张太和。对于幼小的燕子来说，并不知道这意味着什么。张太和比燕子大五岁，也还是个顽童，他也没弄清楚娶媳妇到底是咋回事，只有张老太流着眼泪接受了燕子母亲的托付，这样燕子就正式成为了张老太家的童养媳。

在过去，"童养媳"这个名称给人的感觉往往是苦难的开始，但燕子的命运却正好相反。自进了张老太家，燕子结束了逃难的生活，温饱有了保障，她的乖巧伶俐也很快得到了张老太一家人的喜欢，而且张老太在只有两个儿子没有女儿的情况下对待燕子就像是对待自己亲闺女一样百般疼爱，这让燕子感受到了浓浓的母爱与家的温暖。张太和与他的弟弟张太顺都比燕子年长，对这个"捡"来的小妹妹，他们一开始是排斥的，因为他们认为她分享了他们的母爱。但没过多久，他们的态度就有了一百八十度的大转变：燕子带来的欢乐转移了他们的注意力，他们完全喜欢上了这个活泼可爱的小妹妹。从此他们俩争着抢着讨好燕子，并当起了燕子的守护神。只要有人欺负了燕子，他们就会结起伙来为她出气，因为有了妹妹，这浑浑噩噩的两兄弟像是很快长大了。

太和与太顺父亲早亡，全家人的重担都在张老太肩上，但你万不可小看这能干的农家妇女。张老太早早地就把兄弟俩送进了村里的私塾读书，她是希望两个儿子将来都能出人头地，光宗耀祖呢！农村人认为小子不能吃十年白饭，所以张太和虽然只有十三岁，课业之余却已经在地里学做农活了，而且很快成长为一把好手。孤儿寡母刻苦经营，张家的光景竟也过得有模有样起来。

燕子的加入使这个家像是死水里放了条鱼般活了起来，燕子童真的欢声笑语感染了张老太一家，让一家人都感受到了从未有过的幸福。

张老太虽然对燕子百般疼爱，但燕子到了上学的年龄，她却并没有让她去上学。在张老太陈旧的思想观念里，女人就是为侍候男人而生的，读书写字没啥用，所以她根本就没打算让燕子上学。燕子上不了学，为了让燕子读书认字，太和就主动当起了燕子的义务先生，每天回到家就教燕子认字、读书、算数，太顺也不甘落后，跟哥哥争着当起了燕子的先生。小哥俩争先恐后，恨不能把他们在学堂里学到的都教给燕子。燕子就这样在张老太一家人的爱护和关心下慢慢成长。

燕子、太和、太顺三个一块成长，虽说也有磕磕碰碰，但更像亲兄妹那样亲密无间。这些都给燕子的童年增加了很多愉快的回忆。但在那样的年代，这样的愉快显得有些奢侈，燕子在张老太家度过了最为幸福的五年后，抗日战争爆发了，覆巢之下岂有完卵，先是太和被国民党强征兵役走上了前线，不久后太顺受共产党抗日宣传的影响参加了在当地抗日的八路军，也上了前线。留下了燕子和张老太娘俩相依为命，一老一少相互依赖，生活变得艰难起来。

　　燕子虽然只有十三岁，但已经出落成了一个亭亭玉立的姑娘了，再加上她那双无人能敌的三寸金莲，就更加与众不同，在这样偏远的山村里，燕子的美就像是鹤立鸡群，掩都掩不住，燕子自然成了村里年轻男性梦寐以求的女神了。燕子童养媳的身份在村里是无人不知的，所以那些对燕子垂涎三尺的年轻人只有白天找机会多瞅几眼的份。村里有个刘二，整天好吃懒做，无所事事。刘二长燕子两岁，正是青春期的年龄，虽同在一个村，但由于平时燕子足不出户，所以难得见上一面。这天刘二路过张老太家，就想看燕子几眼，但苦于土坯围墙阻碍，刘二只好爬上了紧靠围墙的一棵白杨树，隔着围墙向院子里望。这个时候燕子正坐在院子里纳鞋底，一针一线纳得正专心，不承想有一个偷色的正在望着自己。刘二在树上看得过瘾，没想到让隔壁李神医家的狗看到了，跑到树下就冲着刘二狂吠不止。刘二怕被狗咬，吓得在树上直哆嗦，更不敢下来。燕子这时才发现树上跨着个人，她认得是同村的刘二，就冲刘二喊："你在树上做什么？"刘二说："我折树枝玩，你快把狗叫开了，我好下去。"燕子说："狗是不咬好人的，你下来看它咬不咬？咬了就是坏人。"刘二说："你咋这样啊？你快把狗弄走吧。"燕子就笑着叫狗的名字，把狗叫开了。刘二下了树，蹭到了燕子的身旁盯着看了半天说："燕子长得就是好看，怨不得都想打你的主意。"燕子被刘二不怀好意的眼神看得不自在，就说："你快走吧，小心我让狗咬你。"刘二嬉皮笑脸地说："你跟我好吧？我要娶你做媳妇。"燕子脸色一变说："你这人咋这样不要脸？你要再不滚，我真叫狗儿咬你了。"刘二说："我不怕，我就不走。"燕子就狗儿狗儿地喊，狗儿就又从李神医院子里跑了出来，冲着刘二就扑，刘二吓得屁滚尿流地跑，边跑边扭头朝燕子喊："你等着，迟早有一天我要你做我的媳妇。"燕子怒不可遏地在地上捡了块石块就朝着刘二丢了过去，刘二躲开了石块，用手指着燕子，嘴里还在喊着："你等着！你等着！"

　　在那个战争频仍饥寒交迫的年代，人的生命力显得格外坚韧。村里唯一的医生就是李神医。他是一个孤身老人，不仅通医术，还懂阴阳，村里人当面叫他李神医背后叫他李阴阳。他一生无儿无女，却在皋州乡挽救了不计其数的人的生命。除了看病，村里人举凡儿女结婚、兴宅动土看日子、采坟看阴宅都少不了得麻烦他，所以是村里不可或缺的人物。他家与张老太家紧邻，因此燕子就成了李神医家的常客，燕子的出现给李神医孤寂的生活增添了许多快乐，李神医也把他对孩子的爱全部给了燕子。时间一长，这一老一少就成了忘年交。燕子最爱听李神医讲一些鬼怪精灵和古代神医的故事，一个讲一个听，讲者滔滔不绝，听者津津有味，在一讲一听中，两个人渐渐成了不离不弃的朋友。李神医还专门给燕子算过一卦，他说燕子是菩萨转世，在普救众生的同时，要经受常人不曾经受的苦难，最终会孤独地走完这一生。苦难和孤独成了他俩一生共同的特点。也许是同病相怜，从此李神医更加看重燕子，并对燕子给予了更多的关注与关爱。

燕子经常跑去看李神医给病人看病，耳濡目染中也懂得了一些医学常识，不知从什么时候起，李神医开始教燕子针灸。针灸是李神医的绝活，这一绝活在李神医一辈子苦心钻研下，便具有了针到病除的特殊效果。针灸也是李家世代相传的绝技，一直以来传内不传外，传男不传女，但到李神医这一世，人丁不旺，只有李神医这一根独苗，李神医更不知为啥原因，终身未娶，所以李家这一针灸绝技就面临失传的危险。自从燕子闯入李神医的生活后，李神医沉睡已久的神经就被燕子的聪明可爱单纯真诚所唤醒，成天面对疾病与死亡的他开始对生活重新燃起了希望与信心。李神医觉得有燕子相伴的这几年是他一辈子以来过得最快乐最充实的几年。他决定将他的绝技传授给这个虽与他没有任何血缘关系，却心灵相通的小朋友。

当时的农村教育普及程度很低，村里识文断字的人很少，就是能认识自己名字的人也不太多，所以只读过两年私塾的李神医在村里就算是有文化的人了。在山村人们的概念中，书是文化的象征，谁家能见到书，不管它是什么书，都能说明这家里的人是有文化的。让李神医区别于普通村民的最大特点就是他家里有很多书，这一点使得李神医长期以来成为了村里所有人敬仰与崇拜的文化人。书这一文化元素给李神医增添了一些神秘感，更加令人敬仰的是这些书全部是医学方面的论著，即便是村里最有文化识字最多的王老学究大多也看不大懂，因此李神医在村民的心目中就成了超越王老学究的最有文化的人。李神医的书并不是他一个人的收藏，那是李家一代一代流传和继承下来的医学经典，李神医一直视为传家宝加以珍藏，因此除李家人外能见其真面目的少之又少。对于这些医书李神医从上学那天开始就在父亲的指导下一句一段地熟背于心了，就像刚上学背《三字经》、《千字文》一样，虽然不知其义，但每一篇都滚瓜烂熟，至于理解那就是后来的事了。李神医小的时候并不知道背诵这些书的意义何在，随着自己长大以及后来继承父亲衣钵为村里人接诊治病以后，李神医才逐渐地理解了书中每句话的深意。自从对书中的知识有了理解，李神医就一发不可收拾地迷上了医学，对医学的浓厚兴趣促使他更加刻苦地钻研了这些祖传的医书，学中用用中学，长期学习和实践的结果就让他具有了"神"一般的医术。李神医是被村里人神化了的人物，李神医的医术更让村里的人传得神乎其神，据说达到了起死回生的效果。村里曾传说有几个病人是被李神医从棺材里拉出来的。燕子对李神医的神是目睹的，特别是对李神医手中的银针有了近乎顶礼膜拜的信仰，燕子很长时间无法理解，为什么简简单单的一根银针到了李神医的手里就能起到让人还魂的效果。与李神医接触不久后，李神医就作为燕子的最高崇拜者植根到了燕子的内心深处，她在李神医身上找到了自己的理想和追求，她发誓将来要像李神医那样治病救人。因此当李神医开始教燕子为病人扎针的时候，燕子就格外地认真，她终于可以在实现自己理想的道路上迈开了第一步。

李神医在手把手教燕子为病人扎针的同时，还允许燕子读他的藏书。那些曾是李神医最高机密的藏书令燕子喜出望外，燕子看不懂的地方，李神医还不厌其烦地一字一句地讲解。李神医肯将自己毕生的心血及传世的宝贝授予燕子，可见他对燕子的钟爱有加。在李神医四年多的精心教授指导下，燕子不仅将李神医的针灸绝技全部收入囊中，还读遍了李神医所藏的医学方面的专著，燕子因此成了李神医医术的真正传人。

针灸在那个缺医少药的山村和天灾人祸频发的特殊时期里发挥了极其重要的作用。李神医不仅给村里人治病，还给十里八乡的乡亲治病，在日本鬼子统治时期，还冒着被杀头的危险偷偷救治受伤的抗日军民。李神医的医术在十里八乡无人能出其右，他的医德在十里八乡也是有口皆碑。李神医看病不收穷人钱，碰到家里实在困难的还会贴钱贴药，所以李神医就成了令村人爱戴和敬佩的神医。但近年来李神医由于年纪越来越大，身体状况不佳，眼力更是不济，因此就有点力不从心了。所以有了病人，他就让燕子操针上阵，代替他为乡亲们看病，这更加促进了燕子医术的快速提高。她在乐此不疲地帮助李神医治病救人的同时，也在医治病人中找到了成功的喜悦。

二

相对战争来说，人的病痛和生活的艰难并不可怕，最可怕的是战争留给人的永远挥之不去的阴影。那一年县城里驻扎了日本兵，村里的一些青年就蠢蠢欲动起来，听说还组织了什么党要抗日，行事神神秘秘的。燕子虽好奇，但一个姑娘家不方便打听男人们的事，也就从局外人的角度揣度着他们的行动。日本人的到来让刘二这样的人找到了机遇，他们像苍蝇闻到了粪坑一样，主动向日本人靠拢。日本人正是用人之际，所以他们对这些人大加赞赏和鼓励，还都委以了重任，让他们担任了各村的治安大队队长，刘二一下子从村里名不见经传的二流子一跃成为村里的土皇帝，拥有了一手遮天的权力。在家乡这个小山村里，战争虽然来得迟了一些，但并没有减弱它的残酷。为了镇压抗日武装，日本人进行了疯狂的扫荡和镇压，三光政策的实施更是令老百姓谈"鬼"色变。为了躲避战祸，很多老百姓因此流离失所，很多还成了日本人铁蹄下的冤魂。有屠杀就会有反抗，无论日本人如何残酷和疯狂，那些爱国的青年还是义无反顾地前仆后继，即使牺牲生命也在所不惜。

战争在持续，家乡的人们承受着肉体与心理的双重痛苦，山村虽小，却每天都会有人因为战争而负伤或死亡。李神医作为村里唯一的医生，就成了这些伤员生命的依托。而对于目睹了日本人惨绝人寰的恶行的李神医来说，他对日本人的痛恨也是无以言表的，因此对这些抗日的伤员李神医就格外地上心，无论冒多大的风险，李神医都接治不误。

时间一长，刘二就发现了一些苗头，并及时向日本人进行了汇报，为了彻底打击和清除抗日分子，日本人就向各村下达了不得随便收治受伤人员的命令，并且要求发现受伤人员要及时报告，否则格杀勿论。刘二还特别地对李神医进行了关照，他带人对李神医家进行了搜查，还对李神医进行了警告和威胁恐吓。但不管冒多大的风险，李神医都照治不误。没有药，李神医就自己上山去采，所以日本人虽然掌控着药品的来源，却限制不了李神医治病救人。据燕子后来对人讲，李神医救治过的抗日队伍里官职最高的是一个师长，当时在没有任何麻醉措施的条件下，李神医为他实施了取弹缝合的手术，术后李神医伸出大拇指，不无敬佩地对那个师长说："你是关云长转世，有你这样的将领，中国抗日就一定会胜利。"那位师长不无感慨地说："我应该感谢你，只要有了像你这样千千万万的中国人，中国就会有希望。"

在抗日战争的第四个年头，一个秋高气爽的午后，三个日本鬼子带着一帮伪军在刘二的引导下包围了皋州村，村里所有的男女老幼都被驱赶到了村口的场子里。这帮刽子手当着全村所有人的面，将村里十八个年轻人用刺刀一个个活活刺死，有的还被枭首破肚，血流成河，惨不忍睹。燕子当时只知道这十八个年轻人都是平时神神秘秘组织什么党进行抗日的，但并不知道他们到底做了什么。这件事留给后人的只有那静静地矗立在村口的十八烈士墓。那种血淋淋的场面给燕子留下了一生难以磨灭的记忆，即使在很多年以后，燕子还常常在睡梦中惊醒。

战争带给燕子的伤害还不仅如此，在杀害了十八烈士后没几天，刘二就带着伪军将燕子抓到了村口的关帝庙里，开始了他蓄谋已久的行动。他让伪军在门口把守着，庙里只剩下了他和燕子，光线灰暗，刘二丑恶的嘴脸在燕子面子直晃。刘二色迷迷地看着燕子说："今天是你我洞房花烛的大喜日子，我盼今天盼了很久了，我们应该感谢皇军，他们是我们的红娘，没有他们就没有我们的今天。"说完就发出了放肆的狂笑。他警告燕子说："你不要反抗，否则我叫你像那十八个共党一样，死无全尸。"这几天燕子的大脑里不停地闪现着那可怕的血腥场面，她像惊弓之鸟一样，每天夜里都会在噩梦中惊醒。刘二的突然到来，更加加剧了燕子的恐惧。在她的眼里，刘二完全就是一个魔鬼，这几天她一直在心里诅咒着这个魔鬼。自从刘二跟了日本人，燕子就担心有一天会遭到他的报复，但这一天真正到来时，她仍然无从抵抗。她跟刘二厮打，她咬，一切都没有用。燕子的贞节就这样被刘二这个无赖无情地夺去了。

暴行结束后，刘二和伪军们相互调笑着离开了。声音渐行渐远，燕子瑟缩在庙的角落里，像是从一次噩梦中惊醒，她不敢相信也不愿相信刚刚发生的一切。她已经没有了眼泪，在她的眼里透出的只有绝望和仇恨。燕子仰视着面前高大斑驳的关帝像，关帝脸上的表情冷漠得令人战栗，她想：关帝你不是正义的化身吗？为何要眼看着丑恶在你面前横行。"为什么？为什么你看着不管？你还是神吗？"她大声声讨着，艰难地站起身来，押直了脖子用力地向关帝像撞了上去。

燕子醒来时，发现自己躺在炕上。她看到张老太在她身边嘤嘤地哭着，才确认自己还活着。她努力地叫了一声："妈！"就再也说不出话来。燕子遭此劫难，精神大受打击，那一段时间里燕子时常静静地坐在院子里发呆。每当此时，张老太只有躲在家里偷偷地哭。燕子遭受的苦难和儿子的杳无音讯令张老太对生活没有了信心，对于一个女人和母亲来说，她所能做的也只有陪着女儿一块流泪一块痛苦。

时间像村里的小河一样一天天不停地流过，燕子的刚强让她慢慢从阴影中走了出来，但那份仇恨却永远埋在了心底。当痛苦被遗忘时，时间就会过得快一些，一晃几个月就过去了，身体养息好了，燕子又开始跑去帮李神医治病了。随着燕子精神的好转张老太也找回了生活的信心，她想痛苦终于远去了。但令她万万想不到的是燕子的苦难在不久后就又重新返回，并更加汹涌地猛扑过来。几个月后的一天，燕子突然有了妊娠反应，那种反应是如此猛烈，将燕子本已平复的心情再一次推向了悬崖。恶心阵阵袭来，像寒流将燕子的心降到了冰点。燕子趴在炕上，泪水像奔腾的江水滚滚而下，泪眼模糊中她看到了十八烈士的惨状，看到了刘二和那帮伪军丑恶无比的嘴脸。她听到了一个在自己肚子里孕育着的刘二在狞笑，她决不能把这孽种生出来！她要杀死这孽种就如杀死刘二一样！燕子的眼睛冷静如铁地扫视着医书。书里有堕胎方，有些草药山上就可以采到。燕子学医本是为救人，此刻，却要以它来作为杀灭生命的利器了！

　　燕子没有一点犹豫，也没有把这件事告诉任何人，从头至尾一个人独自完成，就连睡在一个炕上的张老太事前也没有察觉。只是在某天夜里，她被燕子的呻吟声惊醒，抖抖索索地点上灯，她看见燕子坐在一大片血泊里向她伸着两只血手小声说：帮帮我……天爷！张老太惊得魂飞魄散，大声问：燕子，你这是在做什么？燕子嘴角一撇，生冷的声音说：杀！杀刘二……

　　秋风拍打着窗纸，院子里的一棵小草正在顽强地与秋风抗争着。在风的作用下，它倒下了又弹起，再倒下再弹起，它用自己的坚韧嘲笑着强劲的秋风。无数次的呼啸后，秋风似乎失去了信心，一次比一次无力，小草却越来越坚挺，最后高昂着头宣布着自己的胜利。

　　张老太抱着燕子，喊着燕子的名字痛哭流涕。刘二的孽种没了，但燕子付出的却是终生不能生育的代价。

　　燕子像凤凰涅槃一样得到了又一次重生，经过了一次又一次的打击，燕子加速成熟起来。她在给予孤僻的李神医慰藉的同时，也在李神医那里寻找到了生活的充实。

　　在李神医的指导下，她的医术，特别是针灸技术逐步走向成熟，并迅速达到了炉火纯青针到病除的境界。在一个风雨交加的夜晚，李神医终于走完了他孤独的一生，在离开这个动荡的世界前，只有张老太和燕子陪伴在他的身边。他让燕子从他唯一的衣柜底部拿出了一个包了五层的包裹。包裹打开后，展现在燕子面前的是一本关于针灸方面的专著。李神医颤抖着双手将书交到了燕子手上，并郑重地对张老太和燕子说："这本书是我们李家的传家宝，我一生未婚，无儿无女，李家绝后，我愧对李家的列祖列宗，自从来了燕子，我就把燕子当成了自己的女儿，我已将李家针灸悉数传授给了燕子，所以燕子已是李家针灸的唯一传人。如今我要走了，我将此书交给燕子，张老太你算是个见证人。"他将目光移向燕子继续说："这本书是我李家祖祖辈辈的心血，燕子你要好好珍藏此书，并要认真钻研，用它来治病救人，这样就算到了阴曹地府我也就放心了。"燕子含泪说："师父要好好活着，村里人离不开你，他们还等着你救命呢。"李神医苦笑着说："生死由命，我已经走到了尽头，救人的事就交给你了。"李神医抓着燕子的手，恋恋不舍地闭上了双眼。这本针灸宝典是李神医为这个世界留下的唯一遗产。

李神医死后，燕子作为李神医的衣钵传人，治病救人的重任就落在了燕子这个姑娘家的头上，一开始乡亲们对燕子这个黄毛丫头的医术还心存顾虑，很多人宁愿多跑十几里路到外村去求医，也不愿将自己的健康与生命托付给一个年轻的姑娘，所以燕子一开始单独行医就遭受到了村民的冷落与排斥。燕子不管这些，为了获得更多的医疗知识，燕子将李神医留下的针灸宝典进行了认真研究，她想她必须用医术去获得村民的认可。

燕子真正一试身手的机会，在不久后就出现了。那是一个寒冷的夜晚，凛冽的北风吹透了田野，吹透了村庄，吹透了人们赖以遮风避雨的房屋。天还没黑透，人们早已躲进了屋子里。屋外西北风的吼声一阵紧似一阵，打得窗纸不停地颤抖。在这样恶劣的天气里，人们早早就和着衣服钻进了被窝里，连头都不愿伸出来。燕子和张老太吃过晚饭后就上了炕，屋子虽冷但炕是热乎的，卸下了一天的疲惫，她们在北风的伴奏下迅速进入了梦乡。在朦胧中，一阵急促的敲门声将北风的吼声压了下去，燕子一激灵，打火、点灯、起身、下地、开门一系列动作干脆利落。张老太才刚刚坐起身，一个大人抱着一个孩子就已站在了屋子中间，孩子还嘤嘤地发出了微弱的哭声。

张老太和燕子认得来人是村里的王得福，他怀里的孙子还是燕子给接的生。小孙子是王得福家的二小子王成的儿子，前几天刚出生，一家人高兴得不得了。生下的第二天王得福还专门叫自己的老伴蒸了五个白面馍给燕子送了过来，以感谢燕子为他孙子接生。出生才第六天，早上孩子就哭个不停，一开始以为是饿的，所以王成就叫媳妇给孩子喂奶，但怪的是孩子始终不吮吸媳妇的奶头。这就让王得福一家摸不着头脑了，一家人轮流着抱孩子哄孩子，但孩子就是不认账，吃午饭的时候仍不见好，看着哭得筋疲力尽的小孙子，王得福的心里一阵阵地痛。王得福就催儿子赶紧抱着孩子到十里外的韩家沟找郎中看病。王成的媳妇更加着急，也不顾及生产不久仍十分虚弱的身子，就跟着王成，抱着孩子心急火燎地跑了十里山路找到了郎中。郎中仔细诊断后说，孩子得的是一种怪病，他以前也见过，但从来没有治好过，以前听说李神医能治，如今李神医也去世了，恐怕是无人能治了。郎中叹着气又说："得了这种病只能听天由命，自生自灭，就看孩子的造化了。"小两口一听这话都吓傻了，不知如何是好。郎中就催着他俩赶紧带着孩子回家，并嘱咐说："孩子吃不了奶，就想办法硬往嘴里灌一些，也许还能活。"听了郎中的话，王成媳妇瘫在地下拉都拉不起来了。这让王成更加手足无措，顾了大人顾不了孩子。郎中只好在村里为王成夫妇雇了个驴拉的平板车，一家人坐着车才返回了村里。

王得福听完儿子儿媳求医的经过后，也像泄了气的皮球，一下坐在炕上就起不来了。王得福的老婆扯开嗓门就哭开了，一家人像掉进了冰窟窿里，心寒、绝望，没有了一点生气。

王得福毕竟经事多，大脑还算是清醒的。他想："郎中定了死就不得活了？既然李神医以前能治这种病，说不定燕子也会一二，或许还有希望。"想到此，王得福站起身抱上孩子就走。

燕子让王得福把孩子抱到煤油灯旁，借着煤油灯给孩子号过脉，再看看孩子的脸色，然后掰开孩子的嘴看了看，燕子心里就有了底，因为她在针灸宝典上看过治疗这种怪病的方法。她让王得福把孩子平放在炕上，取出一根银针，在煤油灯上烧了烧，就冲着孩子的太阳穴扎了下去。王得福忙去阻止燕子说："你这一针扎下去保险吗？"燕子微笑着点了点头。王得福看着燕子胸有成竹的样子，把脸一扭，干脆不再看孩子，他心里想，只能死马当活马医了。

一针扎下去后，只见燕子不急不缓地又拿出了几根银针，一根根地扎在了孩子的脸上、胸上。孩子慢慢平静了下来，哭声也止了。王得福转头看看孩子，又看看燕子，对于王得福来说，每一秒都是煎熬。外面的风仍在吼着，令人不安，不知过了多长时间，燕子将孩子脸上和身上的针一根根地收了，这时的孩子静静地躺着早已进入了梦乡，燕子一直绷着的脸上也终于露出了宽心的微笑。她如释重负地对王得福说："孩子已经没事了。"王得福的心仍在半空悬着，他用手探探孩子的鼻息，怀疑地问燕子说："这就好了？"燕子说："好了！回去吧。"王得福疑虑重重地裹好了孩子，忐忑不安地抱着孩子顶着寒风回去了。

孩子一夜睡得很安稳，但王得福一家人却一夜没合眼，第二天一早孩子就开始哭闹，王得福就叫儿媳妇给孩子喂奶，孩子一口噙住奶子就不放了，吃得很欢。看着孩子慢慢红润起来的面色，王得福一家才算放下了心。

　　自己的小孙子被燕子从阎罗殿拉了回来，王得福自然是感激不已，几天来他一直在想怎样才能表达对燕子的感激之情。他将自己一辈子积攒下的银圆全拿了出来，用红布包好了，恭恭敬敬地送到了燕子家。燕子一看说："乡里乡亲的，你这是做什么？这钱我不能收。"张老太也说："病虽然是燕子看好的，但也没给孩子用什么药，要感谢还就蒸几个馍就行了。"王得福说："这不同于接生，这次是救了孙子的命，救命钱不能少。"王得福硬是要把钱留下，张老太和燕子硬是不收。王得福不得已用恳求的口吻说："总得留下些让我们全家表达一下心意吧？"张老太说："一块也不能留，留下了乡里乡亲咋看我们。"王得福没办法，只好将红包又原封未动地拿回了家。

　　王得福思来想去心里还是过意不去，他老伴就出主意说："燕子人家不要钱，我们就送个名声给她。"王得福惊喜说："这主意好！"他就让老伴亲手做了一面锦旗，上面绣了"妙手回春"四个金字，还让王成借了一架鼓、一面锣，敲锣打鼓把锦旗送到了燕子家。这一下燕子扎针为婴儿治怪病的消息不胫而走，再加上王得福添油加醋地宣传，燕子一时间成了传奇人物，名声甚至传到了百里外的村庄。在接下来的日子里，燕子又治好了附近村的几个孩子，燕子的名声就更响了，越来越多的人开始找燕子看病，为了求医，人们甚至步行几十里的山路来找燕子。

　　在求医人的眼里，燕子不仅医术高，医德更高。她待人和善，对来看病的人有求必应，所以燕子在十里八乡的乡亲们眼里完全替代了李神医的位置，成了救苦救难的活菩萨。

　　在那时燕子看病是不要钱的，求医的往往也无钱可给，最多送几个白面馍，或几斤土豆和玉米以表示感谢。在长期的医治过程中，燕子与十里八乡的乡亲建立起了深厚的感情。但令燕子不安的是，与医生相伴的不仅有疾病，还有死亡。

　　那是一个月明星稀的晚上，一阵急促的敲门声把张老太和燕子从睡梦中惊醒，燕子睡眼蒙眬地摸索着找到了火柴点燃了油灯，张老太也忙着穿衣服，敲门声一阵紧似一阵，并伴随着哭喊声："快开门救救俺孩子吧！救救俺孩子！"燕子边穿衣服边去开门，紧赶中差点崴了脚。门开了，一个妇女抱着孩子，被后面的两个人拥着就进了屋。燕子忙劝慰说："别急！"并指挥着把孩子放在了炕上。燕子借着煤油灯微弱的光线，仔细地察看了孩子的病情。孩子安静地躺着，小脸发白，没有一丝血色。经验告诉燕子，孩子十分危险。燕子摸摸孩子的脑门，再摸摸胸口，然后把孩子的眼睛翻开看了看，燕子的神情越来越凝重，脸色由红转白，再由白转红，最后抬起头看看众人说："太迟了，孩子已经不行了！"这是燕子独立治病以来宣布的第一例死亡，她是多么不忍啊！但却又是无可奈何的事。哇！孩子的母亲发出了撕心裂肺的哭声。燕子明白，对于一个母亲、一个家庭来说，这是多么大的不幸啊！

三

最近从前线不断传来好消息，日本军队节节败退，日本鬼子已到了穷途末路，鬼子对村庄的扫荡也少了许多，但还会时不时地有。

一天下午，燕子正在给邻村的一个孩子扎针，突然锣声大作，不好！鬼子来了！当时孩子脑袋上脸上身上到处扎满了针，情况紧急也来不及起针了，燕子抱上孩子就跑，急得张老太直喊："慢点！别弄伤了孩子。"一时间全村人都朝着村后面的山道上涌，大人的喊叫声夹杂着孩子的啼哭声响成了一片，乱成了一团。村长站在道旁组织乡亲撤退，嗓子都喊哑了：不要挤！鬼子还离五里地呢！走在最后的是村里的成年男人，他们扛着锄头，拿着木棒，保护着村民往山里退，只有村里的民兵队长紧握着一支步枪，威风凛凛，听人说那枪是他从鬼子手里抢来的。

我们这里的山很深，鬼子不敢进山围剿。上次遭屠杀后村里组织民兵在各个路口的山顶上都布了哨，一旦有情况村里就会提前得到消息，所以后来的每次扫荡乡亲们都能安全撤离。多年的抗战，乡亲们也变得聪明了，他们把大批的粮食都藏匿在山洞里，吃多少拿多少，家里基本没有存粮，所以鬼子每次扫荡都是空手而归。抢不到就烧，为了撒气，鬼子每次走的时候就把村里的房子点着了，所以村里完整的房子很少，乡亲们回到村里后，对烧毁的房子多少修补一下，凑合着能遮风挡雨就行。

我们村自然条件恶劣，加上连年战争，所以吃的东西不多，玉米、土豆是主食，就这能吃饱就算是上等人家了。由于燕子有针灸的手艺，又种着二十几亩地，所以吃饱饭是不成问题的，但村里其他人的景况就不怎么好了，常常是吃了上顿没下顿，所以张老太在平常日子里经常会接济一些周围的穷乡亲。在抗日战争的后期，共产党的抗日游击队在我们村里住过一段时间，对日本人的仇恨使得村里的人对抗战的积极性都很高，所以在那段时间里，张老太和燕子成了抗日积极分子，她们为抗日部队做军鞋、缝军服、洗衣、做饭，在与部队接触过程中，燕子听到了很多关于共产主义的新思想，看到和体验到了共产党部队铁的纪律和贴近乡亲的做法，这些让她们看到了美好的将来和生活的希望。

日本鬼子的围剿与抗日军民的反围剿零零星星始终没有停过，住在村里的抗日部队经常日息夜行，每一次回来总有减员，还会抬回一些伤员。燕子作为村医经常会帮助部队军医做一些类似护士的营生，比如清创、包扎之类的。就在那段时期，燕子认识了部队里年龄在十七八岁上下的一个小战士，小战士操着一口山东话，对于他真实的姓名燕子听过一两次，但还是没能记住，从认识到分离燕子一直叫那个小战士小崇。小崇和燕子很投缘，也许是一个年龄段的缘故，他们俩很谈得来。小崇经常跟燕子讲一些部队行军打仗的事，燕子非常喜欢听，每次都听得津津有味。别看小崇年龄不大，却已是身经百战的优秀战士，他参加过的战斗据他自己讲已有上百场。小崇个子不高，但在燕子的眼里却是顶天立地的大丈夫、男子汉。小崇讲故事很生动，声情并茂，绘声绘色，令人似乎置身其中。小崇的故事里常常带着血腥与屠杀，刚开始的时候燕子由于害怕很难完整地听完小崇的故事，但听得多了，燕子在这血腥与屠杀中渐渐地听出了英勇与悲壮。

昨天晚上部队出发执行任务，今天一早才回到了村里。出发时一百多号人的部队，回来的不到三分之二，还有一些伤员，小崇右腿挂了彩，是拄着树枝回来的，但看上去并无大碍。燕子听到部队回村的声音，心里起急。她把刚做好的玉米散粥端到了张老太面前说了声："我要出去看看部队。"还没等张老太说话，她就出了门，张老太在屋里急着喊："你吃了饭再去，急个啥？"燕子也不答应，匆匆地向不远处部队的驻地跑去。

燕子之所以这么急切，是担心着小崇的安危。见小崇伤得不重，又给他重新包扎了一遍，才算放了心。她去帮着医生护士料理完伤员，才回来要求小崇给她讲昨天的战斗。小崇虽然还是个半大孩子，但身经百战，对于战斗与死亡已经习以为常了。但是这次伤亡较大还是让他有些情绪不高，语气也就平淡。他说昨天他们的任务是打一场伏击战，几天前部队就得到消息，鬼子要出动对皋州村进行扫荡，他们提前埋伏在离村十多里路边的山坡上，在凌晨时鬼子进入了伏击圈，队长一声令下，战斗就打响了。一时间烟火四起，照亮了整个山谷。子弹像一颗颗急速的流星在山谷间穿行，在漆黑的夜里虽然看不到鲜血飞溅，却能闻到那令人作呕的浓浓的血腥味。虽然是伏击战，而且八路军占据了地利的优势，但落后的武器装备使得游击队并没有占多大的便宜，鬼子展开了凶残的反扑。在一个多小时的交火中，游击队和鬼子都有很大的损伤，最后鬼子扔下二三十具尸体逃跑了。在清理战场时，小崇才发现自己的腿被子弹擦伤了。牺牲的战友也有三十多人。沉默了一会，小崇又说，活着的人都是幸运的，因为他们还有将来，还有希望。

夏天快结束的时候，日本宣布投降了，村里驻扎的抗日游击队离开了村子，出发前，燕子最后一次见到了小崇，小崇送给燕子一个子弹壳做的项链，十分健谈的他什么也没说就出发了。燕子犹豫了半天，最终还是追上小崇，脱下自己手腕上的铜镯塞在小崇手里，头也不回地跑开了。

胜利来得太晚太不易了，这场战争夺去了太多人的生命，也给活着的人们留下了太多的悲痛，留给燕子的是那痛彻心扉和不堪回首的片段。燕子痛恨这场战争，她相信村里所有的人也是痛恨这场战争的，她更加痛恨发起这场战争的日本鬼子。在战争的日子里，她甚至渴望亲手拿起刀枪去战斗，为自己，更为那些死在鬼子手里的中国人报仇雪恨。

终于等到了这一天：1945年8月15日，日本宣布无条件投降！

庆祝胜利的活动搞得轰轰烈烈，村干部为此组织了一支锣鼓队在村里热闹了三天。这三天里，村民像以前过大年一样全集中到村口的场子里唱呀跳呀，享受胜利的喜悦。燕子在得到了日本投降的消息的那一刻，痛痛快快地哭了一场。泪眼中她看到了十八烈士，看到了那些为这场战争付出生命的一个个鲜活的人。她还看到了刘二，看到了千千万万的伪军和鬼子。鲜血在她的眼前流淌，血红一片。

张老太的两个儿子走了以后因为通讯不方便所以少有消息，一天深夜，张老太和燕子正在熟睡中时，轻轻的敲门声伴随着轻轻的呼唤声将两人惊醒。张老太一个激灵坐了起来，黑暗中她推了推燕子说："燕子，你听是不是老二的声音。"燕子也坐了起来，竖着耳朵听了一会说："好像是我二哥。"

老二真的回来了，久别重逢，母子俩不免抱头痛哭了一场，旁边的燕子也抽泣不止。三人镇定下来后，张老太问："二呀！四年多了，你去哪啦？鬼子也投降了，你怎么深更半夜回家，许是不走了吧？"老二说："不，我还得走，国民党的部队追着我们跑了两天了，今晚我们的部队就在村后的山脚下歇营，所以我顺便回来看看，天一明我们还要出发。"张老太对老二的话一时没转过弯来，愣了半天才说："怎么？还要打仗？不是胜利了吗？"老二说："妈，我一时半会也跟您说不清楚，我们共产党要推翻国民党的专制政权，仗还得打几年，等革命胜利了，我回来就不走了。"老二回头看看燕子说："燕子，辛苦你好好照顾妈，我得走了。"除了张老太和这两个哥哥，燕子在这个世界上已经没有别的亲人了，她与二哥虽然相处短暂，但所建立起来的亲情是真挚的，她抓住二哥的手，含着泪说："二哥，我已经长大了，你放心好了。"老二决绝地出了家门，一下子又钻进了夜色中。就这样他匆匆地来又匆匆地走了，留给张老太和燕子的只有思念与牵挂。

几天后，乡亲们盛传：在山后国民党与共产党的军队打了一场遭遇战，战斗很激烈，彼此死伤都很严重。张老太和燕子听到这个消息后，两个人的心一下子就悬到了嗓子眼，她们急切地想知道老二现在的境况，但乡村闭塞，除此之外再没有别的消息了，张老太因此得了一场大病，多亏燕子悉心照料，慢慢地也就好了。

日子就这样一天天地过着。1948年春节刚过，一个国民党兵突然造访了张老太家，并带来了很多礼物。当兵的说明来意后，着实让张老太和燕子高兴了起来。老大要回来了，而且听当兵的说，老大现在已经是国民党上校团长了。自从那天晚上老二走了以后，张老太再没高兴过，今天这久违的喜讯使得张老太与燕子兴奋不已。

老大明天就要回家了，晚上张老太和燕子一夜未眠。熬到平明，张老太和燕子一大早就起了床。张老太从地窖里拿出了一个大白萝卜，用镲子镲成条，用开水汆过，再用菜刀剁碎了，用小麻油喷过，加入盐末和花椒末，拌好了，做成馅，燕子和了一大盆玉米面，然后擀成片，包起了饺子。她们俩边包饺子边唠嗑，话题自然离不开老大老二。

包完饺子，张老太和燕子早早地站在了门外，伸长了脖子朝着村口望，虽然是一年中最冷的时候，但她俩都没感觉到冷。自从抗日战争胜利后，孩子的出生率明显提高了，村里的人口因此多了起来，今年的春节也就比往年显得热闹了些。老大回家的事还惊动了村里的街坊邻居，大家也都站在各自的门口等着张家母子团聚时刻的到来。太阳走到正中央时，两头高头大马嘀嘀嗒嗒地进到了村口，张老太看见了，老大坐在前面的马上，一身戎装，非常英武。张老太和燕子向前紧走几步，老大也看见了她俩，鞭子一甩，那马小跑一段后停在了离张老太两米远的地方，老大右腿一抬，跃过马背，轻盈地跳下马来，然后直奔母亲而来，两个人紧紧地抱在了一起。张老太在看见老大后泪水就止不住往下淌，这时已经是泣不成声了，老大也是泪流不止。燕子看着娘俩哭，自己也抹开了泪，这样子过了很长时间，燕子哽咽着说："妈，快让大哥回家吧！"老大擦擦眼泪，握着张老太的手说："妈，你别难过了，我这不回来了吗。"他又转过身对身后的警卫员说："把孩子带过来。"张老太和燕子这时才发现后面的警卫员手里还拉着一个五六岁的小姑娘，老大指着小姑娘说："妈，她是日本人，父母都死了，部队接受日本投降时我收留的，在部队里不方便，这次回来，我顺便把她带回来了。"张老太和燕子不解地看着老大，似乎在问：你怎么把一个日本人带回来了？老大忙解释说："她还是个孩子，怪可怜的！"张老太仔细地打量着小女孩，女孩害怕地躲在老大身后，小女孩穿着民间常见的花布罩衫，身上已经看不到日本人的影子了，不知道的还以为就是中国人。张老太拉过小女孩，用手摸着小女孩的头说："以后你愿意跟奶奶吗？"小女孩低着头，用眼斜瞅着老大不说话。老大微笑着对小女孩说："这是奶奶，以后就由奶奶来照顾你，快说话呀。"小女孩似乎是很不情愿地用标准的山西话低声说："愿意！"张老太笑了，笑得很慈祥，她用手摸摸小女孩的头，将小女孩揽到了怀里。

屋里炕上，张老太、燕子、老大还有小女孩围坐在一起，警卫员拘束地站在老大身后，张老太对老大说："来者都是客，你咋让人家站着呢？"老大扭头干脆地说了声："坐下。"警卫员答声："是。"就也坐在了炕上。久别重逢，有说不尽的话。张老太一会说老大长高了长帅了，一会又说皮肤晒黑了，瘦了，一切都掩饰不住张老太发自内心的喜悦。燕子也没闲着，不停地插嘴对老大问这问那的，自从跟小紫分别后，燕子就再没听到过关于战斗的故事，这次老大回家，还穿着笔挺的军装，就再一次勾起了燕子对战争故事的渴望。老大边吃边回答她俩提出的问题。原来老大在被征兵后，由于读过书有文化，所以被送往黄埔军校参加训练学习，一年后再次回到部队，很快得到提拔，从排长一直干到团长，这次可谓说是荣归故里了。老大也不时问一问他离家后家里的情况，面对老大这个将来的丈夫，倏忽间，情窦初开的燕子想到了自己曾遭受到的强暴和不幸，她的头顿时埋在了胸前，羞愧和不安迅速充满了她的整个大脑。

最后他们的话题落在了老二身上，张老太跟老大讲了老二回家的事，还讲到了后山的战斗。老大很是惊愕，因为他离家早，所以他并不知道老二参加了共产党的部队。当他从张老太口中确定了老二回家的准确时间后，他沉默了，他定在那里像一尊雕像，很久没有再开口。他内心像万马奔腾般激荡着，他想：怎么会这样巧？军号声和厮杀声仿佛在他耳边再次回响了起来，那是一场惨烈的战斗，也是他印象最为深刻的一场战斗，因为那场战斗就发生在他从小生活过的地方，他还曾因没能回家看一眼而遗憾和懊恼过。如果真如母亲所说，在那场战斗中，老二是作为敌人与自己刀枪相见的，那么兄弟相残的事件就已经真实地发生过了。那一场遭遇战死了那么多人，老二会在其中吗？老大的脸色由喜悦到严肃再到痛苦的急速变化，燕子看到了。而张老太仍然沉浸于母子相见的欢愉之中，所以她并没注意到老大情绪和脸色的变化，而仍在不停地问这问那，当她意识到好长时间只有她一个人在说话时，她才发现有什么不对。"太和，怎么啦？"张老太问老大。母亲的发问让老大的思绪猛地又回到了现实中，他大脑一片混乱，完全不知道从什么地方说起了，他强装着笑脸吭哧了半天才说："妈，没什么，快吃饭吧。"

老大心不在焉地吃着饭，母亲后来的话他大半都没听进耳朵里，突然的变故令他焦躁不安起来，一扫离家多年久别重逢的喜悦，他突然想快点结束了，因为他不想让母亲看出来有什么不对。饭终于吃完后，老大赶紧起身说："妈，这次我抽空回来时间有限不能耽搁，我马上就得再回到部队去了，有机会我还会回来看您的。"警卫员见老大起身，马上把帽子递了过来，老大戴上了帽子，正了正，对着自己的母亲和燕子行了个标准的军礼，然后对小女孩说："好好听奶奶、姑姑的话。"然后转身大步走出了家门。张老太刚才的喜悦劲一下子卸了下来，泪水马上又涌上了双眼，她抬手想拦着老大，但还是放下了，儿大不由娘呀！她理解儿子。燕子挽着张老太出了家门，巴巴地眼望着老大骑上马走出了村口。泪水再一次模糊了燕子的双眼，不只为老大的离去，还有为自己曾经的耻辱。

小女孩的到来让燕子既爱又恨，她曾经用她的双手挽救过很多小孩子的生命，她也曾经梦想过自己将来的孩子，但现实却让她不敢想，想到将来她就会恐惧不安。从内心来说她是非常喜欢小孩子的，但对日本人痛恨却又是刻骨铭心的，因此她对这个小女孩就有了一种说不出的情感。小女孩的日本名字叫山口由美，出生在日本，从小跟随父母在中国长大，所以中国话说得很标准。张老太让小女孩叫燕子姑姑，燕子却板着脸不理小女孩，她心里很矛盾，不知道如何去对待这个既爱又恨的小女孩了。几天以后，燕子内心的爱战胜了恨，她开始慢慢接受小女孩了。燕子给小女孩起了个中国名字叫小美，从此小美有了一个中国的家。

老大走后，燕子曾一度回想起老大当时突然的情绪的变化，从老大的反应中燕子隐隐感觉到发生了什么事情，但她猜不出，也就作罢了。

四

1949 年，中华人民共和国成立了，国民党军队土崩瓦解，老大所在的国民党部队参加了保卫省城的战役，也就是解放军解放省城的战役。作为国民党团长的他一直困惑这场兄弟相残的战斗要打到何时，他信奉孙中山先生的"三民主义"，他对老蒋发动的内战一直耿耿于怀，特别是那场与老二的战斗，自从他知道自己曾与亲兄弟战场对垒，拼死相搏后，他对这场战争的意义就更加迷茫了。这次省城保卫战他的团负责外围作战，作为一线指挥员，他清楚这场战争意味着什么，这几天他每天都会到最前沿阵地去看看，每天他都会看到很多朝夕相处的兄弟因为这场战争失去生命，他因此每天都沉浸在痛苦中。傅作义响应中国共产党"停止内战，和平统一"的主张毅然率部起义的消息传来后，老大彻夜难眠。他想了很多，包括这场战争的意义和结果，他都想过了。他对国民党的将来已经完全失去了信心，他想他应该做点什么了。他想他现在最应该做也是最有意义的就是尽自己的所能尽快结束这场兄弟相残的战争，使更多老百姓的生命和财产免遭兵燹。在新的一场战斗结束后，老大召集他所信任的部下召开了一次会议，会议的内容就是讨论这场战争的意义和部队的将来。老大对自己的部下说："兄弟们，东北丢了，北平也丢了，老蒋早已溜之大吉了，共产党的军队所向披靡，现在我们已被重重包围，外无援兵，等待我们的只有死路一条。在此生死存亡的关键时期，我们的那些官老爷们却各怀心思，能走的都走了，留下的只能当炮灰，现在我们已经坚持不了多久了，眼看着这么多兄弟的生命就这样白白葬送了，我心痛呀！我也是国民党党员，也曾为党国出生入死过，但现在我对党国很失望，我不想让大家再这样继续下去了，我想带领大家走一条新路，学傅作义将军向解放军投诚，大家如果信得过我，就仍跟着我，如果信不过，现在就可以走，我不拦着，我只希望大家都活得好好的，不要再作无谓的牺牲了。"老大说到激动处，双手握拳，眼含热泪，他扫视了一圈目瞪口呆的弟兄，继续说："何去何从，大家自己选择吧。"

这群久经沙场冲锋陷阵面对死亡眼都不会眨一下的军人，此时却都沉默了。他们曾有过的战死沙场为国捐躯功成名就封妻荫子的梦想即刻就要破灭了，他们都血气方刚正值壮年，他们都在抗日战争中屡立战功，如果没有这场内战，他们或许已解甲归田，或许已青云直上，但现实是残酷的，他们仍在用自己血肉之躯战斗着，也许是在今天，或者在明天，他们就必须为这场战争献出自己宝贵的生命了。团长的话如醍醐灌顶，让他们开始考虑自己和家庭的前途命运了。以前他们没有仔细想过，现在他们必须要静静地想一想了，为自己也为亲人。是啊，自己的老父老母一定正在翘首期盼着儿子的归来，那贤淑的妻子不也在日夜思念着丈夫的温存吗？还有那生下来就没见过几面的儿女，他们何尝不也在想念着父亲？想着想着他们都泪流满面了。死一样的静寂令人压抑，老大不停地一遍遍地扫视着在场的每一个人，终于跟随老大时间最长的一个营长开口了："其他人我不管，反正我是跟定团长了，团长你决定吧。"死寂的局面被打破了，老大紧绷的脸终于掠过一丝笑意。第二个人也开口了："团长，我们跟你干。""对！我们跟团长干。"接着是第三个，第四个……老大满意地点点头说："好！既然大家信得过我，那我决定带领大家向解放军投诚，我们起义啦！""起义啦！"声音在仍迷漫着硝烟的战场上空回荡，在泪眼迷茫中，老大似乎看到了老二在硝烟中带着微笑正向着自己走来。

在与解放军秘密接触谈判后，老大率部起义，他的部队被改编为解放军的一个团，老大继续任团长。老大率部反戈一击，第一个冲进了省城，为省城的解放立下了首功。很快他就被介绍加入了中国共产党，老大的人生自此发生了巨大的转变。

一次次胜利的喜悦并没有冲淡他对战争的厌恶，老二的阴影仍然挥之不去，在第一次回家以来，老大心里一直存着一块心病，他通过各种关系打听过老二的情况，但始终没有结果。在一天夜里，他梦见老二向他索命，他吓得浑身哆嗦，出了一身冷汗。而且近来他夜夜都在噩梦中惊醒，他的睡眠越来越少，身体状况也急转直下，他每天都在痛苦中煎熬着，他越来越感到内心如大山般的压力让自己喘不过气来，他想他必须要离开部队了，在经过深思熟虑后，他以身体原因向上级提交了转业申请，不久后他的申请得到了批准，老大终于回到了朝思暮想的家乡。

省城解放后，家乡也很快迎来了解放的春天，战争随之远去，人们开始享受这难得的和平。老大的归来给这个积贫积弱的家庭带来了久违的男人气息，最高兴的自然是张老太了，燕子由于心里藏着那段不堪回首的耻辱，所以在面对老大的时候心里始终不自在，她甚至故意躲避着。老大以为燕子长成了大姑娘自然多了份腼腆；张老太心中明镜似的，她清楚燕子在逃避什么，但她不便更不愿挑明了说，她想他们俩的事只有等待成熟的时机了，不管是老大还是燕子她都不愿意去勉强。

小美已经完全融入了这个家庭，成为了这个家庭的重要一员。她不仅帮着燕子做各样家务，还当然地成为了燕子治病的帮手。燕子从小美的勤快懂事和瘦弱单薄的身影里看到了当初的自己，所以她对小美也就越加亲切，她似乎已将小美日本人的身份忘却了，在长期的朝夕相对中，她甚至对小美有了一种情感的依赖，她经常会在睡觉前将李神医和小崇讲给她的故事讲给小美听，就像一个母亲每天给自己的女儿讲睡前故事一样，小美每次都听得很入神，终于有一天，燕子向小美讲到自己目睹的十八烈士惨死在日本人刺刀下时，小美再也无法压制自己的情绪，哭着向燕子说了声对不起。燕子怔在那里老半天才从小美的哭声中意识到了小美作为日本人听到这些真实的血淋淋的故事的感受。她将全身颤抖的小美揽在怀里抱歉地说："你用不着说对不起，这不是你的错。"小美泣不成声地说："我想替我爸妈说声对不起，他们都死了，请你原谅他们好吗？"燕子心里一阵酸楚，眼泪就紧跟着流了出来，她紧紧地抱着小美哽咽着说："一切都已经过去了，不仅是中国人，你的父母还有你，我们都是战争的受害者，我已经原谅他们了，闭上眼睛睡吧。"燕子的话对小美来说是一种解脱，她终于盼到了父母与姑姑的和解，她高兴地对燕子说："姑姑，我要在梦里告诉他们，姑姑原谅他们了，他们一定会很高兴的。"燕子突然觉得，小美是一个和平的使者，她在燕子与其父母之间建立起了一座相互谅解和沟通的桥梁，并逐渐地将他们之间的仇恨消融。燕子抱得小美更紧了，她的眼泪不再是仇恨的泪，相反有了幸福的感觉。

张老太的身体越来越不济了。她神情恍惚，经常会提到老二，哭笑无状，而且这次燕子对于张老太的治疗似乎是无效的。老人家一天不如一天了。她每天从早到晚做的唯一的一件事就是坐在门外目光呆滞地看着村口，说着一些让人不知就里的话。

老大因自己的历史问题受到一些冲击，整个人病了一场。此时身体渐渐好了起来，就对燕子说："燕子，你也到了该嫁人的时候了，我们这个家没什么希望，你还是找个好人家快嫁了吧！"燕子没想到老大会在这个时候说出这样的话，此刻她最需要的是鼓励和安慰，却从来没想过要逃避。老大的话深深地刺痛了她，她哭着说："我走了，妈怎么办？小美怎么办？你没人照顾也不行啊，这个时候，我有选择的余地吗？"老大低着头沉默了。燕子说得对，这个家现在真是离不开她。

即使在这样的日子里，燕子依然医不释手，治病救人已经成了她的生活习惯和生活方式，就像人每天必须吃饭睡觉一样。这天陈二家的在家生孩子难产，生在半道就没了声音，跟死人一样，仅剩心口一点余温了。接生婆已经束手无策，指派陈二火急火燎地跑来叫燕子，燕子正吃着饭，放下碗带上自己的药袋就走。到陈二家一看，陈二家像是入了阎罗殿，命悬一线了。燕子脸上沉着冷峻，手上也不慌张，她利索地打开药袋，拿出银针，让陈二点上了蜡，拿银针在蜡火上烤红了，慢慢地扎进了陈二家的肚子里。银针扎进去仅一会工夫，陈二家的就有了反应，哼哼呀呀地开始叫开了。燕子脸上的表情也松弛开来，她就拔了银针开始接生，不到一个时辰，足足八斤的大胖小子就呱呱坠地了。孩子哭劲刚猛，陈二抱着孩子心里乐开了花，就地给燕子磕了个响头。

燕子在这段时间里一直在考虑一个问题：她放不下这个家，现在只有她才能撑起这个家。张家对她有恩，而且她本就是张家的童养媳，但现在张老太疯疯癫癫的，她与老大的婚事也就没人主张了，再说已是新社会，更没有人会强迫她嫁给什么人。但她认为她对这个家是有责任的，她必须扛起来。现在是这个家最需要她的时候，所以不管怎么难，她都必须去面对去承受。她深感愧疚的是自己早已不是纯洁的女人了，这样的女人老大能接受吗？她不得不承认她是喜欢老大的，老大的帅气与才气一直以来吸引着她少女的芳心，她也始终梦想着将来能嫁一个像老大一样的男人。现在是这个家最需要她的时候，也是她认为向老大提起这件事最合适的时候，她决定要嫁给老大了。她认为只有她真正成为了这个家的主人，才可以打消老大的顾虑，也可以彻底稳住自己的心思。但她不确定老大的想法，老大会愿意娶她吗？也许老大对她的感情只是亲情，可为了这个家，她能做的只有这些了。

对于一个少女来说，提及自己的婚事一定是羞涩的，燕子是在下了无数次决心后才冲破了心理的障碍向老大说出了自己的想法。老大在听完燕子的想法后惊愕不已，他茫然不知所措地说："这怎么行，我不能再拖累你了。"燕子说："一直以来，妈、你和二哥对我的好，我心里是知道的，如今家里这个样子，我能放心离开？我能选择逃避吗？只要大哥不嫌弃我就娶了我吧！这样我就能更好地照顾妈、你和小美了。"面对纯真坦陈的燕子妹妹，老大不知道该说什么，他沉默了。然而一旦说出口，燕子就再没有什么犹豫和顾虑了，所以她一有机会就跟老大谈他们的婚事，燕子的不懈坚持使老大最终下定了决心，老大对燕子说："燕子，我知道你是为了这个家，但你做出的牺牲太大啦，本来该由我来承担的你都承担了，现在我愿意与你分担这一切，你放心，我会尽到一个男人的职责的。"在说完这些话后，老大哭了，燕子也跟着哭了，但在心里，她是高兴的，她为能成为这个家的女主人而高兴，为有了可以依靠的男人而高兴，为自己的人生终于有了归宿而高兴。

燕子和老大的婚事就这样定了下来，但他俩的兄妹感情始终纠结着燕子，燕子努力地去把大哥看成恋人，但直到进了洞房，燕子都没有做到，在她的心里大哥永远是大哥。

　　婚礼办得简单，或者说简单得不能再简单了。然而第二天他们的婚礼也就成了村里人热议的焦点，所有的人都在为燕子感到惋惜：多好的姑娘啊！本可以嫁一个成分好一点的，咋就嫁了张太和。新社会了，这童养媳还能算数吗？特别是那些一直对燕子垂涎的年轻小伙子更是为她打抱不平，因为他们坚定地认为，燕子的丈夫绝对不应该是张太和，而应是他们中的一员，当然最好是自己。所以燕子一结婚，这些个小伙子就有些愤愤不平，甚至有些义愤填膺了。为了抚慰自己心中的不平，这些人找了很多理由对燕子的婚姻加以驳斥。最重要的一条自然就是童养媳与裹小脚作为旧社会摧残妇女的陋习应该彻底铲除，燕子嫁给老大就有一种与新社会新制度对抗的嫌疑。他们将这种观点加以宣传扩散，传得多了让人听了就有一种大逆不道的感觉。这种观点也很快传到了新政府领导的耳朵里，领导拍案而起："这还了得，张太和竟敢跟新政府做对。"

　　领导把燕子找去，跟她进行了一场非常严肃的谈话。领导问了燕子很多问题，主要意思也就是了解这场婚姻燕子是否是自愿的，他还向燕子讲了许多新社会的婚姻政策，最后他表达了自己对这场婚姻的看法，并劝燕子中止这场婚姻。

　　一开始燕子对领导找她的目的还很迷茫，但听了这一大堆的问题，燕子终于明白了领导的目的。对于领导的重视与关怀，燕子没有受宠若惊的感觉，倒是有一种自己的隐私被窥探的惊恐。听到最后，还生出了一丝愤怒，她想这不是狗拿耗子吗？她对领导说："谢谢领导的关心，但这场婚姻是我自愿的，我也不打算中止它。"领导不解地看着燕子说："孩子，你咋会这样想呢？你要考虑你的将来呀。"燕子说："无论将来如何，这就是我现在的选择。"领导重重地叹着气说："那我就没什么说的了，那你回去吧。"

　　燕子和老大结婚以来，张老太的精神一反常态的好，婚礼这天她高兴得流了泪。你想啊，这一天是她一生中最重大的日子，既嫁女儿，又娶媳妇，双喜临门的事能有几次呢？如此难得的喜庆冲淡了她对老二的思念，她该抓紧享受当下的幸福了。

　　结婚的当天夜里，燕子和老大坐在炕沿上，老大看着燕子这个平时活泼开朗漂亮大方的妹妹，如今羞涩紧张的妻子，心里如吃了蜜一样。他爱燕子，这是一种复杂的感情，其中不仅有爱情还有亲情。但当他想到燕子可能会因此而付出太多时，他又犹豫了。直到燕子主动提出婚姻的那一天，他才有了一种如释重负的轻松。他轻轻地吹灭了桌上的红烛。这对苦命兄妹的爱情，就这样在苦难中，在对未来的迷茫中开花结果了。

无论在什么情况下，新婚都是甜蜜的。家还是那个家，人还是那些人，但婚姻却使得各自的身份有了根本的转变，燕子从妹子变成了妻子，从女儿变成了儿媳，唯一不变的是她身上的责任。她多想改变现状，让一家人过得好起来，但要实现这种愿望谈何容易啊！

燕子对于爱情的坚持惹恼了领导。村委会发了个通告，宣布取消燕子的行医资格，号召大家都到村卫生所看病，以后燕子再敢给人看病，就是非法行医。

通告一下，村里就炸开了锅。许多村民就在家里偷偷叹气："燕子多好的一个人啊！救了那么多人，就因为嫁给了太和，落个这结局。"人们虽然清楚违反通告的严重后果，但有了病还得看吧，村卫生所只能看个头疼脑热，燕子的作用谁又能代替呢？所以仍会有人偷偷地找燕子看病，白天不敢，就晚上来，毕竟治病要紧。那些被燕子救过的人感激燕子，看到燕子生活困难，还会偷着送一些粮食过来，因此虽然生活艰难但还能过得去。燕子对这些好心的乡亲很是感激，她治病救人的决心丝毫没有动摇。

燕子结婚很久后才从心理上摆脱了与老大兄妹间的尴尬，真正把大哥当成了自己的丈夫。婚后前两年老大掏大粪种地，燕子操持家务的同时给乡亲看病，生活还算如意。

五

自从小美进了家门后，张老太和燕子虽然对日本人痛恨不已，但对于这个幼小的生命，她们还是给予了足够的关爱。小美是个十分乖巧伶俐的小女孩，成天奶奶姑姑地叫个不停，几年朝夕相处下来，小美日本人的身份已逐渐在张老太和燕子的思想里淡化，她们已将小美看成了自己的亲人。而对小美来说，也已将中国的这个家当成了永远的家，将张老太、老大和燕子当成了最亲的亲人。

如今张太和每天的工作就是掏大粪，虽然脏点苦点，总归还能挣几个工分。老大对自己的工作很满意，因为他终于可以自食其力，不用让燕子养着了。老大身体健壮，又肯吃苦卖力，自从接了这活，每天都起早摸黑，把村里的公厕打扫得干干净净。老大当兵养成的良好的习惯一直没有丢，个人卫生搞得很勤快，还爱看报纸，即使在那样的环境下，他宁愿少吃一顿饭，也要拿出钱来订报看报。《人民日报》每天的社论他都看得津津有味，然后再津津乐道地讲给家里人听。老大还有一个习惯，就是喜欢枕着个木头墩子睡觉，老大说枕着它睡觉起来后头脑清净。对于燕子来说，白天要参加劳动挣工分，晚上往往还要为乡亲治病，每天很累，但很充实，对这样的生活她是满足的，她希望生活就这样波澜不惊地过下去。

一家人的生活安定了，张老太的心里便愈加惦记老二，她常挂在嘴上的一句话就是：老二咋还不回来？每当此时老大都感到无地自容，但他一直不敢将实情告诉张老太。还是燕子看出了端倪，在燕子的再三追问下，老大才对燕子讲了与老二遭遇战的事，并将自己心中的顾虑和盘托出。燕子惊呆了，她不敢想象兄弟俩战场对垒，拼死相搏的结果会是如何，在那一夜，她梦见老大和老二拿着刀决斗，她在旁边左右为难，不知道该帮谁，在梦中她急得大喊：快住手！快住手！喊声惊醒了老大，老大将噩梦中的燕子推醒，燕子紧紧地抱着老大，很久才缓过神来。

尽管一家人全都惦记着老二，但老二始终没有回来。

婚后一年燕子的身子一点动静都没有，早就想抱孙子的张老太就开始担心起来，她开始找一些助孕的偏方给燕子吃。张老太催得紧，燕子因为自己曾经流产，也在怀疑自己的生育能力，她就悄悄到十里外的韩家沟找老郎中为自己切脉，老郎中肯定地告诉燕子说：“你确实已经丧失了生育的能力，终生不能再生娃了。”对于这样的结果，虽然来前燕子已经有了思想准备，但得到肯定的答复后还是没办法坦然接受，燕子回家后大病了一场，十几天才缓过来。

燕子寻思，这个事情必须告诉老大张太和，要不对他也太不公平了。当然她只说了现在的检查结果，没有说战乱时期被强暴、堕胎的事情。老大摸着燕子的头说：“只要我们在一起，其他的什么都不重要。”燕子双眼含着泪露出了幸福的微笑。

燕子好起来了，生活重新回到原先的轨道。她的病人越来越多，几十里外也有人来请她去针灸、看病了。也是在一个偶然的机会，燕子得到一个消息：离此30多里的李家庄，有人跟张家老二张太顺曾经是战友。此人在后来的战斗中落下了残疾，早年就退了伍，加之父母双亡，了无牵挂，现在招赘到河北一个村里做了上门女婿。他，或者知晓老二的下落？一回家，燕子就迫不及待把这个消息告诉了张太和。张太和二话不说，问明了此人的名字，于第二天一早就带着干粮慨然踏上了寻弟的路途。

走了一星期，老大就风尘仆仆地回来了。燕子看他眼里的神情，就明白了结果，唇未启，泪先流。她哽咽地问："我二哥……他……他……？"

"牺牲了……明天，我带你上山。燕子啊，敢情，这么多年，他一直就躺在离咱家不远的地方，孤魂野鬼，没人收留啊……"张太和说着，再也压抑不住奔涌的情感，失声痛哭起来。

第二天，夫妻俩换了素色衣服，带了香烛纸马一起到了那人告诉的地方。张太和很快就在那棵最大的树下挖出了老二的骸骨。他点了香烧了纸，嘴里念着："老二，哥对不起你，让你等了这么多年。现在好了，现在好了，跟哥回家吧……"

由村里出钱、出工，张太顺的遗骨被隆重地迁回张家祖坟。张太和又跑了县民政局，给张太顺确认了革命烈士身份，很快，一块"烈士家属"的铜牌就钉上了张家的门楣。此后，张太和在村里的处境也得到了改善。

张老太近年精神大不如前，院里发生的这一切她并不懂得。她还是每天呼唤着老二的名字，盼望着儿子快快回家。燕子想也许老二的灵魂真能听见，也许母亲和老二也能在梦中相见，也就不去刻意解释。燕子和老大把遭遇战发生那天作为老二的祭日，每年的那一天，燕子和老大都会结伴去给老二上坟。

虽然老大对于燕子的不能生育表现得很不在意，但燕子内心却总在自责，这样的结果虽然充满了无奈，但她是不甘心的。她不想让张家无后，她不想成为张家的罪人，为此她在闲暇时就会构想让张家延续香火的办法。她想，若在过去，老大可以娶个二房，但现在是新社会了，这条路就不通了。那就抱一个吧，但没有张家的基因能算张家的后人吗？她苦思冥想没有任何结果。有一天，一个念头突然就闯进了她的脑海，那就离婚吧，让老大再娶一个可以生育的女人，为了张家，我什么不能做的啊。

在老大与燕子结婚两年后，燕子终于鼓足了勇气向老大提出了离婚，老大惊得目瞪口呆，他简直不相信自己的耳朵，他用手指掏了掏双耳，又问："你说什么？"燕子镇定地说："离婚。"老大感到有些不可思议，笑了一声说："这怎么可能啊？"他看燕子不像是开玩笑，脸色也凝重起来，追问："是因为什么？"燕子说："我不能生育，续不上张家的香火。我们以后会越来越老，也实在冷清。"张太和气愤地说："你这是什么思想，没孩子咋了？只要我们一家子在一起比什么都好。"

张老太的精神还是时好时坏，坏时精神恍惚，不能辨人，好时却跟正常人一样。张老太也为张家不能延续香火而大为苦恼，但要让老大与燕子离婚，她是万万不同意的。燕子现在的身份虽是儿媳妇，但要说是女儿就更贴切了，在张老太的心里甚至比自己的亲生的儿子还要亲。为了打消燕子离婚的想法，张老太不惜大动肝火，但几番说教几番进退后仍没能动摇燕子的决心。相反在燕子的一再坚持与劝说下，张老太最终同意了燕子的想法，老大和燕子在结婚两年后正式办理了离婚手续。虽然离了婚，但燕子又能去哪里呢？燕子还是张老太的女儿，张老太还是燕子的母亲。燕子仍与张老太、老大和小美同住在老院里，只是与老大分房而居，张老太、老大和小美的生活起居仍然由燕子照顾。为了使老大尽快实现传宗接代的愿望，张老太四处托人为老大说媒，不久后一个本村姓王家的姑娘叫王丽琴的就成了老大的第二任妻子。由于一家人的希望所驱，这次老大的婚姻办得有些仓促，或者说是饥不择食。王丽琴是个老姑娘，正是她的泼辣与尖刻耽误了自己的青春岁月，她嘴上不饶人，凡跟她打过交道的见识过她那张嘴的都对她敬而远之，谁又愿意白白地落一顿奚落受一份闲气呢？老大的第二次婚姻是张老太做的主，延续香火是她的唯一目的，所以对于王丽琴的人品性格就看得不是很重。虽然在事后，张老太也认为这次婚姻有些草率，但木已成舟，也只能过一时算一时了。

婚后不久，张老太就不得不含泪吞下了自己酿的苦酒了。王丽琴的厉害充分地暴露了出来，每天都骂不离口，为此张老太、燕子和小美受了不少她的口舌之辱。

王丽琴入门前就听说了小美的身世，小美更成了她嘴里时时讥讽的对象，狗日本，日本狗，经常挂在嘴上。老大为此对王丽琴发过火，王丽琴表面上有所收敛，但还是背着老大照骂不误，小美常常因此偷偷地哭。在家里小美看燕子最亲，什么话都愿意对燕子说，王丽琴每次骂她，她都要对燕子倾诉，燕子没有办法阻止这样的事情发生，她只好每次都劝小美忍耐。

燕子与老大离婚后，燕子就又改口叫老大大哥，自然王丽琴就成了大嫂，但燕子与老大的关系村里人都是知道的，王丽琴也不例外。燕子有时觉得忍无可忍，但为了老大家庭的和睦，她也就打碎牙齿往肚里咽，硬忍了。王丽琴进门以来就没给过任何人一个笑脸，整天板着脸，像人人都欠着她钱似的。由于王丽琴的强势，一家人只好忍气吞声地生活，为此张老太经常偷偷流泪，但为了张家有后，张老太这些都是可以忍的，不幸的是老大与王丽琴结婚两年了，仍旧不见任何动静。为此张老太问过王丽琴，但却遭到了王丽琴劈头盖脸一顿臭骂："我有什么错？是你生的儿子没那个能耐，你们张家活该绝后。"把张老太气得在床上病了三天。

王丽琴不仅嘴上不饶人，做事情更是刁钻。她从不上地劳动，在家里还得像官太太一样让人养着。燕子和小美因而成了她的下人，呼来喝去的，从不顾及别人的感受，每天，一家人都生活在压抑中。燕子从来不让张老太负担家务，她除尽力做好一切家务外，还要给村里人看病，在这段时间里，燕子和小美就更加贴近了，小美成了燕子的得力助手，她虽年纪小，但勤快不偷懒，燕子要她干啥，她就干啥。看着小美幼小的身材，燕子心里很是不忍，所以自己能忙过来的，绝不让小美做。小美是个懂事的孩子，她看着姑姑忙，怕累坏了姑姑，就自觉地帮这帮那。这一大一小因此建立起了更加深厚的感情，燕子就像母亲一样照顾着小美，小美也像女儿一样尽自己的所能帮着燕子，正是在这样同甘共苦的患难中，燕子和小美才建立起了胜似母女般的感情，所以即使小美回了日本后仍然时时惦记着她在中国的姑姑，那份长期以来产生的母女般的情感是时间和空间无法分割的，它在燕子和小美的心里生了根发了芽。

六

在燕子与老大离婚后的第二年，也就是老大与王丽琴结婚后的第二年里，燕子抱回家一个孩子，这孩子按村里人说法就是"命硬"。她出生前，父亲就去世了，本是个遗腹子，谁知出生的时候，母亲也因产后大出血一命归西。这孩子又成了孤儿。燕子心善，不忍心看着一个小生命就这样被无情地抛弃，所以她义无反顾地将小孩抱回了家里。张老太第一个站出来反对，说你这不是把灾祸往家里揽吗？别人不抱你咋能抱啊？王丽琴更是二话不问，冲上去就抢，燕子紧紧地护着孩子不肯放手，一时成了众矢之的。她扑通一声跪在了一家人的面前泪流满面地说："孩子是我抱回来的，一切后果由我承担，你们就让我养这个孩子吧。"张老太看燕子如此坚决，叹着气转身离开了，老大摇摇头也无奈地出了门。只有王丽琴依然不依不饶，硬要燕子把孩子扔掉，但在燕子的坚持下，王丽琴无计可施，只好痛骂一阵后悻悻作罢。这样燕子就拥有了自己的孩子，她给孩子起名叫解放。在没有母乳、没有奶粉的条件下，燕子硬是用小米汤、用她全部的爱把孩子喂活了。孩子在燕子的呵护下一天天长大，燕子也将所有的希望都寄予了这个孩子。

村里小孩的出生率高了，形势也一天好似一天，找燕子看病的人也逐渐多了起来，燕子几乎每天都会有病人，病人多的时候忙都忙不过来。这天，燕子趁着凉快一大早就上地锄了三个多小时的草，上午十点才回到家，刚进家门，家里已有两家人带着孩子在等着诊治，燕子顾不上吃饭，就开始看病。一忙就到了下午三点多，中午的饭还是小美帮着做的，解放也是小美帮着照看。王丽琴在吃饭的时候就又开骂了："就你忙，那么有能耐咋不给自己看看，治治自己不下崽的毛病。"来给孩子看病的家长听不下去了，就劝王丽琴说："燕子是忙着给我们孩子看病，这不饭还没顾上吃呢。燕子这里我们帮不上忙，你有什么营生尽管开口，我们去做，你不要再这样作践燕子了。"王丽琴满嘴饭嘟囔着说："我愿意骂谁就骂谁，跟你们什么相干，她不给家里干活还有理了？"看病的孩子家长只好在旁边十分过意不去地叹着气。燕子趁着王丽琴不在场的间隙安慰说："我嫂子就这脾气，你们别往心里去。"孩子的家长说："我们没什么，只是让你受气了。"燕子说："这没啥，一家人哪有不磕磕绊绊的。"

　　跟老大离婚后，燕子就和小美住在了一起。小美不仅成了燕子最亲密的伙伴，还正式成了她在针灸方面的助手和徒弟。两人共同不幸的身世使她们同病相怜，互相抚慰，相依为命，在她们之间建立起了深厚的姐妹般，或者说母女般的情谊。解放的到来虽然遭到了几乎全家人的激烈反对，却打开了小美那颗多年来孤寂的心，她对解放超乎寻常的喜爱让燕子得到了巨大的鼓励与安慰，在以后的日子里解放显然成了她们俩共同的孩子，虽然小美本身仍是一个孩子，但她对解放的关心和照顾不逊于燕子。解放使得她俩的情谊更加深厚，也使得她俩共同享受到了别样的幸福。

　　病人也会有扎堆的时候，这天的病人就格外多，刚送走了前面的两家，紧跟着又来了两家。这样燕子就一直忙到了第二天早上，送走了病人，燕子高度紧张的身体才放松了下来。她坐在炕沿想歇一会，但却突然涌上了一种筋疲力尽的感觉，浑身酸痛，连手都有些抬不动了。凭着医生的直觉，燕子知道自己是生病了。她摸摸自己的脑门，滚烫滚烫的，她全身像是散了架，向后无力地跌倒在了炕上，连说话的力气都没有了。旁边的解放仍然香甜地睡着，正忙着整理银针的小美见燕子突然倒下了，一阵恐惧就袭上心头，她扔下手里的针袋急火火地趴在燕子的身上唤着："姑姑！姑姑！你这是咋的啦？"小美摇着燕子的身子，一遍遍地呼喊着姑姑，声音里充满着焦急。燕子听到了小美的呼喊，她努力地想要睁开眼睛，但凭是怎么努力都是徒劳。她还隐隐听到了解放的哭声，但那声音幽幽地飘忽不定，而且越来越遥远，远到了天涯海角。她感觉自己的身体不断上升，直插云霄，她被云雾围绕着，辨不清方向，她飘飘欲仙地在云中游荡着穿梭着，然后就到达了一个青山绿水草长莺飞的所在，和风拂面，空气清新，一派生气勃勃的景象，如图画一般，美极了，她想也许这就是人们用梦想描绘出来的天堂吧。一群天真的小孩子围着她，都在向她微笑，看着这一张张的笑脸，幸福立刻充彻了她的身心，她舒展着身体尽情地享受着这份难得的幸福。突然一阵寒风吹过，阴云从头顶压了下来，身边的小孩子也倏忽不见了，她不禁打了个寒战。天上鹅毛大的雪花倾泻而下，雪花砸在了她的头上身上，她蜷缩着身体，抗拒着这彻骨的寒意。正当她对寒冷感到无助时，天上的雪花瞬间变成了一块红红的火炭，那炭吐着火苗，呼啸而至，迅速把周围的寒冷驱散，空气开始发烫，她即刻又如置身火海般难受，汗水滚滚而下，滴在地上立刻化作气体消失得无踪无影。燕子一会觉得自己大汗淋漓，一会又感到瑟瑟发冷，一会像是置身在火炉里，一会又像是掉进了冰窟中，冷热的巨大反差煎熬着她。不知过了多长时间，她被孩子的哭声惊醒了，起初她还以为仍在梦中，但小美的呼唤由远而近，变得越来越真切。燕子努力地睁开双眼，小美的脸慢慢清晰起来，小美看到燕子醒了过来，布满泪水的脸上露出了兴奋的表情，她关切地问："姑姑，你醒了？！"燕子点点头，孩子的哭声仍然持续着，燕子寻着孩子的哭声目光越过小美落在了小美身后的母子身上。一个妇女抱着哭闹着的孩子正在焦急地看着她，她马上明白了一个被疾病折磨着的孩子正在等待她的医治。救人的信念让她一下子在坐了起来，那个抱孩子的妇女高兴地将孩子直接送到了燕子的怀里，燕子看着孩子稚嫩的脸由于痛苦而扭曲变形，她的心就像被针扎一样，钻心地痛。

她小心翼翼地把孩子放到了炕上，抬头吩咐小美快拿银针来。小美忙将银针送到了她的手上，银针在她的手上不停地抖着，她想把针扎下去，但她的手老也不听使唤。大颗大颗的汗珠沿着她的脸颊滚落下来，一次次的努力均告失败。孩子仍在撕心裂肺地哭，燕子懊丧地垂下双手，眼里的泪水同汗水一道滴落在了孩子的身上。燕子看看小美，有气无力地说："你来。"小美傻了，她不知道姑姑要她做什么，更不知道自己能做什么。燕子再一次对小美说："你来！"小美终于明白了姑姑的意思，她慌里慌张地拿起了银针，小小的银针在小美的手里似有千斤重，燕子脸上挤出了一丝微笑，她用手指指着孩子头顶上的某一穴位叫小美扎下去。对于小美来说，看姑姑扎针看得太多了，所以她也就懂得了一些常识，她已能准确地找到每个穴道的位置。因此在燕子一步一步指导下，小美并不怎么费力地第一次完成了针灸的全过程。小孩子的哭声慢慢停了下来，静静地睡着了，燕子像是使完了最后的力气，沉沉地倒在了炕上。

燕子昏迷了一天一夜后才苏醒过来，在燕子的身边小美抱着熟睡着的解放哭成了泪人儿，张老太着急地看着她，见她醒来后，张老太只说了一句话：你这是在鬼门关走了一遭啊！

平平安安的日子总不会太久，战乱所造成的伤害才刚刚抚平，自然灾害又像洪水猛兽一样扑了过来。旱，赤地千里的旱灾侵袭了山西大部分地区。粮食告急，特别是人口多劳动力少的家庭第一批尝到了饥饿的滋味。饥饿让王丽琴变本加厉地将心中的怨气撒向家里的每一个成员，这一次老大也不能幸免。特别是对燕子、小美和解放来说更是雪上加霜。老大由于身体原因不能上地劳动，燕子一人挑起了全家的重担，除参加人民公社的劳动外，燕子仍坚持为乡民看病，特别是为婴幼儿针灸治病。乡民为感谢燕子，会经常送些吃的东西来，虽然少，但却表达了村民对燕子的感激之情。燕子将粮食全部留给家里的其他人，自己却经常背着家里人喝洗碗洗下来的粮食残渣，挨饿燕子是不怕的，怕的是挨着饿还得参加劳动，燕子完全是凭着对未来生活的期望和不屈的意志去劳动的。在饱尝了王丽琴的怨气后，老大终于下定了与王丽琴离婚的决心。王丽琴没有丝毫眷恋地离开了老大，离开了这个家，从此这个家归于宁静。

王丽琴很快又嫁人了，这并没有引起燕子一家过多的关注，但一年后，王丽琴的怀孕生育却在张老太的心里起了疑惑。难道是太和的问题？难道张家注定无后？张老太将自己的疑问告诉了燕子，燕子也疑惑，难道真是大哥有问题？燕子就对张老太说："妈，要不让大哥去县里的大医院看看？"毕竟无后事大，张老太同意了燕子的建议。

在张老太反复做工作下，老大终于同意去检查。老大在张老太的陪同下到县医院作了检查，检查结果正如张老太怀疑的那样，老大确实在生育方面存在先天不足，张老太为张家延续香火的希望彻底破灭了。

一次次的刺激令张老太的精神问题越来越严重。她常常独自一个人匆匆行走在村里村外，嘴里还不停地念叨着什么，如泣似诉，张老太说得最频繁最清晰的只有两个字，那就是老二的名字太顺。老大和燕子知道她是在惦记老二，老大也曾想把老二不在人世的实情告诉张老太，但被燕子制止了。燕子说妈现在这样子不能再受刺激了。

为了能顺理成章地担当起全家的重担，燕子向老大提出了复婚的请求，老大经受了第一次婚姻的挫折和第二次婚姻的不幸，早已对婚姻不再抱任何希望了。他为燕子对自己及家人的不离不弃充满了无限感激，但他没有想到燕子在这个时候仍会提出与自己复婚，于情于理，他都不能拒绝燕子善意的举动。

这一次他们没有举行任何仪式，实际上在他们的心里，他们始终就是夫妻，而且一直不曾分离。在两人都不能生育的特殊家庭里，解放成了两人的希望和将来，他们把天地间父母应该给予孩子的爱全部都给了解放。

一天快到午饭的时候，老大掏完村东的厕所收工回家了，还不见张老太的身影，燕子对老大说："妈还没回来，你出去喊一声吧。"老大应一声就出去了，半个时辰过去了，老大还没回来，燕子就着急了，把围裙解下来，匆忙出门去找。燕子知道张老太经常去的地方，所以就径直往村外走，刚到村口就遇见了李婶，李婶见是燕子，很慌张地说："燕子，水库那边出事了，你快去看看吧。"还没等燕子问到底出了什么事，李婶已匆匆忙忙地走了，像是在躲避着什么。燕子就产生了一种不祥的预感，她加快了脚步朝水库方向奔去。燕子在路上远远地看到水库岸边站满了人，哭声、嘈杂声响成一片，令她不知就里，等到燕子走近后，才看清老大正蹲在地上抱着张老太痛哭，那一刻燕子顿时感到天旋地转，身子一倒就晕了过去。

燕子醒来的时候躺在炕上，老大正含泪静静地看着她，老大说："燕子，妈不在了。"燕子的眼泪奔涌而出，张嘴喊了一声："妈！"就放声大哭。

张老太走了，谁也不知道张老太是失足还是故意跳水，老大说他抱着母亲时，母亲说的最后两个字还是："太顺！"在生命的最后时刻，张老太最惦记、最放不下的还是老二。张老太中年守寡，依靠着那三十亩薄田含辛茹苦把两个儿子带大，并经历了抗日战争和解放战争，她的一生是辛酸和苦难的一生。

十年对于一个人来说是漫长的，老大这十年就在心灵的恐惧加上肉体的痛苦中一天天熬了过来。这十年里国家同样发生了很多大事，这些对于老大来说更加无能为力。特别是1976年，灾难与不幸来得更加猛烈，三大伟人逝世，哀乐时不时奏响，张太和的生命也一步步走近了终点。

老大的葬礼很是简单，没有灵堂，没有花圈，一具薄皮的棺木，几个张家的本家帮忙把老大抬到后山草草地掩埋了。老大埋葬的地点离老二的墓只有十几米远，这是燕子特意安排的，她是想让这兄弟俩相互做个伴。没有墓碑，燕子找了两块砖，一块刻上了张太和之墓，一块刻上了张太顺之墓，兄弟俩终于在二十多年后在地下相聚了。

七

改革开放的春风吹遍了原野，燕子像中国千千万万老百姓一样，由此看到了中国的希望。她相信自己的命运与祖国的命运是连在一起的，她从祖国命运的转折中看到了自己命运的转折即将来临，她兴奋不已。燕子想到了张老太和老大，眼泪不自觉地流了下来，这十年来的不幸与委屈也随着泪水滴落到了地上。

在接下来的日子里，正像燕子预料的一样喜报频传，各行各业都在整顿，涉及到人民健康的医疗行业不用说也如此。燕子治病救人一辈子，头一回听到了"行医许可证"这个词。作为医生，她本能地认识到了事情的严重性。如果没有这个证，她就没有给人看病的资格，就是"非法行医"，那可是触犯法律的事情！

燕子处在了两难之中。论年龄，论基础，考试对于她来说都是不敢想的事情。但是不翻过这座挡在前面的山，自己就没有办法继续针灸生涯，那可比死了还痛苦。怎么办？

小美站出来了。她坚定地说："姑姑！您去买上复习资料，我帮您复习吧！您认识字，又有这么多年从医经验，我相信您能行！"孩子简短的几句话给了燕子莫大的信心。从此燕子暂停了接诊，把所有的时间都用到了熟悉资料、背诵口诀上。第二年，燕子信心满满地去参加资格证考试，果然一次通过！消息传来，一家人高兴得不知道咋好了。燕子心想，多亏了小美这孩子。这次不仅是拿到了证的成功，这一年里，娘俩恶补医学知识，在业务上也实现了一个飞跃咧！

在苦难中，小美渐渐长成了大姑娘，国门开放，很多原先不敢想的事情成为了现实，小美回日本家乡寻根问祖的愿望也被勾起来了。她的这种情感在与燕子的交流中不时会吐露，燕子完全理解小美的想法。燕子明白，在中日那场旷日持久的战争中，受伤的不仅仅是自己的同胞，像小美一样家破人亡孤苦伶仃的日本孩子同样是受害者，他们幼小的心灵所遭受到的伤害并不亚于自己的同胞。事实上，燕子在接受小美的同时也不得不接受小美特殊的身份，她也不止一次想到过，在外流浪的人儿迟早是要回归故土的，小美回日本也是迟早的事情。燕子同小美都在时刻关注着关于日本的消息。

中日建交的消息传来后，燕子和小美抱头痛哭，她们都知道分别的日子即将要到来了。不久后，燕子就陪着小美去了一次北京，在日本使领馆，小美凭着自己模糊的记忆向使馆人员说明了自己的身世。根据中日两国对于二战遗孤的安置政策，小美被准许返回日本。对于小美来说思乡本是一场不真实的梦，如今这场梦就要变成现实了，这让她激动异常。而对于燕子来说，小美就像是自己的孩子一样，多年来建立起来的胜似母女般的感情浓郁醇厚，即将的离别令她不知所措，她甚至要崩溃了。

从北京返回皋州后，小美与燕子寸步不离，对于即将离开皋州的她，把对皋州以及这里亲人的眷恋全部注入到了燕子的身上。这段时间燕子从小美对自己的依恋中充分体会到了亲情的厚重，她常常会背着小美落泪，为即将失去的亲情。同时她也为小美感到高兴，毕竟小美是要去圆梦。有一次，小美对燕子说："我来咱家二十多年了，您就像对待自己的女儿一样对待我，是你们给了我第二次生命，但我从来没叫过您一声妈，过几天我就要回日本了，我会永远记着这里，记着这个家，记着你们。"说完，小美扑通一声跪在地上，给燕子磕了三个头，说："妈，记住我这个女儿，我会常给您写信的，我还会回来看你们的。"燕子眼含热泪，无语凝噎，燕子扶着小美不舍地说："小美，记着中国还有你的亲人，我们永远惦记着你。"

几天后小美在日本使领馆的帮助下回到了日本，在日本她不仅回到了家乡，还见到了她的叔叔。她的叔叔在当地已是成功的企业家，见到小美仿佛见到了当年的大哥，叔侄俩不免要痛哭一番，再叙一叙这多年的别离。他把小美留在了自己的身边，还在自己的企业里为小美安排了工作。小美回日本安顿好后给燕子写了一封信，说明了自己的情况，燕子为小美的离开伤感，但又从心底里为小美感到高兴。燕子给小美写了回信，从此小美与燕子书信不断，她们用鸿雁传递着亲情和牵挂。

解放是幸运的，解放的童年是在燕子以及一家人的关爱中无忧无虑地度过的，他并不知道自己的身世，在他的认识中，燕子就是他的母亲，张太和就是他的父亲。国家恢复高考后，解放看到了改变命运的机遇，他经过刻苦学习，如愿以偿地考取了师范院校，毕业后在县城当了教师。偌大的一个院子如今就只剩燕子一个人了，都走了！燕子常常感叹，看着空空的屋子，内心空落落的不是滋味。

燕子多年来治病救人，在村里积下了深厚的福缘。她很快就被作为了村里的入党积极分子加以培养，不久后她如愿加入了中国共产党，在举着拳头宣誓的时候，她感到了从未有过的光荣和自豪，这是一种被社会和群众所认可的荣誉感。作为一个正在由中年步入老年的妇女来说，她的入党动机是单纯的，甚至可以说没有任何动机，她只想为这个社会，为村里的乡亲，为病患者付出自己的努力，多做一点对他人、对社会有益的事情。

燕子和善的性格让她很有人缘，闲暇之余，很多村里的同龄人都愿意到燕子家坐坐，谈天说地，她们有说不完的家长里短，有道不尽的人生悲喜。这天，一辆豪华小轿车停在了燕子家门前。对于这个封闭的山村来说，这可是具有轰动效应的，村里的孩子都拥了来，左看看右瞅瞅，再用手摸一摸，毕竟对于他们来说这样的东西还是第一次见。车上的人长得很富态，而且气派十足，一看就是一个当官的。他是带着小儿子来向燕子求医的，虽说是求医，但仍放不下当官的架子，当着燕子的面，对自己的司机呼来喝去的。燕子最看不惯的也就是这种人，更让燕子觉得不舒服的是这人的长相像极了当年的刘二，如果不是年龄差距悬殊，燕子差点认为他就是刘二。巧的是那人竟然也姓刘，也许是为了让燕子用心给他儿子看病，所以一进门他就向燕子信誓旦旦地承诺，只要燕子能看好他儿子的病，燕子提什么条件他都答应。对此燕子只是淡淡一笑，她是不会把这样的人的话当回事去考虑的。燕子专心地给孩子扎着针，那个人却不管别人爱不爱听，话像倒豆子一样一直向外倒着。燕子对他反感至极，所以看都不看他一眼，甚至耳朵都闭上了懒得听。

　　似乎是为了跟燕子拉近关系，那人讲起了他的身世，他说他的父亲就是皋州人，只是他外地生外地长，所以与皋州已经没了感情，这是他出生以来第一次来皋州。他还说起了他的父亲，他说他的亲生父亲的年龄跟燕子差不多，解放时跑到了台湾，一直没回来。他母亲后来改嫁，他的后父是个当官的，因此他就有了现在的前程。他说这些时充满了得意与目中无人，他完全陶醉在了自己辉煌的人生经历中，而儿子的痛苦早已被他抛到九霄云外了。他说他是慕名而来的，这次孩子得的病在几个大医院里都看过了，但总不见好，所以朋友就建议他来找燕子。他口吐莲花般地把燕子夸了一番，突然想到了什么似的问：你认识刘二吗？燕子听到刘二两个字心里一紧，一股仇恨在胸中升腾而起，他疑惑地看着那张极像刘二的脸，并没有回答，那个人竖着大拇指很得意地说：刘二就是我的亲生父亲，当年他在皋州时也算个人物。燕子像经受了重重一击，大脑一片空白，时间似乎就此停止了，空气凝滞不再流动，燕子的脸色由于气血上涌而变得通红，呼吸也越来越急促。那人被燕子的样子吓住了，停住了讲话，不解地看着燕子。燕子努力地问：你是刘二的儿子？那个人肯定地点了点头；燕子又问：这孩子是你的孩子？那人又肯定地点了点头。一幕幕痛苦的往事在燕子的眼前闪过，仇恨在燕子的内心涌动着，她颤抖的双手想要去拔掉孩子身上的银针，面对仇人的子孙，燕子的内心做着激烈的斗争，她咬着牙对自己说：这是刘二的子孙，是刘二的子孙？她看看孩子，仿佛看到的就是

252

刘二，那张丑恶的脸她是死都不会忘记的。在她的眼前一会是刘二的脸，一会是孩子的脸，她分不清哪一个是真哪一个是假。她恨刘二，即使千刀万剐、断子绝孙都不足以得到她的宽恕，她的内心做着剧烈的斗争，银针，她想拔起银针，喝令他们滚！随便刘二的子孙爱到哪里去死。但当她看到孩子无辜的脸时，强烈的职业道德和那份内心的善念让她慢慢地收回双手。她的心中，似乎有一座庞大的冰山正在崩塌。

孩子已经停止了哭，两只活泼的眼睛盯着燕子看，小巧的嘴角一翘一翘在笑。那笑是天真无邪的。燕子伸出手轻轻地抚摸着孩子的身体。是啊，孩子能有什么错呢？她甚至为自己刚才那刹那的犹豫暗暗感到羞耻。孩子的父亲并不知道刚才在燕子内心发生的变化，他见燕子笑了，孩子笑了，自己也就笑了。

燕子治好了孩子的病，刘二的儿子一定要向燕子兑现自己的承诺，话里带着几份炫耀。燕子苦笑着说：既然如此，那我希望你能在皋州村建个福利院，收留村里那些孤寡老人和被人遗弃的孤儿，这也算你替你父亲赎罪吧。听了燕子的要求，刘二的儿子感到很是愕然，他问燕子：你认识我父亲吗？燕子回答说：岂止认识，他在皋州作的孽我一辈子都记得。刘二的儿子诧异地看着燕子，对于父亲的恶他是完全无知的，他本想燕子一定会求他办一些个人方面的事，燕子提出的要求完全在他意料之外。可以说燕子的要求并不低，一般的人是很难做到的，燕子提出来也就是想让他知难而退，但想不到的是，刘二的儿子竟然满口答应了下来。他当即就给县里的领导打了电话，说建福利院是他为家乡办的一件实事，所需资金他个人全部承担，只是希望县里作为今年的重点工程尽快解决。对于这样的结果，燕子是没有想到的，出于礼貌，她对刘二的儿子说：我代表村里的乡亲先感谢你为村里做的这件好事，希望你以后常回家乡看看。刘二的儿子说：这只是小事一桩，不足为谢，你以后有什么困难还请不要客气，尽管对我说，我保证不会让你失望。燕子一笑说：孩子好了，你们快回去吧。

在改革开放的春风吹拂下，农村发生了翻天覆地的变化，农民收入大幅度提高，农民们也开始享受生活，变得悠闲起来。解放在工作之余会时不时地回皋州看望母亲，解放的婚姻大事没费多少周折，他是自由恋爱，另一半还是他的大学同学，不久后，他们就走进了婚姻的殿堂。婚后，解放住上了单位的福利房，不久后又如愿生了儿子。为了帮助解放照看儿子，更为了一家人团团圆圆地生活，解放将母亲接到了县城。解放尊重母亲的习惯，专门为她买了一处平房让她单独居住。

九十年代中期，自感时日不多的燕子将自己全部的积蓄捐给了福利院。解放夫妇认为，母亲不与他们商量就做出如此重大的决定是对他们的不尊重，解放夫妇因此与燕子疏远了起来，燕子却完全不以为意。在她看来，解放夫妇生活富足，并不需要她这点积蓄锦上添花，福利院的孩子却值得自己去雪中送炭。

燕子病重，解放夫妇尽释前嫌，轮流侍奉床前，这期间，仍有家长抱着孩子来找燕子看病，解放夫妇也以她身体不好等理由劝她不要再行医，但最终她还是不能见死不救，即使自己油尽灯枯，她还是拿起了银针，也许针灸才是她来世上一遭的唯一使命。

半年后，燕子的身体像燃尽的蜡烛，终于走到了尽头，在一次为孩子针灸时，燕子原本坐着的身体突然向后倒下，然后就再没起来。

在整理燕子的遗物时，解放夫妇发现了那本《针灸宝典》，书里还夹着一封燕子写给小美的信，信中燕子表达了在自己百年之后愿将《针灸宝典》传给小美，并希望小美将针灸技术发扬光大的美好愿望。回到日本的小美先是在叔叔的大企业里工作，当叔叔了解了她的身世和遭遇后，觉得在企业里小美的医术怕是会荒废，就果断支持她在当地坐诊行医，小美高超的针灸医术引起了当地人的好奇，针到病除的高明又很快赢得了当地人的认可，小美利用针灸医术在日本站稳了脚跟，她与中国母亲燕子的故事也在日本传为佳话。

得知燕子去世的消息后，小美立即长途跋涉返回了皋州，在小美的心里，燕子就是她在中国的妈妈，她必须要送中国妈妈最后一程。

在出殡的头天晚上，小美在灵前向解放讲述了燕子母亲的故事，并第一次向解放披露了他的身世，解放得知了自己也是母亲抱回来的儿子后，失声痛哭，他为自己曾经的自私深感愧疚。

当然，燕子也不虚此行。那本《针灸宝典》被她珍重地藏在贴身内衣里，带回了日本。

小美之后不负所托，遵照燕子的愿望在中日两国办起了针灸协会，还举办了培训班，燕子的针灸技术通过小美的努力在中日两国得到传承。这是后话不提。

燕子的死讯一传十十传百，很快在全县传播开来，在燕子出殡的当天，人们一早就发现从燕子的老屋一直延伸到村口的道路两旁摆满了各色鲜花，五彩缤纷。这天，天下起了小雨，人们传说这是燕子行善积德感动了上天，天也流泪了。大街上挤满了来给燕子送行的人，大家脸上都挂着泪水，默默地为燕子祈祷。

解放捧着燕子的遗像痛哭流涕，在长长的送葬队伍的最后，一个老人眼含泪水，步履蹒跚，表现出了极大的痛苦。燕子下葬后，老人将一个铜手镯埋在了燕子的墓前，然后又一声不响地离开了。